«i grandi» tea

Wulf Dorn

La psichiatra

Romanzo

Traduzione di
Alessandra Petrelli

TEA

Per informazioni sulle novità
del Gruppo editoriale Mauri Spagnol visita:
www.illibraio.it
www.infinitestorie.it

TEA - Tascabili degli Editori Associati S.p.A., Milano
Gruppo editoriale Mauri Spagnol

www.tealibri.it

Titolo originale
Trigger

Prima edizione «I Grandi» TEA settembre 2011

Per Anita
I tre numeri magici: 6 0 3

E per K.-D.
Dovunque tu sia adesso, qui ci manchi.

Chi ha paura dell'Uomo Nero?
Nessuno!
E se arriva?
Allora corriamo via!

Prologo

Certe leggende parlano di luoghi che attirano il male, luoghi che sono stati teatro di tante tragedie, come se fossero affamati di terribili disgrazie.

I ruderi della vecchia fattoria Sallinger erano uno di quei luoghi, Herman Talbach ne era assolutamente convinto. Tutti in paese la pensavano come lui. C'era persino chi sosteneva che avvicinarsi troppo a quelle rovine rendeva pazzi. Proprio come era capitato a Sallinger, che in una notte di maggio aveva appiccato il fuoco alla sua fattoria ed era morto tra le fiamme insieme alla moglie e ai due bambini.

Nonostante questo, ora Talbach correva per raggiungere la fattoria il più in fretta possibile. Mentre arrancava lungo il sentiero nel bosco insieme al suo collega Paul, pregava di non arrivare troppo tardi. Questa volta dipendeva da loro evitare il peggio.

Con indosso ancora la tuta da meccanico e le mani sporche di olio, Talbach raggiunse trafelato le macerie ricoperte di muschio di quello che un tempo era stato l'arco del portone. Sebbene il meccanico avesse superato la quarantina e fosse rimasto zoppo dopo un incidente sul ponte sollevatore della sua officina, il diciannovenne Paul quasi non riusciva a stargli dietro.

Forse dipendeva anche dai pentacoli tracciati sui cumuli di pietre per scacciare il male. Con il passare degli anni molti di quei simboli erano sbiaditi, ma erano ancora perfettamente riconoscibili, segno della credenza secondo cui in quel luogo si annidava un potere oscuro. E, stando al comportamento di Paul, neppure le nuove generazioni sembravano esserne immuni. Il buon Dio aveva dato a Paul solerzia e serietà, ma si era dimenticato di infondergli anche un pizzico di coraggio e di spavalderia.

Raggiunto quello che in origine era il cortile interno, Talbach si voltò verso il ragazzo che lo seguiva trafelato; si era passato una mano sulla fronte per asciugarsi il sudore, lasciando così una larga striscia d'olio.

«Dev'essere qui da qualche parte» ansimò Talbach guardandosi intorno. «Tu senti qualcosa?»

Paul scrollò il capo.

I due rimasero in ascolto dei minimi rumori del bosco. Gli uccelli cinguettavano in lontananza, un ramo secco si spezzò con uno schianto sotto il peso della scarpa antinfortunistica di Talbach. Da un arbusto di sorbo si levava un ronzio sordo, mentre il sibilo delle zanzare era onnipresente. Talbach non si rendeva quasi conto delle punture che quelle minuscole succhiasangue gli infliggevano al collo e alle braccia. Era completamente concentrato a distinguere un suono umano, per quanto flebile.

Tuttavia non si udiva nulla. Solo il silenzio inquietante di quel luogo maledetto, che pesava su di lui come un manto nero. Nonostante la calura di mezzogiorno, Talbach fu percorso da un brivido.

«Laggiù!» gridò Paul, facendo trasalire Talbach.

Si voltò a guardare il punto indicato dal compagno, poi notò anche lui qualcosa che luccicava. Era un pezzo di carta stagnola che rifletteva un sottile raggio di sole. I due uomini corsero in quella direzione e scoprirono l'erba calpestata, alcune impronte e un altro pezzo di stagnola finito dietro un tronco d'albero coperto di muschio.

Talbach raccolse uno dei pezzetti di carta. Profumava ancora del cioccolato che vi era stato avvolto.

«Sono state qui, ma dove...» non terminò la frase. Rivolse tutta la propria attenzione alla radura dove sperava di trovare altre tracce. *Dovevano* essercene altre.

Il suo sguardo si posò poi sulla folta vegetazione che circondava il cortile interno. Avvicinandosi, riconobbe dei rami spezzati e subito dopo individuò i gradini di pietra nascosti tra gli arbusti.

«Ecco!»

Incalzato da Paul, Talbach scese i gradini di corsa, per quanto glielo permettesse lo strato di muschio e foglie marce che li rendeva scivolosi. Subito raggiunsero quella che un tempo era la ghiacciaia della fattoria. Talbach lanciò un grido di sorpresa vedendo la porta di quercia con le cerniere di ferro arrugginito spalancata.

Paul si bloccò accanto a lui come un cane da caccia che ha individuato una lepre. Ma ciò che vide non era una lepre. Ciò che vide lo fece impallidire.

«Ma che diavolo...» ansimò Talbach prima di perdere la voce.

Sgomenti, i due uomini fissavano la macchia sulla parete sinistra dell'angusto locale.

Il sangue non era ancora secco. Alla fioca luce del sole del pomeriggio luccicava sulle pietre annerite come olio purpureo.

PRIMA PARTE

La paziente

Scary monsters, super creeps,
keep me running, running scared!

DAVID BOWIE, *Scary Monsters*

Uno

BENVENUTI ALLA WALDKLINIK
CLINICA SPECIALIZZATA IN PSICHIATRIA,
PSICOTERAPIA E PSICOSOMATICA

Il limite di velocità all'interno della clinica era di venti chilometri l'ora, ma il tachimetro della dottoressa Ellen Roth ne segnava almeno cinquanta.

Ellen era diretta all'edificio che ospitava il reparto 9. Per l'ennesima volta durante quella mattinata lanciò un'occhiata al cruscotto, quasi sperasse che le minuscole cifre digitali dell'orologio fossero così premurose da lasciarle ancora un po' di tempo. Al contrario, la informarono con spietata precisione che aveva già accumulato oltre mezz'ora di ritardo.

Imprecò ancora una volta contro gli infiniti cantieri che rallentavano il tratto autostradale tra l'aeroporto di Stoccarda e l'uscita di Fahlenberg, trasformando ogni realistica pianificazione d'orario in una valutazione del tutto approssimativa. Quella mattina era passata da un ingorgo all'altro, e nei pochi tratti liberi si era augurata che non ci fossero autovelox.

Se Chris fosse stato con lei in quel momento, di sicuro le avrebbe fatto notare che correre in quel modo non serviva a niente. *Se sei in ritardo, arrivi in ritardo. Un paio di minuti di meno non fanno differenza*, le avrebbe detto.

Chris, il suo compagno e collega, che in quel momento si trovava a diecimila metri di quota e di cui già sentiva la mancanza.

Quella mattina non aveva avuto molta voglia di scherzare, però. Al contrario, le aveva parlato di una cosa della massima importanza per lui. Ellen ripensò alla promessa che gli aveva fatto e si sentì tutt'altro che tranquilla. E se avesse fallito, deludendo Chris? Non voleva neppure pensarci.

Facendo schizzare la ghiaia sotto le gomme, Ellen parcheggiò nel suo posto macchina. Spense il motore e fece un respiro profondo. Il cuore le batteva in gola, come se avesse percorso a piedi i sessanta chilometri dall'aeroporto.

«Calmati, Ellen, calmati. Sei in ritardo, ormai non puoi più farci niente» mormorò a se stessa, mentre gettava un'occhiata al retrovisore.

Per un istante ebbe l'impressione di guardare il viso di una sconosciuta, una donna decisamente più vecchia di lei. Aveva gli occhi castani cerchiati e i capelli scuri e corti, che di solito le davano un'aria sbarazzina, avevano un aspetto opaco e quasi grigio nella penombra dell'abitacolo.

Ellen sospirò. «Dovresti buttare via la carta d'identità e farti valutare dall'aspetto» suggerì alla propria immagine. «Così potresti chiedere di andare in pensione a ventinove anni.»

Aveva assolutamente bisogno di meno stress e più riposo.

Scese dalla sua due posti e chiuse la portiera. Subito si accorse di aver lasciato le chiavi nel cruscotto. Riaprì precipitosamente la portiera ed estrasse le chiavi, e in quel momento sentì suonare il suo cercapersone. Era già la seconda volta da quando era entrata nel suo raggio d'azione.

«Ho capito!» gridò all'apparecchio, poi lo spense.

Ma mentre si avvicinava all'edificio il cercapersone tornò a squillare. Quanto odiava quell'aggeggio di plastica nera. Era appena più grande di una scatola di fiammiferi, ma aveva il potere di irritarla enormemente. Per esempio, mettendosi a suonare nei posti più assurdi – durante la pausa pranzo in mensa, o perfino in bagno.

Quel lunedì mattina il piccolo mostro nero ricordò a Ellen che per la prima volta in vita sua si presentava in ritardo al lavoro. E il fatto che *la voce del padrone* – un'altra espressione tratta dal repertorio in apparenza inesauribile di Chris – si facesse sentire per la terza volta nel giro di due minuti con il suo fastidioso *bip bip* non lasciava dubbi: la sua presenza era richiesta con urgenza. Ellen si augurò che non fosse successo proprio ciò che Chris aveva temuto.

Due

L'uomo si chiamava Walter Brenner. Non faceva altro che mugugnare suoni incomprensibili, solo lontanamente simili a una lingua conosciuta.

Stando alla scheda con i dati personali, Brenner aveva sessantacinque anni e viveva solo. Portava un paio di calzoni di fustagno marrone consunti e una camicia di flanella chiazzata sul davanti. Pareva avere un debole per gli intingoli – o quanto meno per qualcosa che somigliava a macchie di sugo ormai secche.

Al contrario sembrava non sapere cosa fossero pettine e rasoio. Sul volto rugoso e incavato i peli della barba erano simili ad aghi trasparenti e la pettinatura – se tale poteva chiamarsi quell'ammasso scomposto di capelli – faceva venire in mente a Ellen la celebre foto in cui Albert Einstein fa le linguacce al fotografo.

A questo si aggiungeva un odore penetrante, come di formaggio troppo stagionato. Un misto di urina, sudore e sego avvolgeva la triste figura dell'uomo come una nuvola invisibile.

Oggi avrei fatto meglio a spruzzarmi il mio Calvin Klein sotto il naso, anziché sul décolleté, pensò Ellen, senza tuttavia battere ciglio. Si limitò a dire «buongiorno» offrendo la mano.

Brenner non si accorse della sua presenza, e continuò a fissare nel vuoto.

«Il signor Brenner è stato portato qui da noi dal pronto soccorso dell'ospedale pubblico» spiegò l'infermiera Marion, porgendo a Ellen i documenti per il ricovero.

La corpulenta infermiera doveva aver superato già da tempo la cinquantina. Né Ellen né il resto del personale nutrivano grande simpatia per lei. Con il suo zelo missionario e una sollecitudine da chioccia Marion riusciva immancabilmente a far perdere le staffe anche alla persona più paziente. Lavorava al reparto 9 da così tanto tempo che secondo certe malelingue le avevano tatuato un numero d'inventario sul braccio.

«Il poveretto non ha ancora pronunciato una sola parola comprensibile» aggiunse, toccando la spalla di Brenner, che tuttavia rimase apatico.

«Sappiamo qual è il motivo del ricovero?» domandò Ellen.

«Una vicina di casa lo ha portato al pronto soccorso dopo averlo visto vagare in stato confusionale per le scale del palazzo. È impossibile comunicare con lui. Inoltre soffre di disturbi dell'equilibrio. Non riesce quasi a camminare, poverino.»

Come a conferma della diagnosi, Brenner interruppe il suo incomprensibile biascicare con un rutto, sempre continuando a fissare un punto indefinito tra la poltrona di Ellen e il pavimento. Il miasma che uscì dalla sua bocca spinse le due donne a voltarsi dall'altra parte.

«Uau» esclamò Marion. «Che cosa ha mangiato, signor Brenner?»

«Ziiibopecaaa» fu la risposta.

Ellen pensò di aver capito cosa volesse dire. Per lo meno aveva un sospetto circa l'origine delle macchie sulla camicia.

«Probabilmente cibo per animali.»

L'infermiera la guardò stupefatta.

«Non sarebbe il primo pensionato al quale non resta altra scelta» commentò Ellen, esaminando meglio Walter Brenner. «Il cibo per animali è più economico e nutriente delle scatolette per 'umani'. Ho ragione, signor Brenner?»

L'uomo reagì con un altro suono del tutto inintelligibile. Ellen esaminò quindi i suoi riflessi e poi gli spiegò che avrebbe dato un'occhiata alla cartella clinica. Ma Brenner sembrava interessato esclusivamente al pavimento.

Ellen lesse la scheda, alla ricerca di un accenno di qualche tipo a patologie neurologiche. Probabilmente il paziente era stato colpito da un ictus che aveva causato lesioni ai centri del linguaggio e dell'equilibrio. Tuttavia poteva trattarsi anche di una grave forma di demenza, cosa che avrebbe spiegato come mai una certa dottoressa März avesse ritenuto opportuno trasferirlo in psichiatria.

In questo caso, tuttavia, la patologia di Brenner sarebbe stata evidente già da tempo e non gli avrebbe permesso di abitare ancora da solo. Scatolette o no, non sarebbe riuscito neppure ad andarle a comperare.

Niente demenza, dunque. Allora perché in psichiatria? In un modo o nell'altro, per Ellen quella indicazione non aveva alcun senso.

Sfogliò l'anamnesi compilata dalla collega. Rimase scioccata di ciò che lesse alla voce *Diagnosi*. Guardò ancora una volta Brenner, poi tornò a fissare la cartelletta.

Diagnosi: F20.0. Il codice con cui il personale medico comunicava al proprio interno si basava sulla classificazione delle malattie redatta dall'OMS. F20.0 era una delle diagnosi più frequenti con cui Ellen aveva a che fare ogni giorno. Era il codice della *schizofrenia paranoide*.

Ellen esaminò più attentamente il documento, per escludere che si trattasse di un numero scritto male. In effetti la leggibilità della grafia lasciava parecchio a desiderare – *è piena di sbavature*, avrebbe detto Chris con il suo amore per l'ordine –, tuttavia non c'erano errori. La dottoressa März aveva scritto proprio F20.0. Altrimenti, perché avrebbe fatto trasferire Walter Brenner nella clinica specialistica di psichiatria se non fosse stata del parere che fosse schizofrenico?

«È già stato qui da noi, signor Brenner?» si informò Ellen, senza in realtà aspettarsi una risposta. Intanto consultava il computer del reparto. Il nome Brenner compariva una volta. La cartella clinica era stata compilata dal suo collega Mark Behrendt. Ciò che Mark aveva scritto in brevi frasi precise le tolse la parola.

Tornò a guardare Walter Brenner e gli prese una mano, che sembrava quella di una mummia. Questo gesto le fece conquistare per la prima volta l'attenzione del paziente. Il suo sguardo tuttavia non mostrava alcun segno di riconoscimento, del tipo: «Ah, ecco una signora con il camice bianco». Al contrario, il modo in cui la guardava rifletteva esattamente ciò che uscì dalle sue labbra: «Agnnnghelooo».

Ellen pizzicò la pelle coriacea sul dorso della mano dell'uomo. Il segno della piega rimase come su un pezzo di impasto.

«Incredibile!» Vedendo l'espressione interrogativa sul viso dell'infermiera, Ellen ordinò: «Somministrategli subito una soluzione fisiologica. Credo che nel giro di poche ore ci troveremo davanti un signor Brenner completamente diverso».

L'infermiera corrugò la fronte, sembrava un carlino. «Come, scusi?»

«Dio non è l'unico a saper fare miracoli. Vero, signor Brenner?»

«Eeehacciooo» fece il vecchio. Poi scoreggiò ed Ellen fu più che felice di poter lasciare la stanza.

Si affrettò lungo il corridoio, entrò di slancio nel suo studio e si richiuse la porta alle spalle.

Ci volle un po' di tempo prima che l'infermiera del pronto soccorso dell'ospedale pubblico riuscisse a passare la telefonata alla dottoressa März. Ellen aspettò impaziente. Posò la cornetta sulla scrivania e consultò sul suo portatile il file con l'anamnesi di Walter Brenner, mentre dal telefono uscivano le note di una melodia che somigliava vagamente a una sequenza di *Eine kleine Nachtmusik* di Mozart. Ogni volta che il pezzo si ripeteva, la rabbia di Ellen montava sempre di più.

Finalmente si udì una specie di schiocco e poi una voce femminile si presentò con uno sbrigativo: «März!»

«Dottoressa Roth, Waldklinik. Si tratta del signor Brenner, che avete fatto trasferire qui da noi.»

«Senta, gentile collega, non potremmo parlarne più tardi? In questo momento non ci sono con la testa. I miei pazienti...»

«Appunto. Si tratta proprio di questo. Di uno dei *suoi* pazienti. I termini essiccosi e disidratazione le dicono qualcosa? In caso contrario, le darò una mano: sa bene che capita spesso alle persone anziane di dimenticarsi di bere.»

«Come, scusi?»

«Di sicuro sa benissimo che stato confusionale, difficoltà nell'eloquio e perdita di elasticità della pelle sono i primi sintomi della disidratazione. Ed è proprio quello che è successo al signor Brenner, cara collega. Il presunto *schizofrenico*, per essere più precisi, che ha fatto trasferire qui da noi.»

Ellen fece un respiro profondo, offrendo alla dottoressa März la possibilità di replicare.

«Ah-ha» si sentì nella cornetta. «Lei è a conoscenza della sua storia pregressa?»

«Che cosa intende?»

«La vicina del signor Brenner mi ha riferito che era stato ricoverato già nella vostra clinica. Quella volta era stato portato lì dalla polizia, dopo che in pieno giorno aveva urinato fuori dalla finestra della cucina pronunciando frasi sconnesse. Ai passanti sul marciapiede gridava che dovevano andarsene dal suo bagno.»

«Mia cara signora März, molto probabilmente è così. Tuttavia avrebbe dovuto riflettere meglio, prima di reagire con tanta prontezza al racconto di una *vicina* di casa. Si sarebbe dovuta consultare con *noi*. Così avrebbe scoperto che anche quella volta il signor Brenner soffriva di disidratazione e quindi era in stato confusionale. Può darsi che soffra di un disturbo che ha a che fare con il bere, ma non per questo possiamo definirlo *schizofrenico*. Se vuole può chiedere tranquillamente anche al dottor Behrendt, che si occupò di lui la volta scorsa.»

Per qualche secondo il telefono rimase muto, poi la dottoressa März chiese: «Mi sta forse accusando di qualcosa?»

«Io non l'accuso proprio di niente, la mia è una semplice constatazione. Con la sua superficialità ha esposto il signor Brenner a un grave rischio. A parte questo, d'ora in avanti si porterà dietro la diagnosi di schizofrenia nella propria cartella clinica. Non c'è bisogno che le spieghi che cosa implica una cosa del genere, anche se si è trattato semplicemente di una diagnosi sbagliata.»

«Ora basta!» esclamò la dottoressa März. «Mi sta forse rinfacciando di essere...»

«Un'incompetente. In questo caso, sì.»

Le parole erano uscite dalla bocca di Ellen prima che avesse avuto il tempo di trovare una risposta più diplomatica. Non fece in tempo a pronunciarle, che il telefono le trasmise il segnale di libero. Lei guardò la cornetta costernata.

Che cosa ti aspettavi? Un grazie e un mazzo di fiori? Una standing ovation dal fan club della grande dottoressa Ellen Roth?

In effetti era stata parecchio dura con la collega, ma era convinta di avere perfettamente ragione. In realtà non aveva intenzione di sbandierare al mondo l'incidente e di creare serie difficoltà alla collega – che fosse di un'altra clinica o no –, ma almeno avrebbe voluto che la dottoressa März si scusasse per l'errore commesso. Lo doveva al signor Brenner. Quel poveraccio molto probabilmente trascorreva le sue giornate solo come un cane in un appartamento minuscolo, e verso metà mese era costretto a sostituire gli spaghetti in offerta con il cibo per cani, convincendosi che, se quelle scatolette erano adatte a un cane, potevano andare bene anche per un uomo.

Se si fosse trattato di un paziente giovane e facoltoso, in grado di permettersi una buona tutela legale, molto probabilmente la dottoressa März avrebbe sfoderato tutto il proprio fascino per scusarsi. Ma erano proprio le persone come il vecchio Brenner che venivano trattate sommariamente, come una perdita di tempo prima di tornare al proprio lavoro.

Il mondo è ingiusto, duro e brutale, pensò Ellen.

La parola *brutale* continuò a risuonarle nella mente per parecchio tempo, mentre esaminava i pazienti nell'ora successiva. Alla fine fu contenta di potersi ritirare nella quiete del suo piccolo studio, dove si dedicò alla cartella clinica che Chris le aveva lasciato la sera precedente al termine del lavoro.

Sorrise alla vista del post-it giallo, una delle tante piccole attenzioni con cui era solito sorprenderla. Questa volta ci aveva disegnato sopra uno smiley. Sotto c'era scritto, con la sua calligrafia regolare e inconfondibile: *non farti stressare, dolcezza.*

«Se tu solo sapessi» sospirò lei attaccando il foglietto sul muro sopra la scrivania.

Si sentiva stressata, stanca e prosciugata. La settimana precedente era stata faticosa e fitta di impegni e nel weekend aveva aiutato Chris nei lavori di ristrutturazione della casa. La notte prima, poiché dovevano andare all'aeroporto molto presto, non aveva quasi chiuso occhio.

L'energy-drink che, contro ogni buonsenso, aveva comprato all'aeroporto per combattere la stanchezza non era servito a nulla. Le aveva solo fatto venire l'ansia, e non l'aveva resa più lucida. *Un caffè e una banana sarebbero stati una scelta decisamente migliore*, l'aveva rimproverata la dottoressa che era in lei, ma nel frattempo la lattina vuota rotolava avanti e indietro sul sedile della sua auto sportiva.

Decisamente un'ottima partenza per la settimana di lavoro appena iniziata. Ellen era fermamente convinta che avrebbe potuto vincere senza fatica il primo premio in una maratona di sonno, date le condizioni in cui si trovava.

Mise da parte due moduli per il servizio sanitario – scartoffie burocratiche che di anno in anno si moltiplicavano –, scartò la lettera di un assistente e alla fine trovò quello che cercava.

Il modulo di ricovero fece riaffiorare l'immagine di Chris seduto in macchina accanto a lei con l'aria tesa, le luci dell'aeroporto alle sue spalle.

«Forse non dovrei fare questo viaggio» lo sentì dire con la mente, «è troppo importante e non posso permettermi...»

Lei lo aveva interrotto ripetendogli per la centesima volta nel corso della mattinata che si sarebbe occupata del caso, che non doveva stare in ansia.

Allora Chris l'aveva guardata con un'espressione serissima e le aveva detto: «Non voglio assolutamente che diventi un altro caso Margitta Stein».

Quel nome aveva fatto venire la pelle d'oca a Ellen, ma era rimasta impassibile.

«Non succederà» gli aveva garantito. «Qualunque cosa accada, mi prenderò cura di lei.»

Ora teneva in mano la scheda del nuovo caso. Il ricordo della conversazione di poche ore prima era così vivo da darle l'impressione che Chris fosse seduto lì accanto a lei. Le sembrava di avvertire l'intensità del suo sguardo azzurro, e dovette fare uno sforzo per resistere alla tentazione di guardarsi intorno e accertarsi che non fosse veramente lì con lei. Poi le fu chiaro che non era lo sguardo di Chris a inquietarla tanto; piuttosto era l'ansia di avergli fatto una promessa che non aveva la certezza di poter mantenere.

Si scrollò di dosso quel senso di inadeguatezza e si concentrò sul modulo. In genere veniva compilato al momento dell'accettazione di un paziente e poi allegato alla cartella clinica. Chris però lo aveva collocato tra i documenti da esaminare, per ricordarle ancora una volta che quel caso aveva per lui – e quindi ora anche per lei – la priorità assoluta.

Lesse la prima riga, dove venivano indicate le generalità del paziente.

Sconosciuto.

«Nel poco tempo che mi era rimasto non sono riuscito a farla parlare» le aveva spiegato Chris.

Anche le righe relative all'indirizzo e alla provenienza recavano l'annotazione *sconosciuto.* Sotto c'era scritto: *il ricovero è avvenuto con autoambulanza dell'ospedale civico.*

Esattamente come il signor Brenner, pensò Ellen. Solo che nel caso di questa sconosciuta la diagnosi non lasciava spazio a dubbi, come confermavano anche le annotazioni di Chris nello spazio riservato alle osservazioni:

Presenta segni di maltrattamenti. Reagisce con chiusura ai tentativi di contatto. Nessun riferimento personale. Età 30-35 anni. Diagnosi preliminare: sindrome da stress post-traumatico.

Chiunque fosse quella donna, doveva aver sofferto molto. E i segni di maltrattamenti rilevati da Chris lasciavano pochi dubbi circa la natura dei traumi.

Sospirò. Gli stupri e le violenze domestiche negli ultimi anni erano aumentati vertiginosamente. Non era difficile cogliere il nesso tra l'alto tasso di disoccupazione, i problemi d'integrazione e il crescente abuso di alcol. Il mondo era proprio impazzito.

Poi Ellen vide le tre lettere che Chris aveva annotato nell'angolo inferiore del modulo:

CPI

Un *Caso Particolarmente Interessante.* Chris usava spesso questa abbreviazione che solo lui ed Ellen conoscevano, ma finora non l'aveva mai sottolineata. Men che meno due volte.

Nella riga riservata alle note, aveva aggiunto: *La paziente crede di essere in pericolo. E mi sembra proprio così.*

«D'accordo, allora» dichiarò Ellen guardando il foglio, poi respirò a fondo. «È ora di conoscerti di persona.»

Tre

La camera numero 7 era in fondo al corridoio. Era una delle tre camere singole del reparto 9, riservate ai casi particolarmente difficili. A volte capitava che, per mancanza di letti, vi venissero sistemati anche due pazienti, ma in quel momento la numero 7 ospitava una sola persona.

Qualcuno aveva chiuso le tende. I pochi raggi di sole che riuscivano a filtrare creavano una penombra spettrale. Fuori c'erano probabilmente almeno venti gradi e, sebbene tutte le camere fossero climatizzate, Ellen ebbe la sensazione che questa fosse decisamente più fresca. La cosa peggiore, tuttavia, era il puzzo che riempiva la stanza in maniera quasi tangibile.

A confronto, gli effluvi corporei del signor Brenner erano una brezza balsamica, pensò Ellen trattenendo un conato di vomito.

Anche l'odore in quella stanza era dovuto a una scarsa cura dell'igiene personale, ma si mescolava a qualcosa di indefinibile. Era come se quel tanfo insopportabile potesse causare danni permanenti a chi vi fosse rimasto esposto troppo a lungo.

È paura, pensò Ellen. *È l'odore della paura.*

Per quanto fosse poco professionale, non le veniva in mente nessun altro paragone. E, come se il suo corpo volesse confermarlo, sentì rizzarsi i peli sulle braccia.

A quel punto distinse la figura rannicchiata sul pavimento tra il letto e la parete. Al buio era difficile valutarne l'altezza. Teneva le gambe raccolte e la testa appoggiata sulle ginocchia. Lunghi capelli scuri le scendevano a ciocche sui pantaloni della tuta. Un patetico mucchio di stracci.

«Buongiorno» disse Ellen.

La figura dapprima non mostrò alcuna reazione; dopo un po' sollevò il capo, lentamente, come al rallentatore, ma la luce era troppo scarsa per distinguerne il viso.

«Sono la dottoressa Ellen Roth. Come si chiama?»

Nessuna risposta.

«Posso avvicinarmi?»

Silenzio.

Ellen si accostò con cautela alla donna, che si rannicchiò ancora di più contro il calorifero. La dottoressa si mantenne a una certa distanza e si sedette sul letto. Era ancora intatto. Possibile che la donna avesse trascorso tutta la notte raggomitolata in quell'angolo?

Da vicino l'odore della paziente era ancora più acre, ma Ellen resistette alla tentazione di aprire la finestra. Qualunque cosa le fosse accaduta, ciò che contava era che si sentisse protetta in quella stanza buia e sigillata. Ellen non dubitò neppure per un istante che fosse stata proprio la donna a chiudere la finestra e a tirare le tende. Se l'avesse socchiusa, quasi certamente l'avrebbe agitata e avrebbe reso vano qualsiasi tentativo di instaurare un dialogo. Quanto meno all'inizio.

Okay, dottoressa, adesso devi assumere un comportamento professionale, anche se avresti voglia di tapparti il naso e scappare dalla camera. Ora devi assolutamente stabilire un rapporto di fiducia e respirare dalla bocca. Una volta conquistata la fiducia, provvederemo a far entrare un po' d'aria fresca in questa camera.

Guardò la donna, sempre più rincantucciata contro il muro, quasi volesse appiattirvisi del tutto. Ora poteva vedere meglio il suo viso. Appariva gonfio, con ecchimosi sul mento, le guance e le tempie. I numerosi lividi sulle braccia e sul viso sembravano macchie di ruggine nella penombra, come se la donna avesse rovistato a braccia nude in un mucchio di rottami e poi si fosse asciugata il sudore dal viso.

Chiunque l'avesse picchiata, aveva fatto un lavoro meticoloso. Probabilmente non si trattava di una prostituta, intuì Ellen. Difficilmente i protettori colpivano al viso. Cercavano punti meno visibili, in modo che le donne potessero comunque offrire prestazioni *orali*.

Di fronte a uno spettacolo così triste Ellen comprese perché Chris avesse tanto a cuore questo CPI e che cosa avesse voluto dire affermando: «Forse è addirittura meglio se ti occupi *tu* di lei».

Non c'era da sorprendersi se lui, come uomo, non era riuscito a stabilire un contatto con quella donna. Impossibile con una vittima di maltrattamenti che, in grave stato di shock, si rifugiava nell'angolo di una stanza buia. In questi casi era già abbastanza difficile per una *dottoressa* instaurare un dialogo da donna a donna. Spesso la vittima restava chiusa in se stessa non solo per lo spavento, ma anche per la vergogna, rifiutando ogni offerta d'aiuto.

Infine poteva esserci un terzo motivo molto più semplice per spiegare come mai la donna non avesse reagito alle sue domande: la lingua.

Negli ultimi tempi Ellen aveva avuto spesso a che fare con donne dell'Europa dell'Est, che i mariti usavano per sfogare l'aggressività repressa. Gli attriti sociali, presenti anche in città di provincia come Fahlenberg, erano il terreno di coltura più adatto per la violenza, che di solito si scaricava su donne deboli e indifese. Il problema della lingua era un primo ostacolo insormontabile. Forse la paziente era arrivata dall'Europa orientale. Il suo aspetto, i capelli e gli occhi scuri parevano confermarlo.

Viceversa, anche tu hai i capelli scuri e gli occhi castani, ma non sei nata nel Kazakistan, né in Croazia né in Turchia.

«Parla tedesco? Mi capisce?»

Ellen non ottenne una risposta diretta, ma la donna mostrò la sua prima reazione, per quanto appena accennata: un movimento affermativo con la testa, che probabilmente le causò dolore. In quel momento Ellen scoprì un'altra macchia sulla guancia della paziente, che tuttavia non era un livido. Sembrava piuttosto che la donna si fosse impiastricciata di cioccolato.

«Qui è al sicuro. Nessuno potrà farle niente. Io sono qui per aiutarla.»

La donna corrugò leggermente la fronte. Anche questo parve risultarle doloroso.

«Uomo.»

Poco più di un sussurro.

«È stato un uomo a farle questo?»

Un lieve cenno d'assenso, poi un flebile: «Sì».

«Vuole parlarmene?»

La donna tacque e piegò la testa di lato. Attraverso le ciocche di capelli unti che le scendevano sul viso guardò verso la parete di fronte, con un'aria stranamente distaccata.

«È stato suo marito? Il suo compagno?»

Ellen doveva procedere con cautela, non poteva costringere la donna a parlare. Viceversa voleva attenersi il più possibile a quella prima indicazione, finché la paziente non avesse mostrato un'agitazione eccessiva.

«Tutti hanno un uomo così.»

La voce della donna era stranamente acuta, quasi in falsetto, come chi cerca di imitare la parlata di un bambino.

«Vuole provare a spiegarmi meglio?»

Ellen venne assalita da una spiacevole sensazione. La donna non si riferiva necessariamente al marito. Magari era un personaggio pubblico, un postino, un poliziotto, oppure un sacerdote? In quattro anni di psichiatria, Ellen aveva imparato soprattutto una cosa: tutto era possibile. *Tutto.*

Lentamente, come una bambola animata con le batterie scariche, la donna girò il capo. Aveva gli occhi sbarrati per la paura.

«Deve difendermi da lui, sì?»

Di nuovo Ellen si sorprese a pensare a un bambino impaurito. Notò anche il forte accento dialettale della donna. Parlava con una leggera cantilena, molto simile a quella che si sentiva in certe zone del Baden-Württemberg. Non era certo di quelle parti. Nella regione di Fahlenberg il dialetto svevo era molto più duro.

«Certo che la proteggeremo. Però ho bisogno di sapere a chi si riferisce.»

«L'Uomo Nero.»

«Un Uomo Nero? Intende una persona dalla pelle scura? Forse un africano?»

«L'Uomo Nero, l'Uomo Nero. Chi ha paura dell'Uomo Nero?» disse la donna con voce infantile. Poi scoppiò in una risata folle, scoprendo una fila di denti anneriti.

«Il personaggio delle favole?»

La donna sgranò ancora di più gli occhi. «Se arriva,

noi corriamo via!» Fissò Ellen con espressione disperata. «Ma non si può scappare da lui. Non è possibile. È troppo furbo.»

Non voleva trovarsi di fronte a un altro caso Margitta Stein, aveva detto Chris, e anche a Ellen venne in mente quell'ex paziente. Due anni prima era stata ricoverata nel reparto solventi, dopo che il marito, un imprenditore tanto rispettabile quanto violento, l'aveva brutalmente picchiata. Lei era scappata di casa di notte, in stato confusionale; una pattuglia della polizia l'aveva trovata e portata alla Waldklinik.

Margitta Stein era spaventata almeno quanto quella sconosciuta. Tuttavia Chris era riuscito a stabilire un contatto con lei e a ottenere in poco tempo i primi risultati. Almeno era quanto aveva creduto. In realtà Margitta Stein aveva già deciso di compiere un gesto estremo. Il giorno prima delle dimissioni, durante il pranzo si era impossessata di un coltello e lo avevo usato per recidersi la carotide. Quando era stata trovata, ormai era troppo tardi. Poco prima di morire Margitta Stein aveva scritto con il proprio sangue una frase sul pavimento di linoleum: NON POTRÒ MAI SFUGGIRGLI.

Alcune donne maltrattate sono abbastanza forti per allontanarsi, chiedere la separazione oppure rifugiarsi in una casa sicura. Altre non trovano questo coraggio, e preferiscono una rapida fine a un'angoscia perenne. Chris temeva che la paziente senza nome potesse compiere lo stesso gesto di Margitta Stein.

Una voce interiore, così simile a quella di Chris, parve confermare a Ellen questo sospetto. *Stavolta sarai tu ad avere la responsabilità di una vita umana.*

«Qui non la troverà» le garantì. «Qui è al sicuro.»

In quello stesso momento il suo cercapersone si mise a

suonare. La donna nell'angolo ed Ellen trasalirono sgomente.

Maledetto aggeggio!

Il regolamento della clinica non le permetteva di disattivare il cercapersone finché era di turno. Anche durante i colloqui con i pazienti doveva essere raggiungibile dai colleghi e dal personale di servizio in caso di necessità. Un ulteriore motivo che la induceva a odiare quel mostro di plastica nera.

Ellen lo spense prontamente, mentre la donna lanciava una serie di gridolini striduli.

«È tutto a posto» si affrettò a tranquillizzarla Ellen. «È tutto a posto. Non c'è nulla da temere. Significa solo che devo assentarmi per un istante. Tornerò subito da lei.»

«No, non se ne vada! Non mi lasci sola. Per favore!»

«Ci metterò solo un istante.»

«Ma allora lui passerà dalla porta!»

«L'Uomo Nero?»

«Sì.»

«No, non lo farà. Non può entrare qui. Torno subito, glielo assicuro.»

La donna ammutolì e si strinse ancora di più al muro, mentre Ellen si alzava con gesti lenti. Evitò ogni movimento brusco che avrebbe potuto essere frainteso o interpretato come una minaccia.

Dalla stanza si potevano udire un brusio di voci concitate e un tramestio provenire dal corridoio. Che cosa diavolo poteva essere successo?

«Non ci metterò molto.»

La donna non reagì, ma guardò Ellen con le pupille così dilatate da sembrare due biglie di vetro nere.

A Ellen vennero in mente le bambole con i grandi occhi spauriti che a volte avevano una lacrima di plastica incollata alla guancia. Nella maggior parte delle persone quella vista suscitava una specie di istinto di protezione. Stava proprio lì il segreto del successo di quelle bambole. I clienti provavano l'impulso di portarle con sé – a casa, tra le proprie mura, dove erano al sicuro dal mondo cattivo. Ed era esattamente l'istinto che Ellen aveva dentro di sé.

Ma in quello sguardo c'era dell'altro. Ellen lo interpretò come l'espressione di chi era sfuggito per un soffio a una morte certa.

Non era facile lasciare sola in una stanza buia un'anima impaurita che si era appena lasciata l'inferno alle spalle. Ma quando il frastuono in corridoio si fece più forte e la scatoletta nera ricominciò a suonare, richiamandola ai suoi doveri di medico, Ellen riuscì a sganciarsi da quegli occhi.

Era quasi arrivata alla porta, quando udì un fruscio alle proprie spalle. Si girò e un attimo dopo fu spinta con violenza contro il muro.

Ellen sbatté con la spalla contro la cornice di un quadro – un angelo custode che guardava benevolo un bambino dai boccoli biondi in preghiera – che cadde a terra. Per una frazione di secondo Ellen si aspettò di sentire il rumore dei vetri infranti, ma i quadri nei reparti ad alta protezione non avevano la protezione di vetro. Il rischio che qualcuno potesse farsi del male con una scheggia era troppo elevato.

Il volto della donna era a pochi centimetri dal suo. Ellen avvertì una forza inaudita nelle mani che si stringevano ai suoi avambracci provocandole un dolore lancinante. In quella stretta avvertiva la furia di una donna disperata e terrorizzata.

«Quando arriva, devi correre via» le bisbigliò la donna. Il suo alito era nauseabondo, come le fauci di un cane in putrefazione e piene di vermi. *Che associazione assurda*, pensò, poi dovette ricorrere a tutto il proprio autocontrollo per non vomitare. Ma soprattutto dovette trattenersi dal mettersi a urlare. Non subito, almeno.

«Prometti che mi proteggerai, quando verrà a prendermi!»

La voce della donna era incalzante, ma sempre bassa, come se temesse che il suo aguzzino la stesse ascoltando. Lanciò un'occhiata impaurita a Ellen, si spinse ancora di più contro di lei, in attesa di una risposta.

Ellen esitò. Poche ore prima, mentre andava in aeroporto, era stato facile fare quella promessa. Il suo primo pensiero era stato Chris, la sua tranquillità. Ora cominciava a rendersi conto della portata reale dell'impegno che si era assunta.

«Ti prego! Promettilo.»

«Io... lo prometto» ansimò Ellen.

«Davvero?»

«Sì, davvero.» Ellen deglutì. Può essere utile quando si è sul punto di vomitare. E infatti fu così.

«Davvero» ripeté in tono più convincente.

Oddio, Chris, me l'hai fatta proprio bella!

La donna la lasciò andare e tornò a rannicchiarsi nell'angolo.

«È tanto, tanto cattivo» mormorò. «Ed è furbo. Oh, è maledettamente furbo.» Poi cominciò a canticchiare sottovoce tra sé la filastrocca dell'Uomo Nero.

Già, sei proprio un CPI, pensò Ellen massaggiandosi la spalla dolorante.

Il suo cercapersone tornò a squillare e questa volta Ellen si decise a seguire la «voce del padrone».

Quattro

Nel corridoio del reparto regnava il caos assoluto. I pazienti si erano raccolti a semicerchio intorno a qualcosa che Ellen non era in grado di vedere, mentre il personale medico era impegnato a disperdere la piccola folla. Doveva essere accaduto qualcosa di spettacolare, che spingeva quasi tutti i pazienti a opporsi energicamente ai tentativi degli inservienti di ricondurli all'ordine.

Tra loro Ellen vide anche diversi volti sconosciuti. Qualcuno aveva chiamato rinforzi, e non era difficile indovinare chi fosse stato. Come una statua di dimensioni colossali, l'infermiera Marion troneggiava al centro della ressa, una mano a stringere il telefono, l'altra premuta sul petto come se avesse un infarto in atto.

Ellen non credeva ai propri occhi. Non era mai successo niente del genere nel suo reparto. Dall'estremità opposta del corridoio, al di là della massa di curiosi, le giungevano le grida di un uomo.

«Non la mangerò» urlava, seguito da un isterico: «MAAAIIIII!!!!»

Quasi contemporaneamente Marion le andò incontro trafelata.

«Dottoressa Roth! Finalmente! L'ho cercata dappertutto.»

«Non nella stanza numero 7. Che cosa succede?»

«Il signor Böck.» Marion si stropicciava il camice in preda all'agitazione. Ellen notò che sull'ampio petto dell'infermiera spiccava una macchia rossastra e liquida. Accanto al cartellino con il nome non c'era forse un seme di mela? Almeno così sembrava.

«Il signor Böck? *Quel* signor Böck?»

Marion annuì.

«Ma non era catatonico?»

«Infatti. Non muoveva un muscolo, come sempre. Finché io...» Marion non terminò la frase, e si girò verso il fondo del corridoio.

«Finché *lei* che cosa?»

«Il Signore mi è testimone, non lo so» piagnucolò l'infermiera.

«Marion, per favore, si riprenda! Che cos'è successo?»

«Santo cielo, non lo so!»

Ellen decise che quella conversazione non avrebbe portato da nessuna parte e piantò in asso l'infermiera in preda all'isteria. Superò un anziano che continuava a ripetere senza sosta: «Gesùgiuseppemaria» saltellando inquieto da un piede all'altro. Non era raro assistere a simili manifestazioni di disagio negli psicotici cronici, ma in mezzo a tutta quella confusione i saltelli dell'uomo somigliavano tanto a un numero di Fred Astaire. Una delle infermiere chiamate da un altro reparto lo prese sottobraccio e lo riportò in camera sua.

Che cosa era successo, per arrivare addirittura a chiamare il personale esterno? Ellen avanzò tra la calca e si imbatté in un altro prestito del primo piano. Il suo collega Mark Behrendt era in piedi davanti alla porta del bagno da cui provenivano le grida del signor Böck.

L'atteggiamento di Mark non prometteva niente di buono. Teneva una mano sul fianco, lasciando così che una parte della maglietta nera con la scritta CHI HA UCCISO LAURA PALMER? spuntasse dal camice, mentre con l'altra si pettinava i capelli scuri. Fissava la porta chiusa del bagno.

«Signor Böck, la prego, apra» disse in tono autoritario. Ma il signor Böck non parve per niente impressionato. «Cannibali! Siete dei cannibali senza Dio! Sì, ecco cosa siete!»

«Mark, si può sapere che diavolo...»

Mark le gettò un'occhiata fugace, come a dire: *È una cosa seria, maledettamente seria!* Poi tornò a fissare la porta, come se riuscisse a vedere al di là del pannello di legno grigio chiaro. «Maledizione, dove ti eri cacciata?»

«Avevo un colloquio con una paziente. Che cosa è successo a Böck?»

«Non ne ho idea. Pare che a pranzo sia esploso. Prima ha assalito Marion, poi si è barricato qui nel bagno.»

Come le camere dei pazienti, la porta del bagno era priva di serratura, ma sembrava bloccata in qualche modo dall'interno. I ripetuti tentativi di Mark per aprirla avevano dato risultati deludenti.

«Lasciatemi in pace! Andatevene!»

Ellen era sorpresa dalla profondità della voce di Böck. Visto l'aspetto delicato dell'uomo, se l'era aspettata di qualche ottava più alta. D'altronde, nessuno al reparto 9 aveva mai sentito parlare il signor Böck da quando era stato ricoverato. Quel giorno si era fatto condurre in camera sua con portamento rigido e sguardo fisso e non aveva reagito ai tentativi di stabilire un contatto. Il fatto che quella condizione fosse radicalmente mutata così all'improvviso era sorprendente, ma anche estremamente preoccupante.

«Non possiamo andarcene, signor Böck, e lei lo sa bene» disse Mark attraverso la piccola fessura che era riuscito ad aprire nella porta. «Mi faccia entrare, così potremo parlare.»

«Parlare? Parlare? Ah! Voi volete farmela mangiare. Voi volete che io mangi mia moglie! Ma non lo farò. Mai!»

«Che cosa sta dicendo?» chiese Ellen sottovoce. «Böck ha avuto uno shock, ma non mi sembrava pazzo.»

«Pazzo o no, in questo momento non ha nessuna voglia di mangiare sua moglie.» Mark tornò a parlare nella fessura della porta. «Signor Böck, c'è la dottoressa Roth qui con me. Si ricorda della dottoressa Roth?»

«Se ne vada! Dovete andarvene tutti! Altrimenti lo faccio!»

«Che cosa vuole fare?»

«Non vi deve fregare!»

Mark scambiò una breve occhiata con Ellen. Entrambi sembravano giunti alla stessa identica conclusione: suicidio.

Forse la minaccia di Böck era solo una frase senza peso, ma era altrettanto possibile che in bagno avesse scoperto qualcosa con cui mettere in pratica la sua minaccia. Ai pazienti era proibito usare il rasoio, ma era molto facile impossessarsi di nascosto di una lametta. Anche una cintura, o la cinta di un accappatoio, assieme al tubo della tenda della doccia potevano essere una combinazione pericolosa.

«Signor Böck» lo chiamò Ellen. «Noi vogliamo solo parlare con lei, nient'altro. Vorrei poterla guardare negli occhi. Per questo ora il dottor Behrendt e io entreremo da lei.»

«E come diavolo pensi di aprire la porta?» le rinfacciò Mark.

«Tu sei un uomo forte, giusto?» bisbigliò lei di rimando.

«Accidenti, è una porta di metallo e io non sono Bruce Willis!»

«State lontani!» gracchiò Böck.

Ellen udì uno scroscio d'acqua. Böck stava riempiendo una vasca. Qualunque cosa avesse in mente di fare, non restava molto tempo per impedirlo.

«Allora d'accordo, signor Böck. Arriviamo!» Mark fece un cenno all'infermiera Marion. «Mi porti un cuscino, presto!»

«Noooo!!» singhiozzò Böck. Poi sentirono un rumore, come se qualcosa stesse colpendo l'acqua. Ripetutamente.

«Che cosa sta facendo?»

Ellen si guardò intorno, alla ricerca di qualcosa con cui fare leva per sfondare la porta – l'asta di una flebo, o qualcosa del genere – ma non trovò nulla.

Quando Marion tornò, Mark le strappò di mano il cuscino, se lo appoggiò sulla spalla e si lanciò contro la porta. Il giovane medico non era proprio un peso massimo, e la barricata resistette al suo impatto.

«Andaateee viaaa!» gridò da dietro la porta.

«Ancora una volta!» esclamò Ellen.

Mark diede un secondo colpo. Questa volta la porta cedette quel tanto da permettere a Mark di intrufolarsi dentro.

Non aveva fatto in tempo a entrare, che Ellen lo sentì gridare: «No! Non lo faccia!»

Ellen seguì il collega. Böck aveva bloccato la porta dall'interno con una sedia da doccia antisdrucciolo per i pazienti con problemi di deambulazione, che con il suo peso aveva resistito alle spinte di Mark. L'esile ometto, con indosso il pigiama e l'accappatoio, era in piedi accanto a una delle tre vasche da bagno.

L'acqua alle sue spalle era ancora aperta. L'orlo dell'accappatoio gli sfiorava le caviglie tremanti. Le ciocche di radi capelli gli stavano ritte intorno al capo; i suoi occhietti solitamente piccoli erano sgranati e sembrava dovessero uscirgli dalle orbite da un momento all'altro.

Ciò che raggelò il sangue a Mark ed Ellen fu il phon che Böck teneva nella mano sinistra. La spina era attaccata e il cavo era abbastanza lungo.

Maledizione, pensò Ellen fugacemente, *dove se l'è procurato?*

Guardò la presa nel muro, valutando per una frazione di secondo l'ipotesi di fare un balzo e staccare la spina, ma poi ci ripensò. Da dov'era lei c'erano almeno tre passi. Böck al contrario era appena a due passi da una morte sicura: accendere e mollare. Se Ellen avesse agito in modo precipitoso, avrebbe corso il rischio di provocare una reazione spontanea. Quella di Böck non era una minaccia a vuoto, se ne rendeva perfettamente conto.

Come a sottolineare la serietà delle sue intenzioni, la voce dell'uomo aveva assunto un tono pericolosamente tranquillo.

«Adesso lo farò. Vi prego di voltare la testa.»

Sì, pensò Ellen, *lo farà sul serio, e chiunque tenti di impedirglielo subirà la sua stessa sorte.*

Böck tremava come una foglia. Le nocche della mano con la quale stringeva convulsamente il phon erano bianche e spiccavano sulla pelle diafana.

«Potete minacciarmi come vi pare, ma non mangerò la mia Margot.»

«Questo è chiaro» replicò Mark. «Lo spiegherò al cuoco. Che cosa le andrebbe di mangiare, allora?»

Era una domanda così involontariamente comica che per un istante Ellen rimase costernata. Poi comprese che Mark stava tentando di provocarlo. Finché fosse stato costretto a difendersi, Böck non avrebbe messo in pratica il suo fatale proposito.

«Smettila di prendermi in giro, giovanotto! Il fatto che tu abbia studiato non ti dà il diritto di giudicarmi pazzo. Credi forse che non mi sia reso conto che avete fatto a pezzettini la mia povera Margot? Siete delle bestie!»

«Secondo lei perché lo avremmo fatto?» Mark aveva un tono seriamente interessato, tranquillo e pragmatico.

Sì, pensò Ellen, *continua così, fallo parlare. Abbiamo bisogno di tempo. Di tempo e un'idea.*

«Io... io...» Cornelius Böck scoppiò a piangere.

«Perché vuole farlo, signor Böck? Perché vuole morire?» gli chiese Mark.

Era responsabile della morte della moglie, singhiozzò Böck. Eppure l'aveva amata sopra ogni altra cosa. Se avesse tenuto chiusa quella boccaccia e non l'avesse chiamata per nome, non sarebbe accaduto niente.

Poi accese il phon.

«E adesso sparite! Devo pagare per la mia stupidità.»

«Vorrei farle ancora una domanda» gridò Mark sopra il frastuono del phon. «Altrimenti senza il suo aiuto finirò seriamente nei guai.»

«Come?» Böck lo guardò sbigottito.

«La prego, signor Böck!» Mark quasi lo implorò. La tattica sembrò funzionare.

«Se proprio vuole, chieda pure.»

«Che cosa devo dire al mio capo? Se ora lei si uccide, io sarò ritenuto responsabile.»

«Io... sì, non so... io... non è lo stesso?»

«Niente affatto. Non per me. E lei mi deve questa risposta. Allora?»

Fantastico, pensò Ellen. *Ce l'hai in pugno!*

Indietreggiò lentamente, poi uscì in corridoio. Il personale era riuscito a riportare la calma tra i pazienti. La maggior parte di loro si trovava di nuovo nelle camere, anche se tutti sporgevano la testa fuori dalla porta per assistere alla scena.

Ellen tornò verso la stanza delle infermiere. Un giovane paziente, pallido in volto, gli occhi truccati di nero e con una pettinatura che faceva somigliare i suoi capelli a un'enorme corona nera, la seguì trafelato.

«Ehi, come facevo a sapere che un imbecille del genere voleva uccidersi con il mio phon, solo perché me lo sono dimenticato in bagno» le gridò dietro. «Cazzo, non sapevo che qui non si potevano portare phon.»

Ellen non badò a lui e si avvicinò a Marion.

«Abbiamo un quadro elettrico da qualche parte qui?»

«Un quadro elettrico?»

«Sì! C'è?»

Ellen si guardò intorno, strappò dalle pareti la piantina delle uscite di sicurezza e alcuni poster appesi da tempo. Ma non trovò un quadro elettrico.

«Non c'è» disse Marion. «Almeno a quanto ne so...»

Ellen afferrò il cordless del reparto e chiamò il centralino. «L'ufficio tecnico, presto!»

Uscì in corridoio. Anche lei dubitava che ci fosse un quadro elettrico nel reparto – la tentazione di giocare all'elettricista sarebbe stata troppo forte per qualche paziente – ma preferì comunque dare un'occhiata in giro. Se in quel vecchio edificio erano state sistemate delle prese abbastanza vicine alle vasche da bagno da permettere a qualcuno di uccidersi con una scarica elettrica, era plausibile che ci fossero dei quadri elettrici sul corridoio di un reparto ad altra protezione. Invece non ce n'era neppure uno.

Finalmente le rispose un tecnico. A giudicare dalla voce impastata, lo aveva interrotto nel bel mezzo del pranzo.

La pausa pranzo, pensò Ellen, *ci mancava pure questa!*

«Dove si trova il quadro elettrico del reparto 9?» domandò senza dilungarsi troppo in convenevoli.

«Chi vuole saperlo?»

«Santissimo iddio, sono la dottoressa Ellen Roth. Allora, dove si trova?»

Da lontano le giunse un altro grido di Böck. Mark non sarebbe riuscito a trattenerlo ancora a lungo.

Anche lo scrigno dei trucchi terapeutici più fornito prima o poi si esauriva.

«Mi stia a sentire, dottoressa. Non posso permetterle di accedere al quadro elettrico. È pe...»

«È questione di vita o di morte!»

Questo parve convincere il tecnico. «Nel sotterraneo. Arrivo subito.»

Non c'era tempo. L'ufficio tecnico si trovava all'altro capo dell'area della clinica.

Ellen gli disse di chiamarla subito sul cellulare, perché il telefono del reparto aveva un raggio di ricezione piuttosto limitato.

«E che Dio abbia misericordia di lei, se non lo fa!»

Lanciò il telefono a Marion che, colta di sorpresa, non riuscì a prenderlo al volo, facendolo cadere per terra.

Per la fretta, Ellen sbagliò due volte il codice di sicurezza che azionava la porta. Al terzo tentativo riuscì finalmente a uscire.

Mentre correva verso le scale, udì alle proprie spalle la

voce di Böck che minacciava: «Ora basta! Faccio sul serio!»

Ellen stava scendendo di corsa le scale, quando il suo cellulare squillò. Era il tecnico.

«Bene, dottoressa, ora faccia attenzione» le disse, spiegandole come arrivare al quadro elettrico.

Lo trovò chiuso a chiave. Ellen lo prese a pugni in preda alla collera. Naturale, erano in una clinica psichiatrica, qui tutto era sotto chiave, in modo che i pazienti non potessero accedervi. Tutto, a parte i phon nei bagni.

Ellen tirò fuori dalla tasca le chiavi di casa. Erano l'oggetto più sottile che avesse con sé con cui fare leva per sollevare lo sportello di protezione. Il tecnico, che intanto era in cammino verso l'edificio del reparto 9, ma che sicuramente non sarebbe arrivato in tempo, le stava dando istruzioni su come raggiungere gli interruttori di sicurezza. Doveva forzare lo sportello di plastica sul lato con le cerniere. Dalla parte della serratura non c'era spazio sufficiente per fare leva.

Proprio quando Ellen si stava convincendo che sarebbe riuscita solo a piegare le chiavi di casa, la plastica si spezzò. Afferrò lo sportello e lo spalancò.

«Qual è l'interruttore dei bagni?»

«Santo cielo, dottoressa, non posso dirglielo così a memoria! Cerchi l'interruttore generale.»

Ellen afferrò la leva più grande che trovò e l'abbassò. Istantaneamente il sotterraneo piombò nel buio.

Un secondo dopo si accesero le luci d'emergenza.

Cinque

Mark entrò nell'ufficio di Ellen con due tazze di caffè, richiuse la porta con un calcio e mise uno dei contenitori davanti a Ellen.

«Tieni. Bevi, vedrai che ti farà bene. È zuccherato. Fa bene per i nervi.»

«Grazie.»

Gli rivolse un sorriso di gratitudine per quella premura, ma non osò afferrare la tazza di plastica. Le mani le tremavano ancora troppo.

Mark liberò una poltrona ingombra di raccoglitori e si mise a sedere.

«Come va? Sei pallida come un fantasma.»

«Un po' meglio.» Strinse i pugni per dominare il tremito.

Mark inclinò la testa di lato e inarcò un sopracciglio. «Non sei molto convincente.»

Ellen sospirò. «Mi è capitato spesso di leggere di persone che in situazioni d'emergenza si comportano con la massima freddezza e lucidità, e poi crollano una volta passato il pericolo. Adesso sto vivendo sulla mia pelle questa esperienza.»

«È comprensibile» osservò Mark sorseggiando il caffè. Anche lui aveva un'aria abbastanza sconvolta. «C'è mancato davvero un soffio. Ce l'hai fatta appena in tempo.»

«Come sta adesso il signor Böck?»

«È nel mondo dei sogni. Gli ho somministrato del Tavor.»

Ellen si limitò ad annuire, fece per prendere la tazza del caffè, poi rinunciò.

Dovrei berlo con la cannuccia, almeno finché non smetterò di tremare.

Mark sembrò accorgersi delle sue condizioni. «Ellen, tu non stai bene. Perché non ti prendi il resto della giornata libera? Potrei proporre al professor Fleischer di sostituirti per oggi. Al mio reparto in questo momento non c'è molto da fare, e sarebbe...»

«Ti ringrazio per la proposta» lo interruppe lei. «Ma ce la faccio, stai tranquillo. Meglio che il capo non venga a sapere niente dell'accaduto. Alla fine mi sentirei dire che non ero in grado di sostituire Chris.»

«Come vuoi tu.» Mark scrollò le spalle. «Anche se credo che Fleischer si mostrerebbe comprensivo. Certi episodi possono succedere a chiunque di noi, e bisognerebbe essere davvero insensibili per non restarne scioccati.» Tirò fuori un pacchetto di sigarette dalla tasca del camice. «Posso?»

«Se il responsabile della sicurezza ti becca, ci linciano tutti e due» rispose Ellen sforzandosi di assumere un tono scherzoso. «Tuttavia, se ne hai proprio bisogno, farò un'eccezione.»

Mark sorrise riconoscente e subito dopo infranse con una Camel il divieto di fumare in vigore in tutta la clinica.

«Ah, mi ci voleva proprio, e ti prometto che mi assumerò tutta la responsabilità per il fumo.»

Il sorriso gli morì sulle labbra. Poi aggiunse a voce più bassa: «Sai, da quando lavoro qui ho perso due pazienti per suicidio. Poche settimane dopo il mio arrivo una delle mie pazienti si gettò sotto un treno. Fu l'anno prima che entrassi tu. Poi lo scorso inverno c'è stata la donna che si è buttata nel Danubio».

Mark evitò di pronunciarne il nome. Non era riuscito ancora a rielaborare l'accaduto. Ellen ricordava bene Maren Weiss, una paziente gravemente depressa. Aveva simulato un rapido miglioramento per ottenere il permesso di uscire e approfittarne per gettarsi nelle gelide acque del fiume.

Il suo cadavere era stato rinvenuto una decina di giorni dopo incastrato nella grata di uno sbarramento artificiale. Dopo la sua identificazione Mark si era preso una settimana di ferie.

«In entrambi i casi mi ero convinto di aver fatto tutto ciò che era umanamente possibile per loro» proseguì lui. Cercò di mascherare il turbamento che ancora provava, ma il tremito nella sua voce lo tradì. Mentre parlava, fissava il fumo attirato dalla corrente d'aria causata dalla finestra socchiusa. «Ormai mi sono rassegnato, è impossibile fermare chi vuole suicidarsi. Quando prendi seriamente la decisione di farla finita, non lo annunci, lo fai e basta.»

Fece una breve pausa, poi riprese. «Ma prima, in bagno, la situazione era diversa. Avevo il tempo di intervenire. Almeno per salvare la vita di Böck. Ciononostante, avevo una paura terribile che diventasse il terzo dell'elenco.»

«All'inizio avevo pensato di staccare la spina» disse Ellen, «ma ero troppo lontana da lui. Se fossi corsa verso la presa, probabilmente avrei solo fatto precipitare le cose e Böck si sarebbe trasformato in un arrosto annacquato.»

Mark sogghignò. «Arrosto annacquato. Buona questa. Cominci a parlare quasi come Chris.»

«Lo pensi davvero?»

Mark spense la sigaretta nella sua tazza ormai vuota.

«Sì. A proposito, che cosa sta facendo il tuo carpentiere in incognito? È sempre impegnato a ristrutturare la casa?»

Ellen scrollò il capo. In realtà Chris avrebbe voluto sfruttare le ferie per occuparsi dei pavimenti, sostituire il parquet e le mattonelle e, nel caso gli fosse rimasto del tempo, farsi fare qualche preventivo per un nuovo portoncino d'ingresso.

Ma poi le cose erano cambiate.

«È partito stamattina per l'Australia.»

«L'Australia?» Mark la guardò stupito. «Non me ne aveva parlato. Se ne va in Australia così, senza portarti con sé?»

«È andato ad accompagnare il suo amico Axel. La ragazza lo ha lasciato da qualche giorno, del tutto all'improvviso, e i biglietti erano un'offerta speciale senza rimborso, o qualcosa del genere. Così Axel ha chiesto a Chris se voleva accompagnarlo.»

«Quindi adesso il nostro dottore si diverte con il suo amico all'altro capo del mondo, mentre tu vieni al lavoro come una brava scolaretta. I miei complimenti.»

Ellen comprese l'allusione, ma preferì non raccoglierla. Mark non aveva mai nascosto la propria antipatia per Chris. Erano diversi come il giorno e la notte. Chris era convinto che Mark avesse un'ottima preparazione, ma pensava anche che i suoi modi anticonformisti, per non parlare del suo aspetto trasandato, fossero del tutto fuori luogo per la sua professione. Soltanto a uno come lui poteva venire in mente di indossare una maglietta di Marilyn Manson sotto il camice!

Viceversa Mark riteneva che il suo collega fosse un noioso perfezionista dalle vedute ristrette, che nessuno era in grado di accontentare – probabilmente neppure lo stesso Chris. In un'occasione, durante una riunione di reparto in cui si erano scontrati, Chris glielo aveva rinfacciato davanti a tutto il personale.

A proposito di quei due, Ellen era sicura di una cosa: chiunque avesse coniato il detto secondo cui gli opposti si attraggono sicuramente non conosceva Chris e Mark.

«Resta tutto da vedere se si divertirà davvero» commentò lei con un sorriso malizioso. «Tanto per cominciare, un amico appena scaricato non è certo il migliore compagno di viaggio che ci si possa augurare, e poi sono andati su un'isoletta di fronte alla costa australiana, Hinchinbrook Island. Non c'è molto lì, a parte la natura selvaggia. Niente televisione, niente telefono, niente cellulare, niente civiltà. Soltanto giungla e alligatori.»

«In ogni caso, al suo posto io avrei preferito portare te. Anche tu ti meritavi una pausa. E invece ti ha lasciato tutti i suoi casi, tra cui alcuni parecchio difficili, come ci ha appena dimostrato il nostro caro signor Böck.»

«Adesso smettila, Mark. Non sono più alle prime armi. Ci penserò io, l'ho promesso a Chris. Credo che gli faccia bene starsene per un po' da solo. E, se devo essere proprio sincera, anche a me. Negli ultimi tempi Chris ha pensato solo al lavoro, e a volte è stato parecchio faticoso per entrambi. Inoltre, chi può dire se nei prossimi anni gli capiterà ancora l'occasione di fare una vacanza così avventurosa?»

«Ah» fece Mark. «State già pensando alla nuova casa insieme?»

«Chi lo sa? Comunque sono contenta che abbia accettato l'offerta di Axel. È stato molto difficile convincerlo ad andare, credimi. Staccare la spina gli farà solo bene. Chris non ha ancora superato del tutto la morte di suo padre, e ora la ristrutturazione della casa che ha ereditato si sta rivelando più difficile di quanto lui voglia dare a vedere.»

«È tipico di te» osservò Mark sollevando il bicchiere verso Ellen, «fare sempre la terapeuta. Perché non vende quella baracca e non vi cercate un altro posto insieme? Magari vicino alla clinica, così vi risparmiereste quel minuscolo appartamento nella palazzina del personale.»

«Perché c'è affezionato e perché più avanti abbiamo intenzione di aprire uno studio per conto nostro. La casa è abbastanza grande, e anche la posizione è favorevole.»

«Nel Giura Svevo?»

«E perché no?» Ellen guardò la lampada sulla sua scrivania, poi seguì il cavo che finiva con la spina infilata nella presa a parete. Pensò al cavo del phon e fu assalita di nuovo da un tremito nervoso. «Che esperienza pazzesca, quella di prima. Mi chiedo che cosa sia scattato nel signor Böck. Fino a stamattina non aveva reagito a nessuna terapia, né di Chris né mia.»

«Qual era la causa del suo stato catatonico?»

«Uno shock causato dalla morte della moglie» spiegò Ellen. «Una storia davvero triste.»

Porse a Mark la cartellina di Böck che aveva davanti a sé sulla scrivania e che aspettava con tenacia burocratica l'inserimento di una relazione di quanto era accaduto nel bagno.

Mark l'aprì e cominciò a leggere. Nonostante i protocolli e i rapporti contenuti nella cartella fossero redatti in uno stile estremamente asettico, il dramma umano era chiaramente leggibile tra le righe. Quando era venuta a conoscenza del caso Böck, Ellen era rimasta profondamente commossa, e dall'espressione di Mark comprese che anche lui doveva provare qualcosa di simile.

Fino a due mesi prima l'impiegato dell'archivio comunale in pensione Cornelius Böck e sua moglie Margot conducevano una vita tranquilla e serena. La coppia abitava in un appartamento di proprietà di tre locali al settimo piano di un palazzo alla periferia di Fahlenberg. Un quartiere residenziale, che Ellen aveva visto spesso quando andava a correre lungo il Danubio.

Il fatto era accaduto più di sei settimane prima. Secondo quanto stabilito dalla polizia, Böck era uscito per la consueta spesa del giovedì mattina, mentre la moglie aveva approfittato dell'assenza del marito per fare le pulizie in casa.

Un vicino aveva visto Böck tornare verso il palazzo e poi fermarsi di colpo. Un agente di polizia citava le parole del testimone: «Se ne stava lì, con le due borse della spesa, gli occhi sgranati come se avesse visto un UFO».

Ma Böck non aveva visto proprio nessun UFO, ma sua moglie. Era in piedi sul davanzale della finestra del salotto, a quanto sembrava intenta a pulire l'esterno della tapparella.

A quella vista Böck doveva essersi spaventato così tanto da commettere un tragico errore: aveva chiamato la moglie. Secondo la dichiarazione del testimone, il grido di Böck: «Margot, no!» era risuonato tra i due palazzi adiacenti come un'eco impazzita.

Mark posò per un istante la cartelletta e scrollò il capo sgomento.

«Lui l'ha chiamata. Era spaventato e l'ha chiamata per nome. Questo spiega le parole che ha pronunciato prima in bagno: *Avrei dovuto tenere chiusa la mia boccaccia.*»

Come le era accaduto la prima volta che aveva letto il rapporto del caso Böck, Ellen rivide davanti agli occhi l'immagine di quell'uomo spaventato.

Le dichiarazioni dei testimoni le scorrevano nella mente come un film – al rallentatore e con agghiacciante chiarezza. Come in quei programmi televisivi che mettono in guardia dagli incidenti domestici, spiegando come un albero di Natale incustodito oppure un fornello lasciato acceso possano incendiare un intero appartamento; come la gente riesca a fratturarsi di tutto salendo in piedi su una sedia con le rotelle; oppure come un phon lasciato vicino all'acqua possa rappresentare un pericolo mortale. In genere gli spettatori commentano con un «nessuno è così stupido» e poi cambiano canale.

Purtroppo quanto accaduto a Böck non era la scena di un programma televisivo in prima serata. Ellen si immaginava la reazione di Margot sentendo la voce del marito; doveva essersi sporta in avanti, nonostante fosse consapevole di essere in piedi sul davanzale di una finestra al settimo piano. Con ogni probabilità doveva essersi trattato di una specie di riflesso pavloviano tra coniugi.

Forse la signora Böck non avrebbe perso l'equilibrio se avesse avuto qualche anno di meno e i suoi riflessi fossero stati più pronti. Forse sarebbe riuscita ad aggrapparsi, magari all'ultimo istante, a qualcosa che non fosse l'anta della finestra, che si era chiusa di slancio senza offrirle alcun appiglio.

Ellen si immaginava Cornelius Böck. Lo immaginava mentre guardava la moglie che precipitava e che agitava le braccia per una frazione di secondo, quasi sperando che si potessero tramutare in ali e trasformare la sua caduta in un volo planato.

Margot Böck si era schiantata nel cortile di cemento, accanto alla rastrelliera per le biciclette e ai bidoni della spazzatura. La caduta non era durata neppure un secondo.

«Accidenti» esclamò Mark richiudendo la cartellina. «Non mi sorprende che abbia subito un tale trauma.»

Ellen annuì.

Qualche giorno dopo l'incidente era passata davanti al palazzo dei Böck durante il suo giro di jogging. Per qualche motivo che ancora non comprendeva – forse un misto di simpatia e morbosa curiosità – si era fermata e si era avvicinata al fazzoletto di verde sul retro dell'edificio, dove era stato trovato Böck.

Aveva letto il cartello con la scritta:

GENTILI PADRONI DEI CANI,
QUESTO NON È UN GABINETTO PUBBLICO!
L'AMMINISTRATORE

accanto al quale si era seduto Böck, secondo la testimonianza dei paramedici, con lo sguardo fisso su un ciliegio ornamentale.

Dopo aver raccontato tutto questo a Mark, Ellen aggiunse: «In quel momento ho capito perché ha preferito chiudersi in se stesso anziché affrontare la realtà. Voglio dire, dev'essere stato tremendo per lui assistere alla morte di una persona e per di più con la convinzione di esserne il responsabile».

«Da allora il signor Böck non ha più parlato?»

Ellen confermò con un cenno del capo. «Dopo l'incidente sembrava essersi rifugiato in un mondo lontano, da qualche parte nella sua mente. Per questo il suo vicino di letto lo aveva soprannominato 'il signor Mai-a-casa'.»

Si decise a bere un sorso di caffè e fece una smorfia. Troppo freddo, troppo forte, troppo dolce. Se non altro, le mani non le tremavano più.

«Credo di aver capito il motivo della sua violenta reazione di poco fa» disse Mark posando la cartella clinica sulla scrivania. «Ora che conosco la sua storia, anche le sue farneticazioni in bagno hanno un senso.»

Ellen sollevò le sopracciglia incuriosita. «Un altro shock?»

«Qualcosa del genere, sì. Credo che il signor Böck ci abbia dato una dimostrazione classica dell'*effetto trigger*. Nella mia tesi ho affrontato appunto l'analisi dei fattori scatenanti dei disturbi comportamentali nei pazienti post-traumatici. Ci sarei dovuto arrivare da solo mentre ero in bagno con lui. E io, come un idiota, l'ho addirittura provocato, per indurlo a concentrare le sue emozioni su di me. Avrebbe potuto avere conseguenze imprevedibili.»

Ellen gli rivolse un gesto conciliante. «Adesso smettila. Non potevi saperlo. Se fosse accaduto qualcosa di irreparabile, la colpa sarebbe stata solo mia. In primo luogo non mi ero resa conto di quanto fosse sconvolto, e per di più sono arrivata in ritardo. Inoltre la reazione spontanea di Böck non era prevedibile. Qualunque cosa sia accaduta con Margot, non avrei mai immaginato che il marito potesse reagire in maniera così violenta.»

«Forse hai ragione tu» disse Mark, per niente convinto.

«Certo che ho ragione.» Ellen gli sorrise maliziosa. «Le donne hanno sempre ragione, non lo sapevi?»

Lui tossicchiò. «Mhm, veramente non ho esperienza in merito. Ma, tornando a cose più serie, è proprio l'imprevedibilità il lato più affascinante di questo tema. La vittima rimuove un'esperienza negativa, a volte impiegando tutte le proprie forze per farlo, dando così l'impressione di una totale passività. Durante il dottorato ho avuto a che fare con ragazze e donne del Kosovo che avevano visto l'inferno. Guerra, morte, torture, tutto quanto. Certi racconti che sentii allora continuano a perseguitarmi in sogno.»

«Ci credo. Ma chissà come si sentono loro, prima di tutto.»

«Molte erano come bambole senza vita. Come se la loro coscienza avesse intrapreso un viaggio senza ritorno. Altre si erano inventate una realtà del tutto personale. Erano fermamente convinte di aver fatto un picnic con le amiche, oppure di essere state a lavorare nei campi insieme alla famiglia. Per loro non c'era stato nessuno stupro, e i parenti non erano morti.» Mark prese senza rifletterci un'altra sigaretta. Solo quando si rese conto di essere sul punto di accenderla, la guardò con aria assorta e la rimise nel pacchetto. «Ma a spaventarmi di più erano proprio quelle che sembravano impietrite. Si capiva che la loro mente era in subbuglio. Come una pentola a pressione, che a un certo punto esplode se non si lascia uscire il vapore gradualmente. Lo stesso sembra sia accaduto al signor Böck. Dal giorno della tragedia era sottoposto a un'immensa pressione psicologica. I suoi meccanismi di difesa interiore lavoravano a pieno regime, mentre all'esterno dava l'impressione di essere apatico e assente.»

«Secondo te qual è stato l'effetto scatenante la sua reazione? Che cos'ha fatto Marion?»

«Böck, senza saperlo, mi ha fornito una spiegazione durante la sua crisi isterica. Ti ricordi cosa diceva?»

«Certo. Era convinto che volessimo fargli mangiare sua moglie.»

«Esatto. Forse era riuscito a cancellare dalla mente l'immagine del corpo martoriato della moglie, ma al suo posto ne era subentrata un'altra. Una specie di associazione. E Marion deve averla stimolata involontariamente.»

«Vale a dire?»

«Tutto è successo all'ora di pranzo, quindi la cosa deve avere a che fare con il cibo, altrimenti Böck non avrebbe avuto quell'idea tanto assurda. Marion lo imboccava?»

«Credo di sì. Non mangiava da solo e di solito Marion lo aiutava. Dove vuoi arrivare?»

«Da brava osservatrice quale sei, sicuramente hai visto le macchie sul camice di Marion.»

In quel momento Ellen si ricordò dell'ampio petto della infermiera, macchiato di un rosso annacquato, e il seme che all'inizio aveva preso per un seme di mela.

«Anguria?»

«Per quanto possa sembrare macabro, di fronte al cranio della moglie Cornelius Böck aveva pensato al paragone più classico. Quanto meno lo ha usato durante la nostra... ecco... la nostra chiacchierata di prima. *Come un'anguria spiaccicata*. Visivamente c'è un'enorme differenza, ma il suo subconscio deve aver sostituito questa immagine a quella della testa fracassata. Böck non pensava più alla moglie morta, bensì a un'anguria. Un'immagine molto meno sconvolgente e che rendeva più sopportabile il ricordo. Ma quando la zelante Marion ha cercato di costringerlo a mangiare una fetta d'anguria la sua mente non è riuscita più a distinguere le due cose.»

«Quindi ha pensato che Marion volesse costringerlo a mangiare la moglie morta» concluse Ellen.

«Esattamente. Il trauma ancora in atto impediva a Böck di dare un significato alla propria associazione. Sentendo la parola *anguria* lui ha pensato a *cervello*.»

Ellen si appoggiò alla spalliera con aria assorta, riflettendo sulla spiegazione di Mark. Aveva già sentito e vissuto molte cose pazzesche. Schizofrenici che si sentivano perseguitati dai diavoli. Altri convinti che il vicino di casa influenzasse il loro pensiero e le loro azioni per mezzo di un trasmettitore telepatico nascosto sotto la moquette, oppure che Gesù avesse profetizzato loro la fine del mondo attraverso lo scarico del lavandino. Una delle prime pazienti di Ellen vedeva pizze volanti, un'altra rideva tutte le volte che si trovava accanto a un armadio, perché nella sua immaginazione era convinta che dentro si nascondesse qualcuno che le raccontava delle barzellette. E molto altro ancora.

Se avesse dovuto compilare un elenco dei dieci casi più folli della sua carriera, quello di Cornelius Böck sarebbe stato ai primi posti. Probabilmente al terzo, se non addirittura al secondo.

Il caso Böck ha tutta l'aria di essere un CPI, pensò. Soltanto quando sentì la voce di Mark si rese conto di aver espresso ad alta voce il proprio pensiero.

«Che cosa sembra?»

«Un CPI, un Caso Particolarmente Interessante» spiegò compiaciuta. «Una definizione coniata da Chris.»

«Chris» sospirò Mark. «Il grande dottor Christoph Lorch, che ti lascia sola per andare a esplorare la giungla australiana.»

«Proprio lui. Adesso devo tornare al lavoro. Grazie per il caffè e la lezione, egregio collega.»

«È stato un piacere.» Mark si alzò a sua volta e andò alla porta. Si girò verso Ellen con un'espressione assai meno determinata rispetto a poco prima.

«Stammi a sentire» disse schiarendosi la voce, «ti andrebbe di cenare insieme dopo il lavoro? Intendo adesso, che sei momentaneamente vedova.»

«Magari un'altra volta. Oggi ho una tentazione molto più forte a cui cederò. Il mio letto.»

«Ti capisco.» La sua voce tradiva una lieve delusione.

«Riposati. Mi sembra che questo spavento ti abbia davvero turbata.»

«Sì, in effetti dipende anche dalla tua tesi sulla rimozione. È inquietante. Mi costringe a pensare che ognuno di noi potrebbe avere rimosso qualcosa senza rendersene conto.»

«C'è qualcosa di ancora più inquietante» replicò Mark. «Il fatto che non si tratta di una semplice ipotesi: un tema molto dibattuto a livello accademico. Certo, non tutti i nostri colleghi credono alla forza della rimozione. Alcuni la ritengono una scemenza.»

«Tu però ci credi?»

Lui annuì. «Esattamente come credo che un fattore scatenante del tutto insignificante possa provocare una reazione abnorme. Come è accaduto con il signor Böck.»

Aveva già la mano sulla maniglia, quando si voltò un'ultima volta verso di lei.

«A proposito, Ellen...»

«Sì?»

«Ecco... volevo chiederti scusa per prima. Sai, a proposito di Chris eccetera. Trovo fantastico che tu sia così comprensiva con lui, e spero che lui sia in grado di apprezzarlo. È un ragazzo davvero fortunato. Dico sul serio.»

«Lo sono anch'io» rispose Ellen pensando a Chris. «Lo sono anch'io.»

Sei

Buio, silenzio e cattivo odore. E, di nuovo, quella strana sensazione che le metteva i brividi.

Se non fosse stata certa del contrario, per un attimo Ellen avrebbe giurato di essere sola nella cameretta in fondo al corridoio.

«Salve?»

Silenzio di tomba.

Le sarebbe piaciuto chiamare per nome la donna ma, non essendo possibile, si limitò a pronunciare un altro breve «salve» prima di entrare.

Si avvicinò lentamente al punto dove in precedenza aveva trovato rannicchiata quella povera creatura impaurita e vide che non c'era nessuno, allora guardò persino sotto il letto. Niente neppure lì.

«Dov'è?»

Non c'erano molte possibilità per nascondersi nella stanza scarsamente ammobiliata. D'altro canto la donna senza nome di sicuro non era uscita in corridoio, visto lo stato di terrore in cui si trovava.

Ellen si avvicinò con cautela all'armadio a muro a due ante dove i pazienti in genere riponevano la biancheria pulita. La sconosciuta ne avrebbe avuto un estremo bisogno. E anche di indumenti puliti – non sembrava possedere nulla a parte quella tuta sformata e strappata – oltre che di una doccia. Oppure, meglio ancora, di un bel bagno con sali profumati. Ma ci sarebbe voluta una lunga opera di persuasione per convincerla a spogliarsi e a entrare in una vasca da bagno. Non avrebbe avuto più via di scampo, e nessuno poteva sapere che cosa le fosse capitato in passato mentre era nuda o semisvestita.

Benissimo, opera di persuasione, instaurazione di un rapporto di fiducia e tanta, tanta pazienza, poi un bagno e abiti puliti.

Per prima cosa, tuttavia, bisognava trovare la donna senza nome.

Ellen afferrò la maniglia di un'anta dell'armadio, si accertò di essere in una posizione di sicurezza – nel caso la paziente pensasse di aggredirla di nuovo – e l'aprì. A parte l'odore di legno vecchio e ammuffito e di detersivo antibatterico, non rilevò nient'altro. Fatta eccezione per tre grucce che dondolavano sul bastone in alto, mosse dalla corrente d'aria, l'armadio era completamente vuoto. A quel punto c'era una sola possibilità. Ellen si diresse verso la porticina accanto all'ingresso, che dava sul piccolo bagno. Attraverso la fessura le giunse un fruscio quasi impercettibile. Era un rumore di calzini di lana che strofinavano sul pavimento di linoleum.

Ellen aprì la porta lentamente. Il bagno non era più grande di una cabina telefonica.

La sconosciuta era riuscita a rannicchiarsi sotto il lavandino. Somigliava a un istrice appallottolato, lì al buio, incastrata tra la tazza e il sifone. Ellen vide che stringeva in mano un fazzoletto spiegazzato, come se fosse un animale di pezza.

«Eccola qui» disse Ellen con voce gentile. «Non voglio disturbarla, ma pensavo che magari potevamo riprendere la nostra conversazione di prima. Ovviamente solo se per lei va bene. *Le va bene?*»

La sconosciuta scrollò il capo testarda. «Non voglio uscire da qui, altrimenti verrà a prendermi.»

Questa volta il tono infantile era ancora più marcato. Se Ellen avesse sentito solo la voce senza sapere a chi apparteneva, avrebbe pensato di trovarsi di fronte a una bambina tra i sei e gli otto anni.

«Non vuole dirmi dov'è lui?»

«Prenderà anche te, quando lo saprà.»

«Perché dovrebbe prendermi?»

«Perché vuole giocare con te.»

Ellen ripensò a ciò di cui avevano discusso con Mark. La rimozione come difesa da esperienze negative. Era di fronte a un caso analogo? Gli occhi spalancati, la bocca imbronciata e ora il fazzoletto che la donna stringeva come l'orsacchiotto preferito suffragavano tale ipotesi. Inoltre c'era la voce in falsetto e il modo di esprimersi della donna. Ellen pensò involontariamente alla bambina di una sua conoscente, che durante i temporali andava sempre a nascondersi nel sottoscala.

Forse quella donna traumatizzata si era rifugiata nella propria infanzia, perché trovava più facile esprimere con pensieri e parole infantili ciò che aveva vissuto. *Giocare* suonava decisamente meno negativo di *picchiare* o *stuprare*, anche se per lei poteva avere lo stesso significato.

Era pur sempre un inizio. Meglio che se si fosse barricata dietro un muro di silenzio.

Se vuoi entrare in contatto con lei, all'inizio dovresti assecondarla. Lascia perdere i discorsi sul distacco terapeutico e sul fatto che ai pazienti si dovrebbe dare del lei. Se lei si considera una bambina, allora parlale come se fosse tale.

«Vorresti dirmi il tuo nome?»

La donna scrollò energicamente la testa, stringendo più forte a sé il fazzoletto.

«A me puoi dirlo. Qui non può succederti niente» cercò di tranquillizzarla Ellen.

«No!»

«Perché no?»

«Perché lui allora mi sente e viene a prendermi. E anche te!»

Di nuovo quella allusione.

Che cosa aveva vissuto quella donna? C'erano state altre vittime prima di lei, di cui lei era al corrente?

«Tu allora sai dov'è adesso?»

Di nuovo un cenno di diniego con la testa. Questa volta si premette le mani sulle orecchie e serrò gli occhi e la bocca.

«Per favore» cercò di persuaderla Ellen, «puoi fidarti di me. Ti proteggerò da lui, ma posso farlo solo se so chi è. E se so chi sei *tu.*»

Un'altra scrollata del capo, poi la donna cominciò a cantare in falsetto. «Quando arriva allora noi corriamo via.»

Era un comportamento inquietante, ancora più sinistro in quel bagno minuscolo e soffocante.

È come sentire la voce di un bambino attraverso il coperchio di una bara, pensò Ellen.

Tornata nel suo studio, scrisse al computer la relazione sulla paziente aggiornando gli appunti di Chris con i propri. Come sempre fu molto scrupolosa e precisa. Questo l'aiutava a inserire le proprie osservazioni nel giusto contesto.

Già, si trattava decisamente di un Caso Particolarmente Interessante, e ci sarebbe voluto parecchio lavoro per entrare in contatto con la paziente. Tuttavia c'era un'altra persona che poteva aiutarla. Qualcuno che aveva esperienza di vittime di traumi.

Prese il telefono e, quando Mark le rispose al secondo squillo, gli chiese: «Ti piace il sushi?»

Sette

«L'Uomo Nero.»

Mark osservava pensieroso il piattino davanti a sé. Non aveva neppure toccato i rotolini di sushi.

Ellen al contrario aveva continuato a mangiare mentre gli illustrava il caso, servendosi generosamente dal nastro che scorreva davanti a loro. Era molto curiosa di sapere quale fosse l'opinione di Mark sulla donna sconosciuta.

Lui non rispose subito e osservò i mucchietti di riso avvolti in foglie d'alga come se volesse ipnotizzarli, mentre tutt'intorno a lui la clientela serale dell'A Dong – Running Sushi brindava chiassosamente.

Ellen quasi rimpiangeva di averlo invitato nel suo ristorante preferito. Mark non sembrava conquistato né dalla cucina giapponese né dall'ambiente.

«Mark? Tutto a posto?»

Lui sussultò. «Come? Ah, sì, certo. Stavo pensando a quella donna.»

Lei indicò il suo piatto ancora pieno. «Non ti piace il cibo?»

«Sì. Il...» gettò una rapida occhiata al menu «l'*hosomaki* non è niente male.» Lei lo ricompensò con un sorriso per quella innocua bugia.

«Io potrei morire per questa roba» disse, infilandosi in bocca l'ultimo pezzo di *sasazushi*. «Ma dato che sono una donna tollerante non me la prendo con chi invece preferisce würstel e patatine fritte.»

Mark si schiarì la voce. «Ti sei dimenticata di far precedere la tua diagnosi da un'anamnesi puntuale.»

«Ma davvero?»

«Certo! Avresti scoperto che il dottor Behrendt non solo ha l'élite dei cuochi italiani al completo sullo scaffale della cucina, ma è altresì famoso per il suo ragù alla bolognese. Per non parlare poi delle fettuccine fatte in casa, per le quali è un vero maestro. Ti consiglio di compiere una ricerca sul posto quando ne avrai tempo.»

Brindò a Ellen con la sua birra.

«Non sarà mica un invito a pranzo?»

Mark arrossì violentemente. Era come se si fosse accorto di essersi lasciato sfuggire un lapsus. «Sì, ecco, veramente sì» ammise. «Se ti va. Mi... mi piace cucinare per... le persone simpatiche.»

Quando era impacciato aveva decisamente un'aria molto dolce, si disse Ellen.

«Ci penserò» gli promise e, notando di averlo messo ancor più in imbarazzo, decise di tornare al vero motivo del loro incontro. Spostò il piatto di lato e si sporse in avanti. «Allora, che cosa ne pensi? Come si potrebbe entrare in contatto con questa donna?»

Cambiare argomento ottenne l'effetto desiderato. Mark si rilassò, aggrottò la fronte pensieroso e si massaggiò il naso.

«Non sarà facile. Mi hai parlato di quella filastrocca infantile e mi è venuto in mente che forse potrebbe esserci un bambino coinvolto nei maltrattamenti. Quindi una seconda persona di cui dovremmo preoccuparci.»

Ellen trasalì. «Santo cielo, non ci avevo pensato! Ma

sarebbe del tutto plausibile. Quel farabutto potrebbe aver maltrattato non solo lei, ma anche il suo bambino.»

Mark annuì e nello stesso tempo scrollò il capo. «Esatto. Tuttavia non credo sia un'ipotesi valida in questo caso. Il fatto che abbia parlato dell'Uomo Nero e che si comporti come una bambina mi fa pensare che la cosa riguardi solo lei.»

Ellen non rimase soddisfatta dalla spiegazione. «È perché?»

«Perché si tratta di una filastrocca della *nostra* infanzia, e tu hai detto che la donna dovrebbe avere più o meno la nostra età, forse qualche anno di più.»

«Sì, è vero, ma non capisco dove vuoi andare a parare.»

«È semplice. *Political correctness*. Oggi cerchiamo di insegnare ai bambini che l'Uomo Nero è una discriminazione. Esattamente come il vicino africano può essere al massimo una persona di *pelle scura*, l'Uomo Nero è diventato l'Uomo Cattivo, anche se inizialmente l'aggettivo Nero non c'entrava affatto con il colore della pelle. Questa abitudine forse non si è radicata ancora dappertutto, ma non credo che la tua paziente abbia voluto indicare l'esistenza di un bambino. No, si ricollega a qualcosa che ha a che fare con il suo passato.»

«Ne sei convinto?»

«Sì. Tra l'altro, nell'era dei videogiochi e dello slang giovanile, queste filastrocche ormai non sono più tanto conosciute. Se avesse voluto portare implicitamente l'attenzione sul suo bambino, avrebbe usato qualcosa di più al passo con i tempi. Un bambino di otto o dieci anni al giorno d'oggi fuggirebbe da uno psicopatico con la sega circolare, da Freddy Krueger o da un altro personaggio dei film dell'orrore. Nel caso tu non mi creda, vieni a vedere i ragazzi ricoverati nel mio reparto. No, se vuoi saperlo, questa donna si è rifugiata nella propria infanzia, in un'epoca in cui ci si poteva mostrare vulnerabili e spaventati. Proprio come hai intuito tu.»

«Come è successo a quelle donne del Kosovo di cui mi hai raccontato? Ti è capitato qualche caso del genere?»

Mark bevve un sorso di birra e annuì. «Più d'uno. Mi ricordo molto bene di una donna in particolare. Avrà avuto una ventina d'anni. Il suo villaggio natale era stato assalito e distrutto dai miliziani. Lei era stata ferita, mentre tutta la sua famiglia aveva perso la vita sotto la pioggia di proiettili. Come ho saputo in seguito, era rimasta nascosta per diverse ore sotto il cadavere della madre, fingendosi morta. Nel frattempo gli assassini si erano seduti a tavola per consumare il pasto che la madre aveva preparato poco prima dell'assalto. Quando vidi questa giovane per la prima volta, non aveva alcun ricordo degli avvenimenti. Sosteneva di aver giocato col fratellino in un prato e, quando le chiesi che giorno fosse, mi rispose con una data di dieci anni prima.»

«Sei riuscito ad aiutarla?»

Lui scrollò le spalle. «Per quanto possibile. A un certo punto è tornata nel presente, ma arrivarci è stato arduo. Purtroppo non ho più avuto sue notizie.»

Un cameriere si avvicinò al tavolo, sparecchiò con espressione neutra e chiese se desideravano ancora qualcosa. Mark ordinò un'altra birra, Ellen nient'altro. La conversazione le aveva fatto passare del tutto l'appetito. Provava un leggero fastidio alle tempie e sperava che non preannunciasse una delle sue micidiali emicranie.

«Se vuoi, posso dare un'occhiata alla tua paziente» propose Mark. «Sarebbe più utile che aiutarti con una diagnosi a distanza. Che ne diresti se passassi da te in reparto domattina prima di iniziare il turno?»

«Te ne sarei infinitamente grata.»

Lui ricambiò il suo sorriso, ma solo per un istante. «C'è qualcos'altro che mi dà un po' da pensare ultimamente, mia cara collega. E sei tu.»

«Io?»

«Sì, tu. Probabilmente non ti racconto niente di nuovo, dicendoti che esistono casi contro i quali si può sbattere la testa inutilmente. Casi così difficili che neppure lo psichiatra più bravo riesce a risolvere, ma al massimo ad attenuare.»

«Mark, io...»

«Non so perché, ma non posso fare a meno di pensare che questo caso possa diventare una fissazione per te.» Si sporse un po' più avanti sul tavolo e parlò con voce carica di sincera preoccupazione. «Non voglio sembrare eccessivo, ma oggi è solo lunedì e tu hai l'aria stravolta. La settimana scorsa dev'essere stata già particolarmente stressante per te, a giudicare da come ti ho vista nervosa in mensa ultimamente.»

Lei avrebbe voluto ribattere, ma lui non glielo permise.

«Ellen, non devi lasciare che questo caso diventi troppo importante per te. Ciò di cui avresti bisogno sarebbe un diversivo per compensare lo stress. Quand'è stata l'ultima volta che hai preso un caffè nel tuo locale preferito, o che sei andata a correre lungo il Danubio?»

Lei evitò il suo sguardo e fissò la propria tazza sul tavolo. Il tè al gelsomino doveva essere diventato troppo forte.

«Non mi farò travolgere, Mark. Quando vedrai la sua faccia domani, con tutti quei lividi e quegli ematomi, e quando avvertirai la sua paura, mi capirai. Quando qualcuno, per qualsiasi motivo, abusa di una persona più debole, io questo lo considero il crimine peggiore in assoluto.»

Mark si appoggiò alla spalliera con un sospiro prolungato. Bevve un sorso di birra e annuì. «Ti capisco, a volte si incontra un... come lo hai definito tu prima, un CPI che ci colpisce più di tutti gli altri casi di cui ci si occupa normalmente. Ma proprio allora è necessario mantenere la massima distanza emotiva.»

Ellen si massaggiò le tempie. Ovviamente aveva ragione lui. Ma a volte non era facile scindere la professionalità dalla compassione.

«Mark, quello che voglio sono due cose. Voglio aiutare questa donna a superare il trauma. E voglio che chi l'ha ridotta in questo stato venga scoperto. L'ho promesso a Chris, e soprattutto a lei.»

Osservò gli altri clienti nel locale gremito. Erano persone normali. Molto probabilmente anche il colpevole era una persona qualunque, qualcuno che i vicini di casa avrebbero descritto ai giornalisti come insospettabile, sempre gentile e garbato.

Per un istante venne assalita dalla sensazione inquietante che l'Uomo Nero potesse essere addirittura lì nel locale.

E se fosse stato seduto proprio al tavolo accanto, mascherato dietro una faccia da persona perbene?

Bastò questo per farle venire la pelle d'oca. Le tornarono in mente le parole della sconosciuta: *Prometti che mi proteggerai, quando verrà a prendermi!*

Uno scoppio di risa alle sue spalle la fece trasalire. Ellen si voltò. I suoi occhi incrociarono quelli di un uomo in giacca e cravatta che chiacchierava con un altro cliente. L'uomo la scrutò da capo a piedi e poi le rivolse un sorriso ammiccante. Nello stesso momento una voce infantile risuonò nella testa di Ellen.

Verrà a prendere anche te, quando lo saprà.

Erano le nove e mezzo quando lasciò Mark davanti alla porta del suo appartamento. Lui non le chiese se aveva voglia di entrare a bere un caffè, ed Ellen ne fu contenta. Le ripeté invece che l'avrebbe aiutata con quel suo CPI, prima di districarsi dal sedile della sua auto sportiva e di avviarsi verso la porta di casa, dopo aver lanciato un'ultima occhiata alla collega.

Quando, nemmeno venti minuti più tardi, Ellen attraversò il cancello del parco della Waldklinik e guardò la luce argentea della luna che dal cielo trapunto di stelle riversava la propria luce sui tigli, gli olmi e le querce tutt'intorno, le venne da pensare ancora una volta a quanto fosse azzeccato il nome della struttura, «Clinica del bosco». Un giovane collega di Amburgo, che circa sei mesi prima era stato ospite nel reparto di Ellen, aveva descritto la clinica come una «pittoresca cittadina in mezzo al bosco», e in effetti non avrebbe potuto trovare una definizione più azzeccata.

La maggior parte degli edifici era sotto il vincolo della sovrintendenza alle Belle Arti. Risalivano tutti ai primi del Novecento, quando la clinica si chiamava ancora Ospedale psichiatrico distrettuale.

Nel corso dei decenni successivi la clinica era stata ingrandita, e le nuove costruzioni rispecchiavano il diverso spirito di ciascun periodo. C'erano sobri edifici quadrangolari nati all'epoca del miracolo economico, altri più bassi nel tipico stile degli anni Settanta – quando, come sostenevano gli osservatori più cinici, anche l'arredamento sarebbe stato fatto di cemento, se fosse stato possibile.

Il pezzo sicuramente più particolare era il centro servizi, un imponente complesso del 1980 che a prima vista somigliava a una struttura industriale. L'edificio ospitava un enorme impianto di riscaldamento, la cucina, la lavanderia, la farmacia e altri ambienti funzionali che rendevano la clinica perfettamente autosufficiente. Alle spalle del centro servizi si estendevano gli orti della clinica che, a parte il loro scopo precipuo di fornire verdura fresca alla cucina, erano utilizzati anche nella terapia riabilitativa dei pazienti.

Questa insolita sintesi architettonica era armonizzata dall'ampio parco, un vero e proprio bosco, che comprendeva anche un campo di minigolf e un impianto sportivo.

Quella notte, tuttavia, Ellen non aveva l'impressione che la clinica fosse una cittadina idilliaca in mezzo al bosco. Mentre guidava con la capote abbassata verso gli alloggi del personale, aveva piuttosto l'impressione di trovarsi in una specie di galleria degli orrori.

I rami spogli degli alberi frusciavano sopra la sua testa come un brusio di migliaia di voci. I lampioni allungavano le loro ombre sull'asfalto. Pur sapendo che le sagome simili a teste deformate non erano altro che i cespugli lungo la strada, Ellen non riusciva a scacciare un profondo disagio.

In lontananza udiva una specie di ringhio attutito, che le ricordò un animale in agguato e che molto probabilmente era solo il rombo di un aeroplano in volo da qualche parte.

Per quanto cercasse di trovare spiegazioni logiche e razionali, queste non bastavano a placare la sua inquietudine. Aveva come la sensazione che qualcuno la osservasse nell'oscurità.

È una totale idiozia, si disse. Ciononostante rimpianse di aver abbassato la capote.

Quando imboccò il viale che portava al margine orientale del complesso, trasalì e frenò bruscamente. A un centinaio di metri da lei c'era una figura allungata accanto a un albero. Un uomo alto e slanciato.

Un Uomo Nero.

Ellen accese gli abbaglianti e scoppiò a ridere sollevata.

«Accidenti, ho proprio bisogno di farmi una bella dormita» disse tra sé passando davanti al nuovo cartello che indicava il reparto di neurochirurgia.

Il sollievo provato per quella piccola illusione ottica non durò a lungo. L'impressione di essere osservata e seguita non se ne andava.

Quando raggiunse il parcheggio davanti all'edificio degli alloggi del personale, chiuse in fretta l'auto e corse verso il portone, dove qualcuno già l'aspettava impaziente.

Quando Sigmund la vide arrivare, si sollevò altero e la salutò con un miagolio prolungato.

Ellen si guardò ancora intorno. Era troppo buio per distinguere qualcosa, e la luce dei lampioni era insufficiente.

«Non c'è nessuno» si disse per tranquillizzarsi. «È solo uno scherzo della mia immaginazione. Mark ha ragione, devo riposare.»

Come a conferma di questa affermazione, Sigmund si strusciò contro la sua caviglia. Quel vecchio vagabondo aveva fatto amicizia con lei da diversi mesi, da quando si era piazzato davanti alla finestra della terrazza in una gelida serata d'inverno ed Ellen gli aveva offerto un riparo per la notte e una ciotola di latte. Da allora tornava a trovarla di tanto in tanto, e nelle ultime settimane le sue visite si erano fatte più frequenti.

La scelta del nome derivava dal suo sguardo saggio e nel contempo arrogante che a Ellen aveva ricordato istintivamente una foto di Freud. Il gatto sembrava soddisfatto della cosa. Se non altro reagiva prontamente quando lei lo chiamava con quel nome.

«Ciao, micione.» Lo grattò sulla testa, il rituale di saluto preferito da Sigmund, e poi diede un'ultima occhiata nel parco.

Non c'era nessuno.

Naturale.

«Allora, ciccione, che cosa ne pensi di un po' di pesce fresco e di un giro di coccole?»

Gli mise sotto il naso il contenitore di plastica che, come sempre, la proprietaria dell'A Dong le aveva preparato con gli avanzi.

Sigmund manifestò la propria totale approvazione. Precedette Ellen nell'atrio, poi la seguì nell'appartamento con la massima naturalezza, come se ignorasse il fatto che nel dormitorio non erano ammessi animali.

In cucina divorò con grande appetito gli avanzi di pesce, mentre Ellen sceglieva un CD con la *Fantasia Wanderer* di Schubert e guardava fuori dalla vetrata della terrazza con un bicchiere di Ripasso in mano. Le luci della città poco distante brillavano nell'oscurità del giardino attraverso i rami di due abeti rossi.

Ellen pensò a Chris. Le mancava. Chissà se anche lui la stava pensando? Di sicuro l'avrebbe chiamata, o le avrebbe mandato un SMS prima di lasciare Sydney e partire per quell'isola deserta. Ormai doveva aver compiuto il tratto più lungo del volo, e tra poco avrebbe trovato ad accoglierlo una bella giornata di sole all'altro capo del mondo.

Lì a Fahlenberg, al contrario, era notte fonda e da qualche parte fuori, nascosto nell'oscurità, c'era un uomo che la sua paziente definiva l'Uomo Nero.

Un uomo che non aveva scrupoli a maltrattare una donna sino a farla regredire alla bambina che era stata un tempo.

Ellen provò un brivido e desiderò che Chris fosse lì con lei e l'abbracciasse.

Non devi farti coinvolgere eccessivamente da questo caso. Le parole di Mark le riecheggiarono nella mente; di sicuro anche Chris le avrebbe dato lo stesso consiglio. *Bisogna prendere sul serio ogni paziente*, avrebbe aggiunto, *ma senza mai lasciarsi toccare troppo intimamente.*

Ellen sospirò. Le sembrava di nuotare troppo vicino a un pericoloso gorgo. Toccava a lei fare le mosse giuste per non essere risucchiata, ma ora era troppo stanca per pensare a una strategia. Voleva solo lasciarsi cullare dalle note di Schubert e trovare la pace.

Quando Sigmund trotterellò verso la camera da letto emettendo una specie di rutto soffocato, ricordandole la seconda parte della promessa con un distratto miagolio, Ellen lo seguì. In realtà non andava mai a letto a quell'ora, ma si sentiva le palpebre pesanti, come se fosse già molto tardi.

Il gatto si acciambellò ai suoi piedi. Le sue fusa ricordavano il suono di un macchinario bisognoso di essere oliato.

«Dormi bene, cuscino di pelo» mormorò Ellen spegnendo la luce.

Vide ancora i numeri della radiosveglia scattare dalle 22.04 alle 22.05, poi si addormentò come un sasso.

Ma non sarebbe stata una notte tranquilla.

Poco dopo si ritrovò in un sogno estremamente vivido, quasi reale.

Come Alice nel Paese delle Meraviglie, pur sapendo benissimo che si tratta di un paese immaginario.

Esatto, disse una voce familiare accanto a lei.

Con suo grande stupore si trovò davanti la figura del suo supervisore, il dottor Bormann. A questo punto Ellen si convinse che si trattava solo di un sogno. Non c'erano dubbi. Bormann era morto due anni prima per un tumore all'intestino.

Tuttavia questo non è il Paese delle Meraviglie e lei non è Alice, mia cara.

Bormann indicò intorno a sé con un gesto della mano. Si trovavano al centro di un ambiente freddo e spoglio con le pareti di cemento, all'estremità del quale si aprivano due corridoi che si perdevano nel buio. Alla fioca luce dei neon l'incarnato di Bormann appariva pallido e malaticcio.

Dove siamo?

Questo spetta a lei scoprirlo, mia cara Ellen, disse Bormann ammiccando con un tipico gesto che lo aveva reso così simpatico quand'era in vita.

Si tratta di un sogno pilotabile, giusto?

Il professore annuì soddisfatto. *È sempre stata la mia allieva migliore, Ellen, e continua a esserlo. Sì, questo è un sogno pilotabile, che lei vive consapevolmente e può influenzare. Ne può dirigere il corso. Qui lei può decidere* tutto, *tranne il momento del risveglio. Perciò veda di sfruttarlo al meglio.*

Si voltò per andarsene.

No, la prego, rimanga, lo implorò Ellen. *Non mi lasci sola.*

Non posso, rispose Bormann. *Io qui sono soltanto il pro-*

logo, per così dire. Il sogno è suo, non mio. Prima o poi ciascuno di noi raggiunge il momento in cui per la prima volta deve applicare su se stesso ciò che ha imparato. A questo punto l'insegnante deve andarsene.

Appena smise di parlare – ma aveva davvero mosso le labbra? – la figura di Bormann cominciò a svanire, diventando sempre più trasparente, fino a sparire del tutto.

Ellen si guardò intorno incerta. D'accordo, era il suo sogno.

Staremo a vedere.

Aveva due alternative possibili. Quale corridoio imboccare: quello a destra o quello a sinistra?

Fu scossa da un brivido. Abbassando lo sguardo su se stessa, si accorse con sgomento di essere completamente nuda.

Un altro indizio che questo è sicuramente un sogno, pensò la sua mente analitica. *Il disagio simbolico di sentirsi nudi e indifesi di fronte a una certa situazione.*

Ma di quale situazione si trattava? Doveva solo scegliere fra destra e sinistra, o c'era dell'altro?

Dunque, quella stanza fredda e ostile era solo il punto di partenza. Se voleva andare avanti – *partire* – doveva scegliere. I due corridoi erano perfettamente identici e questo non facilitava certo la decisione.

Che cosa devo fare? Tirare a caso? Analizzare?

Nuda, scossa dai brividi e perplessa, si strinse le braccia al busto. Che cosa rappresentavano quella stanza e i due corridoi? Il pavimento e le pareti erano di cemento scuro, in parte scivoloso, e sapeva di muschio bagnato e muffa.

A Ellen venne in mente lo scantinato della casa dei genitori di Chris. La casa che era diventata la loro dimora, anche se solo nel fine settimana. Il luogo dove lei tuttora non riusciva a sentirsi a proprio agio, una sensazione che senza dubbio avrebbe provato ancora per molto tempo.

Forse il sogno stava a significare che in cuor suo Ellen non era ancora sicura di voler vivere insieme a Chris nella casa dei genitori di lui?

Il freddo era stranamente reale. Sentiva i piedi gelati come due blocchi di ghiaccio. Era come se si trovasse davvero su quel pavimento scivoloso di cemento, e non con i piedi sotto il piumino, scaldati dal corpo di Sigmund.

D'accordo. C'è qualcosa che mi suggerisce di prendere il corridoio di destra. Forse non è così, ma ho l'impressione che questo conduca in avanti, mentre quello di sinistra va indietro. Non so perché, ma, siccome è il mio *sogno, è così. Punto e basta.*

Si avviò verso la galleria di destra che, nonostante i neon, era quasi completamente buia. Anche qui il pavimento sotto i suoi piedi scalzi era fastidiosamente scivoloso. Se muoveva i piedi avanti e indietro, la patina verde di muschio e muffa – forse anche alghe – si ammassava in mucchietti verdi e lucidi che conservavano la forma del tallone e delle dita.

Man mano che avanzava, l'umidità aumentava. Ogni tanto doveva scavalcare qualche pozzanghera.

Il soffitto non è impermeabile, pensò. Dappertutto cadevano gocce dalle pareti e dal soffitto, schizzando nelle pozzanghere intorno a lei.

Ellen tremava sempre più violentemente. Oltre al freddo, provava un'inquietudine indefinibile.

Dillo chiaramente, Ellen Roth, qui non ti sente nessuno: hai paura. Paura al cento percento. Paura allo stato puro.

Sì, maledizione, era così, aveva paura. Per quanto si trattasse solo di un sogno, e lei lo sapeva benissimo, aveva una paura *enorme*. E, dopo averlo riconosciuto, fu colpita da una consapevolezza improvvisa, una lucidità che le infiammò la testa come un lampo: *qualcuno o qualcosa è in agguato nel buio, dietro di me, alle mie spalle, e mi osserva!*

Si voltò sgomenta. La stanza da cui era partita non poteva essere molto lontana, eppure non si vedeva più. Si trovava da qualche parte oltre i neon sempre più fiochi. Il corridoio sembrava letteralmente inghiottire la luce.

Poi sentì quel rumore. Dapprima era solo un lieve ticchettio, molto simile, anche se nettamente più rapido, allo sgocciolio dell'acqua. Ma poco dopo risuonò più vicino, più forte. Qualcosa stava correndo verso di lei.

Non riusciva a vederlo, era ancora nascosto dall'oscurità, ma Ellen era tutt'altro che ansiosa di scoprire che cosa causasse quel rumore – non ancora. Qualcosa dentro di lei la avvertiva che quel qualcuno, *quel qualcosa*, che stava per raggiungerla non era amichevole – *non era una persona piacevole*, avrebbe detto Chris – ma una minaccia.

Il rapido ticchettio si fece sempre più forte.

Ellen si mise a correre.

Devo riuscire a guidarlo, in un modo o nell'altro. Ma come? Che cosa devo fare per far sparire il mio inseguitore? Ordinargli mentalmente di andarsene? Pronunciare una formula magica? Ti prego, ti prego, caro subconscio, fai in modo che mi svegli. Ti sei divertito abbastanza, non voglio più andare avanti. Per favore, devo svegliarmi!

Ma il suo subconscio, o qualunque altra cosa fosse responsabile del sogno nel suo cervello, era troppo occupato per starla ad ascoltare; magari non aveva neppure intenzione di aiutarla, oppure era dell'opinione che comunque si sarebbe svegliata in tempo, se avesse corso abbastanza in quel sogno così spaventosamente reale.

Lei allora continuò a correre – o meglio a scivolare –

sul pavimento viscido nella direzione opposta al rumore, che ormai era diventato un *tam tam tam*.

Le sembrava di correre a piedi scalzi su un lago ghiacciato. Il pavimento freddo le indolenziva la pianta dei piedi, e doveva fare molta attenzione a non scivolare. Il suo inseguitore, al contrario, sembrava perfettamente a suo agio su quel fondo liscio e sdrucciolevole. Il *tam tam tam* era sempre più vicino e ora si mescolava a uno spaventoso ansimare.

Che qualcuno mi aiuti! È il mio sogno, e posso dirigerlo, quindi, per favore, qualcuno venga ad aiutarmi!

Ma, a parte l'eco sgomenta della sua voce e lo scalpiccio dei suoi piedi scalzi, non ottenne risposta.

Quando il tunnel svoltò a sinistra, accadde l'inevitabile: Ellen scivolò e cadde. Lanciò un grido per il dolore che l'assalì alle ginocchia. Sentì la pelle grattare sul pavimento, mentre slittava fino a sbattere contro la parete.

Si rialzò in preda al panico, scivolò di nuovo, cadde ancora una volta, gettò un'occhiata alle sue spalle verso l'inseguitore. E quando vide ciò che la inseguiva, rimase senza fiato.

Un cane nero, grande come un vitello, galoppava nel tunnel verso di lei. Il manto era opaco e incrostato di sporcizia. Fissava Ellen con occhi simili a carboni ardenti nella semioscurità della galleria, ringhiando in modo gutturale e minaccioso, simile al rombo di un tuono. Fili di bava viscida gli penzolavano dalle fauci, e l'alito fetido si condensava tra i denti scoperti.

Ellen vide la malvagità in quegli occhi ardenti e improvvisamente capì il motivo del gelo che sentiva. Non era il freddo delle pareti di cemento, né l'umidità che gocciolava dal soffitto, ma quel cane mostruoso. Ed era a pochi balzi da lei.

Clop. Clop. Clop.

Ora mi azzannerà. Mi affonderà i denti gialli nella gola, mi strapperà la testa dal collo e mi dilanierà. Proprio come il mostro di un film dell'orrore.

D'un tratto percepì un rumore alle sue spalle. Ellen si voltò di scatto e vide... la donna senza nome. Ora non c'era più traccia di paura nei suoi occhi. Sorrideva.

Presto, disse la sconosciuta indicando le mani di Ellen. Ellen osservò lo strano oggetto che improvvisamente le era comparso tra le mani. Era largo pochi centimetri e aveva la consistenza di una pietra. Non aveva idea di che cosa fosse, né tanto meno a cosa servisse, perciò agì d'istinto.

Con un brusco movimento Ellen gettò l'oggetto di pietra contro il cane che si stava avvicinando. Ma evidentemente era troppo pesante, e cadde a poca distanza da lei. Lì cominciò a ingrandirsi con incredibile velocità, trasformandosi in un muro, che ben presto occupò la galleria per tutta la sua larghezza, alto fino al mento di Ellen.

Un istante prima di sbattere contro la parete, il cane si fermò. La lingua penzoloni, fissò Ellen e la donna senza nome alle sue spalle con i suoi occhi incandescenti. Poi sollevò la testa, mostrando la pelliccia scura sotto il collo proteso, e annusò.

Ma non stava annusando come avrebbe fatto un cane qualsiasi. Sembrava piuttosto che volesse inspirare il loro odore, come quando non siamo sicuri se stiamo annusando un profumo o un odore insopportabile.

Poi tornò a chinare la testa massiccia. Guardò le due donne come a dire: *Non è ancora giunta la vostra ora. Ma ci rivedremo.*

Fece dietrofront e si allontanò con la coda bassa. Ellen

continuò a fissarlo finché fu inghiottito dal buio della galleria. Si voltò verso la donna senza nome.

Era solo un cane?

No, rispose la donna. *Tu forse non sai ancora chi era. Ma prima o poi lo scoprirai. Pensa alla tua promessa!*

«Ma tu chi sei, e perché mi perseguiti anche in sogno?»

Il suono della propria voce la ridestò bruscamente e, invece della donna senza nome, si trovò davanti il muso morbido e tondo di Sigmund – così vicino da sentirne l'alito che sapeva di pesce.

Sembri proprio spaventata, sembrava dire lo sguardo del gatto.

«Ed è proprio come mi sento.»

Otto

Ellen preferiva fare il primo turno. Le piaceva la breve passeggiata dall'appartamento al reparto, soprattutto in primavera, quando il parco della clinica profumava di resina e fiori ed era soffuso del cinguettio degli uccelli. L'alba era il momento della giornata che preferiva, almeno fino a metà ottobre, quando le giornate a poco a poco si accorciavano e l'oscurità diventava sempre più fitta.

Quel martedì mattina, invece, non si accorse neppure che il meteo aveva sbagliato le previsioni e che il cielo preannunciava una giornata limpida e soleggiata.

Il sogno la tormentava. Era stata un'esperienza davvero bizzarra, e non riusciva a scacciarla come un brutto sogno qualsiasi. Non poteva dimenticare l'incontro con il professor Bormann – da quanto tempo non pensava più a lui? mesi, anni? – né il cane spaventoso che non solo aveva visto, ma del quale aveva percepito chiaramente l'odore. Lo stesso valeva per la paziente senza nome che era penetrata nel suo universo onirico.

Ellen non faceva quasi mai sogni che riguardassero la sua professione.

In un modo o nell'altro riusciva sempre a lasciare la vita del reparto chiusa nell'armadietto insieme al camice. Mai un CPI l'aveva perseguitata in sogno, nemmeno quando capitava che lei e Chris ne discutessero dopo il lavoro.

Mark l'aveva avvisata di non farsi coinvolgere troppo, ma lei continuava a ignorare il suo avvertimento. Forse il caso della donna senza nome le stava più a cuore di altri, ma non per questo si sarebbe lasciata travolgere. A differenza di Chris, che era un uomo, lei riusciva a immedesimarsi fin troppo bene nella paziente, per la quale l'incubo di ogni donna si era tramutato in realtà. Infine era suo dovere *professionale* interessarsi della paziente, aiutarla in ogni modo possibile.

Se solo Chris si fosse deciso a telefonarle. Ovviamente non gli avrebbe parlato del caso, lui era partito per riposarsi e non per pensare al lavoro, ma le sarebbe piaciuto sentire la sua voce, oppure leggere un suo messaggio. Le avrebbe fatto bene, dopo una brutta nottata come quella. Ma il suo cellulare continuava a restare muto.

Al reparto 9 Ellen vide Mark fermo all'ingresso mentre chiacchierava con un tecnico intento ad armeggiare intorno al meccanismo di apertura della porta.

«È troppo antiquato.» Riconobbe la voce che aveva sentito per telefono il giorno prima quando aveva tolto la corrente. «Scommetto che su qualche interruttore c'è ancora il sigillo con l'aquila imperiale. Non mi sorprenderebbe. Sa che le dico, si risparmia sempre sulle cose sbagliate. Riparare questo ferro vecchio alla lunga costa molto di più che sostituirlo con una serratura nuova.»

Mark annuì comprensivo. «Mettiamola così, finché non potremo permetterci una serratura nuova a causa dei tagli alle spese, il suo lavoro qui da noi è assicurato.»

«Già» commentò il tecnico senza alzare gli occhi da quello che stava facendo. «Anche questo è vero.»

Ellen sorrise suo malgrado. «Buongiorno, signori. Qualche problema?»

«È l'allarme che è scattato di nuovo per sbaglio» rispose Mark. «Come sei pallida. Ti senti bene?»

«Ho solo bisogno di una bella tazza di caffè forte. Mi fa piacere che tu sia qui.»

Lui inarcò un sopracciglio. «Avevamo un appuntamento. Te ne sei già scordata?»

«Certo che no.»

Il modo in cui lui la guardava non le piacque affatto. «Che cosa c'è? Perché mi guardi così?»

«Non qui» rispose laconicamente.

«Senta un po'» li interruppe il tecnico, «non è che potrebbe mandare via quel... quel tipo lì dietro la porta? Mi rende nervoso.»

Solo in quel momento Ellen si rese conto della presenza di un paziente. Rüdiger Maler era un ragazzo sui vent'anni con la testa rasata e gli occhiali spessi. Era a pochi centimetri di distanza dal tecnico, il naso premuto contro il vetro della porta, e lo leccava, la lingua simile a una grassa sanguisuga.

«Subito. Se ci lascia entrare.»

Il tecnico armeggiò nell'armadietto degli interruttori, poi si udì il ronzio del meccanismo di apertura automatica.

Rüdiger Maler si staccò dal vetro con espressione perplessa mentre Ellen e Mark entravano in reparto.

«Buongiorno, signor Maler, come mai non è a fare colazione?» domandò Ellen.

«Perché l'uomo là fuori ha rotto la porta?» chiese a sua volta il paziente invece di rispondere. Nonostante il metro e novanta di altezza e l'aspetto imponente, le sue capacità intellettive erano appena superiori a quelle di un bambino. Anche la sua voce era stridula e infantile.

«Non l'ha rotta» gli spiegò Ellen. «La sta aggiustando.»

«Ah» fece Maler, poi increspò la bocca in una specie di ghigno. «Mi sono fatto una sega.» Indicò fiero la macchia sul cavallo dei jeans. «Vuoi vedere?»

Prima che Ellen potesse declinare l'offerta, Carola, la nuova infermiera di notte, uscì di corsa dalla camera che Maler divideva con il signor Brenner.

«Rüdiger, vieni subito qui!»

Si accorse solo allora di Ellen e Mark e arrossì. Dapprima Ellen pensò che quell'improvviso imbarazzo derivasse dal fatto che l'infermiera sapeva quanto Ellen ci tenesse a che il personale usasse un approccio rispettoso nei confronti dei pazienti. Dare del *tu* o chiamare per nome i pazienti erano tabù, qualunque cosa potesse aver commesso l'interessato.

Ma poi fu chiaro che la causa del disagio di Carola era un'altra. L'infermiera stava cercando di nasconderla dietro la schiena.

«Che cosa succede?» domandò Ellen.

«Se avessi saputo come vanno le cose qui, non avrei chiesto il trasferimento dal reparto di terapia intensiva, può starne certa» esclamò l'infermiera. «Non c'è un momento di pace, per tutta la notte sono stata importunata da questi balordi, ho dovuto pulire le loro schifezze, poi portare loro la colazione, rispondere a tre falsi allarmi, e adesso ci mancava pure *questo*!»

Con un brusco movimento staccò le mani da dietro la schiena e agitò due riviste pornografiche sotto il naso di Ellen.

«Ops» sfuggì a Mark, chiaramente divertito. «E per giunta di primo mattino.»

Ellen gli scoccò un'occhiata perentoria, che non mancò di ottenere il suo effetto.

Questo reparto è sotto la mia responsabilità, mio caro,

diceva quello sguardo, *e se il personale di servizio si sente turbato da* Studentesse infuocate *e* Tettesuper Extra *devo prendere la cosa sul serio.*

Mark ammutolì all'istante.

Che Carola si sentisse turbata era più che evidente. Il suo contegno aveva persino qualcosa di ridicolo. Reggeva le due riviste tra il pollice e l'indice di ciascuna mano, come se si trattasse di oggetti pericolosamente contagiosi, e sembrava letteralmente ardere dal desiderio di gettarli nel cestino più vicino. Ellen preferiva non pensare a cosa sarebbe accaduto se al posto di Carola ci fosse stata Marion, per natura incline all'isteria. A confronto un allarme bomba in uno stadio di calcio stracolmo sarebbe risultato rilassante come un tè pomeridiano.

«Mezz'ora fa ho dovuto cambiare il letto del signor Brenner, e lavare il pavimento» proseguì indignata l'infermiera. «Aveva vomitato dappertutto. Dap-per-tut-to! Ieri deve aver divorato gli avanzi rimasti sul carrello della cena. E come se non bastasse, c'era questa robaccia in giro per la camera!» Agitò le due riviste quasi a voler dire: *Mi faccia il favore di togliermele dalle mani, una buona volta!*

«Le butti pure via, okay?» disse Ellen. «E per quanto riguarda il signor Brenner verrà dimesso nei prossimi giorni. Se vuole rimpinzarsi finché è qui da noi, lasciamolo fare. Solo cerchi di fare in modo che non esageri.»

L'infermiera stava per azzardare un'altra osservazione, ma Ellen e Mark non gliene lasciarono il tempo. Mark doveva cominciare il suo turno di lì a un quarto d'ora, e per allora doveva riuscire a farsi una prima impressione della donna senza nome.

«A quanto pare c'è qualcuno in clinica che traffica con queste riviste» disse Mark. «Per lo meno il personale del mio reparto ha un atteggiamento più rilassato.»

«Forse perché si tratta di uomini.»

«Uno a zero per te. Ma in questo momento la pornografia è l'ultima delle nostre preoccupazioni.» Guardò di nuovo Ellen con quella strana espressione preoccupata, venata di incredulità e scetticismo.

«Va bene, Mark, che cosa succede? Vuoi dirmi che cosa significano queste allusioni?»

«Sì, ecco...» Lui si passò una mano tra i capelli e sospirò. «Si tratta della paziente senza nome di cui mi hai parlato.»

«Sì, e allora?»

«Ieri sera, dopo cena, sono tornato qui in clinica. Non avevo sonno e ho pensato di vedere se anche lei fosse sveglia.»

«Sei andato a trovare la mia paziente alle dieci di sera?»

Lui fece cenno di sì. «Siccome ci tenevi tanto, stamattina volevo sorprenderti con una mia prima valutazione.»

Ellen era per un verso stupita, per l'altro commossa dall'interessamento di Mark. Era davvero un ottimo collega, e lei sapeva apprezzare le persone come lui. La sua disponibilità non era certo una cosa scontata.

«Allora? Che impressione ti ha fatto?»

Lui evitò la sua occhiata interrogativa e si voltò verso la camera numero 7. «Guarda tu stessa.»

«Come? Che cosa vorresti dire?»

«Ti prego, Ellen, guarda tu stessa.»

Sulla porta della camera numero 7 non era stato ancora appeso il cartellino con il nome. *Naturale*, pensò Ellen, *«Signora X» non sarebbe adatto*. Bussò e, come si aspettava, non ottenne risposta.

Aprì lentamente la porta.

La camera era luminosa, le tende aperte e la finestra socchiusa. Ellen non credette ai propri occhi. E al proprio naso: percepiva solo l'odore neutro di un detersivo antibatterico.

Ellen si voltò di scatto verso Mark. «Che cosa sta succedendo? Dov'è la donna?»

«Non è qui.» Lui scrollò le spalle. «E non c'era neppure ieri sera.»

Ellen provò un crampo allo stomaco. Come quando un ascensore si ferma bruscamente durante la salita. «Non è possibile. Ho parlato con lei proprio ieri pomeriggio.»

«Non so con chi tu abbia parlato in questa camera, ma di certo non era una paziente di questo reparto. Di sicuro non era ricoverata in questa camera.»

«Ma che cosa stai dicendo?» Ellen fu scossa da un violento tremito in tutto il corpo.

«Ellen, questa donna non è registrata da nessuna parte e nessuno del personale la conosce. Ho controllato ieri sera.»

«Non è possibile.» Lasciò Mark dov'era e corse nella stanza delle infermiere, dove Carola si stava lavando le mani con eccessivo scrupolo.

«Che cos'è accaduto alla paziente della numero 7?»

L'infermiera si versò un'altra dose di sapone liquido prima di voltarsi verso Ellen. Aveva gli occhi arrossati, il volto rigato di lacrime e sulla fronte sembrava avere inciso un unico pensiero ossessivo: *Per favore, rimandatemi alla terapia intensiva.*

«La numero 7? L'ho già detto ieri al dottor Behrendt. Non c'è nessuno nella camera numero 7.» Le mani dell'infermiera erano letteralmente sommerse da un mare di schiuma. «Quella stanza non è occupata.»

«Non è possibile!»

Ellen strappò dal tabellone appeso al muro il foglio con l'indicazione delle stanze e dei loro ospiti. Le due calamite a forma di cuore che lo tenevano fermo rimbalzarono sul pavimento.

Secondo il foglio, la camera 7 era vuota.

«Ellen?» Mark la raggiunse e scambiò una breve occhiata perplessa con l'infermiera. «Possiamo parlare a quattr'occhi?»

«Che cosa sta succedendo, Mark? Dov'è la donna della camera 7? Come mai non compare nell'elenco delle camere? Voglio dire, anche se è sconosciuta, almeno la sua camera dovrebbe essere indicata come occupata.»

«E se all'infuori di te e Chris nessun altro fosse stato al corrente della sua presenza in reparto?»

«Mark, quella donna è qui in reparto da tre giorni. Non è possibile che nessuno l'abbia notata. Avrà pur mangiato qualcosa e... aspetta un momento.» Ellen afferrò dalla scrivania il registro con l'elenco dei pasti per il reparto. «Da venerdì sono stati distribuiti dodici pasti tre volte al giorno. Dodici! Se fosse stata inclusa anche la camera numero 7, avrebbero dovuto essere tredici.»

«Le ripeto che la 7 non è occupata.» Carola aveva ritrovato con incredibile rapidità il suo tono di voce tracotante. «Durante i miei giri di sorveglianza, ho controllato due volte quella camera. E quando controllo lo faccio scrupolosamente, su questo nessuno può rinfacciarmi niente. Se ci fosse stato qualcuno lì dentro, me ne sarei accorta.»

Ellen non poteva fare obiezioni. Capitava spesso che i pazienti usassero una camera libera per trascorrere qualche ora d'intimità la notte. Del resto nella clinica non esisteva un luogo ufficiale per certe cose, anche se spesso si era discusso dell'argomento. Il personale del turno di notte pertanto aveva il compito di controllare regolarmente tutte le camere, anche quelle vuote.

E dato che anche lo spogliatoio del personale delle pulizie, l'ambulatorio di pronto soccorso e il bagno rientravano nel giro di controllo Ellen non osò formulare la domanda superflua se Carola avesse controllato anche lì. Allora le venne un'altra idea. Avvertì una stretta allo stomaco.

«Il falso allarme! E se fosse stato reale?»

«E dove crede che sia andata io tutte le volte che è scattato l'allarme?» Se l'infermiera di notte fosse stata un personaggio dei fumetti, sopra la sua testa sarebbe comparsa una densa nube temporalesca con tanto di lampi. «Quel maledetto coso è scattato tre volte, e tutte le volte la porta era perfettamente chiusa. D'altronde immagino che lei, dottoressa, non abbia rivelato alla paziente il suo codice di sicurezza.»

In altre circostanze Ellen non sarebbe passata sopra a una simile mancanza di rispetto, ma in quel momento era troppo sconvolta per far ulteriormente caso al sarcasmo di Carola. Su una cosa non poteva che dare ragione all'infermiera: senza la chiave giusta e il codice esatto non era possibile aprire la porta.

Finora l'allarme era scattato per un relais difettoso, ma senza interessare il meccanismo di apertura della porta. E stavolta?

Ellen corse verso la porta, digitò frettolosamente il codice e intercettò il tecnico proprio mentre stava per uscire dall'edificio.

«Sì, anche stavolta lo stesso inconveniente» rispose questi alla sua domanda. «E sarei pronto a scommetterci qualunque cosa che presto succederà di nuovo. Bisognerebbe cambiare tutto quanto. Ma provi a dirlo all'amministrazione. La butteranno fuori dall'ufficio prima che possa pronunciare anche solo la parola 'preventivo'.»

«E lei mi assicura che questo relais non c'entra niente con la serratura della porta?»

«Assolutamente no. Fa solo scattare l'allarme, ma la porta resta chiusa. Per questo l'amministrazione non se ne occupa. Adesso devo andare. Ci vediamo al prossimo allarme.»

Lanciò un'ultima occhiata a Rüdiger Maler, che lo osservava da dietro il vetro della porta, poi si allontanò.

«Una storia davvero strana.»

Mark era seduto sulla poltrona degli ospiti nel piccolo studio di Ellen. «È strano soprattutto il fatto che nessun altro a parte te sia a conoscenza di questa misteriosa paziente» aggiunse con espressione cupa. «Non era mai accaduto niente del genere. E sono già tre giorni. Qualcuno dovrebbe pur essersi accorto di lei, no?»

Ellen, che camminava nervosa avanti e indietro accanto a lui, si fermò di colpo.

«Mark, ti giuro che, come io sto qui davanti a te adesso, quella donna era nella camera 7. Ho conversato con lei. Te ne ho anche parlato!»

«Sì, mi hai raccontato di lei.»

«Anch'io trovo inconcepibile che sia rimasta per tre giorni nella camera... aspetta! Che cosa significa... ti ho raccontato di lei?»

«Quello che ho detto. Mi hai *raccontato* di lei. Io però non l'ho *vista*.»

«Ma tu mi credi?»

Mark non rispose subito, ed Ellen si arrabbiò.

«È inaudito!»

«Ellen, stammi a sentire. La camera era vuota e non c'è

niente che indichi la presenza di qualcuno lì dentro negli ultimi giorni. Voglio dire, da come mi hai descritto il puzzo, ne sarebbe dovuta rimanere traccia. Invece niente. E poi c'è il fatto che nessun altro ha visto questa donna. Di sicuro ti chiederai anche tu se non possa esserci forse un'altra...»

«Eh, no, mio caro, *Chris* l'ha vista!»

Mark allargò le braccia. «Al momento è difficile chiedere conferma a lui.»

A questo punto Ellen lasciò da parte ogni remora. «Non posso crederci! Parli come se mi fossi inventata tutto. Non so perché tu faccia così, ma posso dimostrarti che l'ha vista anche Chris.»

Spalancò con foga il primo cassetto dell'archivio dove erano custoditi i fogli di ricovero e gli altri documenti dei pazienti. Sfogliò freneticamente le cartelline marroncine alla lettera C. Dato che il nome della donna era sconosciuto, i suoi documenti erano stati archiviati sotto la sigla CPI.

«Vediamo... ecco qua, CPI! Eccola, e questo è il foglio di ricovero compilato da Chris...»

Ma la cartellina era vuota.

Ellen non gradì affatto l'occhiata che le rivolse Mark. Era evidente che non credeva a una sola parola di ciò che aveva detto.

«Mark, non so che cosa stia succedendo qui, ma ti giuro che i documenti *c'erano*! Devono esserci per forza. Li ho sistemati io personalmente.»

Come no. E magari se continui a fissare abbastanza intensamente il cassetto la cartellina riapparirà come per magia, mormorò una vocina sarcastica dentro la sua testa.

«Ieri è stata una giornata particolarmente dura per te» disse Mark. «L'hai riconosciuto tu stessa. Hai dormito poco, sei andata in aeroporto, poi c'è stato l'incidente con Böck. Davvero un bel po' di stress. Non è che...»

«Mark!» Ellen si sforzò di mantenere un tono convincente e tranquillo. Quanto meno riuscì a parlare senza tradire il proprio disagio. «Non è possibile inventarsi una persona del genere. E, anche se così fosse, io ho parlato con questa paziente. Esattamente come Chris.»

«Da quanto mi hai raccontato, ieri la camera era buia, giusto? E mi sembra che anche Chris abbia visto questa misteriosa paziente solo per pochi istanti.»

«Dove vorresti arrivare?»

«Prova a pensare se il nostro burlone preferito avesse voluto divertirsi un po' alle vostre spalle. Che te ne pare?»

«Ti riferisci a Rüdiger Maler?»

Mark annuì. «Già, se fosse stato lui a ingannarti? Del resto ha preso in giro praticamente tutti qua dentro.»

Ellen scoppiò a ridere. Una risata breve e amara. «Credi forse che non sia in grado di distinguere Maler da una donna?»

«Ellen, eri sotto stress, non dimenticarlo. E probabilmente anche Chris, così a ridosso della sua improvvisa vacanza avventurosa. E la percezione sotto stress segue regole tutte sue.»

«Adesso stammi bene a sentire, caro il mio eccelso analista. Il tuo problema con Chris non mi riguarda, ma, se vuoi farmi credere che ieri io non fossi in grado di pensare lucidamente, ti assicuro che non era così. Al contrario. Ero stressata, lo ammetto. Ma lavorando qui è una condizione normale. Non c'è bisogno che te lo dica, giusto? Quindi non cercare di convincermi che sono paranoica o simili.»

«Io non dico che tu sia paranoica. Dico soltanto che durante i vostri incontri non hai mai visto chiaramente questa donna. Non è che magari Maler o qualche altro buontempone...»

«Basta così, Mark. Ora piantala. Grazie per l'aiuto, comunque.»

«Ellen, per favore, nessuno può sparire così facilmente da questo reparto. Voglio dire...»

«Basta, Mark, dimenticati tutto. Ora so cosa pensi di me, non devi darmi altre spiegazioni.»

«Va bene, va bene. Tanto devo tornare al lavoro.» Mark sospirò e si avviò verso la porta. «Non è facile credere a tutta questa storia, Ellen. Forse dovresti provare a metterti nei miei panni.»

«E se invece cercassi di farlo tu?»

Mark abbassò un istante lo sguardo, come se stesse pensando a qualcosa. Poi domandò: «Stai prendendo qualcosa? Contro lo stress, intendo».

«Non dirai sul serio, vero?»

«Di tanto in tanto capita a tutti di farlo.»

«Non dovevi andare al tuo reparto?»

Mark uscì dallo studio con un'alzata di spalle.

Per un paio di secondi Ellen temette di essere sul punto di scoppiare a piangere, ma poi riuscì a dominarsi.

Piangere non serve a niente. Cerca piuttosto di riflettere.

Girando lentamente in cerchio con la sedia, richiamò alla memoria il dialogo con la sconosciuta.

Lunghi capelli ispidi, le mostrò l'immagine della mente. Di sicuro Maler non si era messo una parrucca, non era abbastanza furbo per farlo. E, in ogni caso, la donna aveva un aspetto del tutto diverso. Aveva... un momento!

Con la coda dell'occhio Ellen aveva colto qualcosa che intuiva potesse essere importante. Girò leggermente la sedia e lo vide di nuovo.

Prima, mentre schiumava di rabbia e indignazione – *tutta colpa dello stress, carissima Ellen; anche la rabbia è una condizione di stress!* –, quel particolare le era sfuggito. Ora però la chiamava a gran voce.

Lentamente, come se il dettaglio potesse scomparire da un momento all'altro se si fosse mossa troppo velocemente, si alzò e andò verso lo schedario.

Come mai non era chiuso a chiave? *Lo prescrive il regolamento, e tu ti attieni sempre al regolamento.*

Solo ora si pose quella domanda, e la risposta era lì sotto i suoi occhi. Fece scorrere il dito sul graffio che deturpava la superficie verniciata del metallo, lasciando una lieve impronta di sudore freddo. Il graffio si trovava esattamente vicino a dove la linguetta della serratura bloccava i cassetti dall'interno. Qualcuno aveva armeggiato con un oggetto sottile e allungato, finché era riuscito ad abbassare la linguetta. Tornata in pieno possesso della propria capacità percettiva, Ellen vide il tagliacarte appoggiato sullo schedario accanto a una copia del prontuario farmaceutico.

«Hai forzato lo schedario e hai portato via i documenti» mormorò Ellen tra sé, senza sapere a chi si riferisse.

La donna senza nome? Possibile che avesse corso davvero il rischio di farsi scoprire per prendere con sé un insignificante foglio di ricovero, mentre cercava un modo per uscire dal reparto senza farsi notare? Non avrebbe dovuto possedere conoscenze specialistiche e una lucidità mentale in grado di superare l'handicap della paura e dello shock?

No, una donna che fino a poche ore prima si nascondeva nel bagno e cantava la filastrocca dell'Uomo Nero non sarebbe stata in grado di fare una cosa del genere.

Allora chi era stato?

Forse l'Uomo Nero in persona?

Ellen rabbrividì. E se quel tizio avesse scoperto dove si trovava la donna? Non era del tutto impossibile. Non c'erano molti posti dove una donna nelle sue condizioni sarebbe stata condotta una volta fuori. Avrebbe sicuramente attirato l'attenzione di qualcuno.

«Già, hai chiesto in giro e l'hai trovata» mormorò Ellen. «Forse ti sei spacciato per un parente preoccupato, e magari lo sei davvero. Solo che la tua ansia è di un tipo diverso. Non volevi essere denunciato.»

Questo spiegava anche come mai nel corso della notte ci fossero stati tre falsi allarmi. Non era riuscito ad aprire la porta al primo tentativo, ma alla fine, con un po' di conoscenze tecniche e di intuito, ce l'aveva fatta. Nel caso fosse andata così, ci si doveva chiedere che cosa volesse fare quel tipo con la donna. Di sicuro non l'avrebbe invitata a casa sua per una romantica cenetta a lume di candela.

Ti picchierà e ti inculcherà in testa una volta per tutte chi è il padrone di casa – e che cosa succede a chi non rispetta le regole.

Ellen afferrò il telefono, ma poi lo lasciò subito. Chi avrebbe dovuto informare? Mark? Lui non le credeva, e così pure l'infermiera di notte. Il tecnico, poi, era convinto che si fosse trattato di un guasto.

Ovviamente avrebbe potuto raccontare a Mark le proprie supposizioni, ma l'orgoglio glielo impediva. L'aveva trattata come una povera isterica.

La polizia? Che cosa avrebbe dovuto raccontarle? Non sapeva praticamente niente di questa paziente. E soprattutto, se neppure il suo collega e il personale della clinica credevano all'esistenza di quella donna, perché la polizia avrebbe dovuto ritenere il contrario?

No, la risposta era evidente, proprio come il fatto che lei non si era immaginata tutto.

Doveva scoprire da sola che cosa era successo. E sapeva anche da dove cominciare a cercare.

Nove

Quando Ellen oltrepassò la porta a vetri, fu accolta dall'odore fastidioso del disinfettante alla canfora, tipico degli ambienti medici, al quale lei non sarebbe mai riuscita ad abituarsi.

Fu colta da un crampo allo stomaco, non solo per l'odore, ma anche perché non aveva toccato cibo per tutto il giorno. D'altra parte in quel momento mangiare era del tutto secondario. Era affamata di verità, voleva ottenere tutte le informazioni che poteva reperire. La donna senza nome era giunta in quel pronto soccorso, e da lì era stata trasferita al reparto 9 della Waldklinik, come aveva annotato Chris nel modulo di ricovero sparito, o meglio rubato. Per questo dovevano esserci documenti anche lì.

Purtroppo l'ospedale civico era una struttura indipendente, ed Ellen non aveva accesso al suo database interno. In ogni caso sarebbe stato un problema formulare una richiesta scritta o per e-mail per visionare la cartella clinica di una paziente sconosciuta. Non aveva altra scelta che andarci di persona.

Nonostante l'agitazione, la cosa aveva avuto i suoi lati positivi. Per raggiungere il pronto soccorso aveva dovuto camminare una decina di minuti nel parco della clinica, e muoversi le aveva fatto bene. La passeggiata aveva in parte fatto sbollire il risentimento verso Mark e l'infermiera per il loro scetticismo, e anche la collera per la propria incapacità di dimostrare il contrario e per aver fatto la figura dell'idiota.

Ma la tensione era rimasta. Del resto, c'era da aspettarselo. Le cose non sarebbero potute andare peggio. La paziente che Chris le aveva affidato era scomparsa, o forse era stata addirittura rapita.

La paziente dichiara di essere in pericolo, aveva scritto Chris. *Io le credo.*

Ellen rabbrividì al pensiero. Quella parola – *pericolo* – le sembrava un mostro gigantesco. Come un grosso cane nero...

Come aveva temuto, Ellen non era l'unica a essersi rivolta al pronto soccorso in cerca di aiuto. La giovane infermiera dietro il bancone dell'accettazione era letteralmente incalzata da una piccola folla che la apostrofava animatamente in un miscuglio di tedesco e turco. Da quello che Ellen riuscì a capire, il bambino che piangeva seduto sulla sedia a rotelle accanto al padre era caduto da qualche parte giocando e si era rotto la caviglia.

La cosa potrebbe andare per le lunghe, pensò Ellen stizzita, guardandosi intorno alla ricerca di qualcun altro a cui chiedere. Una seconda infermiera si stava avvicinando a passo svelto, ma, ancora prima che Ellen riuscisse a oltrepassare la famiglia dell'infortunato per rivolgerle la parola, quella prese la sedia a rotelle e spinse il bambino oltre la porta a vetri bianchi con la scritta ENTRATA AMBULANZE – VIETATO L'INGRESSO.

A parte il padre, che era uscito con una sigaretta tra le labbra, il resto della famiglia non sembrava essersi accorto del cambiamento. L'infermiera al bancone continuava a sbracciarsi per cercare di spiegare alle donne isteriche di accomodarsi in sala d'aspetto. «Da quella parte, vedete?» Ci vollero ancora due o tre minuti prima che la sua richiesta venisse accolta. Solo allora il bancone si liberò ed Ellen riuscì a sottoporre il proprio caso.

«Purtroppo non sono autorizzata a farla accedere ai documenti dei pazienti» spiegò l'infermiera. Diversamente dal personale della Waldklinik, il cartellino riportava il nome per intero: LUCIA HAGMEYER. «Non c'era copia del rapporto medico allegato alla richiesta di trasferimento?»

Ellen evitò di nominare la cartelletta scomparsa dove, a parte il breve resoconto di Chris, non c'era nessun altro modulo. Preferì addurre la scusa di aver incontrato un problema con il software interno della clinica.

I problemi informatici funzionano sempre, pensò. *Quando qualcosa va storto, basta dare la colpa al computer, e tutti diventano comprensivi.* E a giudicare dal cenno d'assenso partecipe di Lucia Hagmeyer era evidente che neppure per lei quel tipo di problemi era una rarità.

«Dovrò parlare con la dottoressa responsabile del reparto, non appena avrà terminato le visite. Lei intanto può accomodarsi brevemente in sala d'attesa. Da quella parte, vede?»

Ellen vide anche l'orologio appeso sopra la porta. Questo le ricordò come i tempi d'attesa seguissero la logica del tutto peculiare del personale ospedaliero. Brevemente poteva significare, in base alle circostanze, anche un'attesa di ore. E lei non aveva molto tempo. Soprattutto non ne aveva la sconosciuta – nel caso qualcuno l'avesse davvero rapita.

Ellen cercò di sottolineare ancora una volta l'urgenza della propria richiesta, al che Lucia Hagmeyer rispose con un: «Vedo che cosa posso fare», poi appese un cartello TORNO SUBITO al vetro davanti alla sua postazione e scomparve nel corridoio.

Poco dopo tornò accompagnata da una donna bionda e alta. Qualcosa nel sorriso della collega insospettì Ellen. Appena lesse il nome sul cartellino, capì. Aveva di fronte la dottoressa Anna März.

«Bene, bene» disse la dottoressa März sfilandosi con un gesto esageratamente compiaciuto i guanti in lattice. «Lei dunque è la collega Roth.»

Sebbene Ellen non si fosse sentita in colpa neppure per un secondo per la propria reazione all'incidente con il disidratato signor Brenner – ed era ancora convinta di avere perfettamente ragione –, si rendeva conto che l'uso dell'aggettivo *incompetente* non era stato un banale passo falso, ma un errore madornale.

Cercò comunque di allentare la tensione, spiegando in breve il proprio caso e ricorrendo nuovamente all'espediente del database. Mostrarsi tanto amichevole le costò una fatica enorme. La dottoressa März colse al volo l'occasione di trovarsi in una posizione di vantaggio e, anche grazie alla sua notevole statura, rivolse a Ellen un cenno d'assenso dall'alto in basso e pieno di condiscendenza.

Dopo qualche minuto di apparente riflessione, Anna März rispose esattamente nel modo in cui Ellen aveva temuto: «Mi rincresce davvero molto, dottoressa Roth, ma temo di non poterla aiutare se non mi sa dire il nome della paziente. Lei non conosce i nomi dei suoi pazienti?»

«In questo caso *particolare*, no. Per questo le sarei infinitamente grata se potesse dare un'occhiata al database dei pazienti. Si tratta di una donna sui trent'anni, alta più o meno come me e mora. Presenta gravi segni di maltrattamenti sul viso e sul corpo.»

Anna März assunse nuovamente un'aria pensosa. «Potrebbe dirmi quando sarebbe stata ricoverata qui da noi questa donna?»

«L'ora precisa non la conosco, ma era venerdì.»

Le parve di cogliere un breve lampo negli occhi della dottoressa März. Tombola!

La collega tuttavia rimase impassibile. «Sì, dovrei andare a controllare, ma purtroppo ora sono molto impegnata. Naturalmente lo farò volentieri più tardi. Può aspettare qui oppure tornare in un altro momento.»

Ellen si sentì montare dentro la collera, come la lava in un vulcano poco prima di un'eruzione. «La prego nuovamente di aiutarmi, cara collega. Mi rendo conto che è molto impegnata, ma forse esiste la possibilità di concedermi l'accesso al suo database.»

Anna März scrollò la testa, con un'espressione di rincrescimento chiaramente falsa. «Mi spiace, ma non è possibile. Da un lato è vietato, in base al protocollo di protezione dei dati, e dall'altro» sorrise compiaciuta, «anche se facessi un'eccezione per lei, cosa che non posso assolutamente permettermi nel caso di colleghi esterni, lei non conosce il nostro sistema informatico.»

«Che cosa vuol dire?» domandò Ellen, pur intuendo già dove volesse andare a parare la donna.

Il ghigno sul viso della März si trasformò in un sorrisetto di sufficienza. «Chissà, forse la causa del malfunzionamento del suo sistema non è un problema di software, bensì di *competenza*?»

Il vulcano era a un passo dall'eruzione. Quella donna offesa si stava vendicando con tutti i mezzi a sua disposizione, ed Ellen non poteva farci assolutamente niente. Certo, avrebbe potuto sottolineare l'urgenza del caso, raccontandole del presunto rapimento della paziente, ma sarebbe stato come offrirle su un piatto d'argento un'accusa di *sorveglianza negligente*. E, finché Ellen non avesse potuto dimostrare con assoluta certezza che la sparizione della donna era legata a un atto criminoso, non voleva esporsi ulteriormente di fronte a quella bisbetica.

Ellen stava per sottolineare ancora una volta l'urgenza del proprio caso, quando la porta del pronto soccorso si spalancò e una donna pallida come un fantasma piombò dentro.

Indicò in direzione di un caravan posteggiato davanti all'ingresso, mentre con l'altra mano mostrava un sacchetto di plastica trasparente. Ellen vide che conteneva qualcosa di simile a dei trucioli di legno insanguinati, e le falangi di tre dita.

«Mio marito» balbettò la donna completamente fuori di sé. «La sega circolare. Un incidente. Là fuori.»

Non aveva fatto in tempo a pronunciare queste parole, che un uomo con una salopette verde aprì la portiera del passeggero del caravan. Scese reggendosi la mano a cui appartenevano le dita nel sacchetto. Ellen vide che non sanguinava affatto.

È ancora sotto shock.

«Se ora mi vuole scusare, gentile collega» disse la dottoressa März con esagerata gentilezza. «Le farò avere mie notizie. A tempo debito.»

Poi si allontanò accompagnata dall'infermiera Hagmeyer per soccorrere l'infortunato.

«Si possono riattaccare?» La donna teneva il sacchetto di plastica con le dita del marito davanti al viso di Ellen, che nel frattempo osservava la dottoressa März e l'infermiera prendere il ferito in mezzo a loro e accompagnarlo verso la porta a vetri.

Non poteva lasciarsi sfuggire l'occasione, anche se sarebbe stato molto pericoloso. Non rischiava solo una lettera di richiamo, ma anche di perdere il posto di lavoro.

Ma l'immagine della donna maltrattata e terrorizzata continuava a tormentarla. Assieme alla promessa che aveva fatto a Chris. E poi c'era lo spettro di Margitta Stein.

«Si possono riattaccare, vero?»

«Forse» rispose Ellen, poi lanciò un'ultima occhiata alla dottoressa März. Quindi si intrufolò a sua volta oltre la porta a vetri.

«Bene, adesso ti faremo una radiografia» sentì dire da una voce maschile. «Così vedrai anche tu com'è fatto l'osso del tuo piede.»

Sbirciò nella seconda saletta del pronto soccorso e vide un medico darle le spalle, in piedi davanti al ragazzino turco. Quando fu certa che i due non l'avevano notata, proseguì fino allo studio della dottoressa Anna März.

La porta era aperta. Ellen si guardò un'ultima volta intorno, poi entrò e richiuse silenziosamente la porta.

Lo studio era più grande del suo ed era pervaso dal profumo di fiori di Anna März. Ellen si mise alla scrivania dov'erano ammucchiati disordinatamente moduli e documenti. Sul monitor del computer volavano alcuni tostapane, a indicare che il salvaschermo era in funzione.

Non aveva molto tempo. Se era fortunata, il computer non era protetto da una password. Altrimenti...

Altrimenti vedi di andartene e di provare con quel simpatico dottore.

Ma Ellen ebbe fortuna. Addirittura più di quanto avesse sperato. Il sistema informatico dell'ospedale era identico a quello utilizzato alla clinica psichiatrica.

Ellen aprì la maschera di ricerca e inserì la data del venerdì precedente. Dopo una breve attesa, comparve l'elenco dei nomi con l'ora del ricovero e l'indicazione del numero progressivo della cartella clinica. L'elenco era incredibilmente lungo. Quel venerdì era stato decisamente impegnativo, in particolare la sera e la notte. Il consumo di alcol raggiungeva il picco nel fine settimana, con un inevitabile aumento di incidenti di ogni tipo.

Ellen aprì un'altra maschera di ricerca e selezionò le pazienti femminili. Ce n'erano pur sempre venti. Non conoscendo la data di nascita della sua paziente, non le restò altro da fare che richiamare ogni singolo nome.

Accidenti!

Dal corridoio le giunse la voce piagnucolosa di un uomo. «Ma a me servono!»

Ellen lanciò una breve occhiata all'orologio accanto alla libreria. Aveva ancora diciotto minuti. Se non tornava in reparto in tempo, avrebbe avuto dei guai – certo neppure paragonabili a quello che sarebbe successo se l'avessero scoperta lì.

Esaminò freneticamente l'elenco. Ferite da taglio, una frattura del polso, una lussazione alla spalla, un... *ecco!*

Silvia Janov. Sembrava proprio lei.

Data di nascita: 20.01.1974, lesse Ellen. Combaciava. La signora Janov era una casalinga.

Il medico che l'aveva ricoverata, un certo B. Drexler, aveva riscontrato *numerose ecchimosi su entrambi i lati del viso, sul torso e sulle braccia.* Alcune, secondo il medico, erano *precedenti all'attuale ricovero*, il che, tradotto, stava a significare che secondo lui la donna era stata picchiata spesso negli ultimi tempi. Il dottor Drexler, tuttavia, non aggiungeva altri elementi concreti, ma commentava la natura dell'incidente con: *sostiene di essere caduta dalle scale.*

Ellen continuò a leggere. La signora Janov era sotto shock al momento del ricovero. Nonostante la violenza dei colpi che aveva ricevuto, il medico non constatò la presenza di fratture o lesioni interne. Alla voce «altre annotazioni» lesse: *marcato consumo di alcol, scarsa igiene personale, infezioni micotiche alle ascelle e al pube.*

Lei stessa aveva compilato molti rapporti su pazienti e incidenti di vario genere, ma la asettica concretezza di quel documento le diede il voltastomaco. Il destino della donna emergeva con tragica evidenza tra le righe, eppure per quel B. Drexler Silvia Janov non era altro che un soggetto alcolizzato e dalla scarsa igiene personale. Una delle tantissime donne provenienti dalle cosiddette famiglie problematiche, che venivano picchiate dal marito e che magari *se l'erano pure meritato.*

«Di sicuro non ti piacerebbe trovarti seduto nella stessa stanza con lei, caro dottor Drexler» mormorò Ellen mentre lanciava la stampa.

Era convinta di aver trovato la donna senza nome, glielo diceva una voce interiore. Tuttavia per scrupolo voleva esaminare anche gli altri nomi in elenco. Ma non ne ebbe il tempo.

Mentre stava aprendo il file successivo, la porta si aprì e la dottoressa Anna März entrò nell'ufficio.

Dieci

La prima cosa che si notava entrando nell'ufficio del direttore sanitario della Waldklinik era l'imponente scrivania di quercia che troneggiava al centro della stanza come un altare.

Ma quando il professor Raimund Fleischer vi era seduto dietro la scrivania sembrava rimpicciolirsi. Fleischer era un omone gigantesco sulla cinquantina, dal fisico atletico e dai lineamenti marcati. La folta chioma brizzolata era domata da uno strato di brillantina che lo faceva assomigliare a una star del cinema degli anni Cinquanta.

La pettinatura e l'aspetto sempre esageratamente curato gli avevano fatto guadagnare presso alcuni collaboratori il soprannome di «Fleischer il bello». Tuttavia nessuno osava pronunciare questo nome a voce alta, neppure in cambio di un'ingente somma di denaro.

Oltre che direttore della clinica, Fleischer era anche ricercatore e docente universitario. Tutti sapevano che non aveva mai un momento libero. Eppure, nemmeno mezz'ora dopo essersi introdotta senza permesso nello studio medico del pronto soccorso, il direttore l'aveva fatta chiamare.

Ellen si aspettava che l'avesse saputo e che volesse darle una bella ripassata. Invece Fleischer, noto per il suo temperamento focoso, si comportò con calma straordinaria. Perfino eccessiva, si disse Ellen. Le offrì addirittura un tè. Mentre glielo serviva, Ellen rimase colpita dalle sue dita delicate e affusolate, del tutto in contrasto con l'aspetto massiccio.

«Mia cara dottoressa Roth» esordì Fleischer, con un tono di voce insolitamente tranquillo che le fece accapponare la pelle, «non credo sia necessario che le spieghi il motivo del nostro incontro. Non le chiedo neppure il motivo di ciò che ha fatto. Operiamo entrambi da abbastanza tempo in campo psichiatrico per sapere che esiste sempre un motivo per ogni nostra azione, che appaia sensato o meno ai nostri colleghi.»

«Tuttavia, a questo proposito vorrei chiarire...» provò a dire Ellen, ma Fleischer la interruppe con un gesto della mano.

Sta per licenziarmi. Per questo è così calmo. Non vuole sentire le mie motivazioni, ma desidera che io rimanga calma come lui, anche dopo avermi licenziata, rifletté Ellen.

«Dottoressa Roth, la Waldklinik è un'antica e rinomata istituzione psichiatrica alla quale ogni anno si rivolgono più di dodicimila pazienti. Attualmente diamo lavoro a quasi seicento persone. Ognuna di loro è altamente qualificata e, a parte il nostro meraviglioso parco, l'ottima reputazione della clinica si basa soprattutto sul servizio puntuale e competente. Siamo un'équipe di primissimo livello, dall'impresa di pulizie fino ai dirigenti, e lei, Ellen, mi ha sempre fatto un'ottima impressione da quando è venuta da noi quattro anni fa.»

Con una lentezza quasi teatrale Fleischer bevve un sorso di tè, poi posò la tazza sul piattino. «Ma un'orchestra, per così dire, funziona solo se tutti i suoi componenti vanno a tempo. E il suo gesto di poco fa è stato... ecco, diciamo, un assolo contro ogni regola.»

«Una paziente è scomparsa dal mio reparto assieme a tutta la documentazione» sbottò Ellen. «Tutto ciò che voglio è...»

«So che cosa vuole» la interruppe Fleischer. «Ho raccolto informazioni sull'incidente. Sono anche al corrente dell'enorme carico psicologico che ha dovuto sopportare ieri a causa di quel mancato suicidio.»

Ellen si sentì arrossire. Che cosa significava? Possibile che Mark si fosse messo in contatto con Fleischer nonostante lei lo avesse chiaramente pregato di non farlo? Ora anche Fleischer pensava che fosse stressata?

Ellen si rimangiò un'osservazione e lasciò che Fleischer proseguisse. *E va bene, facciamola finita. Fatemi fuori, è questo che vuoi dirmi, giusto?*

«Posso bene immaginare che questo incidente non le sia passato sopra senza lasciare tracce» riprese Fleischer guardandola con espressione inquisitoria. «Le assicuro che lei gode di tutta la mia comprensione. Tuttavia non posso soprassedere tanto alla leggera sul suo comportamento di oggi. Devo trarne le debite conseguenze. Viceversa non voglio perdere un elemento tanto valido come lei, Ellen. Per questo vorrei che si prendesse una settimana di vacanza. Di sicuro le sarà rimasto qualche giorno di ferie. Se accetta la mia proposta, non ci saranno richiami ufficiali né annotazioni sul suo curriculum personale. Anzi, cercherò addirittura di convincere il direttore del pronto soccorso a non intraprendere alcuna azione legale contro di lei.»

«Ma io ho...»

«Quello che ha o non ha fatto non mi riguarda. Accetta la mia proposta?»

Ellen non poteva far altro che accettare l'offerta di

Fleischer. Un richiamo o addirittura un licenziamento potevano avere conseguenze fatali per la sua carriera.

«Molto bene.» Fleischer era visibilmente soddisfatto. «Sapevo che avremmo trovato un accordo. Vedrà, questa piccola vacanza le farà bene. E poi tornerà al lavoro fresca e riposata. A volte bisogna costringere le persone a prendersi cura di sé. Lei ha molto in comune con il suo compagno, se posso permettermi. Il collega Lorch ha accettato di prendersi tre settimane di ferie solo dietro le mie pressioni, e si trattava solo di un recupero ferie.»

Fleischer si alzò dalla poltrona di pelle e rivolse a Ellen un sorriso magnanimo. «Ora pensate a riposarvi entrambi. Consideriamo la questione conclusa.»

Anche Ellen si alzò, ma non aveva intenzione di farsi congedare tanto in fretta. «Mi piacerebbe sapere ancora una cosa.»

«E sarebbe?»

«Da un lato apprezza la mia competenza, dall'altro neppure lei crede che questa donna esista davvero e che sia scomparsa dal reparto.»

«Si sbaglia, cara collega, io le credo. Tuttavia devo riconoscere che trovo piuttosto bizzarro che nessuno fosse a conoscenza di questa paziente a parte lei, ma...» aggiunse allargando le braccia «ecco, anche la squadra migliore può sbagliare.»

«Uno sbaglio? Per lei questo caso è solo uno sbaglio?»

«Ellen, la prego. Cerchi di mettersi nei miei panni. Può capitare che un paziente riesca a uscire da un reparto ad alta protezione. Questo non significa che i miei dottori debbano mettersi a giocare a Sherlock Holmes. È un compito che spetta alla polizia.»

«Si ricorda quel senzatetto in stato confusionale e senza documenti che scappò dalla clinica due anni fa durante un'esercitazione antincendio? Sebbene la polizia lo abbia cercato, a tutt'oggi non si sa che fine abbia fatto. Crede forse che si darebbero da fare di più con una paziente di cui non sappiamo nulla?»

Fleischer ebbe un moto d'impazienza. Consultò l'orologio e poi l'agenda degli appuntamenti. «Sono incidenti incresciosi, ma dobbiamo conviverci. Soprattutto *lei* dovrà conviverci, Ellen. Adesso si prenda questa settimana di riposo. In tale periodo non dovrà occuparsi dell'andamento della clinica. Lascerà a me ogni decisione procedurale su questo caso. Mi sono spiegato?»

«Oh, sì, certamente.»

«Benissimo.» Girò intorno alla scrivania e andò verso la porta. «Ora la prego di scusarmi, avrei un colloquio.»

Quando Ellen uscì dall'edificio della direzione, era certa di due cose: avrebbe dovuto mettersi a cercare un altro posto di lavoro, ma prima avrebbe fatto visita a Silvia Janov.

C'era qualcosa che non andava in quel caso. E lei voleva scoprire che cosa. E subito!

Undici

Di sicuro nessuno degli abitanti della Immanuel-Kant-Strasse sapeva chi fosse l'illustre personaggio che aveva dato il nome alla loro via. La strada faceva parte di un quartiere tristemente noto all'opinione pubblica come *ambiente socialmente degradato*.

Dopo una fila di villette plurifamiliari grigio sporco sorgeva un gruppo di edifici popolari fatiscenti dei primi anni Cinquanta. In origine vi alloggiavano le famiglie dei lavoratori di un grosso complesso industriale, ormai dismesso da una quindicina d'anni.

A poco a poco l'ex quartiere popolare si era trasformato in un luogo di approdo di disoccupati e disadattati. Le facciate un tempo bianche e ornate di gerani ora erano imbrattate di graffiti di ogni genere e dimensione – da FUORI I NAZI a FUCK! fino a NO FUTURE.

Anche la casa bifamiliare al numero 27b dove abitava Silvia Janov era in condizioni deplorevoli. Già da lontano il tetto appariva mezzo scoperchiato, le tegole vecchie e rotte, e in molti punti l'intonaco grigio-marrone si era staccato. In quella desolazione la parabola nuova di zecca e la cassetta delle lettere rosso acceso spiccavano come due corpi estranei. Evidentemente gli inquilini del 27b della Immanuel-Kant-Strasse davano più valore a un'ampia scelta di programmi televisivi piuttosto che a un tetto impermeabile o a un giardino curato.

Ellen parcheggiò accanto a un bidone della spazzatura rovesciato dove un gatto spelacchiato cercava qualcosa di commestibile. Sul lato opposto della strada quattro ragazzi in tute da ginnastica troppo grandi si esercitavano in un gioco che avrebbe potuto benissimo chiamarsi chi-riesce-a-pisciare-più-in-alto-contro-il-muro. Quando si accorsero di Ellen, il più alto di loro si voltò mostrando fieramente il proprio gioiello e guadagnandosi così l'applauso scrosciante dei compagni.

Ellen fece finta di niente e cercò di respirare a fondo. Accompagnata da risate di scherno, aprì il cancelletto cigolante del giardino e si diresse verso l'ingresso degli Janov.

Non aveva ancora raggiunto la porta quando uscì un uomo corpulento sulla quarantina. Il suo aspetto indusse Ellen a pensare che già da tempo avesse barattato l'occorrente per radersi con una bottiglia di Jägermeister. I calzoni di velluto sbiaditi erano sormontati da un addome imponente che la maglietta con la scritta RE DELLA BIRRA non era più in grado di contenere. Le venuzze rosse che solcavano il viso dell'energumeno dimostravano quanto prendesse sul serio quell'appellativo. Una sigaretta fatta a mano gli penzolava dall'angolo della bocca come un'appendice naturale.

«Che c'è?»

Ellen si irrigidì. Se i suoi sospetti fossero stati confermati, e Silvia Janov fosse stata veramente la donna senza nome, lei ora si trovava di fronte all'Uomo Nero.

«Buongiorno.» Ellen fece del proprio meglio per non tradire la tensione. «Mi chiamo Ellen Roth. Vorrei parlare con Silvia Janov.»

«Perché?»

«Preferirei spiegarlo di persona alla signora Janov.»

«Non c'è.»

Alle sue spalle, nella penombra del corridoio, notò un movimento, poi una voce femminile biascicò: «Eddi, che succede?»

La voce aveva parlato troppo piano perché Ellen potesse riconoscerla. Era possibile che appartenesse alla donna della camera 7, ma poteva anche essere un'altra.

«Stai zitta! C'è una tipa che vuole parlare con te.» Tornando a rivolgersi a Ellen, domandò: «Allora, che vuole?»

«Sono un medico e vorrei fare qualche domanda a sua moglie.»

Di nuovo la voce femminile. «Che cosa vuole?» Ancora troppo piano.

«Qui non c'è nessun malato. E adesso sparisci, altrimenti chiamo la pula.»

Era assai probabile che questo Eddi avrebbe preferito lavarsi piuttosto che chiamare la polizia, ma altrettanto chiaramente non voleva che Ellen parlasse con sua moglie. Ellen si rendeva conto che era meglio evitare di mettersi a discutere con quel colosso di due quintali.

«D'accordo, allora me ne vado» disse con forzata indifferenza. «Così dovrà rinunciare ai soldi.»

Queste parole accesero una scintilla negli occhi dell'uomo. Sputò la sigaretta per terra. «I soldi?»

«I venti euro che le avrei dato se mi avesse permesso di scambiare due parole con sua moglie.»

«Mi prende in giro?»

«Non lo farei mai.»

«Un cinquantone ed è fatta.»

«Ho detto venti.»

«E io cinquanta. Allora?»

«D'accordo, cinquanta.»

«Fuori il grano.»

Lui protese la mano ed Ellen fece un passo indietro.

Ellen pensò per un attimo che forse proprio quella mano aveva picchiato la sua paziente. Quella mano enorme con le unghie rotte e le dita tozze aveva tutta l'aria di poter stritolare un delicato braccio femminile.

Ellen cercò di dominarsi per nascondere il tremito che la scuoteva quando tirò fuori dal portafoglio la banconota da cinquanta euro. Gliela porse facendo attenzione che Janov non la sfiorasse mentre l'afferrava.

L'uomo sollevò la banconota alla luce con aria diffidente, poi rivolse un'occhiata perplessa a Ellen.

«Che cosa c'ha di tanto speciale la mia vecchia che per te vale un cinquantone?»

«Forse può essermi d'aiuto in una faccenda personale.»

«Ah.»

«La prego, ora che ha i soldi, mantenga la promessa.»

«Mi assicuri che non sei un'assistente sociale o roba simile?»

Ellen gli assicurò che non apparteneva a nessun ufficio pubblico, e lui indicò il corridoio. Avrebbe preferito che Silvia Janov la raggiungesse fuori, ma non lo fece.

Ellen dovette fare un enorme sforzo di volontà per entrare in quella casa. Il corridoio non era illuminato. In una stanza si sentiva un televisore a tutto volume. A giudicare dal tono doveva trattarsi di una telecronaca di calcio. C'era puzzo di sudore, birra stantia e fumo stagnante. Giornali vecchi e altri rifiuti erano sparsi sulla moquette piena di gobbe. Accanto alla porta che dava su una cucina desolata era inginocchiata una donna. Afferrò tremando un cestino della carta rovesciato e cominciò a raccogliere la spazzatura sparsa in giro.

«Non metterci tanto, eh?» brontolò l'uomo. «Entro cinque minuti deve essere tutto a posto, capito?»

Si grattò il cavallo dei pantaloni e scomparve nella stanza da cui proveniva la voce del cronista sportivo. Solo quando si udì il cigolio delle molle sfondate del divano, Silvia Janov si decise ad alzare la testa. Ellen si morse un labbro per non lanciare un grido di raccapriccio.

La donna era conciata male. Anni di abuso d'alcol le avevano lasciato gli occhi rossi e una rete di sottili venuzze sul naso. Sopra il sopracciglio destro c'era una cicatrice biancastra, e un'altra le deturpava il mento. Doveva essersi rotta il naso diverse volte e un ematoma di parecchi giorni prima che si estendeva dalla guancia al collo e fino alla spalla ossuta scintillava di tutti i colori dell'arcobaleno. Tracce di un triste passato e di un presente senza speranza.

Tuttavia, nonostante i lividi, Ellen comprese subito che Silvia Janov non era la donna con cui aveva parlato il giorno prima nella camera numero 7.

«Che vuole da me? Non ho chiamato nessun dottore.» Silvia Janov parlava sottovoce, e il suo sguardo si girava insistentemente verso la porta oltre la quale era scomparso il marito.

«Sto cercando una paziente» spiegò Ellen.

«Chi, io?»

«No, devo aver sbagliato indirizzo. Ma, già che sono qui, vorrei occuparmi delle sue ferite...»

«Passeranno» sibilò la signora Janov. «Non mi serve aiuto. E nemmeno la pula, capito?»

Ellen annuì. Prima di andarsene però raccolse uno dei pezzetti di carta che un tempo erano appartenuti a una bolletta del telefono. Sul retro annotò il numero del servizio sociale d'emergenza della Waldklinik. Poi lo porse a Silvia Janov. La donna esitò, poi lo afferrò velocemente, come se temesse che Ellen potesse riprenderselo.

«Quando vuole» disse Ellen.

Silvia Janov non rispose, ma dal suo sguardo Ellen capì che non avrebbe mai accettato quell'offerta d'aiuto.

Dodici

«Si accomodi, prego.»

L'ispettore capo della polizia Kröger aprì la porta accanto allo sportello dell'accettazione. L'uomo, sulla cinquantina e con un addome tondo e prominente, sembrava sul punto di entrare nel Guinness della medicina per un parto gemellare. A questo si aggiungeva un gusto decisamente pessimo nella scelta del dopobarba.

Kröger condusse Ellen a una scrivania, triste reliquia dei primi anni Ottanta, come il resto della stazione di polizia. Solo i computer e i monitor a schermo piatto sulle due scrivanie dimostravano che il tempo non si era fermato vent'anni prima.

Non sono solo le strutture sanitarie a piangere miseria, pensò Ellen accomodandosi sulla sedia che le era stata offerta.

L'ampio sorriso di Kröger era rivolto a Ellen, ma anche al suo collega, seduto all'altra scrivania, il quale, alle spalle di Ellen, aveva fatto all'ispettore un segno eloquente del tipo «belle tette!», ma senza rendersi conto che la sua immagine si rifletteva nella finestra di fronte.

Ellen cercò di far finta di niente, mentre spiegava a Kröger il motivo della sua presenza. Non si aspettava molto da quel colloquio, ed era sempre tormentata dal dubbio che il poliziotto non le credesse. Tuttavia non aveva altra scelta, ora che sapeva che la donna sconosciuta non era Silvia Janov.

Kröger tirò fuori un taccuino e la ascoltò con attenzione.

«Vediamo di riassumere i fatti» disse con un tono di voce importante, quando Ellen ebbe finito di raccontare. «Lei è una psicologa e una sua paziente è sca... scomparsa. Una donna che ha subito maltrattamenti dal suo partner o da qualcun altro.»

«Qualcosa del genere. Io sono psichiatra, e quest'uomo potrebbe aver rapito la donna.»

«Ah.» Kröger prese altri appunti. «E chi è questa donna? Voglio dire, come si chiama? Conosce il suo indirizzo?»

«È proprio questo il punto. Non so praticamente niente di lei.»

«Questo è grave.» Kröger disegnò un punto interrogativo accanto agli appunti. «Voglio dire, in questo modo le ricerche saranno più difficili. Che problemi ha questa donna?»

Ellen stentava a credere alle proprie orecchie. «Non mi ha sentito? Ha subito gravi maltrattamenti ed è sotto shock.»

«Sì, certo, questo l'ho capito.» Kröger la guardò scettico. «Però provi a spiegarmi come avrebbe fatto questa donna a scappare da un reparto ad alta protezione. Ecco, io non sono un esperto, ma una persona sotto shock in genere non agisce in maniera razionale e non se ne va via di nascosto, giusto?»

«Certo che no. Era troppo spaventata per elaborare un piano di fuga e, anche se fosse, non si sarebbe certo preoccupata di sottrarre i documenti dallo schedario. Proprio per questo nutro la ferma convinzione che sia stata rapita.»

Kröger si appoggiò alla spalliera della sedia con espressione pensierosa. La sedia scricchiolò pericolosamente. «È così facile entrare nel suo reparto? Non c'è sorveglianza né ci sono altre misure di sicurezza?»

«Non siamo un carcere. La maggior parte dei nostri pazienti soffre di schizofrenia, molti di questi in forma paranoide. Queste persone si sentono osservate, controllate oppure perseguitate. Se introducessimo telecamere di sorveglianza, sarebbe più o meno come se io la seguissi e poi le dicessi che in realtà nessuno la sta seguendo.»

«Mhm... capisco.»

«Ovviamente esistono misure di sicurezza. Non è possibile entrare direttamente nel reparto, men che meno lasciarlo. Servono una chiave e un codice d'accesso per la serratura, codice che viene cambiato ogni quattro settimane.»

«Ciò significa che il rapitore, per poter entrare in reparto, avrebbe dovuto essere in possesso di una chiave e del codice attivo?»

«Esatto. Altrimenti avrebbe dovuto suonare per farsi aprire da qualcuno del personale. L'infermiera del turno di notte però non ha visto nessuno.»

«Questa infermiera» cominciò Kröger, poi si sporse sul piano del tavolo, aggiungendo a voce più bassa «è affidabile? Si sentono spesso di quelle storie in giro... capisce, un medico affascinante, un'infermiera sola...»

«Stiamo parlando di un reparto di psichiatria, non di un telefilm qualsiasi.»

Ellen ebbe l'impressione di sentire una specie di risolino soffocato alle proprie spalle. Kröger, paonazzo, lanciò un'occhiata severa al collega.

«È naturale. Ma, vede, c'è qualcosa di strano in questa storia. Da ciò che mi ha detto lei, è del tutto impossibile che questa donna sia scappata, né può essere stata rapita. Stando a quanto mi ha raccontato all'inizio, i tre allarmi scattati stanotte sono da ricondurre a un guasto tecnico, e non hanno avuto nessuna conseguenza sul meccanismo di chiusura della porta, giusto?»

«Così ha dichiarato il tecnico.»

Kröger scrollò le spalle. «Sembra quasi un trucco di quelli di Chesterfield.»

«Copperfield.»

«*Mhm?*»

«Mi aiuterà?»

«Mi dica solo nome e indirizzo di questa donna, e proveremo a dare un'occhiata a casa sua. Di sicuro questo non viola il suo obbligo del segreto professionale, giusto?»

Ellen sospirò. «Gliel'ho già spiegato. Il problema è che non conosco né il nome né l'indirizzo di questa donna.»

«Forse lo ha rivelato a qualche suo collega?»

«Anche se fosse, è rimasta ricoverata da noi troppo poco perché i suoi dati siano stati inseriti nell'archivio dei pazienti.»

«E se provasse a chiedere ai suoi colleghi? Si fa prima che con questi cosi.» Con un movimento della testa indicò il monitor accanto a sé.

Ellen aveva l'impressione che la temperatura nella stanza si fosse alzata improvvisamente di qualche grado. Esitò un po' troppo a rispondere.

«Non riesco a scrollarmi di dosso l'impressione che lei mi stia nascondendo delle informazioni importanti» disse Kröger, e il tono dava a intendere che usava quella frase spesso e volentieri. Gli dava l'aria di un commissario televisivo, in procinto di smascherare il colpevole.

«D'accordo. In effetti c'è ancora un problema.»
«L'ascolto.»
«All'infuori di me nessun altro ha visto questa donna nel reparto.»
L'ispettore capo Kröger alzò le sopracciglia visibilmente stupefatto. «Nessuno all'infuori di lei?» Il tono era del tipo: *È una malattia professionale?* Oppure: *La schizofrenia è contagiosa?*
«Una persona veramente ci sarebbe. Il medico che l'ha ricoverata. Ma al momento si trova in Australia e non è raggiungibile.»
«In Australia. Ah.»
«Forse non mi crede?»
Kröger lanciò un'occhiata eloquente a Ellen. «Sa, devo ammettere che il tutto suona un po' bizzarro, ma anche se le cose fossero andate come sostiene lei – cosa di cui mi sembra assolutamente convinta – non saprei proprio come aiutarla.»
«Potrebbe controllare tra le segnalazioni delle persone scomparse. Forse qualcuno l'aveva notata prima che venisse ricoverata alla clinica? E poi ci sarebbe la denuncia per maltrattamenti e abuso. Forse ci sono dei testimoni.»
«E da dove dovrei cominciare?» Kröger non aveva più l'aria da commissario televisivo, bensì quella di un poliziotto irritato. «Lei sa quante denunce di scomparsa vengono presentate ogni anno? Secondo lei dovrei occuparmi solo di queste denunce e lasciar perdere tutti gli altri casi? Le assicuro che non sapremmo proprio da che parte girarci.»
«Ma deve fare qualcosa! Quella donna è in pericolo!»
«Senza conoscerne le generalità? Dovrei cercare il classico ago nel pagliaio, e per di più lei non ha nemmeno saputo confermarmi con certezza che sia stato commesso

un crimine. Non starò qui a tediarla con le statistiche, ma, per quanto riguarda le violenze, a livello nazionale nell'ultimo anno ne sono state denunciate più di novemila. Parliamo di casi registrati, documentati. Come potrà immaginare, le cifre sommerse sono ben più alte. Ma, cosa ancora più importante, ammesso che la donna abbia veramente subito violenza, non possiamo fare nulla finché la sua paziente non sporgerà denuncia contro il responsabile presentandosi prima qui da noi. Mi rincresce davvero, cara dottoressa, ma questa è la legge.»

Ellen balzò in piedi rabbiosa. «Per quanto mi riguarda se la può cacciare dove vuole, la sua legge! Questa donna è profondamente sconvolta. Ha vissuto un vero inferno ed è mio dovere, e anche suo, aiutarla e impedire che subisca altre violenze!»

Anche Kröger si alzò con un gemito di sollievo della sedia. La tensione tra lui ed Ellen sarebbe bastata per accendere un intero impianto di illuminazione.

«Proprio così» dichiarò Kröger calmo, anche se era evidente quanto sforzo gli costasse dominarsi. «È anche *suo* dovere. Non terrò conto delle accuse che mi ha rivolto, perché capisco fin troppo bene la sua rabbia. È davvero una sensazione orribile, trovarsi con le mani legate. Tuttavia non posso aiutarla. Quanto meno per ora.»

Le porse il suo biglietto da visita.

«Se riuscirà a scoprire chi è questa donna, mi telefoni. Quando sapremo il nome del tizio che l'ha maltrattata, mi occuperò personalmente di interrogarlo. Al momento non posso fare altro.»

Tredici

Mi telefoni.

Seduta in macchina, Ellen teneva ancora in mano il biglietto da visita del commissario.

Lei stessa non aveva forse reagito allo stesso modo con Silvia Janov? A volte è facile trarsi fuori dagli impicci lasciando un numero telefonico. È un po' come rilanciare la palla. Un biglietto da visita o un numero annotato su un pezzo di carta, la sostanza del messaggio è sempre la stessa: *Non mi sento pronto a espormi per te. Vedi di farcela da solo. Ma, per scaricarmi la coscienza, ti do il mio numero.*

A pochi metri da Ellen il traffico pomeridiano si snodava come una valanga di lamiera. Automobilisti sulla via di casa, diretti verso i loro cari. Ma a chi importava di Silvia Janov e della donna senza nome? Qualcuno si interessava del loro destino?

Un paio d'anni prima Ellen aveva letto la storia di un uomo che era stato colpito da un infarto in un'affollata via nel centro di New York. Stando alle parole del giornalista, l'uomo, sui quarant'anni, apparteneva a un *ceto sociale disagiato*. A Ellen quelle parole erano sembrate una perifrasi assai edulcorata per descrivere chi, nel linguaggio comune, sarebbe stato definito un *accattone*.

L'uomo era stramazzato davanti all'ingresso di un elegante grande magazzino. Era Natale e moltissime persone erano a caccia di regali. Tutti gli erano passati accanto indifferenti mentre giaceva moribondo sul marciapiede.

Il cronista non aveva specificato se l'uomo avrebbe potuto essere salvato se fosse stato soccorso in tempo, né quanto fosse durata la sua agonia.

Ciò che più aveva scioccato Ellen di quella storia era il fatto che fossero trascorsi quattro giorni prima che i passanti si lamentassero dei topi che avevano cominciato a girare intorno al cadavere. E, a coronamento di una barzelletta di pessimo gusto, l'articolo terminava con l'indicazione di una somma di denaro: sette dollari e diciannove cents.

Erano gli spiccioli che erano stati trovati accanto al morto. Monete gettate dai passanti. Sette dollari e diciannove cents per scaricarsi la coscienza.

Mentre fissava il biglietto da visita di Kröger, Ellen ricordò di aver parlato di quella storia con Chris. Era ciò che accadeva nelle metropoli, aveva commentato lui, soprattutto negli Stati Uniti. Ellen era d'accordo. *Qui da noi naturalmente la situazione è diversa*, aveva pensato allora. *Qui da noi ci occupiamo del nostro prossimo.*

Ma ora il biglietto da visita di Kröger e il foglietto che aveva lasciato a Silvia Janov dimostravano il contrario.

E allora? sembrava dire il cartoncino che teneva tra le dita, *anche tu ti accontenterai di contribuire ai sette dollari e diciannove?*

Certo che no!

Ellen gettò il biglietto da visita sul sedile del passeggero e accese il motore. Per prima cosa voleva tornare a casa. Ora le servivano tre cose: tranquillità per riflettere, un antidolorifico – magari due – contro l'emicrania in agguato, e un piano per rintracciare la donna senza nome.

Mentre aspettava di immettersi nel traffico uscendo dal

parcheggio del commissariato, lo sguardo le cadde su un vecchio furgoncino Volkswagen parcheggiato sul lato opposto della strada proprio di fronte alla fermata dell'autobus. Qualcosa la mise in allarme.

All'inizio Ellen non seppe spiegarsi la propria inquietudine. Era un furgoncino qualunque, di colore arancione, forse un po' vecchio e arrugginito – probabilmente non avrebbe superato la prossima revisione –, ma a prima vista non presentava niente di così strano da giustificare quella bizzarra sensazione.

Tuttavia la parte del suo cervello che non abbassava mai la guardia la indusse a osservarlo meglio.

Notò innanzitutto che era fermo alla fermata dell'autobus, in pieno divieto di sosta, e per di più di fronte alla stazione di polizia. Se fosse stato notato, si sarebbe preso una bella multa, con tanti ringraziamenti da parte delle casse dell'amministrazione comunale, cronicamente assetate di denaro. A tal proposito, il veicolo dava l'impressione che anche il suo proprietario di tanto in tanto si concedesse un goccetto. Inoltre era parcheggiato contromano, ed Ellen si chiese come avesse fatto il conducente a compiere quell'acrobazia su una strada così trafficata.

Ma c'era dell'altro. Il suo sesto senso, per quanto potesse sembrare pazzesco, le stava dicendo che quel furgoncino... ecco, era *in agguato*.

Come no, disse una voce beffarda dentro di lei, *oggigiorno simili ammassi di lamiera arrugginita stanno in agguato a ogni angolo di strada. E se gli passi troppo vicino ti aggrediscono. Eh, mia cara, è proprio il caso che tu ti faccia una bella doccia e ti chiarisca le idee, prima di convincerti che...*

Di convincersi di che cosa?

Che il furgoncino Volkswagen voglia tenderti un agguato, rispose la voce.

«Che idiozia!»

Schiacciò l'acceleratore e si infilò nel traffico tra due auto, costringendo il guidatore al volante della Mercedes dietro di lei a frenare bruscamente per non tamponarla. Ellen lo vide agitare un pugno minacciosamente nello specchietto e mostrarle il dito medio, e naturalmente pensò che fosse sempre lui a suonare il clacson con tanta insistenza. Poi però si accorse chi era l'autore di tutto quel chiasso.

Quasi contemporaneamente a Ellen, il furgoncino si era messo in moto attraversando la carreggiata e tagliando la strada a una Mini Cooper che per evitarlo aveva rischiato di scontrarsi frontalmente con un camion. La Mini tuttavia aveva reagito prontamente e nel giro di pochi secondi era tornata in carreggiata, scomparendo nel traffico pomeridiano.

Il furgoncino si accodò impassibile alla Mercedes, trovandosi così molto vicino a Ellen. Avrebbe potuto liquidare l'incidente come normale a quell'ora, quando la gente, dopo una lunga giornata di lavoro, desidera solo tornare a casa, perde la pazienza e fa le manovre più assurde; ma quando le capitò di svoltare per una seconda volta in una via secondaria, e si accorse che il furgoncino continuava a tallonarla, si convinse una volta per tutte che la stava effettivamente seguendo. Strinse convulsamente il volante, con le nocche delle dita bianche per lo sforzo. Lanciando un'occhiata allo specchietto, cercò di pensare a una manovra per sbarazzarsi dell'inseguitore.

Ben presto Ellen non seppe più dove si trovava. Non era mai stata in quel quartiere. Graziose villette monofamiliari, tutte uguali, in fila l'una dopo l'altra. Giardini curatissimi, divisi da staccionate di legno, con la cuccia per il cane, lo stendibiancheria o lo scivolo per i bambini. Un quartiere residenziale accogliente e tranquillo, con un limite di velocità di trenta chilometri l'ora.

Ellen sfrecciò per il lungo rettilineo quasi a settanta all'ora, tallonata dal furgoncino arancione, augurandosi che nessuno le si parasse davanti al cofano. Il furgoncino era sempre più vicino, stava per tamponarla, quando all'ultimo momento Ellen girò bruscamente il volante. La sua auto sportiva svoltò slittando in una via laterale che, con grande raccapriccio di Ellen, era ancora più stretta della precedente. Con la parte posteriore dell'auto andò a sbattere contro un palo della luce, che per fortuna le impedì di sfondare una delle recinzioni.

Accelerò e vide nello specchietto che il furgoncino aveva superato l'incrocio. Poi fece marcia indietro e la seguì, ma la distanza tra loro era aumentata.

Ellen era convinta di essersela cavata quando, appena tornò a guardare davanti a sé, rimase senza fiato. Poco prima che la via si immettesse in una traversa, un furgone delle consegne era fermo in mezzo alla carreggiata con il portellone aperto. Due uomini, che stavano scaricando un materasso matrimoniale, guardarono impietriti nella sua direzione. Ellen aveva solo due possibilità. Frenare oppure...

Il motore della sua due posti protestò vivacemente quando superò in velocità i due uomini. Con la coda dell'occhio li vide separarsi con un balzo stile salto mortale, poi svoltò l'angolo facendo stridere le gomme e riprese la sua folle corsa. Solo quando ebbe raggiunto di nuovo la via principale, si azzardò a dare un'occhiata nello specchietto retrovisore. Il furgoncino arancione era scomparso.

Ellen tornò a inserirsi nel traffico del pomeriggio. Tremava e aveva la fronte madida di sudore. Avrebbe voluto tanto fermarsi e riprendersi almeno un po', ma non si fidava. Viceversa, cercò di raggiungere la Waldklinik il prima possibile.

Proprio mentre varcava il cancello, squillò il cellulare.

«Pronto? Chris?»

Ma non era Chris.

«Complimenti, ma non abbiamo ancora finito, io e te.»

La voce all'altro capo del telefono la raggelò. Il suono era alterato, come se provenisse da una macchina. Tuttavia Ellen era sicura che si trattasse di un uomo.

Ellen si fermò accanto alla rampa di carico del centro servizi. Aveva il cuore in gola.

«Maledizione, che cosa vuole da me?» strillò nel telefono. «Come fa ad avere questo numero?»

«Una cosa alla volta» disse la voce metallica, con una risata distorta. «Ce la siamo proprio spassata prima, vero?»

«Mi sono annotata la sua targa» mentì Ellen. «Un indizio coi fiocchi.»

«Ma davvero?» Il misterioso interlocutore non sembrava troppo impressionato. «Davvero non vuoi sapere che fine ha fatto la tua paziente?»

Ellen rabbrividì. «Chi è lei?»

«*Chi ha paura dell'Uomo Nero?*» cantilenò la voce. «Te la sei già dimenticata?»

«Che cosa... che cosa le ha fatto?»

Un sospiro distorto e poi: «Non è così facile da spiegare. Dovremmo parlarne di persona, non credi?»

Per un attimo Ellen tenne davanti a sé il cellulare, e lo

osservò come se fosse un piccolo animale estremamente pericoloso.

NUMERO SCONOSCIUTO diceva il display.

Doveva trattarsi di una persona disturbata che aveva sequestrato la donna senza nome. Forse l'aveva già...

Uccisa? Credi davvero?

«Prontoooooo?» chiese la voce.

Con mano tremante Ellen si riportò il cellulare all'orecchio.

«Hai perso la lingua? Non mi sembri molto convinta.»

Ellen trasalì. *Lui* mi sta osservando! Si guardò intorno spaventata, ma non vide nessuno. A quell'ora del pomeriggio non c'era anima viva in giro per la clinica.

«Con calma. Ti osservo già da parecchio tempo. Del resto sei una vera bellezza.» Di nuovo quella risata metallica. «Allora? Che ne dici? Ci vediamo?»

Ellen avvertì un sapore acido in bocca. L'agitazione le aveva fatto venire la nausea. *Che cosa devo fare, che cosa devo fare? Non posso...*

«Che succede?» la incalzò la voce. «Sei diventata muta?»

Ellen deglutì mentre il sudore le imperlava il viso. «E se rispondessi di no?»

«Allora sparirò. Ma prima sarò costretto a fare del male a qualcuno. Sai bene a chi mi riferisco.» Fece una piccola pausa che paralizzò Ellen. «Allora, che cosa mi rispondi?»

Una goccia di sudore le si fermò sulla punta del naso e le cadde sul petto. La seguirono una seconda e poi una terza goccia.

«D'accordo. Vediamoci.»

«Non qui, dolcezza.» La voce sembrava quasi divertita. «Tra un quarto d'ora nel parcheggio del parco. Dove vai sempre a correre.»

Ellen fu di nuovo assalita da un brivido freddo. Quel tizio sembrava conoscere alla perfezione le sue abitudini.

«A proposito, un'altra cosa» aggiunse, e stavolta la voce metallica aveva un tono gelido. «Non fare l'errore di sottovalutarmi. Se io dovessi avere il vago sospetto che non sei sola, non vedrai più la tua paziente. Lo stesso vale se chiami la polizia. Hai capito?»

Che cosa poteva fare Ellen, se non rispondere di sì? A chi avrebbe potuto chiedere aiuto?

«E non dimenticare: nel caso tu debba ripensarci, sappi che avrai la tua piccola amica sulla coscienza. Quindi fa' in modo di venire all'appuntamento.»

Uno scatto e la comunicazione venne interrotta.

Rabbia e disperazione si impossessarono di Ellen – rabbia per la propria paura e la propria impotenza.

Pensò a Chris. Cielo, se almeno avesse potuto raggiungerlo! Sfiorò con il dito il tasto di chiamata rapida, ma non osò schiacciarlo. Se questo psicopatico la stava davvero osservando, era meglio non telefonare proprio ora.

L'orologio che aveva al polso indicava che era già passato un minuto dalla telefonata.

Gliene restavano ancora quattordici.

Doveva decidere.

Quattordici

Quando aveva bisogno di rilassarsi dopo una giornata di lavoro trascorsa in mezzo a pazienti esagitati o semplicemente insopportabili, infermiere contrariate o colleghi assillanti, oppure quando si sentiva abbattuta e stressata senza un motivo preciso, la pista da jogging nel bosco della clinica era proprio il luogo giusto dove scaricarsi.

Qui regnava un silenzio assoluto. Ellen si sentiva parte della natura e poteva correre con andatura rilassata oppure liberare tutte le sue energie in un allenamento più intensivo, soprattutto quando Chris l'accompagnava. A lui piacevano gli scatti a cronometro, anche se lei spesso lo batteva. Quando invece era sola, preferiva tonificare i muscoli correndo con andatura rilassata lungo il margine del bosco accanto al Danubio, con i suoni della foresta alla propria sinistra, mentre a destra il fiume scorreva lento e rilassante.

C'era anche un secondo sentiero, che attraversava il bosco ed era quello preferito dalla maggior parte dei corridori, ma Ellen non lo aveva mai percorso. Non le piaceva molto addentrarsi nel bosco, con la sua volta frondosa che nascondeva la luce dell'immenso cielo. Allo stesso modo non le piacevano le automobili con il tettuccio chiuso.

Nello spiazzo di ghiaia l'unica auto parcheggiata era la MX-5 rossa di Ellen. Neppure un'anima in giro. E non c'era traccia nemmeno del furgoncino arrugginito che l'aveva inseguita.

Possibile che fosse arrivata prima del folle con la voce distorta? O forse lui la stava osservando da qualche nascondiglio, per accertarsi che fosse venuta da sola?

Questa ipotesi le fece venire la pelle d'oca. Si convinse di trovarsi in un ambiente familiare, un luogo dove si recava quasi ogni giorno e dal quale poteva fuggire. Inoltre, aggiunse per tranquillizzarsi ulteriormente, era assai raro restare soli lì. Prima o poi si incontrava qualcuno venuto ad allenarsi o a riposarsi.

Ma questo non la faceva sentire meglio. Il cuore continuava a batterle veloce e i muscoli quasi le dolevano per la tensione. Stava per incontrare uno psicopatico, probabilmente un folle sadico, e forse era sul punto di commettere lo sbaglio peggiore della sua vita. Ma aveva alternative?

Prometti che mi proteggerai quando verrà a prendermi, le parole della donna senza nome riecheggiarono nella sua mente, seguite dalle sue: *Te lo prometto.*

Sei ancora in tempo per andartene...

Ellen aprì il vano portaoggetti tra i due sedili. Sotto gli occhiali da sole, un pacchetto di gomme e qualche moneta trovò lo spray antiaggressione che portava sempre con sé quando andava a correre – nel caso uno dei numerosi proprietari di cani si sbagliasse dicendo: *È buono, non morde, vuole solo giocare!*

Alzò il tettuccio, infilò lo spray nella tasca del giubbotto e controllò se il cellulare aveva campo. Quattro tacche. Non sarebbe stato così nel fitto del bosco, come aveva sperimentato già altre volte in passato.

Le costò una notevole fatica scendere dall'auto. L'idillio di silenzio e natura, che di solito apprezzava tanto in quel luogo, ora le appariva inquietante e minaccioso.

Si sentiva ridicola come le protagoniste dei film dell'orrore, che salgono in soffitta con in mano una candela per controllare la provenienza di un rumore misterioso. Ma non poteva fare altrimenti.

Certo. Se ne sarebbe potuta andare, chiamare la polizia o fare entrambe le cose, ma cosa ne sarebbe stato della donna rapita?

Da qualche parte udiva il suono di un picchio. Gli uccelli cinguettavano. Un bombo le passò accanto ronzando e si diresse verso un grosso cespuglio di rosa canina che nascondeva quasi del tutto il cartello con l'indicazione

PERCORSO DI JOGGING
7,5 KM
UTILIZZO A PROPRIO RISCHIO E PERICOLO

Ellen si guardò intorno. Era sola. Sola come un cane. E tuttavia...

Se il tizio la stava davvero spiando con un binocolo, voleva fargli capire chiaramente che non era una preda facile. Aprì il portabagagli e tirò fuori la grossa chiave inglese sotto la ruota di scorta.

Ellen soppesò il freddo arnese di metallo da cui emanava un ingannevole senso di sicurezza. Sì, poteva servire per difendersi, ma l'aggressore avrebbe dovuto avvicinarsi molto. Lo stesso valeva per lo spray al peperoncino. Osservò il lieve tremore alle mani e si costrinse a fare un profondo respiro. Aveva lo stomaco sottosopra per l'agitazione.

Durante il tirocinio aveva lavorato quattro mesi in una clinica per criminali psicopatici. Aveva avuto a che fare con criminali violenti e diversi omicidi e a volte era rimasta per mezz'ora o più da sola in una stanza con loro. Aveva imparato che si poteva *provare* paura, ma che non si doveva assolutamente *mostrarla*. Se l'interlocutore, maschio o femmina che fosse – tra i pazienti c'erano anche diverse donne estremamente pericolose –, intuiva di incutere paura, allora si aveva fallito, ed era meglio lasciare il posto a un collega più competente.

Dunque controllati! Non mostrare la tua paura!

Lì nel bosco la situazione era un po' diversa. Finora aveva affrontato persone di quel tipo in ambienti chiusi, dove in caso di necessità era possibile chiamare il personale di sorveglianza. Qui al massimo poteva sperare di imbattersi in qualcun altro che faceva jogging.

Non poteva fare altro che affidarsi ai propri riflessi, alla chiave inglese e a uno spray al peperoncino che non era neppure certa funzionasse.

Non-Mostrare-Paura!

Ellen fece ancora qualche respiro profondo, richiuse il portabagagli, si girò e sussultò.

Stava per mettersi a gridare, se la parte più razionale della sua mente non le avesse segnalato che non aveva alcun motivo di farlo.

È soltanto una bambina. Una bambina di dieci anni al massimo con un allegro vestito estivo e un'espressione molto seria.

«Mi hai fatto prendere uno spavento» disse Ellen con una risata. Una risata insicura. Con un gesto automatico nascose la chiave inglese dietro la schiena. «Sei sola?»

La bambina scrollò la testa.

«Vieni, lui ti aspetta.»

Si girò e tornò di corsa nel bosco da cui era sbucata.

Inizialmente Ellen rimase troppo sorpresa per reagire. Seguì la bambina con lo sguardo, mentre correva nel bosco senza neppure voltarsi indietro. Saltava agile superando rami e felci senza seguire il sentiero battuto, come se non esistesse affatto.

Ellen non dubitò neppure per un istante che con quel *lui* la bambina si riferisse all'Uomo Nero. Così come non dubitava che la piccola appartenesse a lui. Forse era sua figlia?

Di colpo tutto ebbe un senso. Questo tizio, l'Uomo Nero, aveva mandato da lei la bambina per avere il tempo sufficiente per raggiungere dalla clinica il luogo dove voleva incontrarsi veramente con Ellen.

Ellen, inoltre, era sicura che lì avrebbe trovato anche la donna senza nome. *La sua donna.* La donna che aveva picchiato brutalmente, chissà per quale ragione.

Ellen si mise a correre. Il cuore le batteva all'impazzata. Strinse ancora più forte in mano la chiave inglese.

Nel frattempo la piccola aveva guadagnato un certo vantaggio. Se lo sgargiante motivo floreale del suo abito non avesse spiccato così tanto contro il verde del bosco, Ellen l'avrebbe persa di vista.

Che vestito bizzarro, pensò Ellen. Era fuori moda sia per il taglio sia per il colore. Forse proveniva da un mercatino delle pulci, oppure da un negozio di seconda mano, proprio come la tuta che indossava la donna senza nome.

Ellen continuò a seguire la bambina. Intanto non smetteva di guardarsi intorno stringendo la chiave inglese, pronta a colpire. Finché restava in movimento il suo aggressore non l'avrebbe sopraffatta facilmente. Avrebbe potuto sfruttare lo slancio per difendersi e lui se la sarebbe vista brutta.

Questo pensiero tuttavia non la rendeva affatto tranquilla. Continuava a addentrarsi sempre di più nel bosco. E se quel tizio era appostato da qualche parte e la teneva sotto mira con un fucile di precisione? Gli sarebbe bastato premere il grilletto e...

Dove stai correndo? Il bosco è sempre più fitto e da quella parte ci sono solo alberi, nessuna casa, nessun insediamento.

Sebbene, dopo pochi passi, Ellen avesse assunto la sua normale andatura di corsa, la distanza tra lei e la bambina non sembrava essersi ridotta. La piccola era incredibilmente veloce. Ellen aveva partecipato poco tempo prima a una mezza maratona e aveva percorso la distanza totale in un'ora e tre quarti scarsi. Non era un risultato particolarmente eclatante, se si pensa che le professioniste impiegavano poco più di un'ora sulla stessa distanza, ma di sicuro sarebbe dovuta riuscire a raggiungere quella bambina, perché era allenata, vantaggio o no. E invece non ce la faceva.

Evitava radici, tronchi caduti e arbusti, saltava i numerosi piccoli fossati scavati nel corso degli anni dall'acqua piovana sul suolo della foresta come un reticolo di vene, ma la bambina dal vestito colorato stava quasi per scomparire tra la vegetazione. Era sempre più lontana, finché scomparve del tutto.

«Merda!»

Ellen si fermò ansimando. «Non è possibile...»

Bump!

Qualcosa la colpì con forza inaudita alla schiena facendola cadere a terra. Ellen riuscì appena a sollevare le mani per proteggersi il viso prima di sbattere su una radice nodosa.

Cadde a un palmo dalla radice e quel qualcosa di pesante e grosso le piombò sulla schiena. Il peso le tolse il respiro. Udì una specie di schiocco, che non seppe identificare; poteva provenire dalle sue costole, dai rami secchi sul terreno, o da entrambi.

Avrebbe voluto prendere fiato, ma non ci riusciva. L'aggressore che la teneva bloccata era troppo pesante. Cercò di sbarazzarsene in preda al panico, ma lui le stringeva le braccia con una presa d'acciaio, schiacciandola contro il freddo muschio.

Ellen rantolava. Cercò nuovamente di respirare. Rantolò ancora. Riuscì a prendere una boccata d'aria. Non molta, ma abbastanza per comprendere, nonostante il panico, che cosa era accaduto. Qualcuno, sicuramente un uomo, l'aveva assalita alle spalle e l'aveva buttata a terra con il proprio peso. Adesso le stava cavalcioni sulla schiena, bloccandole le braccia a terra e respirandole sulla nuca. Santo cielo, le sue ginocchia contro le costole le provocavano una sofferenza infernale! Ogni respiro era una tortura.

Lei scalciò, senza ottenere alcun risultato, come un insetto rovesciato che si agita inutilmente, solo che lei era a pancia in giù.

«Tranquiiiiilla, stai tranquiiiilla» le bisbigliò il tizio. «Più ti sforzi più soffrirai.» E, per dimostrarglielo, caricò maggiormente il proprio peso sulle ginocchia.

Ellen lanciò un grido di dolore, e lui reagì con un saltello che le tolse nuovamente il respiro. Il suo grido si trasformò subito in un rantolo.

«Ti vuoi calmare?» le chiese in un sussurro inquietante.

Ellen cercò di rispondere, e ci riuscì solo con grande fatica. Il suo «sì» fu poco più di un sospiro. Piccoli punti bianchi le ondeggiavano davanti agli occhi, ma ciononostante riuscì a riconoscere la chiave inglese a mezzo metro di distanza. Era finita in mezzo a un cuscino di muschio ed era inutile quanto lo spray che aveva nella tasca della giacca.

«Sei stata una bambina cattiva.»

Quella voce. Quel bisbiglio. Era così stranamente... familiare?

La stretta intorno ai polsi diventò ancora più implacabile. Ellen percepiva l'alito caldo del suo respiro sulla tempia. Sapeva di menta, vapori di cucina e fumo di sigaretta.

Probabilmente te ne sarai fumata una in tutta calma mentre mi aspettavi, pensò e, per quanto fosse poco appropriato, un ricordo si affacciò alla sua mente: l'illustrazione di un libro sull'Inghilterra vittoriana. Raffigurava Jack il Saltatore, una creatura misteriosa che aggrediva le donne che giravano da sole di notte. Ora la sua parte irrazionale, che riemergeva sempre nei momenti meno opportuni, le stava dicendo che si era imbattuta in una figura simile. Non era Jack il Saltatore, ma Marlboroman il Saltatore, la cui specialità era aggredire le donne alle spalle nel bosco e alitar loro in faccia il respiro da fumatore mascherato dalla menta.

«Sai che cosa voglio da te?» le sussurrò.

«No.»

«Invece lo sai.»

«No! La... prego... fa... male...»

«Sssei una bambina curiosa e cattiva» sibilò come un serpente. «Hai fatto una cosa mooolto cattiva.»

Ellen credeva di essere sul punto di soffocare mentre le ginocchia dello sconosciuto le premevano sulla schiena come paletti di legno appuntiti. Non ce la faceva più. Girò gli occhi nelle orbite il più possibile, ma non riuscì a riconoscere l'uomo che la teneva bloccata. A giudicare dal dolore e dalla forza delle braccia e delle mani, doveva pesare almeno duecento chili. Una cosa era assolutamente certa. Era completamente pazzo.

«Che... cosa... vuole?» riuscì a scandire faticosamente.

«Proprio non lo immagini, vero?» mormorò lui. «Allora te lo dirò io. Questo è solo un bosco, ma da qualche parte c'è anche un bosco delle fiabe. Ti piacciono le fiabe, piccola Ellen?»

Lei avrebbe voluto rispondergli: *Lasciami in pace, vai al diavolo*, o qualcosa del genere, ma i dolori erano troppo lancinanti, e aveva bisogno delle poche forze che le rimanevano per respirare e non perdere i sensi.

Se svieni lui avrà mano libera, l'ammonì una voce nella sua testa, sicuramente quella del suo io battagliero e sempre vigile. *Lui allora potrà farti tutto quello che gli passa per quel suo cervello bacato. E di sicuro non ti coprirà amorevolmente con la sua giacca e non ti lascerà dormire sul suo letto di muschio. Pensa alla donna senza nome!*

«E come nelle fiabe» proseguì lui con un filo di voce «c'è chi ti darà un indovinello da risolvere.» Ridacchiò come un ragazzino soddisfatto di uno scherzo ben riuscito. «Risolvi l'indovinello che ti pongo. Altrimenti...»

Le schiacciò nuovamente la schiena con le ginocchia.

Per un secondo Ellen fu sul punto di sprofondare nella tenebra. L'immagine della chiave inglese a terra davanti a lei si sgranò come quella di un segnale televisivo disturbato. Poi tornò a vedere più nitidamente e anche la sua mente si schiarì – appena in tempo per sentire le parole sussurrate da Marlboroman il Saltatore: «Altrimenti ucciderò la tua lurida amica. E poi non ti libererai più di me. Capito?»

Ellen riuscì soltanto a emettere un rantolo. Respirare e

parlare con un tale peso sulla schiena era maledettamente difficile. «Che... cosa... significa?»

«Non voglio rovinarti il divertimento, rivelandoti la soluzione fin da ora.» Questa volta parlò quasi canticchiando. «Allora, chi sono? Ti lascio tre giorni di tempo per scoprirlo... dovrai dirmelo a mezzogiorno. Altrimenti, il lupo cattivo verrà a prenderti.» Fece un suono gutturale. «Sììì! Allora ucciderò tutte e due, te e quella disgraziata. Ma prima...»

Si chinò sul suo orecchio e glielo leccò. Ellen cercò di muovere il capo, ma non riuscì a schivarlo. Percepì la sua lingua che le frugava nel padiglione auricolare, sentì il suo respiro lambirle la guancia a ondate calde e nauseabonde. Le lasciò una scia di saliva sul lobo mentre risaliva verso la tempia.

Ellen avrebbe voluto gridare, sfogare tutta la paura e la collera che aveva in corpo, ma non ci riuscì. Boccheggiava senza respiro e fu costretta a sopportare quel giochetto disgustoso.

Lui le affondò i denti nei capelli sudati, li strinse e li strappò, mentre con un suono a metà tra un sibilo e un gemito strofinava il busto contro le spalle di lei. Poi spostò la testa con un movimento che rischiò di romperle qualche costola e si staccò da lei. Almeno così le parve.

«Per cominciare, ti darò un indizio» ansimò. «Mi ascolti?»

«Sì» piagnucolò lei.

«Non riesco a sentirti.»

«Sì!»

«Così va bene. Allora, ascolta. Ecco il mio indizio. Taàà, il primo pensiero è sempre il migliore. Capito?»

«Sì.»

«Allora, pronti, via!»

Lui compì un brusco salto sulla sua schiena. Ellen era convinta che stavolta le avrebbe sfondato la cassa toracica con le ginocchia. Il dolore la percorse come un uragano. Subito dopo il tizio si alzò da lei, si girò e si allontanò nella direzione da cui era arrivata Ellen.

Ellen ansimò. Il petto le faceva male e aveva la sensazione di essere stata schiacciata in una pressa d'acciaio. Ma la lottatrice che era in lei la incitò a gran voce di non cedere all'autocommiserazione.

Insegui quel porco, la incalzò. *Fagliela pagare!*

Ancora stordita, Ellen si voltò, si mise a sedere e vide l'uomo allontanarsi di corsa. Era più minuto di quanto avesse pensato e di corporatura normale per un uomo della sua statura. Portava un paio di jeans neri e una felpa con l'emblema di Batman e il cappuccio alzato sulla testa.

Avanti, inseguilo! la spronò nuovamente la sua parte battagliera.

Facendo appello a tutte le sue forze Ellen raccolse la chiave inglese e si alzò faticosamente in piedi.

Corri! Forza, corri!

Barcollò in avanti, riuscì a muovere qualche passo e partì all'inseguimento del suo aggressore.

Brava, così, la lodò la lottatrice. *Forza, forza!*

Ma non bastava. Non bastava affatto. Ellen aveva il fiato appena per camminare. Di correre non se ne parlava nemmeno.

Tuttavia continuò a inseguirlo caparbiamente. Pensò alla mezza maratona, quando per un paio di volte era stata sul punto di mollare tutto, mentre la sua parte combattiva la spronava ad andare avanti. Lo stesso stava accadendo adesso. Respirando a grandi boccate, Ellen avanzò inciampando sulle radici, rischiò di cadere un paio di volte – *se cado, resto dove sono e dormo, dormo cent'anni o forse più, come nelle fiabe* –, riuscì a mantenere l'equilibrio, senza perdere di vista la felpa nera che a un certo punto sparì tra gli alberi.

Le forze la abbandonarono definitivamente a poca distanza dal parcheggio.

Forza, avanti! gridò la lottatrice, ma muscoli e polmoni si rifiutarono con un *No!* deciso.

Ellen si appoggiò al tronco di un albero che le diede una piacevole sensazione di frescura e sollievo. Cercò di calmare il respiro facendolo tornare a un ritmo più regolare. Vide la propria auto sportiva che spiccava rossa tra i tronchi degli alberi. Sebbene riuscisse a leggere senza problemi i numeri della targa, aveva la strana sensazione che fosse lontana ancora parecchi chilometri, irraggiungibile.

Solo allora notò il secondo veicolo parcheggiato a poca distanza dal suo. In quello stesso momento, mentre il conducente accelerava e partiva facendo schizzare la ghiaia, Ellen riconobbe l'auto.

Se avesse avuto ancora energie sufficienti per lanciare un grido di spavento, lo avrebbe fatto. Ma nelle sue condizioni rimase immobile, abbracciando il tronco dell'abete, incapace di credere a ciò che aveva visto. Aveva riconosciuto la macchina. Non c'erano dubbi. Lei stessa aveva viaggiato sull'auto che era appena partita a tutta velocità, forse un paio d'anni prima, diretta a un corso di specializzazione.

Ricordava ancora l'Arbre Magique alla vaniglia appeso allo specchietto retrovisore che le aveva fatto venire la nausea. Aveva detto al guidatore che a quel puzzo nauseante avrebbe preferito l'odore di fumo stantio.

Mark era scoppiato a ridere.

Quindici

L'aria era pervasa dal profumo di resina e dai suoni del bosco. Ellen era seduta a terra, la testa appoggiata al tronco dell'abete, e cercava di dare un senso a ciò che aveva visto. Era indolenzita, ma era sicura di non avere niente di rotto. Grazie alla sua ottima condizione fisica, era uscita indenne da quella difficile prova. Nel giro di qualche giorno, quando i lividi sarebbero comparsi in tutto il loro splendore, avrebbe fatto invidia a qualunque guerriero maori con il suo corredo di tatuaggi.

Ma i dolori erano niente rispetto allo shock per quanto aveva appena visto e a cui non voleva ancora credere. Possibile che fosse proprio Mark? Quella era senza dubbio la sua auto. E avrebbe spiegato anche la scomparsa della donna dalla clinica. Chiunque fosse in possesso di una chiave e del codice di sicurezza non avrebbe avuto problemi.

Quella voce... *credi alle fiabe, piccola Ellen?* era troppo deformata e lieve per poterla riconoscere. Però le era sembrata familiare. Avrebbe potuto benissimo trattarsi della voce di Mark.

Ma perché le faceva tutto questo?

Perché si comportava come un pazzo?

Perché voleva farle così male?

Perché?

Nel cielo azzurro un aereo stava lasciando la sua scia bianca di condensa, mentre da lontano si avvicinava sempre più insistente il ritmico *toc toc toc* dei bastoncini da nordic walking. Da quando questa disciplina sportiva aveva scatenato una vera e propria ondata di entusiasmo, i suoi fautori si incontravano dovunque. E come per tutti i fenomeni di moda anche in questo caso si poteva dire: tutti lo fanno, nessuno lo conosce. Soprattutto lì, sulla pista da jogging di Ellen, si incontravano i patiti della camminata nordica, e si doveva sempre fare molta attenzione a non inciampare nei bastoncini durante la corsa.

Ellen vide venirle incontro due donne. Una era decisamente corpulenta, mentre l'aspetto e le movenze dell'altra ricordavano una gallina a digiuno da tempo.

«Serve aiuto?» le chiese la gallina allungando il collo.

«No, grazie, tutto a posto.»

«È sicura?» Si avvicinò a Ellen e la guardò con occhi penetranti. «È caduta?»

«Sì, ma adesso va meglio.»

«Deve rimanere sul sentiero. Le radici nel bosco sono pericolose. Potrebbe finire per rompersi qualcosa.»

«Ha proprio ragione. Grazie per l'interessamento.»

La gallina annuì e stava per allontanarsi quando a Ellen venne in mente una cosa. «Siete di queste parti?»

«Sì» confermò la cicciona, visibilmente soddisfatta di aver trovato un buon motivo per concedersi una breve pausa e tirare il fiato. «Perché?»

Ellen indicò verso il bosco. «Da quella parte c'è forse un paese, o una casa?»

«No» fu la risposta della cicciona, e la gallina aggiunse: «Di là c'è solo bosco e nient'altro. Dal paese più vicino ci saranno almeno dieci chilometri». La cicciona confermò: «Se non di più».

«Venendo qui per caso avete visto una ragazzina con un vestito estivo, sui dieci anni?»

«No» rispose la cicciona accigliata. «Io...»

«È sua figlia?» la interruppe la gallina. «Si è persa?»

Ellen si alzò sorreggendosi al tronco dell'abete. «No, è solo che poco fa ho avuto l'impressione di vedere una ragazzina.»

La gallina ridacchiò. «Già, quando si è da soli nel bosco può capitare di vedere le cose più assurde. O almeno ci si convince di averle viste. Magari era solo un albero, oppure un cervo. Adesso però dobbiamo riprendere il cammino, altrimenti i muscoli si raffreddano.»

Non sai quanto hai ragione, pensò Ellen guardando allontanarsi quella coppia così male assortita. Tuttavia non sapeva su cosa dare più ragione alla gallina: sui muscoli freddi o sulle bizzarre apparizioni nel bosco. D'un tratto venne assalita dalla nausea e vomitò accanto all'albero a cui si sorreggeva.

Quando si fermò nel parcheggio della Waldklinik, per la prima volta Ellen rimpianse il fatto di avere un'auto sportiva così bassa e di cui alcuni, primo fra tutti Chris, si erano già lamentati sottolineando quanto fosse scomodo salirci.

Ora avrebbe avuto bisogno di un argano per scendere senza soffrire troppo. In un modo o nell'altro ci riuscì.

Mark aveva una Volvo V70 nera. Nel bagagliaio c'erano stati comodamente la valigia di Ellen e quelle degli altri due colleghi con cui erano andati al seminario sugli antipsicotici. Era stato un viaggio divertente, avevano riso molto, soprattutto del profumo alla vaniglia che appestava l'aria finché avevano buttato il diffusore fuori dal finestrino.

Ora però Ellen guardava la station-wagon nera da un'altra prospettiva. Ferma sotto uno dei tigli che crescevano nel parcheggio, aveva un aspetto sinistro e inquietante. Nell'ampio bagagliaio ci sarebbe stato lo spazio anche per una donna. Dopo averla anestetizzata e infilata sotto il pianale avvolgibile, non sarebbe stato un problema farla sparire.

Tutto in Ellen si opponeva a questa ipotesi. Soprattutto perché non vedeva il motivo per cui Mark avrebbe dovuto fare una cosa del genere a lei e soprattutto a quella sconosciuta. Ma il cofano ancora caldo e la polvere e gli aghi di pino sotto le ruote erano indizi incontrovertibili.

Ellen si frugò nelle tasche della giacca e trovò un pacchetto di caramelle alla menta. Tremava così tanto che la prima pasticca le cadde per terra. Con la seconda fu più fortunata. Si sentiva stremata, tremava come un'anziana centenaria, era fisicamente a pezzi e infangata da capo a piedi. Senza contare che da qualche parte una donna era in pericolo di vita. E, a quanto sembrava, Mark – il suo simpatico collega Mark – era il responsabile di tutto questo.

È ora di fare quattro chiacchiere, amico mio!

L'infermiere guardò con espressione stupefatta l'abbigliamento incrostato di fango di Ellen. Lei non reagì e gli chiese soltanto se poteva parlare con il dottor Behrendt.

«Mi spiace, ma al momento è con un paziente. Sarà una cosa lunga. Devo riferirgli qualcosa?»

«Allora lo aspetterò qui.»

Ellen stava per entrare nella saletta di servizio, quando lui la trattenne, facendola sussultare per il dolore.

«È caduta?»

«In un certo senso. Potrebbe portarmi un caffè mentre aspetto il dottore?»

L'infermiere, un tipo muscoloso con una maglietta con la scritta CHAMPION sotto il camice, la guardò a disagio. «Ecco, vede, dottoressa Roth, non so se posso. Voglio dire, le posso portare volentieri un caffè, ma veramente... cioè...» arrossì violentemente, cosa che su un uomo corpulento come lui risultava piuttosto esilarante.

«Che cosa vuole dirmi?»

«Ecco, ho saputo che lei... è in ferie.»

Ellen sentì un brivido freddo scenderle lungo la schiena. «Ciononostante sono pur sempre un medico di questa clinica.»

L'infermiere balbettò qualcosa di incomprensibile, finché ritrovò la voce. Circa un'ora prima un poliziotto era stato lì in reparto. Si chiamava Köhler o Körner, o qualcosa del genere.

«Kröger?»

«Sì, esatto.»

«Che cosa voleva?»

«Questo non lo so. Se n'è occupato personalmente il professor Fleischer. Era piuttosto contrariato. L'ho sentito dire al poliziotto di essersi informato accuratamente e di essere sicuro che qui non era accaduto niente del genere. Io...» Si interruppe e si guardò la punta delle scarpe.

«Che cosa? Ha detto altro?»

«Ecco, cioè, ho sentito solo...»

«Si decida a parlare, una buona volta!»

«E va bene.» La guardò imbarazzato. «Il professore ha detto a Kröger che questa è una clinica sicura, che gode di un'ottima reputazione. Ha detto che lei è stressata per il troppo lavoro e ha commesso un errore che nel frattempo è stato chiarito. Poi abbiamo ricevuto l'ordine di allontanarla nel caso si fosse presentata qui al reparto.»

«Noi chi?»

«Il... ehm... il personale di servizio.»

Ellen non credeva alle proprie orecchie. Era riuscita a instillare qualcosa di simile al senso del dovere in Kröger. Se per un verso era confortante, per l'altro si era rivelato un terribile autogol.

Kröger aveva coinvolto il suo capo, il quale a sua volta aveva raccolto informazioni sulla sconosciuta del reparto 9, dove dovevano avergli assicurato che quella paziente non esisteva né era mai esistita. Non essendoci prove che dimostrassero il contrario, non sarebbe stato possibile convincerlo del contrario. Fra l'altro, se questa paziente era davvero una fantasia di Ellen, non c'era motivo di preoccuparsi della buona reputazione di una clinica tanto *sicura*.

Ellen trattenne un moto di collera. Avrebbe voluto lanciare qualcosa contro il muro, qualcosa che potesse andare in mille pezzi. Ormai la sua credibilità presso la polizia era definitivamente compromessa.

«Per questo la prego di andarsene.» Era chiaro che l'infermiere avrebbe preferito sprofondare sottoterra.

Ellen lo guardò negli occhi e questo lo mise ancora più a disagio. «Le propongo un patto. Io sparisco e sarà come se non ci fossi mai stata, se lei in cambio mi rivela se il dottor Behrendt nelle ultime ore è rimasto qui in reparto. Ci sta?»

Aggrottando la fronte l'infermiere rispose che Mark era rimasto per tutto il tempo in reparto. «Si è allontanato solo poco fa, per un'oretta.»

«Ha detto dove andava?»

«No, ma credo che sia andato a prendere qualcosa da mangiare in mensa.»

Oppure è stato nel bosco per terrorizzare una collega.

Ellen si allontanò dal reparto con evidente sollievo dell'infermiere. Era stanca. Sentiva dolori dappertutto e l'emicrania si era trasformata nella puntura di tanti spilli dietro le orbite. Prima di fare qualunque mossa, doveva assolutamente riposare.

Ora sapeva con una certa sicurezza che Mark era l'uomo che cercava. Non le sarebbe sfuggito. E, finché fosse rimasto al suo posto di lavoro, non poteva fare niente neppure alla donna rapita.

Le restava un po' di tempo per prepararsi al round successivo.

Sedici

A prima vista i due edifici di cemento a sei piani che ospitavano gli alloggi del personale erano tutt'altro che invitanti. Tuttavia Ellen considerava il suo bilocale come una vera e propria casa. Per chi, come lei, era cresciuto in un collegio femminile cattolico dove c'erano solo refettorio e dormitorio, qualsiasi ambiente chiuso dove fosse possibile stare soli era una casa.

Inizialmente aveva considerato l'appartamento una sistemazione temporanea, in attesa di trovare un alloggio più consono nelle vicinanze. Poi però aveva cominciato ad apprezzare la sua posizione tranquilla e la vicinanza alla clinica, così era rimasta.

Non aveva accettato subito la proposta di Chris di andare a vivere insieme. Prima Chris alloggiava durante la settimana in una pensione economica, e trascorreva quasi ogni weekend al capezzale del padre gravemente malato nella lontana Ulfingen.

Dopo la morte del padre, Chris aveva deciso di tenere la casa ereditata. Ellen si era dichiarata disposta a trasferirsi lì con lui e a restaurarla di comune accordo.

Avevano deciso di mantenere l'appartamento in affitto di Ellen. Era pratico, perché risparmiava a entrambi le spese di viaggio settimanali dalla casa nel Giura sino a Fahlenberg.

Prima di prendere tutte queste decisioni Ellen ci aveva riflettuto a lungo. Non perché dubitasse della serietà del rapporto con Chris, piuttosto perché una vita a due in quell'appartamento minuscolo composto da cucina, sala e camera da letto le sembrava una limitazione della propria libertà personale.

Dai tempi del collegio non aveva più dormito nella stessa camera con nessuno, quanto meno non tutte le notti, né aveva più condiviso il bagno con qualcuno. Anche durante l'università aveva fatto in modo di trovare sempre una camera in affitto con i servizi personali. Per questo la sera lavorava come cameriera e tutti i sabati, con qualsiasi tempo, si alzava all'alba per comperare al mercato casse di frutta e verdura per la settimana – il tutto per non essere costretta a dividere la stanza con altri.

Per Ellen la libertà era un lusso che si era conquistata duramente, a volte con il sudore della fronte. Ci ripensò mentre era sotto la doccia e lasciava scorrere l'acqua calda sul corpo indolenzito. Si concesse tutto il tempo necessario, cercando di fare ordine nei suoi pensieri. Aveva voglia di piangere, e alla fine scoppiò in lacrime.

Quando uscì dalla doccia si sentiva un po' meglio. Sfogarsi le aveva fatto bene.

Mentre con una salvietta asciugava la condensa sullo specchio, pensò a Chris. Per un verso era triste che non fosse lì con lei, ma per l'altro era contenta che fosse partito. Se fosse stato lì con lei forse non si sarebbe lasciata andare in quel modo, ma avrebbe fatto emergere il suo lato più battagliero.

Se ti mostri fragile, gli altri ti divoreranno, era una vecchia massima del collegio che aveva fatto propria. La cosa non facilitava certo il suo rapporto con Chris, però Ellen sperava che un giorno, quando si fossero frequentati abbastanza a lungo, tutto sarebbe cambiato.

Allora sarebbe giunto anche il momento in cui sarebbe riuscita a lasciarsi andare e a perdere l'autocontrollo. All'inizio magari solo per un istante, ma era disposta a lavorarci e Chris era molto paziente...

Quando si guardò allo specchio, si spaventò. Non pensava di vederci dentro un corpo slanciato e tonico che sprizzasse vitalità grazie all'attività fisica, ma le chiazze bluastre sul petto e sulle braccia erano già molto visibili. Non era un buon segno. Chissà che aspetto avrebbero avuto il giorno dopo! Soprattutto l'ematoma sul petto. Sembrava una tavola del test di Rorschach, quelle strane macchie d'inchiostro a cui bisogna associare un certo significato. Il disegno sul petto avrebbe potuto essere interpretato come un'aquila ad ali spiegate, o qualcosa del genere. Aveva davvero un aspetto orribile.

Per fortuna non hai occhi dietro la testa, pensò mentre massaggiava l'ematoma con una pomata per le contusioni che teneva nell'armadietto dei medicinali con tutti gli altri rimedi necessari a chi, come lei, correva molto e a volte cadeva.

Non ho nessuna voglia di sapere che aspetto ha la mia schiena. Quello stronzo era maledettamente pesante e aveva le ginocchia dannatamente appuntite.

Viceversa, ribatté la sua parte razionale, *ora sapresti* con sicurezza *se lo stronzo con le ginocchia appuntite era davvero Mark, se avessi gli occhi dietro la testa. Potrebbe essere benissimo una coincidenza il fatto che si trovasse al parcheggio proprio in quel momento, no? In ogni caso non gli hai mai visto adosso una felpa col cappuccio come quella. Nemmeno in pieno inverno porta un cappello o un berretto.*

«Come no» sospirò Ellen a voce alta. «Di sicuro è stata una coincidenza che il dottor sedentario e fumatore incallito si trovasse al parcheggio della pista da jogging dove di solito non si fa mai vedere. E di sicuro è stata una coincidenza che sia andato via proprio dopo che il tizio che mi ha leccato l'orecchio e mi ha quasi soffocato casualmente è corso verso il parcheggio proprio in quel momento. Certo, è stato un caso. Proprio come è un caso che scoppi un tuono dopo ogni lampo.»

In effetti poteva benissimo trattarsi di una semplice coincidenza. Tante volte le era capitato di incontrarlo nei luoghi più strani, dove meno si aspettava di trovarlo. In biblioteca, nel suo locale preferito, oppure in piscina.

Ma forse quelle non erano coincidenze. Forse lui era lì *di proposito*. Forse perché stava preparando il suo piano già da diverso tempo – qualunque scopo avesse.

Ellen si vestì e andò in cucina. Mentre si preparava una tazza di tè, diede un'occhiata all'orologio digitale. Ancora tre quarti d'ora, poi Mark avrebbe staccato.

«E allora mi dovrai dare delle risposte, amico mio» mormorò tra sé.

Sorseggiò il tè scottandosi leggermente il labbro superiore, imprecò, poi andò a sedersi al tavolo accanto al divano.

Continuava a non capire perché. Perché, per quale motivo Mark le aveva fatto una cosa del genere? Che ne era stato della donna e chi era la bambina con quel vestito fuori moda? Era tutto privo di senso!

Mark era un collega simpatico e premuroso, un professionista dotato e... *aspetta un attimo!*

Solo in quel momento Ellen notò il piccolo oggetto sul tavolo accanto a una copia di *Men's Health* di Chris. E quasi contemporaneamente venne assalita dal terrore.

Dopo aver vissuto abbastanza a lungo sotto lo stesso tetto con qualcuno, si arriva a conoscerne intimamente le abitudini e, fra le altre cose, la calligrafia. Lei e Chris vivevano insieme da più di due anni. Per altri forse poteva trattarsi di un periodo non molto lungo, ma sufficiente per sapere che la chiave posata sulla rivista non poteva appartenere a Chris. E non era neppure di Ellen.

Chris non avrebbe mai lasciato una chiave sul tavolo. Si definiva un amante dell'ordine, mentre Ellen di tanto in tanto usava l'espressione *maniaco dell'ordine*. La prima cosa che aveva appeso al muro quando si era trasferito da lei era stata una tavoletta dove appendere le chiavi, perché odiava doverle cercare nelle tasche o in giro per casa. Per quanto riguardava le chiavi, Chris manifestava una marcata tendenza ossessiva, mentre al mattino Ellen spesso doveva compiere una faticosa ricerca per scovare le chiavi dell'auto.

Ellen inoltre non avrebbe saputo dire che genere di chiave fosse quella. Di sicuro era troppo piccola per una serratura normale.

Ma il dettaglio davvero rilevante era l'etichetta appesa all'anello. Lesse le due parole sul cartoncino dove di solito si scrivono cose come BOX, CASA, oppure UFFICIO. Erano scritte con una grafia disordinata, lontana da quella di Chris quanto i geroglifici dell'antico Egitto.

Due parole che la fecero rabbrividire: PRONTI, VIA.

Ellen non dubitò neppure per un istante dell'identità del proprietario di quella chiave. Il messaggio che aveva lasciato sul portachiavi non era poi così preoccupante – rispetto a ciò che alcuni pazienti scrivevano, «pronti, via» era senza dubbio un messaggio più innocuo.

No, il fatto davvero inquietante era la presenza della chiave sul tavolo. Lì, dentro casa sua!

«Sei stato qui!»

Petra Wagner aprì al secondo squillo. La portinaia comparve sulla porta con espressione spazientita, ma quando riconobbe Ellen il suo viso assunse un'aria preoccupata.

«Buongiorno, Ellen, che cosa le succede? È bianca come un cencio.»

«Niente» tagliò corto Ellen, «è solo un'emicrania.»

«È meteoropatica?»

«Probabile. Mi colpisce ciclicamente.»

«Bah» fece la portinaia. «Pensavo che fosse stata contagiata anche lei da quel virus gastrointestinale. Fino a dieci minuti fa mi sono occupata del bagno dei Singer. Era completamente intasato! Non capisco proprio perché gli uomini debbano usare tutte le volte mezzo rotolo di carta igienica. Ci ho messo mezz'ora per liberare la tubatura. E appena prima di pranzo, quando ho una fame da lupi. A proposito, ho appena scolato la pasta. Se vuole...»

«No, grazie» rispose Ellen, interrompendo il fiume di parole della portinaia. Da quando il marito era scappato con un'allieva della scuola per infermieri di quindici anni più giovane, la donna viveva sola e approfittava di ogni occasione che le si offriva per dare libero sfogo alla propria loquacità. «Volevo solo farle una domanda.»

«Certo, mi dica.»

«Per caso stamattina ha fatto entrare qualcuno nel mio appartamento?»

La Wagner arrossì all'istante. «Lui non gliel'ha detto?»

Ellen sentì che il cuore cominciava a batterle più forte. «Chi?»

«Sì, ecco, in genere non lo faccio mai, voglio dire lasciar entrare qualcuno in uno degli appartamenti. Io stessa non ci vado mai, se non mi viene chiesto espressamente di bagnare i fiori o cose del genere, deve credermi. Ovviamente ho un passe-partout, ma lo userei solo in caso di estrema necessità...»

«Petra, la prego.» Ellen dovette trattenersi per non alzare la voce. «Chi è stato nel mio appartamento?»

«Mark. Mi riferisco ovviamente al dottor Behrendt. È passato poco prima che salissi dai Singer e mi ha chiesto se lei era in casa, perché nessuno gli apriva. Ha detto di essere preoccupato, perché stamattina lei era pallida e nel suo reparto era accaduto...»

Ellen non sentì il resto del racconto.

Mark era stato lì! I pochi dubbi che le erano rimasti fino a quel momento erano stati spazzati via. Mark era Marlboroman il Saltatore con l'alito cattivo. Era l'Uomo Nero, lo stronzo con le ginocchia appuntite, che le era saltato sulla schiena, l'aveva minacciata, umiliata, le aveva leccato l'orecchio.

Mentre Petra Wagner continuava a parlare, Ellen gettò un'occhiata all'orologio appeso al muro.

Il suo turno sta per finire. È giunto il momento della verità, sembravano dirle le lancette.

Diciassette

«Ciao, Mark.»

Lui si voltò di scatto, spaventato. Le chiavi dell'auto gli caddero dalle mani. C'era qualcosa nel suo sguardo che Ellen non seppe decifrare subito. Aveva capito di essere stato smascherato? Poi quell'espressione si trasformò in un sorriso sollevato.

«Ellen! Ma dov'eri finita? Ero preoccupato per te.»

«Davvero?»

Ellen non aveva mai provato in vita sua tanta diffidenza verso qualcuno. Nella sua professione, ovviamente, aveva imparato che cosa significasse essere ingannati. Sapeva intuire le menzogne, ma l'atteggiamento amichevole di Mark e i suoi gesti di evidente sollievo sembravano così autentiche da indurla quasi a credergli.

Quasi.

Proprio allora per un istante le tornarono alla memoria le parole di uno dei suoi pazienti: *A volte si riesce a ingannare se stessi tanto a lungo da credere perfino alle proprie invenzioni.*

«Certo che ero preoccupato. A quanto ho saputo Fleischer ti ha messo in ferie...»

«Mi ha *sospeso*» lo corresse Ellen stringendo saldamente in mano lo spray al peperoncino che teneva nella tasca della giacca. Se gli fosse balzata in mente l'idea di tramutarsi nuovamente in Marlboroman il Saltatore, lei sarebbe stata pronta. «Dopo aver ricevuto la visita della polizia, qualcuno deve avergli raccontato che cosa era accaduto in reparto. Qualcuno alle cui parole Fleischer dà parecchio peso. Qualcuno che è riuscito a convincerlo che io sia esaurita, in modo da poter continuare indisturbato il suo sporco giochetto con me. Forse proprio quel qualcuno che mi aveva consigliato di informare Fleischer. Penso proprio di doverti ringraziare.»

«Io? Ma che cosa...»

«Si può sapere che cosa diavolo vuoi, Mark? Perché mi fai questo?»

Ellen non avrebbe mai immaginato che il suo collega fosse un attore così dotato. Prima l'atteggiamento amichevole, il sollievo, e ora l'espressione di autentica sorpresa.

«Ellen, non capisco davvero di che cosa parli.»

«Allora ti darò un aiutino. Oggi eri nel bosco, giusto? E sei stato nel mio appartamento.»

Lui annuì. «Ti ho già detto che ero preoccupato per te.»

Ripetilo ancora un paio di volte e ci crederai anche tu, mio caro. È questo il trucco!

«Dopo l'incidente di stamattina e la storia di Fleischer con cui, bada bene, io non ho assolutamente *niente* a che fare, volevo vedere come stavi.»

«Ma certo, volevi vedere come stavo. Per questo mi hai malmenato nel bosco e mi hai lasciato strani messaggi nell'appartamento?»

Lui la guardò sgranando gli occhi. «Ti ho malmenato?»

«Non dirmi che ti sei già dimenticato del nostro delizioso numero equestre.»

«Che cosa avrei fatto?»

«Che cosa c'entri tu con questa donna?»

«Santissimo iddio, Ellen, di quale donna parli?»

«Della paziente scomparsa!» esclamò lei. Una donna, a una cinquantina di metri da loro, li guardò preoccupata mentre scendeva dall'auto. «Dovresti saperlo più che bene.»

«Piano.» Mark alzò le mani in un gesto implorante. «Andiamo con ordine. È vero, sono stato nel tuo appartamento. Mi ha aperto Petra Wagner perché nessuno veniva ad aprire e mi era sembrato di sentire un rumore dietro la porta. Pensavo ti fosse successo qualcosa, perché...»

«Petra mi ha già raccontato tutto.»

«Benissimo, allora ti avrà anche detto che non sono rimasto neppure un minuto nel tuo appartamento.»

Giusto il tempo necessario per lasciare una chiave sul tavolo.

«Adesso voglio sentire da te la verità, Mark. Ne ho piene le tasche di questo gioco. Che cosa volevi da me nel bosco?»

«Ci sono andato perché pensavo che stessi correndo sul tuo solito percorso. Volevo parlare con te. Perciò ti ho aspettato vicino alla macchina. Ma siccome non arrivavi me ne sono andato perché dovevo tornare al lavoro.»

«Come no. Quindi sei tornato in clinica.»

«Proprio così.»

Ellen scoppiò in una risata amara. «Probabilmente l'Uomo Nero è stato nel mio appartamento e, quando Petra ti ha fatto entrare, si è semplicemente dissolto nell'aria. E *naturalmente* mi hai seguito nel bosco solo perché eri in ansia per me. E *naturalmente* non ti sei addentrato nel bosco, ma mi hai aspettato al parcheggio.»

«Nel tuo appartamento non c'era nessuno.» Ora anche Mark appariva irritato. «Ed è vero che ho raggiunto il parcheggio della pista da jogging perché ero in ansia per te. Ed è vero che non sono entrato nel bosco.»

«Perché non la smetti di prendermi per il culo, Mark?»

«Ti spiacerebbe spiegarmi che cosa sta succedendo?» Scrollando il capo Mark recuperò le chiavi dell'auto da terra. «Sei diventata paranoica?»

«Certamente no. Infatti ho un paio di argomenti convincenti che nei prossimi giorni diventeranno bluastri.» Ellen era scossa da un tremito nervoso per l'agitazione. «Allora, parla. Perché lo fai?»

Per un attimo regnò il silenzio. A una certa distanza due pazienti con la tuta da lavoro della clinica tosavano l'erba del prato di fronte al reparto di patologia. Una giovane assistente, che Ellen aveva incrociato alla mensa solo un paio di volte, passò davanti a loro, li salutò timidamente e salì a bordo della sua vecchia Audi.

«Mi spiace chiedertelo» dichiarò Mark rompendo per primo il silenzio, «ma c'è qualcosa che non va in te?»

Ellen si sentì invadere dalla rabbia e dal panico. Lui non le avrebbe detto niente. L'avrebbe piantata lì come una povera pazza e avrebbe continuato a tormentarla con il suo giochetto, qualunque fosse lo scopo che voleva raggiungere. Lei non aveva niente, assolutamente niente contro di lui. Eppure lo aveva visto nel bosco, ma chi le avrebbe creduto? Era la sua parola contro quella di Mark.

Senza rifletterci, estrasse lo spray dalla tasca e glielo agitò davanti al viso.

«Adesso voglio sapere da te perché mi hai picchiato nel bosco, perché mi hai lasciato una chiave nell'appartamento e chi erano la donna e la bambina. Che cosa c'entri tu con questa paziente? Perché l'hai rapita?»

Mark non diede segno di essere allarmato, anche se

come medico doveva avere un'idea ben precisa dell'effetto che poteva fare uno spray al peperoncino spruzzato in viso.

«Ma guardati.» Ellen colse l'intenso disprezzo che gli faceva vibrare la voce. «Credi davvero che voglia farti cacciare? Pensi sul serio che avrei parlato della faccenda con il capo?»

«Se non sei stato tu, allora chi è stato? E l'uomo che è corso dal bosco nel parcheggio, poco prima che te ne andassi? Avresti dovuto vederlo, se non eri tu.»

Mark infilò lentamente una mano in tasca. Ellen contrasse il dito sullo spray. Quando vide che lui tirava fuori un pacchetto di sigarette, abbassò il braccio lungo il fianco.

Non è Marlboroman, sussurrò una vocina dentro di lei. *Lui è Camelman.*

Faceva forse qualche differenza?

Mark si accese una sigaretta e soffiò il fumo dal naso. «Ma certo, mi eccita malmenare una collega nel bosco. Ne avevo voglia. Mi piace, sai. Naturalmente ho anche rapito quella donna traumatizzata e una bambina. Mi fa sentire onnipotente. Non lo sapevi che sono psicopatico?»

Forse era persino vero, le venne da pensare. Forse ciò che stava dicendo con assoluto cinismo corrispondeva alla verità. Che cosa sapeva lei *veramente* di lui? Guardò la sua mano, perfettamente ferma mentre si portava la sigaretta alla bocca. Era stata quella bocca ad avvicinarsi al suo orecchio e a sussurrarle tutte quelle assurdità? Erano state quelle mani a colpire la donna senza nome? Forse godeva davvero nel tormentare le donne, nello spezzare la loro resistenza, finché lo imploravano di interrompere i suoi giochi perversi.

Ebbe la sensazione che una mano gigantesca e invisibile le attanagliasse i visceri e glieli spappolasse con forza.

Mark scrollò la testa rabbioso. «Mia cara Ellen, mi spiace dovertelo dire, ma soffri decisamente di paranoia.»

Salì in macchina e sbatté la portiera. Poi uscì in retromarcia dal parcheggio, ma prima che potesse raggiungere l'uscita Ellen gli sbarrò la strada.

«Dimmi la verità, una buona volta!» gli intimò, le mani appoggiate sul cofano dell'auto. «Avresti dovuto vedere quel tizio!»

Senza batter ciglio Mark la guardò attraverso il parabrezza.

«Vuoi farmi sentire una pazza, vero? Ma perché, Mark? Dimmi perché! Che cosa ti abbiamo fatto io e quella donna?»

Lui ingranò la retromarcia e si spostò di qualche metro. Poi accelerò, scansò Ellen e uscì dal parcheggio.

Un tremito la scosse in tutto il corpo. Seguì con lo sguardo la Volvo nera mentre percorreva il viale d'accesso alla clinica. Proprio mentre Mark imboccava la superstrada, il cellulare squillò. Ellen rispose quasi automaticamente.

«Ciao, Ellen» la salutò la voce dell'Uomo Nero. «Hai ricevuto il mio regalo?»

In un primo momento Ellen rimase confusa, poi la sua mente razionale si mise al lavoro.

Niente rumore di traffico, rifletté. *Mark è in superstrada, ma in sottofondo non si sentono né il traffico né il motore.*

«Ci sei ancora?»

«Mi dica una buona volta chi è lei!»

«Giornata storta oggi, eh? Posso capirti. Del resto eri *così sicuuuuura* che io fossi Mark. Proprio per questo ti ho chiamata. Stai sprecando del tempo prezioso, mia cara. Cerca di mettertelo in testa.»

Ellen avrebbe voluto ribattere, insultarlo, costringerlo a dirle che cosa voleva da lei, ma prima che potesse farlo udì uno scatto sulla linea. Dapprima pensò che avesse riattaccato. Ma quando subito dopo sentì la voce della donna comprese che lui le aveva passato il telefono.

«Per favore!»

Un gemito implorante. Ellen riconobbe la voce della sua paziente. La donna senza nome! Ora sembrava ancor più una bambina, una bambina spaventata a morte.

«Ti prego, fa' quello che dice» singhiozzò. «Mi fa tanto male. Non ne posso più. Per favore!»

«Dove si trova?» domandò Ellen di slancio. Il cuore le batteva come sotto l'effetto della caffeina.

Prima che la donna potesse rispondere, il rapitore tornò all'apparecchio.

«No, no, così non va bene. Non devi giocare sporco. Lei ha perfettamente ragione. Continuerò a farle del male se non rispetti le regole del gioco. Molto male, capisci? In confronto il nostro piccolo tête-à-tête di prima è stato uno scherzo.»

In sottofondo la donna lanciò un grido. Ellen non sapeva se si trattasse di un urlo di dolore o di paura di fronte a qualcosa che lui le stava mostrando per rafforzare la propria minaccia. Capì solo che quel grido l'avrebbe perseguitata a lungo.

«Okay, okay» si affrettò a dire. «Accetto la sfida. Parteciperò al gioco!»

Una breve pausa. Da qualche parte lontano da lì la donna singhiozzò, mentre di sottofondo udiva uno strano rumore metallico, come il tintinnio di una lamiera accompagnato da un ronzio acuto. Sembrava pazzesco, eppure

Ellen aveva la sensazione di aver già sentito quel rumore da qualche parte. Ma dove?

«D'accordo, allora hai un'altra possibilità. Ma non devi più perdere tempo. Non tollererò altri errori. Approfitta della mia offerta.»

«Lo farò. Promesso!» Doveva trattenerlo ancora qualche istante – il tempo necessario per ricordare dove aveva già sentito quel tintinnio e quel ronzio. «La prego, non le faccia del male, d'accordo?»

Per tutta risposta il telefono diede il segnale di libero. Imprecando, Ellen richiamò il menu del cellulare. Selezionò la voce CHIAMATE RICEVUTE e lesse ciò che aveva temuto: NUMERO RISERVATO.

Quel tizio, l'Uomo Nero, lo stronzo con le ginocchia appuntite, qualunque fosse il suo vero nome, aveva attivato l'opzione per nascondere il proprio numero telefonico.

Che cosa ti aspettavi? Che mi lasciasse il suo numero, invitandomi a chiedere le sue generalità alla società telefonica?

Certo che non se l'era aspettato, ma per un istante ci aveva sperato – così come a volte sperava che una prima diagnosi negativa potesse rivelarsi sbagliata, pur sapendo con certezza quasi assoluta che le analisi di laboratorio avrebbero confermato la correttezza della sua ipotesi.

No, chiunque fosse quel pazzo, non agiva in maniera avventata. Aveva fatto in modo che Ellen concentrasse i suoi sospetti su Mark. Lo divertiva il fatto che lentamente cominciasse a sentirsi paranoica. Ellen Roth, la psichiatra con manie ossessive. Davvero uno scherzo geniale.

La mente di Ellen lavorava alacremente. Se non era Mark, chi poteva essere quel folle?

Forse era uno dei suoi ex pazienti che si divertiva a fare quel macabro gioco con lei? Non aveva molti anni di pratica alle spalle, ma erano comunque abbastanza; e ne aveva incontrate di persone completamente fuori di testa.

Uno di questi psicopatici si masturbava quasi tutte le sere di fronte alla madre tetraplegica finché un'infermiera a domicilio, tornata sui suoi passi perché aveva dimenticato qualcosa in casa, lo aveva scoperto e denunciato.

Un altro, in preda a un raptus psicotico, aveva preso un martello da un cantiere e aveva sfondato il cranio a una passante sconosciuta, sostenendo che al posto del suo viso aveva visto una testa di maiale che lo scherniva.

La storia che più l'aveva sconvolta era stata quella di una paziente perseguitata dalle voci che aveva infilato la figlia neonata di tre settimane a testa in giù nel gabinetto finché le delicate ossa del cranio avevano ceduto. Poi aveva aggredito un terapeuta durante una seduta di gruppo mentre gli altri stavano lavorando a un collage di feltro e carta colorata. Gli aveva conficcato nel fianco un paio di forbici da tappezziere – che lui stesso aveva dimenticato in giro dopo aver tagliato il feltro – sfiorandogli il rene destro.

Sì, gli psicopatici esistevano, pazienti che a causa di un disturbo del metabolismo cerebrale si trasformavano in mostri imprevedibili. Ora sembrava che uno di loro avesse deciso di condurre Ellen alla follia.

E c'è quasi riuscito. Il mio collega ormai pensa che io sia pronta per il manicomio. E se non avessi quelle macchie di Rorschach sul petto e sulle braccia, oltre che sulla schiena, anch'io mi riterrei tale.

Se non altro, i dolori che la tormentavano confermavano che quello sconosciuto non era una sua invenzione, esattamente come la paziente senza nome e la bambina nel bosco.

Ma come faceva questo sconosciuto ad avere il suo numero di cellulare? Lo aveva dato solo a pochi amici fidati e a qualche collega con cui le era capitato di scambiare il turno. Com'era possibile che uno di loro fosse l'Uomo Nero?

Il fatto di aver sospettato di Mark, e di essersi del tutto sbagliata, la faceva sentire tremendamente in colpa. Per questo non se la sentiva di incolpare qualcun altro nella ristretta cerchia dei suoi conoscenti.

Esisteva naturalmente l'eventualità che questo qualcuno avesse avuto il suo numero da un amico o collega di Ellen, magari neppure intenzionalmente. Lo sconosciuto poteva essersi impossessato per un momento del cellulare di uno dei suoi colleghi lasciato in bella vista nell'ambulatorio, o qualcosa del genere.

Non doveva più perdere tempo, le aveva detto l'Uomo Nero. In effetti non aveva altra scelta. Se non accettava ciò che lui definiva *gioco pulito*, avrebbe torturato ulteriormente la donna. E sicuramente anche la bambina. Doveva partecipare al gioco. Ellen non vedeva altro modo per scoprire la sua vera identità, se non altro per tutelarsi.

Ma ancora più importanti erano la donna e la bambina. Pensare a loro e a ciò che probabilmente stavano passando in quello stesso momento le provocò una stretta allo stomaco.

Devi darti una regolata! Non permettere alla paura di avere il sopravvento, le disse la lottatrice che era in lei, ed Ellen concordò.

Doveva ragionare lucidamente per trovare una prova e smascherare la vera identità dell'Uomo Nero. Allora anche la polizia e Mark si sarebbero convinti. Avrebbe potuto chiamare Mark subito, per scusarsi e riferirgli gli ultimi sviluppi. Ma chissà se lui le avrebbe creduto, dopo averla appena definita una psicopatica. Non osava scoprirlo. Aveva già combinato troppi guai.

Finché non avesse scoperto chi era l'Uomo Nero, era sola e doveva partecipare al gioco di quel folle.

Non tollererò altri errori, le sue parole le risuonarono nelle orecchie. *Pronti, via.*

Diciotto

L'uomo dietro il banco del Mister-Minit somigliava in tutto e per tutto all'omino stampato sul logo della catena di negozi di risuolatura e duplicazione chiavi. Anche lui indossava una tuta blu come l'insegna luminosa sopra il suo stand, aveva i capelli neri con la riga da una parte e un'espressione cosa-posso-fare-per-lei? negli occhi simpatici.

Già, pensò Ellen, *manca solo che dica:* Ecco fatto!, *e non si distinguerebbe dalla figurina stilizzata.*

Quel Mister-Minit in particolare si chiamava Rashid, come indicava il cartello sul bancone. La simpatia che irradiava già da lontano lo faceva sembrare un'oasi di pace in mezzo al clamore e alla frenesia del centro commerciale.

«Buonasera a lei, signora» la salutò con voce melodiosa riponendo una scarpa femminile dalla quale aveva appena staccato un tacco rotto. «Cosa posso fare per lei?»

Nonostante i dolori alla schiena e il fatto che quella era stata la giornata peggiore di tutta la sua vita – non voleva neppure pensare all'immediato futuro –, Ellen non poté fare a meno di ricambiare quel sorriso contagioso.

«Ho una chiave e vorrei sapere a che genere di serratura appartiene.» Tirò fuori la chiave, dalla quale aveva saggiamente staccato l'anello con la targhetta PRONTI, VIA, e la posò sul bancone.

«Niente di più facile.»

Rashid prese la chiave come se si trattasse di un oggetto estremamente prezioso.

«Posso benissimo immaginare» disse mentre osservava la chiave da ogni angolazione. «Tutti abbiamo in casa un sacco di chiavi, molte che non usiamo mai, ma che non riusciamo a buttare, perché pensiamo che prima o poi possano tornarci utili. E a un certo punto non sappiamo più a che cosa servono. In questo caso, direi... mhm, no, ne sono certo... sì, è decisamente la chiave di una cassetta della posta.»

Ellen alzò un sopracciglio stupefatta. «Ne è proprio sicuro?»

«Sì. Vede, qui c'è il nome del produttore. Questa azienda produce solo cassette per la posta, di tutte le fogge e i colori.»

«Ah.»

Rashid le restituì la chiave. «Posso fare qualcos'altro per lei?»

«Non potrebbe dirmi a che tipo di cassetta appartiene?»

Rashid scrollò la testa con un'espressione di profondo rammarico. «Temo che questo vada oltre le mie modeste capacità.»

Ellen lo ringraziò e andò nel bar lì accanto. Ordinò un caffè. Si fermò assorta a sorseggiare il caffè troppo caldo rigirandosi la chiave tra le dita.

Dovevano esserci miliardi di cassette per la posta al mondo e, anche se si fosse limitata alla sua città, erano sempre troppe. Come avrebbe potuto individuare la cassetta giusta?

Si sentì invadere nuovamente da una rabbia cieca. Quello psicopatico probabilmente se la stava ridendo, le aveva assegnato un compito impossibile da risolvere. Avrebbe riso e poi avrebbe... no, non voleva pensare a cosa avrebbe fatto alla donna.

Devi concentrarti su questa missione. Finché non hai altri punti di riferimento, non hai scelta. Avanti, concentrati!

Chiave. Cassetta della posta.

Doveva esserci una logica, si disse. Il tizio era sì uno psicopatico, soprattutto per quanto riguardava il suo rapporto con le donne, ma non era completamente pazzo. Altrimenti non sarebbe mai riuscito a rapire la paziente dal reparto psichiatrico protetto. Questo era sicuro.

Chiave. Cassetta della posta.

Doveva appartenere a un indirizzo che Ellen conosceva. Solo così la cosa aveva un senso.

Chiave. Cassetta della posta.

Chiave. Cassetta della posta.

Cassetta della posta...

Diciannove

Era mezzogiorno e il caldo era opprimente. Il sole splendeva da un cielo terso su un campo di grano apparentemente infinito. Il monotono frinire delle cicale riempiva l'aria, mentre le spighe aspettavano immobili l'imminente mietitura. Una talpa spuntò dalla sua tana nel terreno arido, come se anche lei attendesse con ansia la pioggia. Tornò a nascondersi quando l'ombra di Ellen si spostò su di lei.

Dove mi trovo? pensò Ellen, ma faceva troppo caldo per pensarci.

Bentornata, sentì dire da una voce familiare alle proprie spalle.

Ellen non si stupì di vedere dietro di sé il suo mentore defunto. Il professor Bormann era seduto su un vecchio tronco d'albero che molti anni prima doveva essere stata una quercia a segnare il confine tra due campi. Su un altro ceppo il quadrante di un orologio si stava liquefacendo. Invece delle normali dodici ore era suddiviso in due giornate e una lancetta nascosta guizzava dietro la prima.

Un altro sogno pilotabile? domandò lei.

Va preso così com'è, rispose Bormann asciugandosi il sudore dalla fronte diafana con un fazzoletto. *Lei sa che sta sognando, ma questa volta non sarà in grado di influenzare il sogno. Stavolta deve scoprire qualcosa.*

Posso farle una domanda?

Lui la invitò a parlare con un gesto e solo allora Ellen si rese conto di quanto fosse magro. Da vivo era sempre stato slanciato, ma non così magro come appariva in questi sogni.

Prego, mia cara, chieda pure.

Il fatto che io la veda sempre nei miei sogni e che questi sogni siano tanto surreali significa che sto perdendo la ragione? Che sto impazzendo?

Il professore sorrise. Profondi solchi gli scavarono le guance. *I sogni sono sempre surreali, è nella loro natura. Del resto si trovano al di là della realtà. In questo senso tutti i sogni possono definirsi una fuga nella pazzia. Tuttavia non credo, per rispondere alla sua seconda domanda, che lei sia malata di mente, mia cara. Lei è... ecco, diciamo, un po' confusa e deve ritrovare la giusta via. Tutto qui. Niente che non possa essere raggiunto con un po' di coraggio e di riflessione sincera.*

Ellen ricambiò il sorriso.

Tuttavia, aggiunse il professore, *può benissimo darsi che non le piacerà ciò che sta per vedere.* Fece un gesto carico di rammarico. *Ma non tutto ciò che ci aiuta dev'essere necessariamente piacevole.*

Cosa intende dire?

Lui fece un cenno verso un grosso capanno che troneggiava accanto al campo di grano. *Guardi là, per esempio. Vede la pozzanghera?*

Sì.

Dovrebbe andare a osservarla più da vicino.

Detto questo, si alzò e si avviò nella direzione opposta rispetto al capanno. Ellen stava per chiedergli di restare, ma dall'ultimo sogno aveva imparato che non sarebbe servito a niente. Bormann era soltanto il prologo di un sogno come questo, glielo aveva spiegato lui stesso la prima volta.

Dunque questo sogno serviva a scoprire qualcosa, e questo stava a significare che non le sarebbe accaduto niente. Nessun pericolo. Tuttavia si sentiva inquieta mentre si incamminava lentamente verso la pozzanghera. Anche le scoperte potevano essere minacciose, oppure, per usare le parole di Bormann: *Non tutto ciò che ci aiuta dev'essere necessariamente piacevole.*

Da lontano la pozzanghera sembrava una conca in cui l'acqua scintillava come vetro sporco. Doveva essere stata più piena, ma ormai era evaporata dopo qualche giorno di caldo intenso.

A mano a mano che si avvicinava, Ellen riconosceva l'acqua stagnante. In certi punti mostrava un riflesso oleoso, con tutti i colori dell'arcobaleno, in altri era nera con strane bolle bianche. In un primo momento le sembrarono le vesciche gonfie d'aria delle rane. Oppure erano rospi?

Quando si fermò a ridosso della pozzanghera, l'ombra del proprio corpo schermò il riflesso sulla superficie dell'acqua. Allora si rese conto che quelle strane protuberanze rigonfie non erano né bolle né vesciche.

Scioccata, vide venti globi oculari che galleggiavano semiaffondati nella pozza. Erano tutti rivolti verso il capanno.

Ellen guardò in quella direzione e vide una grande cassetta della posta rosso fiammante. La riconobbe subito. Era la stessa cassetta che aveva visto qualche giorno prima nella vita reale. Di fronte alla casa degli Janov.

Come a confermare questa ipotesi, Silvia Janov comparve accanto alla cassetta. Guardava Ellen con espressione sofferente. Sembrava paralizzata, incapace di muoversi.

Accanto a lei era accucciato il grosso cane nero che dilaniava con tutta calma il dorso della mano della donna.

Ellen si drizzò a sedere e si ritrovò nel suo letto. Cercò intorno a sé Silvia Janov e l'enorme cane che sino a un istante prima erano stati a pochi passi da lei. Le sembrava che il cane fosse sempre lì accanto, le pareva di sentirne l'odore di terra e putrefazione.

Invece c'era solo la foto incorniciata che la ritraeva insieme a Chris davanti a un tempio sull'isola di Bali.

L'afa estiva, il capanno e la pozzanghera erano scomparsi. Erano soltanto un ricordo.

Ellen sentiva il sangue pulsare nelle tempie, accompagnato da un'emicrania lancinante. Fece diversi respiri profondi, e venne assalita dalla nausea.

Riuscì a trascinarsi fino al bagno, alzò la tavoletta del water e vomitò. Il suo stomaco si contraeva violentemente, quasi volesse liberarsi di tutto ciò che conteneva – e non solo di quello. Ellen si sentiva soffocare, poi finalmente i crampi diminuirono.

Tirò lo sciacquone e si lasciò scivolare sul pavimento accanto al lavandino. L'emicrania era più forte, le riempiva la testa di un suono simile a quello di un diapason.

«Che cosa mi sta succedendo?» bisbigliò, asciugandosi le lacrime dagli occhi.

È troppo, rispose la voce dentro di lei. Anche quella voce sembrava sfinita, prosciugata. Ma poi la lottatrice si ridestò spronando Ellen a riprendersi.

Non ti lascerai annientare da quel folle!

No, certo che no. Ma sembrava che fosse proprio quello lo scopo del suo macabro gioco. Voleva annientarla.

Non lo permetterò.

Si alzò a fatica. Tremava e si sentiva mancare. In cucina

si riempì un bicchiere d'acqua e aprì la portafinestra della terrazza.

L'aria della notte le accarezzò fresca il volto. Negli edifici circostanti era ancora accesa qualche luce. Uscì in terrazza, avvertì la piacevole frescura delle lastre di pietra sotto i piedi e fece diversi respiri profondi. Poi si appoggiò il bicchiere freddo sulle tempie e quasi immediatamente il diapason nella sua testa svanì.

Sì, così andava bene. Rimase per un po' in piedi immobile, a gustare la quiete della notte e a bere piccoli sorsi d'acqua. Lentamente cominciò a sentirsi meglio. Stava per rientrare in casa, quando con la coda dell'occhio notò qualcosa sul pavimento.

Era un'ombra non molto grande. Somigliava a un cuscino scuro che qualcuno aveva lasciato in un angolo della terrazza. Forse era caduto da uno dei piani superiori. Spesso un'improvvisa raffica di vento faceva volare di sotto un indumento appeso ad asciugare.

Ellen si avvicinò incuriosita all'ombra. Quando capì cos'era, lanciò un grido stridulo.

Barcollò all'indietro e andò a sbattere contro il tavolo da giardino. Per lo spavento il bicchiere le scivolò di mano e si infranse sul pavimento.

«Si sente meglio?»

Il poliziotto, che si era presentato come Reiner Wegert, era sulla porta della cucina e guardava Ellen con espressione preoccupata.

Lei annuì e lui le rivolse un breve sorriso di incoraggiamento. Wegert era un po' più basso di lei. A prima vista appariva rozzo e tracotante, ma era bastato che pronunciasse poche parole per renderlo assai più simpatico di quel Kröger con cui aveva parlato il pomeriggio precedente.

Wegert aveva suonato alla porta poco dopo la telefonata di Ellen. Innanzitutto si era informato con calma sull'incidente e poi era uscito a esaminare ciò che aveva trovato Ellen sulla terrazza, mentre lei era rimasta in cucina, aveva riempito la caffettiera e poi aveva guardato il liquido nero scendere nella boccia di vetro. Ora, mentre riempiva due tazze per sé e per il poliziotto, pensò che il sangue di Sigmund al buio sulla terrazza era altrettanto nero. Allontanò da sé la tazza disgustata.

«Buono» disse Wegert dopo aver bevuto un sorso. «Era il suo gatto?»

«No, in realtà non era di nessuno, ma negli ultimi tempi veniva spesso a trovarci. L'avevamo chiamato Sigmund.»

«A trovarvi?»

«Sì. Durante la settimana io e il mio compagno abitiamo qui. Ora però lui è in vacanza.»

«Beato lui» commentò Wegert sibillino. «Ma torniamo al gatto. Ha notato, oppure sentito qualcosa?»

Ellen scrollò il capo. «No, stavo dormendo.» *Ero in un campo di grano*, pensò. *Stavo parlando con il mio mentore defunto mentre questo porco tagliava la gola al povero Sigmund.*

«Mi rincresce davvero» disse Wegert guardandola con compassione. «A quale mente malata può venire in mente di seviziare così un animale indifeso? Anche mia figlia aveva una gattina. Ma non è vissuta molto. Sa, abitiamo proprio sulla statale. Ci si affeziona agli animali. Diventano parte della famiglia. Ma non posso fare a meno di mostrarle questo.»

Posò una busta di plastica trasparente sul bancone indicando il coltello da bistecca che conteneva. Il sangue sulla lama non era ancora asciutto. «Lei è proprio sicura che questo coltello sia suo?»

Ellen annuì. Conosceva fin troppo bene la piccola intaccatura nella lama. Erano passati meno di sei mesi... Una giornata di riposo, le era venuto in mente di montare un lampadario nuovo in camera da letto. Distrattamente – cosa che Chris aveva commentato con un *tipico di voi donne!* – si era dimenticata di staccare la corrente. Quando aveva toccato il cavo elettrico, aveva ricevuto una scossa piuttosto forte e sulla sottile lama del coltello che aveva usato per tagliare il cavo era rimasta quella piccola e inconfondibile intaccatura.

Wegert la guardò pensieroso. «Lei sa che cosa significa?»

«Sì.» Ellen si sentì venire la pelle d'oca sulle braccia. «Il tizio può essersi portato via il coltello la prima volta, oppure... oppure è stato di nuovo qui.»

«Strano che non sia riuscito a rilevare tracce di effrazione. È possibile che lei abbia smarrito una chiave del suo appartamento?»

«Non che io sappia. Ma domani stesso farò cambiare la serratura.»

«Ottima idea. Non si può mai sapere.»

Wegert posò la tazza vuota accanto al lavandino e raccolse la busta di plastica.

«Sarò sincero con lei, signora Roth.» Indicò distrattamente il sacchetto della spazzatura azzurro che Ellen gli aveva dato e dove lui aveva infilato il corpo di Sigmund. «Cose del genere purtroppo accadono spesso. I cosiddetti *stalker*, i molestatori, si sono moltiplicati negli ultimi tempi. Per questo non vorrei che lei nutrisse troppe speranze circa la possibilità di riuscire a individuarlo. Analizzeremo le impronte digitali sul coltello e le confronteremo con quelle nei nostri archivi. Ma non deve aspettarsi granché. Tuttavia le assicuro che terremo d'occhio il suo appartamento. Me ne occuperò personalmente.»

Accentuò esageratamente l'ultima frase ed Ellen non poté fare a meno di pensare a uno sbirro dei telefilm americani. Poi tirò fuori un taccuino dalla tasca della giacca, si infilò sottobraccio la busta di plastica con il coltello – *l'arma del delitto*, come avrebbero detto i personaggi del telefilm – e scarabocchiò qualcosa su un foglietto che poi porse a Ellen.

«Il mio numero di cellulare. Naturalmente può chiamare anche al distretto, comunque verrò non appena ne avrà bisogno. Quando si è divorziati si ha molto tempo. Non mi fraintenda... Voglio solo dire che prendo il mio lavoro molto sul serio.»

«Stia tranquillo, ho capito. La ringrazio per la sua disponibilità.»

«Bene, ora ha il mio numero.»

Ellen alzò mentalmente gli occhi al cielo. C'era un tipo tanto malato da uccidere un animale innocente solo per metterle paura, e questo Wegert non aveva nient'altro di meglio da fare che provarci con lei? Il mondo era impazzito.

«Se il maniaco dovesse ricomparire, l'avviserò immediatamente.»

«Bene. Nel mio lavoro si vede così tanta merda, se posso essere esplicito, ma sono tipi come questo che mi mandano in bestia. Quindi le basterà chiamarmi e avrà quel che si merita, può credermi.»

«Ne sono convinta. Buonanotte.»

Quando richiuse la porta dietro di lui, Ellen non si sentiva più sollevata di quando era arrivato. In realtà l'unico aiuto che le aveva offerto era stato di occuparsi – sbarazzarsi – del povero Sigmund, evitandole di dover raccogliere la sua carcassa con la testa quasi del tutto mozzata.

Questo Wegert poteva aiutarla tanto quanto il suo collega Kröger. Ellen poteva contare solo sulle proprie forze. Ed era meglio che cominciasse a farlo fin da subito.

Venti

Ellen parcheggiò a un isolato di distanza dalla casa degli Janov. Di notte quel quartiere disastrato sembrava ancora più minaccioso, anche senza aver letto le notizie di cronaca che di tanto in tanto apparivano sulla stampa locale. Forse l'aspetto sinistro era dovuto solo ai lampioni in parte spenti che lasciavano la via praticamente al buio – proprio nel tratto in cui si trovava la casa degli Janov.

Da lontano le giungevano gli strepiti di un ubriaco e da uno dei palazzi proveniva una musica rap assordante. Un uomo e una donna litigavano in una lingua straniera dietro una finestra a poca distanza, in mezzo a un tintinnare di porcellana.

Quando Ellen raggiunse il giardino degli Janov, si rese conto che stava per commettere un'azione illegale. Era agitata. In fondo era andata lì solo sulla scia di un sogno, senza alcuna argomentazione razionale a suffragare il suo comportamento. Del resto, tuttavia, era l'unico appiglio che aveva.

Ovviamente non è legale ficcanasare nelle cassette della posta altrui, disse la lottatrice in lei, *ma se vuoi andare avanti non ti resta altra scelta che verificare se si è trattato semplicemente di un sogno, oppure se è stato un ricordo. Avanti. Di sicuro a quest'ora quei due non sono svegli, né tanto meno sobri.*

Era un'argomentazione convincente, si disse Ellen, anche se si sentiva un po' schizofrenica a formulare i propri pensieri come se fossero le parole di un'altra persona.

Ricordava che i cardini del cancelletto del giardino cigolavano. E se lo aveva notato durante il giorno, nonostante il frastuono che regnava in quella strada, di notte sarebbe stato molto peggio. Tanto valeva annunciare il proprio arrivo strombazzando. Così decise di scavalcare la staccionata, ricadendo nell'erba accanto a un cumulo di lattine arrugginite e rifiuti di plastica, poi si accucciò al riparo tra i cespugli e guardò verso la cassetta della posta.

Anche nell'oscurità il rosso intenso della cassetta era ben visibile. Rimase in ascolto per captare eventuali rumori provenienti dall'interno della casa. Dietro una finestra lampeggiava il chiarore bluastro di un televisore. Si augurò di cuore che Edgar Janov si fosse addormentato davanti allo schermo mentre avanzava cauta verso la cassetta. Qualcosa saettò ai suoi piedi. Ellen trattenne a stento un grido di raccapriccio quando si accorse che era un ratto.

Calma. Devi mantenere la calma.

Con mani tremanti estrasse la chiave dalla tasca dei jeans. In quel momento una BMW scura si fermò a poca distanza con uno stridore di pneumatici. Ellen saltò dietro un cespuglio – *ti prego, Dio, fa' che il topo non sia proprio qui!* – e rimase in attesa osservando due giovani scendere dall'auto.

A giudicare dall'accento dovevano essere dell'Europa dell'Est. Uno di loro ruttò fragorosamente, poi gettò una bottiglia sull'asfalto. Il compagno rise. Ellen avrebbe tanto voluto tirargli il collo. Perché quell'idiota non si metteva direttamente a cantare una serenata sotto la finestra degli Janov?

Nel giro di pochi minuti i due scomparvero in una delle case vicine. Ellen si rimise in ascolto per cogliere eventuali rumori sospetti provenire dalla casa degli Janov. La tele era sempre accesa, ma non si udivano le voci di Edgar o di sua moglie. Evidentemente in quella strada erano abituati ai rumori notturni.

Tanto meglio, pensò Ellen avanzando di nuovo furtiva verso la cassetta della posta. Infilò la chiave nella serratura e...

Non entrava!

Impossibile!

Doveva essere quella!

Armeggiò a lungo nel buio con la serratura, ma la chiave era troppo piccola.

E adesso? Era certa che il tizio avesse indicato proprio quella cassetta della posta. *Doveva* essere così; altrimenti, dove poteva cercare?

Oppure si trattava di un'altra dimostrazione della sua mente malata: le aveva dato un indizio inutile. Non aveva tempo per riflettere. Il rischio che qualcuno la scoprisse era sempre più elevato.

Le restavano due possibilità: rinunciare, oppure...

Ellen ripensò al quadro elettrico nello scantinato del reparto 9. Infilò la chiave nella fessura appena sopra la serratura e fece leva. Lo sportellino della cassetta rosso fuoco era di lamiera leggera e si piegò con incredibile facilità. Ma neppure la chiave era troppo resistente, e alla fine si spezzò. Com'era già successo nello scantinato, Ellen provò con le chiavi di casa e ci riuscì. In pochi secondi aveva piegato lo sportello al punto da riuscire a forzarlo con le mani. E all'improvviso, con un schianto metallico, la cassetta si aprì.

Ellen sussultò, si guardò intorno, poi esaminò l'interno della cassetta.

Vuota.

Anzi, no, c'era qualcosa!

Un cartoncino sul fondo della cassetta. Sembrava un biglietto da visita. Sì, era proprio un biglietto da visita!

Era troppo buio per riuscire a leggere cosa ci fosse scritto, ma a giudicare dallo spessore del cartoncino e dalla stampa non si trattava di uno dei soliti volantini pubblicitari. A maggior ragione in un quartiere come quello, dove persino un ufficiale giudiziario non avrebbe trovato altro che un televisore da pignorare.

Non era stato uno scherzo, allora. C'era un altro indizio!

All'improvviso Ellen venne inondata di luce. Portandosi la mano davanti al viso sbatté le palpebre accecata e guardò attraverso le dita la luce della lampada sopra l'ingresso. Terrorizzata, riconobbe la figura di Edgar Janov in piedi sulla soglia.

«Che stai facendo qui?»

Non c'era tempo per dare spiegazioni, tanto meno per fuggire. Prima che se ne rendesse conto, fu colpita al volto. L'impatto la scaraventò a terra. Ellen rotolò su un fianco per rimettersi in piedi, ma ricevette un calcio allo stomaco. Si raggomitolò su se stessa, le mani premute sul ventre.

Era ancora indolenzita per l'aggressione nel bosco, ma ora il dolore era perfino inimmaginabile. Lui le fu sopra con una rapidità che la sorprese, vista la sua mole. La afferrò per i capelli e la strattonò. Ellen lanciò un grido e lo tempestò di pugni, ma Janov sembrava immune ai suoi colpi.

«Lurida puttana!» Lui la scaraventò contro il muro della casa. «Che cosa cerchi qui?»

Ellen alzò il piede all'indietro con tutta la forza che aveva, colpendolo in uno stinco. In realtà aveva mirato a un altro punto, ma il dolore le impediva di essere abbastanza agile. Il calcio comunque ottenne l'effetto desiderato. Con un gemito Janov barcollò all'indietro. Ellen ne approfittò per correre verso il cancello del giardino, ma non aveva fatto in tempo a raggiungerlo che i due ragazzotti della BMW le si pararono davanti bloccandole la via.

«Fatemi passare!»

Per tutta risposta ottenne un ghigno sinistro.

«Ehi, Eddi, possiamo darti una mano?» chiese uno.

Terrorizzata, Ellen si voltò e fece appena in tempo a vedere Janov che, ripresosi con stupefacente velocità dal colpo ricevuto, le andava incontro per sferrarle un pugno allo stomaco. Non poteva più scappare. Si richiuse come un coltello a serramanico e cadde in ginocchio ansimando.

«Andate a fare in culo» sentì esclamare Janov alle sue spalle. «Quando avrò finito con lei, nessuno la vorrà più.»

Ellen tentò disperatamente di alzarsi, ma fu impossibile. Le braccia e le gambe non volevano ubbidirle. In bocca sentiva il sapore del sangue.

Janov la afferrò nuovamente per i capelli e le tirò la testa all'indietro. «Allora, sgualdrina. Cosa vuoi da me, eh? Chi ti ha mandato a ficcanasare qui?»

Ellen lanciò un'occhiata in direzione dei due giovanotti. «Aiutatemi» gemette.

«Buon divertimento» disse uno dei due, poi diede una pacca sulle spalle dell'amico e insieme tornarono verso l'auto.

«Parla!» gridò Janov sopra il rombo del motore.

«Mi lasci» riuscì a dire Ellen.

Janov non aveva nessuna intenzione di farlo. Al contrario, le tirò ancora di più i capelli e con l'altra mano le strappò la scollatura della maglietta. Ellen balzò in piedi, infilando la mano nella tasca dove teneva lo spray al peperoncino e schiacciò il dosatore prima ancora di aver raggiunto il volto di Janov.

Per una frazione di secondo temette di aver tenuto la boccetta nella direzione sbagliata e di aver indirizzato lo spray di lato, o addirittura verso di sé. Invece aveva fatto centro. Janov la mollò all'istante.

Portandosi le mani sulla faccia, girava in tondo e barcollava, urlando come un pazzo, simile a un orso ammaestrato. Janov agitava le braccia in maniera forsennata, mentre le lacrime gli scorrevano sul volto contorto dal dolore. Alle sue spalle Ellen riconobbe la moglie.

Non sapeva da quanto Silvia Janov fosse lì a osservare la scena, ma in quel momento sul suo viso si accese una scintilla di vita. Raccolse una bottiglia di birra vuota lasciata nell'erba, si avvicinò al marito e gliela frantumò in testa senza la minima esitazione.

Janov stramazzò a terra. Non aveva perso i sensi, ma le sue urla si erano trasformate in un gemito soffocato dietro le mani che teneva premute sul viso.

Ellen vide la macchia scura che si andava allargando sulla capigliatura ispida. *Bisogna subito ricucire la lacerazione*, pensò la dottoressa che era in lei, ma la lottatrice disse solo: *Al diavolo.*

Silvia Janov era in piedi davanti al marito che si rotolava a terra lamentandosi. Stringeva ancora in mano il collo della bottiglia e sorrideva con aria stranamente soddisfatta.

«Presto» disse Ellen. «Servono olio e acqua per disinfettargli la ferita.»

«Ci penserò io» disse la donna gettando quel che restava della bottiglia nell'erba. «Adesso vattene.»

«Devo chiamare la guardia medica...»

«Sparisci!»

«D'accordo.» Ellen scrollò le spalle.

«È giusto che questo sacco di merda una volta tanto si becchi una lezione.»

Ellen non sapeva se Silvia Janov stesse parlando con lei, oppure con se stessa.

«Perché non lo lascia?»

Stavolta la donna la guardò negli occhi, con un'espressione priva di qualsiasi incertezza o paura.

«Ma sei pazza? Io lasciare Eddi? Mai! Lo amo.»

Ventuno

Erano due le ragioni che avevano spinto Thomas Thieminger, portiere della pensione Jordan, a pretendere da Ellen il pagamento anticipato della camera. Due ragioni che gli stavano scritte chiaramente in faccia.

La prima, che erano le due di notte ed Ellen non aveva bagaglio. Una donna che chiedeva una stanza in piena notte senza neppure una borsa non poteva non suscitare qualche sospetto nel portiere.

La ragione numero due, tuttavia, era molto più decisiva. Ellen era in condizioni spaventose. Aveva una guancia tumefatta, la bocca impiastricciata di sangue e i jeans macchiati d'erba. La cerniera lampo della giacca di pelle non riusciva a nascondere lo strappo nella scollatura della maglietta. Inoltre sapeva di spray al peperoncino. Thieminger fece un passo indietro allontanandosi dal bancone. Mai prima d'allora qualcuno aveva storto il naso per il suo odore. Fu un istante, e subito dopo tornò a essere un educato portiere d'albergo, ma per lei fu un brutto colpo.

Durante il loro breve scambio di battute Thieminger si comportò, come dovuto, con la massima disponibilità e cortesia. Le procurò addirittura del disinfettante e dei cerotti mentre lei riempiva il modulo di registrazione.

Tuttavia ci mise più tempo del necessario e, quando le restituì la carta di credito, Ellen capì che doveva aver fatto una breve telefonata alla società emettitrice della carta. Grazie a Dio la carta di Ellen, che sul retro riportava la sua foto, era in ordine.

Thieminger finse di credere alla sua storia di un incidente, ma lo sguardo compassionevole diceva altro.

Ellen immaginava fin troppo bene che cosa stesse pensando Thomas Thieminger. Dovette ammettere che non era un'ipotesi così lontana dal vero.

Il portiere le augurò la buonanotte ed Ellen si incamminò verso l'ascensore zoppicando leggermente. Tra le mani tremanti stringeva il necessario per la medicazione.

Tutto sommato non c'era molta differenza tra una camera d'albergo e quella di una clinica psichiatrica. Oltre al televisore, in entrambe c'erano un letto, un armadio e un tavolo con una sedia. Nei bagni degli alberghi c'erano sempre una vasca o una doccia, non sempre presenti in clinica. E alle pareti erano appesi dei quadri. Alla Waldklinik si trattava prevalentemente di foto di calendari incorniciate (senza vetro), nell'albergo di riproduzioni di Franz Marc (con vetro).

Sebbene l'hotel si premurasse di offrire un comfort migliore e un arredamento più raffinato rispetto alla Waldklinik – se non altro per una questione di costi – a Ellen sembrava di trovarsi lì come degente e non come ospite.

Forse non dipendeva tanto dalla camera, quanto dal suo stato d'animo. Gli avvenimenti delle ore precedenti l'avevano sopraffatta. Si sentiva turbata e a posteriori non avrebbe potuto giudicare del tutto razionali le proprie reazioni.

Prese una bottiglietta di Diet Coke dal minibar sotto il televisore – un'altra differenza rispetto al reparto di psichiatria, che tutt'al più metteva a disposizione una cassetta d'acqua minerale o una caraffa di tè in corridoio – e trangugiò con la bevanda fredda una compressa dal blister che portava sempre con sé.

Era un sedativo piuttosto leggero, ma quanto bastava per rendere sopportabile un turno di lavoro particolarmente intenso. Non ne faceva un uso esagerato, sapendo fin troppo bene quanto fosse facile sviluppare una dipendenza da quei farmaci. I medici affetti da dipendenza da farmaci erano moltissimi, proprio come le fotomodelle anoressiche o i muratori alcolizzati. Ma una giornata come quella giustificava l'assunzione di un tranquillante.

Ellen rimase a lungo alla finestra della camera numero 204 a osservare la notte. Quando fu abbastanza calma, si spogliò e si guardò nello specchio del bagno.

Il suo viso era meno martoriato di quanto avesse temuto. Il sangue sul mento proveniva da una ferita all'angolo della bocca che tuttavia sarebbe guarita in fretta. Anche la tumefazione sulla guancia sarebbe passata in poco tempo. Qualche cubetto di ghiaccio dal minibar avvolto in un asciugamano, un po' del disinfettante di Thieminger e della pomata per le contusioni avrebbero fatto miracoli per il suo viso.

Il resto del corpo era conciato peggio. I lividi erano numerosissimi, alcuni piuttosto estesi. Soprattutto il disegno di Rorschach sul petto, seguito dal segno dei calci di Janov all'addome.

Ma ancora più pesante delle ferite fisiche era l'impatto emotivo provocato dagli avvenimenti delle ultime ore. Aveva paura. Una paura assoluta e totale. E si sentiva più sola che mai. Perché proprio ora Chris si trovava su un'isola dove non era neppure possibile telefonargli? Avrebbe voluto sentire almeno la sua voce.

Da quando era entrata in quella camera non aveva più

smesso di pensare alla donna senza nome che durante il loro secondo incontro si era rannicchiata sotto il lavandino. Ora Ellen si sentiva come lei. Si era chiusa a chiave nel piccolo bagno di una camera d'albergo, solo perché non si fidava a tornare nel proprio appartamento a causa di uno psicopatico. Non dopo quanto accaduto. Non dopo aver provato, per la seconda volta nel giro di qualche giorno, cosa significasse essere fisicamente inferiori.

Quel pazzo doveva averla mandata di proposito a casa degli Janov. Mentre pedinava Ellen, anche l'Uomo Nero doveva aver notato la grossa cassetta della posta rossa. Le aveva lasciato la chiave perché era sicuro che prima o poi si sarebbe ricordata di quella cassetta.

Ti osservo già da parecchio tempo. Del resto sei una vera bellezza, risuonò nella sua mente la voce distorta elettronicamente.

Forse aveva scoperto che razza d'uomo fosse Janov. Magari aveva perfino intuito che Ellen aveva creduto per un attimo che fosse proprio lui l'Uomo Nero. Forse, nella sua mente malata, si era immaginato quanto si sarebbe divertito osservando a debita distanza quell'energumeno mentre la malmenava.

L'Uomo Nero doveva essere nelle vicinanze, ne era convinta. Solo così avrebbe potuto essere sicuro che la sua vittima individuasse la cassetta della posta e trovasse l'indizio. Anche il fatto che Janov si fosse accorto della presenza di Ellen quando aveva forzato la cassetta doveva essere stata un'altra mossa del suo folle gioco. Già, molto probabilmente aveva perfino telefonato a Janov per fargli una soffiata anonima. Molto semplice.

Dopo essersi concessa una lunga doccia e aver medicato con cura le ferite, prese dal tavolo il biglietto da visita e si sdraiò.

Non c'erano dubbi che quel biglietto da visita fosse un ulteriore indizio del rapitore. A parte le macchie di sangue sul cartoncino bianco, che sicuramente appartenevano a Sigmund, il nome di Ellen era stato scarabocchiato sopra l'indirizzo stampato, con la stessa grafia disordinata dell'etichetta della chiave. Ellen lesse:

A. ESCHENBERG – ANTIQUARIO
aperto dal lunedì al venerdì
dalle 10 alle 18

Sotto erano riportati indirizzo e numero di telefono. Il sangue di Sigmund aveva reso illeggibili le ultime cifre.

Cosa c'entrava un antiquario? Perché voleva mandarla là? Forse l'Uomo Nero era proprio A. Eschenberg?

Era troppo stanca e sfinita per formulare ulteriori ipotesi. Una micidiale emicrania le martellava le tempie.

Aveva bisogno di qualche ora di sonno e di una sostanziosa colazione. Accidenti, da quanto non toccava cibo? Non aveva importanza, prima doveva dormire, poi nutrirsi e soprattutto bere un caffè forte. Allora si sarebbe sentita di nuovo meglio.

Posò il biglietto da visita sul ripiano accanto al letto. Pian piano il sedativo cominciò a fare effetto. Ma quando allungò la mano per spegnere la luce ebbe un istante di esitazione. Una parte di lei voleva soltanto abbassarla.

Niente buio, per nessun motivo!

D'accordo. Abbassò la luce quanto bastava per riuscire a dormire, ma lasciando un chiarore sufficiente a distinguere chiaramente tutti i particolari della camera. Se non altro in questo lei era diversa dalla donna senza nome, che si era rifugiata in una stanza al buio.

Proprio mentre stava per chiudere gli occhi, si accorse

dell'incarto di un cioccolatino, come spesso se ne trovano sul cuscino nelle camere d'albergo. Una specie di dolcetto della buonanotte.

Era sulla moquette accanto al letto. Probabilmente una cameriera non aveva saputo resistere alla tentazione di mangiarlo.

Peccato, pensò Ellen afferrando il pezzettino di carta lilla. In quello stesso momento una mano sbucò fulminea da sotto il letto e la afferrò per un polso. Ellen si ridestò all'istante. Con un unico movimento saltò giù dal letto e liberò la mano dalla stretta. Fu tutto così repentino che non sapeva neppure se avesse gridato di paura oppure no.

Con il cuore che batteva a mille, Ellen si inginocchiò sul pavimento a circa un metro di distanza dal letto e vide un'altra mano aggiungersi alla prima.

Balzò in piedi, si guardò intorno alla ricerca di qualcosa da usare come arma. L'unico oggetto a portata di mano era una copia della Bibbia sul comodino.

«Esca di lì!»

Tremava in tutto il corpo. Meno di un minuto prima si era sentita stanca morta. Ora la sua mente era tornata perfettamente lucida.

Spostò all'indietro il braccio con cui reggeva il libro, pronta a colpire il misterioso intruso. Aveva il fiato corto e le tempie le pulsavano, mentre la sua mente ripeteva ossessivamente: *Non-è-possibile-non-è-possibile-non-è-possibile*.

Solo in quel momento si rese conto di quanto fossero piccole le due mani che spuntavano dal letto. Poco dopo davanti a lei comparve una bambina. Tra i capelli biondi aveva qualche batuffolo di polvere.

«Tu?» Ellen lasciò ricadere il braccio con il libro. «Che cosa ci fai qui?»

La bambina non le rispose, ma la guardò con la testa piegata, quasi stesse valutando la mossa successiva. Come il giorno prima nel bosco, indossava sempre quell'abito estivo con i fiori troppo colorati. La macchia marrone accanto all'angolo della bocca tradiva la fine che aveva fatto il cioccolatino di benvenuto.

Ellen posò il libro sul comodino e si accucciò davanti alla bambina. «Come hai fatto a entrare? Abiti qui?»

Non somiglia affatto al portiere dell'albergo.

Non ottenne risposta. La bambina invece si arrampicò all'indietro sul letto, senza mai perdere d'occhio Ellen.

«Ehi, non devi avere paura di me. È solo che mi hai spaventato tantissimo. Ti ha mandato di nuovo quell'uomo? Sai dove si trovano lui e la donna?»

La bambina saltò giù dal letto e corse verso la porta. Si girò brevemente verso Ellen, mentre faceva scattare la chiave nella serratura e spalancava la porta. Poi scomparve a passo veloce nel corridoio.

Ellen la inseguì. Uscita dalla camera fece appena in tempo a vedere la piccola sgusciare oltre la porta con il cartello SCALE – USCITA DI SICUREZZA.

Ellen si diresse da quella parte e piombò nella semioscurità del vano scale, dove seguì lo scalpiccio dei piccoli piedi verso il basso. Raggiunta una porta con l'indicazione del pianterreno, si stupì che la bambina continuasse a scendere.

Che cosa andava a fare nel seminterrato? Forse aveva una specie di nascondiglio segreto lì? Se davvero abitava nell'albergo, era possibile. Ma era un'idea troppo assurda. Fahlenberg in effetti non era una città molto grande, ma c'erano comunque diversi alberghi. Troppi per spiegare come mai Ellen avesse scelto proprio quello dove viveva la ragazzina del bosco.

Ellen accelerò l'andatura, rischiando di rotolare per le scale, e alla fine raggiunse un ampio scantinato.

Alla luce di una lampadina appesa al soffitto, la bambina aveva un'aria spettrale. Si era fermata tra la caldaia e una grossa lavatrice in fondo alla stanza, le mani nascoste dietro la schiena, lo sguardo sbarrato fisso su Ellen.

«Non devi avere paura» ripeté Ellen. «Voglio solo parlare con te. Stai bene?»

Anche questa volta non ottenne risposta. L'unico rumore era il lieve ansito della caldaia. Ellen interpretò l'immobilità della bambina come un cenno d'assenso.

«Come facevi a sapere che ero qui? Mi hai seguito?»

La bambina continuò a fissarla immobile.

«Che cosa volevi ieri nel bosco da me? Conoscevi l'uomo dal quale mi hai mandato?»

La bambina annuì. Un movimento del capo impaurito e appena accennato.

«È tuo padre?»

Silenzio. Poi la testa si mosse lentamente da una parte all'altra.

«È qualcuno di quest'albergo?»

Trascorse ancora qualche secondo prima che la bambina accennasse di nuovo a una risposta negativa.

«Però tu prima mi hai riconosciuto. È per questo che sei entrata di nascosto in camera mia?»

La bambina annuì, questa volta meno esitante. Poi mostrò le mani che aveva tenuto dietro la schiena. Ellen ammutolì alla vista delle piccole dita insanguinate. In una mano reggeva una pialla, nell'altra un cacciavite con la punta insanguinata.

«Santo cielo, ti sei fe...»

Ellen non riuscì a dire altro. Ciò che accadde fu così incredibile da paralizzarla per lo spavento.

La bambina cominciò a sussultare. Lo spasmo partì dal viso e si diffuse alle braccia e a tutto il corpo. Per qualche istante sembrò una crisi epilettica, mentre il fragile corpicino era scosso da violenti crampi. Tuttavia Ellen era certa di non trovarsi di fronte a un caso di epilessia. L'aspetto davvero raccapricciante di quello spettacolo erano i rigonfiamenti che comparvero in varie parti del corpo. Come se all'interno vi fosse un esercito di minuscoli piedi che cercavano di liberarsi lacerando la pelle. Il corpo della bambina continuava a cambiare forma, allungandosi verso l'alto e poi di lato, come se non fosse un corpo, bensì una maschera di gomma che nel giro di qualche secondo... si strappò.

Ellen lanciò un grido mentre una donna nuda e ricoperta di fango usciva dall'involucro della bambina.

In quello stesso istante tutto cessò. Ciò che restava della bambina, il corpo femminile, il cacciavite e la pialla – tutto scomparve.

Ellen si ritrovò tremante in mezzo allo scantinato.

Ciò che ho visto non era reale, fu il suo primo pensiero lucido.

Esatto, te lo sei solo immaginato, confermò la parte razionale di Ellen. *Colpa dello stress. Lo stress e quel maledetto sedativo.*

«Ehi, che cosa è venuta a fare qua sotto?»

Ellen si voltò di scatto, aspettandosi di vedere alle proprie spalle il professor Bormann che le avrebbe spiegato con il suo tono di voce pacato che aveva avuto un altro sogno pilotabile. Sulla porta della cantina, invece, c'era Thieminger che la guardava sbigottito. Nel suo sguardo Ellen lesse ciò che lei stessa stava pensando.

Sto per impazzire? O sono già impazzita?

Ventidue

La notte porta consiglio. In parte doveva essere vero, rifletteva Ellen seduta al tavolo della colazione della pensione Jordan mentre placava la fame con una seconda porzione di uova strapazzate e pane tostato. Aggiunse pure due aspirine che l'albergo le aveva offerto con i migliori auguri di pronta guarigione. Poco dopo fecero effetto e i dolori si calmarono.

Thomas Thieminger, al quale Ellen ordinò una seconda tazza di caffè – cielo, quanto era buono quel caffè! –, si comportava con la massima naturalezza, senza manifestare il minimo stupore dopo l'apparizione notturna di Ellen nel seminterrato. Da vero professionista, che nel corso degli anni aveva imparato a gestire con aplomb anche gli ospiti più difficili, la servì senza batter ciglio. Forse era semplicemente stanco dopo il turno di notte e si rallegrava della serata libera che lo aspettava. Ellen conosceva fin troppo bene quella sensazione dopo un turno di notte particolarmente impegnativo, quando desiderava solo sonno e tranquillità.

Arrivò al negozio di antiquariato verso le dieci, parcheggiò proprio di fronte ed esaminò attentamente l'edificio. Dall'esterno il vecchio palazzo con la facciata decorata a stucco non aveva un aspetto minaccioso. Dietro le grandi vetrine la luce era accesa. Se Eschenberg era davvero l'Uomo Nero, non avrebbe potuto farle nulla finché lei fosse rimasta vicina alle vetrine e ben visibile dai passanti.

Forse dipendeva dalla sostanziosa colazione, forse dagli indumenti nuovi – jeans, biancheria e una maglia a maniche lunghe che aveva comprato in una boutique a poca distanza dall'hotel e che aveva subito indossato – ma si sentiva più sicura di sé rispetto alla sera precedente.

Voleva fare luce una volta per tutte sul caso. Qualcosa le diceva di essere prossima alla soluzione. Il tempo incalzava, perché Ellen non sapeva per quanto ancora la donna senza nome sarebbe stata in grado di resistere. Tutto dipendeva dal successo di Ellen nel trovare una prova tangibile del rapimento con cui convincere anche la polizia.

E che mi convinca di non essermi immaginata tutto, pensò mentre scendeva dall'auto e si dirigeva verso il negozio di Eschenberg.

Venne accolta dal tintinnio di un antiquato campanello sopra la porta e dall'odore di muffa della carta ingiallita. Gli scaffali lungo le pareti erano stracarichi e incurvati sotto il peso dei libri.

Altre pile di volumi erano sistemate davanti alle librerie. Su due tavolini bassi c'erano romanzi tascabili, volumi fotografici e manuali alla rinfusa sotto un cartello scritto a mano:

OFFERTA SPECIALE
ESEMPLARI DIFETTOSI

La calligrafia non corrispondeva a quella della chiave né a quella del biglietto da visita. Era molto più regolare e armoniosa nelle sue forme.

«Desidera?»

Dal retrobottega uscì un uomo, decisamente troppo giovane per essere un antiquario, rifletté Ellen. Indossava un paio di calzoni chiari e non di velluto scuro come, chissà perché, si era aspettata. Soltanto il pullover con i polsini un po' slabbrati tradiva un'aria piuttosto vissuta.

«Lei è il signor Eschenberg?»

«Alexander Eschenberg in carne e ossa.» Porse la mano a Ellen. «Cosa posso fare per lei?»

Sebbene la sua corporatura tradisse un'evidente inclinazione per il buon cibo, allo stesso tempo l'antiquario emanava un'aria di fragilità. In ogni caso non sembrava per niente minaccioso. *Al massimo un tenerone*, pensò Ellen, che ricambiò il sorriso.

«Vede, a dire la verità, non so precisamente che cosa sto cercando. Mi chiamo Ellen Roth e mi chiedo se per caso qualcuno non abbia lasciato qui da lei qualcosa per me.»

«Intende l'ordinazione di un libro? Mhm, controlliamo subito.»

Con passo dinoccolato Eschenberg andò dietro il bancone ed estrasse un taccuino da sotto l'antiquato registratore di cassa, che certamente era già un pezzo da collezione ai tempi di suo nonno.

Sfogliò le pagine del quaderno sistemandosi gli occhiali sul naso.

«Mi può ripetere come si chiama? Roth?»

«Sì, esatto. Col *th*.»

«Mi spiace molto, ma devo deluderla. Che libro aveva ordinato?»

«In realtà nessuno. È solo che» aprì la borsa e tirò fuori dal portafoglio il biglietto da visita, facendo attenzione a nascondere come meglio poteva la macchia di sangue con il pollice «ho ricevuto il suo biglietto da visita e sono stata indirizzata qui da lei.»

«Il mio biglietto da visita? Ah, ora capisco... lo vuole riacquistare?»

«Riacquistare?»

«Sì, il libro. Avevo già detto al suo conoscente che non ero sicuro di riuscire a piazzarlo.»

Ellen gli rivolse un'occhiata interrogativa. «A essere sincera, non so di che libro stia parlando.»

«Davvero?»

Eschenberg si avvicinò alla vetrina e prese un libro tra quelli esposti. «Eccolo qua.»

Con un cenno compiaciuto lo posò sul tavolo. Era un grosso volume di fiabe. Sulla copertina un araldo dalle vesti sgargianti suonava una tromba su uno sfondo azzurro. Il titolo recitava: *Fiabe illustrate*.

L'antiquario passò quasi con delicatezza un panno sul libro. «In sé e per sé è un ottimo esemplare, che per un collezionista potrebbe valere anche venti o trenta euro, se non ci fosse uno scarabocchio su una pagina.»

Ellen si avvicinò al tavolo. Un libro di fiabe. Perché il folle l'aveva mandata da un antiquario per un libro di fiabe?

«Di che genere di fiabe si tratta?»

«È un'edizione dei primi anni Settanta.» Si capiva chiaramente che Eschenberg si era affezionato a quel libro. «All'epoca ne fu stampata una tiratura limitata. Se non sbaglio fu l'unica. L'aspetto più particolare è che il volume non contiene solo fiabe popolari, ma anche alcune meno note. Le illustrazioni sono molto belle. Non sono paragonabili a quelle che si trovano in commercio ora, ammesso che i bambini leggano ancora le fiabe. Oggi vanno più di moda i fantasy, i manga e cose del genere. Le fiabe in sostanza sono la stessa cosa. Peccato, peccato...»

Aprì il volume a una pagina segnata con una linguetta di carta. Ellen rimase a bocca aperta alla vista dell'immagine e dello scarabocchio che la occupavano.

I fratelli Grimm pubblicarono solo nel 1812 la storia della bambina che si era perduta nel bosco oscuro mentre era diretta a casa della nonna. Ancora oggi il nome della bambina è sconosciuto: tutti l'avevano soprannominata Cappuccetto Rosso a causa del suo particolare copricapo.

La bambina raffigurata nel libro sul tavolo dell'antiquario non portava un cappuccio rosso, come nella maggior parte delle illustrazioni, ma uno scialle scarlatto. Nonostante ciò era perfettamente chiaro che si trattava di una scena di quella fiaba. L'immagine mostrava un bosco scuro e minaccioso che neppure i funghetti colorati e i cespugli di bacche che l'artista aveva sparso sul margine inferiore della pagina riuscivano a rallegrare. L'aspetto più spaventoso era lo sguardo terrorizzato della bambina, che si era quasi fatta sfuggire di mano il cestino con i dolci e il vino mentre faceva un balzo all'indietro. Ancora più raccapricciante era la raffigurazione del lupo, da cui Cappuccetto Rosso cercava di fuggire. Nei suoi occhi brillava una malvagità assoluta, sottolineata da astuzia e avidità. Sembrava fosse sul punto di sollevarsi sulle zampe in tutta la sua altezza, dispiegando la pelliccia nera e ispida.

Ellen tuttavia rimase scioccata non tanto dal senso di minaccia che l'illustrazione suscitava, quanto per il lupo stesso. La belva era assolutamente identica al cane che aveva visto nel primo sogno. Sprigionava la stessa cattiveria e, sebbene fosse solo un disegno, era ugualmente terrorizzata. Sembrava reale.

Infine c'era il segno tracciato sulla pagina con quello che sembrava un pastello a cera. Una stella a cinque punte, disegnata con un unico tratto e con mano incerta, iscritta in un cerchio.

«È un pentacolo» spiegò Eschenberg. «Ho controllato. È un simbolo per scacciare gli spiriti cattivi. Non è possibile toglierlo senza rovinare la pagina. Temo che in queste condizioni nessuno vorrà acquistare il volume.» Guardò Ellen con aria allarmata. «Non si sente bene? È molto pallida.»

«Tutto a posto, grazie» mormorò Ellen, anche se chiaramente non era vero. Dovette fare appello a tutto il proprio autocontrollo. L'illustrazione l'aveva spaventata a morte.

«Le porto un bicchiere d'acqua?»

«No, la ringrazio. Però potrebbe dirmi come mai mi ha mostrato proprio questo libro?»

«Ecco, lei mi ha detto che un suo conoscente l'aveva mandata qui da me.»

«È vero, ma perché le è venuto in mente proprio questo libro?»

«È semplice. Un giovanotto è stato qui qualche giorno fa e mi ha offerto questo libro, spiegandomi che non gli interessava guadagnarci qualcosa. Credo che volesse sbarazzarsene, ma non aveva il coraggio di buttarlo via. Sarebbe stato anche un peccato. Così gliel'ho comprato io. Di sicuro non è stato l'affare della mia vita, lei mi capisce, ma non sopporto l'idea che un libro finisca nel bidone della spazzatura.»

Ellen cercò di fissare lo sguardo sull'antiquario e di distoglierlo dal libro aperto. «Ma come le è venuto in mente che si trattasse proprio di un mio conoscente?»

L'antiquario sorrise un po' imbarazzato e si toccò una

stanghetta degli occhiali. «Ecco, la mia vista non è tra le migliori, ma questi occhiali sono ottimi. E quando lei prima ha aperto il portafoglio ho riconosciuto subito la sua faccia dalla foto.»

«Dalla foto nel mio portafoglio?»

«Sì.»

Ellen infilò la mano in tasca, tirò fuori il portafoglio e lo aprì. «Si riferisce a questa foto?»

Alexander Eschenberg annuì. «Esatto.»

L'antiquario si scusò ancora una volta per la propria indiscrezione, ma Ellen non lo stava più ad ascoltare. Tutta la sua attenzione era concentrata sulla foto, mentre un enorme punto di domanda andava formandosi nella sua mente, come se proprio quella foto potesse darle una risposta.

Ma Chris sorrideva e basta.

Ventitré

Chris!

Che cosa c'entrava Chris con tutta quella storia? Perché la traccia dell'Uomo Nero l'aveva condotta fin lì? Da un antiquario al quale Chris aveva venduto un vecchio libro? Un libro di fiabe.

Ti piacciono le fiabe, piccola Ellen?

Le sembrava quasi di risentire la voce dell'Uomo Nero alle proprie spalle. Il soffio del suo respiro sulla guancia. Il suono viscido della sua lingua vicino all'orecchio.

Risolvi l'indovinello. Ti lascio tre giorni di tempo per scoprirlo.

Non sembrava forse una citazione da una fiaba? Non poteva essere una coincidenza. Lui aveva *voluto* farle trovare quel libro. Faceva parte del suo piano, era un ulteriore indizio che lui aveva lasciato nel corso di quella folle caccia al tesoro. Ma a che scopo? Qual era l'obiettivo di quella ricerca delirante?

Risolvi l'indovinello. Chi sono?

Perché dava tanta importanza al fatto che scoprisse chi era? Forse lo conosceva? Forse era quella la grande sorpresa che aspettava Ellen alla fine? E perché ora le tracce conducevano proprio a Chris?

Un altro ricordo: la fugace sensazione di intimità che aveva provato nel bosco sentendo la sua voce distorta.

Una nuova idea si affacciò alla sua mente. Malgrado cercasse di scacciarla con tutte le sue forze, un nuovo corso di pensieri la sommerse.

No, non era possibile. Era... *paranoico!*

Mark aveva ragione, stava impazzendo. Chiedersi anche solo per un secondo se Chris fosse l'Uomo Nero era folle.

Lei amava Chris e lui l'amava. Se c'era qualcuno di cui si fidava ciecamente, era lui. Avevano superato già tante esperienze insieme, si erano sempre sostenuti a vicenda. Sarebbero stati pronti a gettarsi nel fuoco l'uno per l'altra.

E ora bastava l'indizio trovato presso un antiquario qualunque per far vacillare quella fiducia! Era assurdo!

Ovviamente Chris conosceva tutte le sue abitudini, oltre al suo numero di cellulare, e sapeva quali luoghi frequentava. E naturalmente avrebbe potuto lasciare la chiave della cassetta della posta nell'appartamento dove abitavano insieme senza che lei se ne accorgesse. Chris avrebbe potuto persino infilare il biglietto da visita nella cassetta degli Janov, dopo averlo preso in negozio l'ultima volta che era stato lì.

Avrebbe potuto fare molte delle azioni di cui lo sconosciuto era stato l'autore.

Ma perché? Che motivo poteva avere?

Chris però non l'avrebbe mai minacciata al telefono, non l'avrebbe aggredita nel bosco per malmenarla, non avrebbe ucciso Sigmund, il gatto al quale una volta aveva perfino lasciato l'ultimo goccio di latte rimasto, rinunciando così alla sua colazione con i cereali.

E non avrebbe mai rapito una delle sue pazienti dalla clinica per maltrattarla e torturarla. Una paziente che, come aveva ribadito a Ellen più di una volta con estrema convinzione, gli stava particolarmente a cuore, perché temeva che potesse farsi del male da sola.

Certo, esistevano argomenti a sostegno dell'assurda tesi che Chris fosse lo sconosciuto: era l'unico a essere al corrente dell'esistenza della donna, a parte Ellen. Era stato lui a compilare il modulo di ricovero della donna senza nome, era in possesso della chiave del reparto e l'avrebbe potuta facilmente rapire senza essere scoperto.

Ma, ammesso che ci fossero buoni motivi per sospettare di lui, in quel momento Chris si trovava all'altro capo del mondo. Lei stessa lo aveva accompagnato all'aeroporto.

Ellen si riscosse. Doveva essere proprio pazza per pensare certe cose.

Forse è perché non sei sicura al cento per cento di te stessa? le suggerì la sua parte razionale, quella che sembrava aliena a qualsiasi sentimento e che neppure la visione di una bambina insanguinata riusciva a scuotere. *Sei assolutamente certa che lui sia lì? Non ti ha neppure telefonato.*

Si appoggiò con forza al piano del bancone per non vacillare. Nella sua testa regnava un caos totale.

Eschenberg intanto le aveva detto qualcosa, che lei però non aveva ascoltato.

«Come?»

«Le ho chiesto se vuole che chiami un medico» le ripeté con espressione alquanto preoccupata. «Sembra che stia per svenire.»

«Mi dica una cosa, è proprio sicuro che Chris... voglio dire, che sia stato quest'uomo a darle il libro?»

Eschenberg le rivolse un'occhiata stizzita, poi annuì compunto. «Sì, certo. È stato qui un paio di giorni fa e mi ha portato il libro. Posso chiederle perché...»

«Le ha detto qualcosa a proposito del libro?»

«A pensarci bene sì» l'antiquario scrollò le spalle, «mi ha detto qualcosa che non ho ben capito. Qualcosa che aveva a che fare con i ricordi belli e quelli brutti. Se non sbaglio ha accennato vagamente a un piano. Voleva sorprendere qualcuno. Non ho ben capito, ma mi sembrava di essere troppo indiscreto a chiedere delucidazioni. Però ricordo di avergli domandato se possedeva altri libri come questo, e lui mi ha risposto di averne una cassa piena. Allora gli ho dato il mio biglietto da visita.»

Un piano con cui sorprendere qualcuno?

Eschenberg non sembrava stesse mentendo, né poteva essere il complice di uno psicopatico. Se questo antiquario era in qualche modo coinvolto nella storia, di sicuro era stato usato. Il buonsenso le diceva che era del tutto innocuo.

E se invece... tornò a incalzarla quella voce interiore. *E se invece, facciamo un'ipotesi puramente teorica, il tuo sesto senso ti avesse ingannata proprio riguardo alla persona con cui condividi ogni cosa, che non perde occasione per regalarti mazzi di rose rosse e dichiara di voler trascorrere la vita insieme a te nella sua casa? Se fosse così?*

Sciocchezze, obiettò lei. Sono solo sciocchezze!

Tuttavia quella voce aveva instillato dentro di lei il tarlo del dubbio, dal quale non sapeva come difendersi. Chris sapeva dell'Uomo Nero? Era lui l'Uomo Nero? Questi interrogativi non le davano tregua.

Se vuoi andare sul sicuro, le suggerì la sua parte razionale, *allora vai da qualcuno che potrebbe darti la risposta.*

«Non lo vuole il libro?» le gridò dietro l'antiquario perplesso, mentre lei si voltava senza dire una parola e spalancava la porta d'ingresso.

«Se lo tenga!»

Ellen lasciò l'auto nel parcheggio sotterraneo in centro e raggiunse a piedi un'agenzia di viaggi che aveva notato passando.

La Ockermann World Travels era una delle molte piccole agenzie di una catena di tour operator e si trovava all'interno di un grande centro commerciale. La targhetta sulla scrivania indicava che quello seduto davanti a lei era Herbert Ockermann, responsabile e probabilmente unico impiegato dell'agenzia.

Quando Ellen entrò, l'uomo canuto e con la barba corta stava consigliando una coppia di sposi. A giudicare dalle loro facce lunghe, sembrava stessero definendo i particolari del loro divorzio, e non organizzando il viaggio più bello della loro vita.

Con un sorriso di circostanza Ockermann invitò Ellen a pazientare qualche istante, poi tornò a occuparsi dei suoi clienti.

«Non ci interessa dove» brontolò l'uomo, «basta che ci siano sabbia e sole, e che costi poco.»

«Io voglio visitare qualche posto» s'intromise la donna. «Ci vuole anche un po' di cultura.»

«Hai pensato a quanto ci costerà?»

Ellen aspettava impaziente accanto a un espositore di offerte per l'Australia – *Proposte di viaggio personalizzate* – mentre Herbert Ockermann dimostrava una pazienza biblica con i suoi ombrosi clienti. Ellen si costrinse a mantenere la calma, chiedendosi in continuazione se ciò che stava per fare non tradisse una terribile mancanza di fiducia. Tutto in lei respingeva il pensiero che Chris potesse essere coinvolto anche solo lontanamente negli avvenimenti degli ultimi giorni.

Quando, più di un quarto d'ora dopo, la coppia uscì

dall'agenzia con un plico di cataloghi, Ellen aveva ritrovato la calma. A volte aspettare serve a qualcosa.

«Accidenti, a certe persone non va bene niente.» Ockermann era decisamente sollevato per aver superato anche quella sfida. «Ma, la prego, si accomodi. Dove vorrebbe andare?»

«Veramente da nessuna parte. Volevo solo chiederle un favore.»

«A sua disposizione. Mi dica.»

«Vorrei mettermi in contatto con qualcuno che si trova a Hinchinbrook Island, in Australia.»

«Mhm, Hinchinbrook Island... questo nome non mi è nuovo. Se non sbaglio c'era una promozione proprio di recente. Non è forse l'isola dove si può andare 'in vacanza dalla civiltà'?»

«Proprio quella.»

«Se ha un momento di pazienza, controllo.» Si alzò di slancio e andò a sfogliare i cataloghi esposti sugli scaffali a muro. «Sa, lo trovo davvero interessante. Finalmente una richiesta fuori dall'ordinario. La maggior parte della mia clientela è come la coppia che è appena uscita. Deve costare poco, naturalmente il vitto deve essere incluso, se possibile cibi tedeschi e televisione tedesca in camera. Würstel, crauti, birra e notiziario sportivo, ah! Viene da chiedersi se non farebbero prima a starsene a casa...» Prese un catalogo da uno scaffale. «Ah, eccolo qua! Isole australiane con Hinchinbrook Island. Guardi la foto in copertina. Dev'essere un posto davvero fantastico.»

Tornò a sedersi soddisfatto dietro la scrivania, sfogliò il dépliant e alla fine trovò quello che cercava.

«Qui ci sono tutte le informazioni che ci servono. Però...» batté con un dito nel riquadro delle informazioni turistiche «temo sia difficile, se non addirittura impossibile riuscire a raggiungere qualcuno laggiù. Non c'è telefono e, a quanto leggo qui, i cellulari non prendono. Per questo l'isola è tanto apprezzata da chi cerca un isolamento totale.» Sorrise compiaciuto. «Già, ma presumo che questo lo sapesse già, altrimenti non si sarebbe rivolta a me.»

«Infatti. Pensavo che magari lei sapesse come...»

«Mettersi in contatto? Mhm, mi faccia pensare. Leggo qui che c'è un albergo. L'Hinchinbrook Island Wilderness Lodge è l'unico hotel di tutta l'isola. Proverò a chiedere al mio astuto computer.» Avvicinò a sé la tastiera e fece una ricerca. «Esatto, hanno anche un numero telefonico.» Sorrise a Ellen. «Immagino che ora vorrebbe che io provassi a telefonare per chiedere informazioni, giusto?»

«Naturalmente le pagherò la telefonata.»

«No, si figuri, non è per questo. È che a quest'ora non mi risponderà nessuno laggiù. Da loro dovrebbe essere l'una del mattino.»

«Potrebbe provare lo stesso, per favore? La persona che cerco si chiama dottor Christoph Lorch.»

«Ma certo.»

Herbert Ockermann prese il telefono con un cenno ammiccante, compose il numero e riuscì a mettersi in contatto con un impiegato dell'albergo. Ellen conosceva l'inglese abbastanza bene da capire quanto diceva Ockermann all'interlocutore, anche se spesso ascoltava l'altro intercalando con ripetuti *mhm, mhm*. Questo le impedì di cogliere il senso della conversazione.

Alla fine Ockermann riattaccò e fece un gesto rammaricato. «Mi hanno detto che da loro non risulta alloggiato nessun dottor Lorch. Ma questo non significa niente. La maggior parte dei turisti sull'isola campeggia in luoghi prestabiliti, dove tuttavia non sono raggiungibili. Dopotutto pagano proprio per qualche giorno di assoluta solitudine. Ognuno di loro ha un cercapersone d'emergenza, con il quale possono inviare ma non ricevere messaggi. L'unica consolazione che le posso dare è che il dottor Lorch non ha inviato nessun segnale d'emergenza. Ciò significa che non è stato divorato dagli alligatori.»

Di fronte all'espressione mortalmente seria di Ellen, l'uomo si scusò subito per la battuta infelice e ripeté ancora una volta che Ellen non gli doveva niente per la telefonata.

Ellen tornò al parcheggio sotterraneo. Adesso era quanto mai turbata. Da una parte la tormentavano i sensi di colpa per aver sospettato di Chris, tanto per usare un eufemismo. In realtà avrebbe voluto darsi dell'idiota totale. Malgrado ciò, un dubbio continuava ad attanagliarla in un lento e inesorabile stillicidio.

Si chiese per l'ennesima volta come potesse pensare che qualcuno che diceva di amarla fosse in grado di compiere azioni simili. Si sentiva confusa, non sapeva più che cosa credere. Tutta la storia dal principio alla fine era poco chiara e apparentemente priva di senso. L'emicrania intanto era tornata a farsi sentire e i dolori delle percosse erano peggiorati. Tuttavia preferiva non prendere un altro antidolorifico.

Ellen aveva parcheggiato al terzo piano sotterraneo e, come spesso capitava, l'ascensore era fuori servizio. Prese le scale. Immersa com'era nelle proprie riflessioni, si rese conto dei passi che la seguivano solo quando raggiunse il terzo piano completamente deserto.

Si fermò per un istante. Anche i passi dietro di lei tacquero. Ellen si guardò intorno allarmata, ma non vide nessuno. Appena ricominciò a camminare, i passi ripresero a seguirla. Riecheggiavano dalle pareti di cemento e non riusciva a capire se il misterioso inseguitore fosse davanti o dietro di lei.

Poi vide l'uomo incappucciato con la felpa nera che le correva incontro dall'altra estremità del parcheggio.

Ventiquattro

Nel 2005 un neurobiologo dal nome altisonante di Rodrigo Quian Quiroga pubblicò uno studio intitolato *Il neurone di Halle Berry*, dal nome della famosa attrice.

Secondo questa ricerca, esiste una cellula nervosa specifica del cervello preposta al riconoscimento di una determinata persona, animale o cosa. La definizione derivava dal fatto che nei soggetti esaminati un particolare neurone si attivava quando veniva mostrata loro una foto dell'attrice. Questo neurone scattava anche quando Halle Berry indossava il suo costume da Catwoman.

Un neurone analogo si attivò in Ellen quando vide l'uomo correrle incontro. Ne riconobbe la statura, la taglia e l'abbigliamento, anche se il volto rimaneva nascosto sotto il cappuccio nero abbassato sulla fronte. In una frazione di secondo le sinapsi di Ellen trasmisero un messaggio attraverso il sistema limbico preposto all'elaborazione di emozioni e impulsi.

Questo messaggio diceva: *l'Uomo Nero!*

Ellen interpretò il suo atteggiamento come decisamente aggressivo.

Ellen si voltò di scatto e si lanciò verso la scala. Salì di corsa i gradini, incalzata dall'inseguitore di cui sentiva il respiro e i passi. Anche se lui era veloce, riuscì a mantenere il vantaggio. Sebbene salire le scale richiedesse l'uso di muscoli diversi da quando si corre in piano, Ellen era in condizioni fisiche decisamente migliori di quelle del tizio che la inseguiva.

Non è Chris, le diceva una parte della sua mente, mentre un'altra le faceva capire senza tanti giri di parole che era il momento di darsela a gambe. Chris non avrebbe mai indossato una felpa del genere, men che meno con il cappuccio. E non era forse anche un po' più basso del suo inseguitore? A questo avrebbe pensato dopo. Ora doveva solo pensare a correre. Il più veloce possibile.

Ancora una rampa di scale fino all'uscita al pianterreno. E intorno a loro continuava a esserci il deserto.

Venti gradini.

Quindici.

Dieci.

A poco a poco lui guadagnava terreno.

Merda, non ce la faccio a raggiungere la strada!

Era arrivata al pianterreno. Lui le stava sempre alle costole. Sentì la sua mano sfiorarle la giacca di pelle.

Ancora quaranta metri alla libertà.

Troppi!

Le restava una sola possibilità. Facendo ricorso a tutte le sue forze, e ignorando i dolori che ancora provava per i postumi delle due aggressioni subite, si precipitò nel bagno delle signore accanto alla cassa automatica. Chiuse la porta, ci si appoggiò contro, sentì l'impatto del corpo dell'aggressore contro di essa e girò la chiave.

Era al sicuro.

Ma era anche in trappola.

«Ciao, Ellen.»

La voce ovattata le provocò un brivido lungo la schiena. Conosceva quella voce! Sì, maledizione, la conosceva! Ma dove l'aveva sentita? Non somigliava a quella di Chris, ma era troppo attutita per poterlo escludere del tutto.

«Che cosa vuole da me? Ho fatto quello che mi ha detto.»

«Sì, è vero.»

Sebbene Ellen non l'avesse mai visto in faccia, le sembrava di sentirlo sogghignare mentre parlava. Un ghigno freddo, folle. Provò a immaginarselo sul volto di Chris... e ci riuscì!

«Chris? Maledizione, sei tu?»

«Risolvi l'indovinello, e lo saprai. Oppure... apri la porta, se ne hai il coraggio.»

Ellen era scossa dalla paura. Afferrò la chiave, poi la lasciò andare. Il pensiero di ciò che quel pazzo le aveva fatto nel bosco la atterriva. Aprire la porta sarebbe stato come invitare quello psicopatico a entrare e picchiarla a morte.

«Perché proprio io?» Ellen prese a pugni la porta per la rabbia e la disperazione. «Che cosa ho fatto?»

«Prova a pensarci, sciocchina.» Un risolino soffocato. «Ora ascolta bene il prossimo indovinello.»

«Perché non mi dici una buona volta che cosa vuoi, maledetto pazzo?»

«*Tze tze*, così non va bene. Ma se non altro siamo passati al tu. Allora, ascoltami bene. Il tempo passa, non dimenticarlo. Il tuo tempo e quello di...»

Le ultime parole furono pronunciate a voce troppo bassa ed Ellen non riuscì a decifrarle. Forse si stava allontanando? Si inginocchiò e sbirciò sotto la fessura della porta. No, era ancora lì. Le scarpe non si vedevano, ma riconosceva l'ombra che gettavano sul pavimento di cemento illuminato dai neon.

Subito dopo l'uomo cominciò a colpire con violenza la porta. Ellen trasalì e si mise a urlare.

Aveva bisogno d'aiuto, e in fretta. La porta di compensato non avrebbe retto all'infinito sotto quei colpi. Sapeva che da sola non avrebbe potuto difendersi contro quel tizio. E aveva lasciato lo spray antiaggressione, l'unica arma in suo possesso, dagli Janov.

Ellen tirò fuori il cellulare. La batteria era quasi scarica.

Bum.

Un altro colpo contro la porta, ed Ellen sussultò, come se il pugno avesse sfondato il legno. Pregò, anzi implorò che la batteria le bastasse per fare un'ultima telefonata.

Bum. Bum. Bum.

«Esci fuori una buona volta!»

Mark rispose al secondo squillo. «Pronto?»

«Mark, sono Ellen. Sono nel bagno del parcheggio sotterraneo in centro. Lui è davanti alla porta. Quel pazzo è davanti alla porta! Ti prego, aiutami!»

«Stai calma!» le ordinò Mark al telefono. «Arrivo subito...»

Il cellulare si spense.

Dodici minuti più tardi e dopo un numero incalcolabile di pugni contro la porta, Mark la raggiunse. Quando lei sentì il suo: «Ellen, sono io. Apri!» avrebbe avuto voglia di gettarglisi al collo.

Aprì la porta, vide Mark e una donna dall'espressione diffidente. Il tizio con la felpa era sparito.

«Vieni.»

Mark la prese con cautela sottobraccio. Così facendo le toccò un livido e lei indietreggiò con un: «Ahi!»

Lui la guardò preoccupato. «Credo sia ora che mi racconti tutto.»

«Sì. A quanto pare da sola non ce la faccio.»

La donna li superò per entrare nel bagno, lanciò a Ellen un: «Vergogna!» indispettito e si richiuse fragorosamente la porta alle spalle.

Mark accompagnò Ellen alla sua auto, mentre lei continuava a guardarsi intorno. Non riusciva a scacciare la sensazione di essere osservata dall'Uomo Nero.

Venticinque

«Accidenti!» Mark si appoggiò allo schienale della poltrona. «È una storia davvero pazzesca.»

«A chi lo dici» sospirò Ellen. «Mi sembra di essere una delle mie pazienti, o la protagonista di un film di David Lynch.»

Indicò la locandina di *Mulholland Drive* appesa sopra il divano del salotto di Mark. Raffigurava Naomi Watts e Laura Harring con lo sguardo impaurito rivolto verso l'alto.

«Veramente, la storia del tuo gatto somiglia di più a un racconto di Stephen King.»

Ellen scoppiò a piangere. Non voleva farlo. Piangere la faceva sentire debole e fragile. Ma non riuscì a trattenere le lacrime. Rivide dentro di sé l'immagine del cadavere di Sigmund con la testa quasi decapitata e la chiazza di sangue scuro sulle piastrelle del terrazzo, e le fu impossibile dominarsi. Strinse con forza gli occhi, trattenne i singhiozzi e avvertì la mano di Mark che le si posava esitante su una spalla.

«Ora mi passa» bisbigliò, asciugandosi le lacrime con la manica. «È solo che mi sento sopraffatta.»

Mark ritrasse la mano e annuì. «Hai idea di chi possa essere questo tizio?»

«No.» Lei scrollò il capo. «All'inizio avevo sospettato

di te... cerca di non fraintendermi, solo che tutto sembrava portare a te, anche se una parte di me non ci ha mai creduto. Mi spiace davvero tanto.»

«È acqua passata, non pensarci.» Lui le sorrise, ma chiaramente le sue accuse lo avevano turbato.

«Mark, sul serio, ci terrei che tu sapessi quanto mi dispiace.»

«Sì, lo so. È solo che... ecco... mi sono sentito ferito. Ma dopo quello che mi hai appena raccontato ti posso capire. Del resto, sarebbe stato plausibile: la mia comparsa al parcheggio nel bosco, il fatto che sono stato nel tuo appartamento, e anche che, poiché ho accesso al reparto, potevo essere sospettato come rapitore. Già, e come se non bastasse io ti ho accusato di essere stressata e paranoica.»

Ellen lo guardò assorta, poi osò fargli la domanda che le stava a cuore da quando Mark l'aveva tirata fuori dal parcheggio sotterraneo. «E adesso cosa ne pensi? Pensi sempre che si tratti solo di una mia invenzione dovuta al troppo stress?»

Lui scrollò il capo. «Certo che no. Anche senza queste prove tangibili» disse indicando le braccia di Ellen coperte di brutti lividi, «sarebbe davvero assurdo da parte mia liquidare il tutto come paranoia da stress. Non devi preoccuparti per questo. Ti credo, e non me la prendo neppure per il fatto che tu abbia sospettato di me.»

«Figurati che sono arrivata al punto di sospettare anche di Chris» sospirò Ellen. «Proprio lui! Oh, Dio, Mark, è come se stessi perdendo la ragione.»

«Sembra proprio l'obiettivo a cui vuole arrivare questo tizio.» Mark versò a entrambi una tazza di caffè. Al contrario della costosa macchina che teneva in ufficio, l'apparecchio che aveva in casa era un prodotto da poco. «Per me ha tutta l'aria di una vendetta. Magari questa donna sta dalla sua parte. Una specie di complice.»

«Ci avevo già pensato anch'io» disse Ellen mescolando distrattamente il caffè. «Ma, se così fosse, allora è un'ottima simulatrice, la migliore che abbia mai incontrato. La sua angoscia sembrava così autentica. Non so perché, ma non riesco a credere che fosse tutta una montatura.»

«D'accordo, ammettiamo che non fosse una messinscena e che la donna sia stata davvero rapita dall'Uomo Nero. Tu cosa c'entreresti in tutto questo? Credi che lui voglia inchiodarti al tuo senso di responsabilità, lasciarti macerare nel rimorso e guardarti affondare a poco a poco?»

Ellen bevve un sorso di caffè e annuì. «Esatto, anche se non riesco a capire per quale ragione voglia farlo.»

«Appunto, per vendetta, forse?»

«È possibile.»

«Bene, però potrebbe anche darsi che il tizio sia semplicemente fuso. Magari è un tuo ex paziente che ti ha inserito in un suo disegno mentale. Non sempre il movente è razionale, tanto meno in un malato di mente. Forse stiamo commettendo l'errore di volerlo analizzare, anziché cercare semplicemente di rintracciarlo.»

«Ma come, Mark? Chiunque sia, sembra seguire ogni mio passo. E se la donna fosse davvero nelle sue mani lui le farebbe del male se scoprisse che lo sto cercando. Maledizione, non so come muovermi.»

Mark si grattò la testa pensieroso. Si alzò e poco dopo tornò con un pacchetto di sigarette e un astuccio di compresse che posò sul tavolo davanti a lei, e si accese una sigaretta. «Prendine una e cerca di dormire per un paio d'ore. Io devo tornare al lavoro. Poi valuteremo come affrontare la cosa.»

Ellen guardò il blister con aria diffidente e ripensò alla bambina – l'allucinazione – che le era apparsa nel sotterraneo dell'albergo.

«Non ho bisogno di un sedativo, Mark. Ieri notte in albergo mi ha già fatto un bello scherzo.»

Lui soffiò il fumo dal naso e sorrise. «Per una volta ascolta quello che ti dice il dottore.»

Quasi commovente, pensò lei e ricambiò il sorriso, anche se in quella situazione non c'era proprio niente da ridere. Il dolore alle tempie era infernale, per non parlare del suo problema più grosso, lo psicopatico. Aveva davvero pensato che Mark fosse il tizio che le aveva quasi spezzato la spina dorsale nel bosco? Ora le sembrava inconcepibile.

Ciononostante allontanò da sé le medicine. «Ti ringrazio del consiglio, ma dovresti sapere tu per primo che i medici sono i pazienti peggiori.»

Lui sollevò le sopracciglia. «Perché proprio io?»

«Hai mai sentito parlare del rischio di tumore al polmone per i fumatori passivi?»

Mark scoppiò a ridere, ma arrossì e spense la sigaretta. Poco più tardi uscì di casa ed Ellen si sdraiò sul divano. Era incredibilmente comodo. Pur avendo bevuto due tazze del caffè piuttosto forte di Mark, e sebbene non avesse preso il sedativo, si addormentò all'istante.

Era troppo sfinita per sognare.

Drrrriiiinnnn!

Ellen si svegliò di soprassalto. Per un attimo non ricordò dove si trovava. Poi vide Jack Nance con la sua acconciatura impossibile sul poster incorniciato di *Eraserhead* sopra la libreria e riconobbe il salotto di Mark.

Drrriiinnnn!

Il telefono in corridoio continuava a suonare. Ellen riusciva a vederlo dalla porta aperta del soggiorno. La base del cordless lampeggiava e il trillo era quello di un grosso mostro di bachelite nera degli anni Quaranta; in realtà l'apparecchio era poco più grande di un cellulare.

Drrrriiinnn!

Una suoneria davvero fastidiosa, che nonostante la nostalgia per il passato lacerava letteralmente i timpani. Soprattutto quando si era afflitti da una micidiale emicrania.

Ellen fu sollevata quando al terzo squillo si inserì la segreteria telefonica. Udì una voce maschile, ma non riuscì a comprenderne le parole.

In quel momento non vi fece particolare attenzione. Il suo sguardo era stato catturato da qualcos'altro. Qualcosa che la lasciò sbigottita.

Sebbene il turno della sera della vigilia di Natale potesse essere tutt'altro che una passeggiata, il primo Natale trascorso da Ellen al reparto 9 era uno dei ricordi più belli della sua vita professionale. Lo rammentava perfettamente, come se fosse accaduto il giorno prima.

Ellen e Chris erano stati di turno con gli infermieri Lutz e Dieter, una simpatica coppia anche nella vita.

I due si erano dati veramente molto da fare. Lutz si era rivelato un fantastico decoratore, mentre Dieter aveva dimostrato ai pazienti quanto fosse bravo come panettiere e pasticciere. Per tutto il pomeriggio il profumo che aleggiava in reparto aveva solleticato le aspettative dei pazienti intorno al tavolo della mensa, dove quella sera avrebbero trovato piatti di frutta secca e tortine appena sfornate.

Chris si era avventato sul cibo con grande appetito. Aveva apprezzato in particolare i biscottini al cocco. Ellen gli aveva indicato un paio di volte l'addome lievemente sporgente, e gli aveva detto che, se avesse continuato a rimpinzarsi così, gli sarebbe venuta la pancia. Questo aveva suscitato l'ilarità generale, soprattutto quando Chris era arrossito e aveva sorriso impacciato.

Per qualche motivo, quella vigilia di Natale era stata molto particolare. Per un paio d'ore tutti, medici, pazienti, infermieri, si erano sentiti come una grande famiglia.

Ovviamente c'erano alcune eccezioni: pazienti che non erano in grado di affrontare la pressione emotiva scatenata dalle festività – vuoi perché non avevano nessuno con cui trascorrere le feste, vuoi perché, caso ancora peggiore, a Natale i familiari non volevano avere niente a che fare con i loro parenti mentecatti. Questi pazienti erano ricorsi a una dose supplementare di sonniferi ed erano andati a letto presto.

Più tardi Mark era sceso dal piano di sopra per unirsi a loro. Avevano bevuto punch analcolico, chiacchierato e fatto giochi di società, mentre Dieter sceglieva a caso fra i CD di Chris Rea, Brian Adams e Red Hot Chili Peppers...

Erano trascorsi quasi quattro anni da quella serata. Era stato un avvenimento irripetibile. Irripetibile soprattutto perché nel marzo dell'anno successivo Lutz e Dieter erano rimasti uccisi in una vacanza in Turchia, quando l'autista del loro pullman si era addormentato al volante.

La foto che ora Ellen aveva davanti era stata scattata durante quella festa di Natale. Se non ricordava male, era stato Lutz a tirare fuori la macchina fotografica e a immortalarli. Sulla foto c'era Ellen che teneva abbracciati Chris e Mark, mentre quest'ultimo la baciava sulla guancia. Ellen non ricordava il bacio, ma non era quello il dettaglio più sorprendente.

L'ingrandimento della foto era incollato sulla prima pagina di un album che sul dorso recava la scritta ELLEN a pennarello nero. Le lettere erano tracciate con una calligrafia che lei riconobbe subito. Era la stessa della targhetta delle chiavi.

Pronti, via.

Ellen si sentì raggelare.

Che l'altra persona accanto a lei e Mark fosse Chris si poteva dedurre solo dal suo atteggiamento e dal pullover norvegese che portava quell'inverno. Qualcuno aveva cancellato il suo volto fino a renderlo irriconoscibile.

No, non poteva essere stato chiunque. Doveva averlo fatto Mark, su questo non c'erano dubbi.

Ellen sfogliò incredula l'album. A ogni pagina il cuore le batteva più forte. Erano tutte foto di lei.

Ellen in reparto. Ellen durante un viaggio di lavoro di fronte alla statua di Imperia a Costanza. Ellen al corso a Lipsia, e così via.

Conosceva molte di quelle foto e ricordava con precisione il momento in cui erano state scattate. Ma ce n'erano altre che non conosceva. Istantanee realizzate a sua insaputa.

Ellen che correva lungo il Danubio, fotografata da dietro un cespuglio. Ellen che prendeva il sole sulle rive di un laghetto poco distante dalla Waldklinik. Ellen durante una pausa pranzo che leggeva seduta su una panchina del parco. Ellen...

No! Non era possibile!

Ellen mentre si toglieva la maglietta ripresa attraverso la finestra della sua camera da letto.

Richiuse l'album con forza. Il rumore fu simile a uno

sparo. Ellen si sentì assalita da un'ondata di sorpresa e vergogna. Ma soprattutto rabbia.

«Maledetto molestatore, adesso capisco, finalmente!»

Tremando di collera e di agitazione corse in corridoio e afferrò la giacca. Doveva andarsene da lì! Doveva andarsene il più in fretta possibile.

Ora finalmente aveva le prove che cercava. Quell'album dimostrava senz'ombra di dubbio il movente delle azioni di Mark, o per meglio dire dell'Uomo Nero. Ellen non aveva più alcun dubbio che si trattasse di Mark. Se fosse andata alla polizia, sarebbe riuscita a convincere quel Kröger. E se avesse telefonato al suo collega Wegert – quello che aveva visto così tanta merda nel suo lavoro – Mark non avrebbe più avuto niente da ridere. Questo era sicuro.

Aveva già posato la mano sulla maniglia della porta, quando si rese conto che sarebbe stato un errore prelevare l'album fotografico dall'appartamento di Mark. No, meglio che la polizia lo trovasse lì. Sarebbe stato più chiaro. In fondo nulla dimostrava che fosse di Mark.

Tornò in salotto, rimise l'album al suo posto tra i libri e si diresse nuovamente verso la porta d'ingresso.

Passando dal corridoio notò la lucina della segreteria telefonica che lampeggiava.

Ellen schiacciò il tasto per ascoltare i messaggi. Forse fu l'istinto, forse un presentimento, o magari il classico intuito femminile.

Dopo la voce metallica che annunciava l'arrivo di un nuovo messaggio e specificava la data e l'ora, Ellen udì una voce maschile.

«Ciao, sono io.» Ellen trasalì riconoscendo la voce dell'uomo. Ebbe l'impressione che fosse proprio lì, alle sue spalle. «Ho preparato tutto quanto per Ellen. Chiamami, così possiamo partire.»

Sono in due! pensò all'improvviso. *Che idiota, naturale che sono in due!*

In quel momento udì il motore di un'auto che passava davanti alla casa. Dal vetro smerigliato della porta riconobbe la sagoma nera della Volvo di Mark.

Ventisei

Il cervello umano è composto all'incirca da cento miliardi di cellule nervose collegate fra di loro da più di cento migliaia di miliardi di sinapsi. I singoli pensieri si formano a una velocità incredibilmente alta, ben prima che la mente possa esprimerli in forma verbale.

Prima che Mark chiudesse la portiera della Volvo, Ellen aveva già valutato due alternative possibili. Poteva restare lì e affrontarlo, oppure lasciare l'appartamento senza essere notata.

A favore di questa opzione pesava il fatto che sarebbe stato l'unico modo possibile per individuare il complice di Mark. Solo in seguito avrebbe potuto avvertire la polizia: se lo avesse fatto prima, avrebbe messo a repentaglio la vita della donna rapita.

Sentendo già i suoi passi sulla ghiaia del vialetto, attraversò di corsa il soggiorno verso la portafinestra che dava sulla terrazza. Le giunse il tintinnio della chiave che veniva infilata nella serratura. Ellen impiegò due secondi preziosi ad aprire la pesante portafinestra e a richiuderla dietro di sé. Il giardino della villetta bifamiliare era piuttosto grande. Mark sarebbe arrivato e l'avrebbe vista prima che lei potesse raggiungere la strada.

Andò a nascondersi precipitosamente dietro una siepe. Poi attese gli eventi.

All'inizio non accadde niente. Ellen non sapeva se Mark si trovasse in salotto, dato che il sole basso sull'orizzonte si rifletteva contro il vetro. Poi la portafinestra si aprì. Mark uscì e si guardò intorno. Il suo sguardo vagò dal giardino alla strada e poi di nuovo sul giardino. Per un paio di secondi, che a Ellen parvero eterni, rimase a fissare il punto della siepe dietro alla quale si era accucciata.

Accidenti, può vedermi! Se io riesco a vederlo, anche lui può fare lo stesso!

Mark fece qualche passo verso di lei, poi si fermò. Si girò, raccolse un pezzo di cellophane che il vento aveva portato dalla strada fino al giardino, lo esaminò brevemente, poi tornò a gettarlo nell'erba. Infine rientrò nell'appartamento.

Trascorse un'altra piccola eternità, poi Ellen sentì il rombo della Volvo che veniva accesa. Attraversò di corsa il giardino e raggiunse la strada.

Molto probabilmente Mark voleva cercarla nei paraggi. Forse si sarebbe rivolto al compagno per chiedere aiuto. Doveva seguirlo. Ma come? La sua Mazda era rimasta nel parcheggio sotterraneo.

In quel momento passò un'auto: prima di cadere vittima di una serie di modifiche che l'avevano resa irriconoscibile, doveva essere stata una Opel Corsa. Lo stereo era a tutto volume. Ellen non ci pensò su due volte e si piazzò in mezzo alla carreggiata agitando le braccia. Il razzo di lamiera si fermò in uno stridio di gomme.

«Ma sei tutta scema, vecchia!» inveì il guidatore dal finestrino abbassato. Avrà avuto al massimo vent'anni. I capelli schiariti erano tenuti in piedi in una specie di cresta da un'enorme quantità di gel.

«Per favore, fammi salire.» Ellen si mise a battere le palpebre con quell'espressione implorante che le riusciva tanto bene, poi appoggiò entrambe le mani sul cofano per impedirgli di ripartire.

«Col cavolo! Adesso togli le tue manacce dalla mia macchina. Mi graffi tutta la carrozzeria.»

«Ti pagherò.»

La musica fu abbassata come per magia.

«Quanto?»

«Cinquanta.»

«Cento.»

La Volvo di Mark era in fondo alla strada e stava svoltando. Stava andando verso la tangenziale.

«Va bene, cento.»

«Anticipati!»

Lei spalancò la portiera del passeggero e saltò dentro. Nel portafoglio aveva ancora centodieci euro. Gli gettò la banconota sulle ginocchia. «Adesso segui quella Volvo nera. Ma senza farti notare.»

Il ragazzo sogghignò. «Chiaro.»

Alzò al massimo il volume e accelerò. Il tettuccio dell'auto vibrava con le note del basso elettrico.

Ventisette

Non poteva esserci copertura più azzeccata del veicolo giallo squillante di quel teppista che, come raccontò a Ellen, si chiamava Holger. Al bracciolo del passeggero era attaccato un adesivo con la scritta: ALLACCIA LA CINTURA, SPUTA LA CICCA, CHIUDI LA BOCCA!

Sotto ce n'era un altro, perfettamente in linea con lo stile di guida di Holger, che diceva MODULO PRESTAMPATO PER TESTAMENTO NEL CASSETTINO DEL CRUSCOTTO.

A volte il ragazzo si avvicinava pericolosamente all'auto che lo precedeva. Una frenata improvvisa, ed Ellen si vedeva già intrappolata in un intrico di plastica e lamiere accartocciate. Ciononostante Holger manteneva una distanza sufficiente dalla Volvo di Mark, così da poterla tenere d'occhio senza farsi notare.

Pochi minuti più tardi Ellen capì dov'era diretto Mark. Stava andando alla Waldklinik. Forse pensava che lei si trovasse lì.

Ellen pregò Holger di fermarsi a pòca distanza dal parcheggio della clinica, e per farlo dovette urlare sopra il frastuono dello stereo. La conseguenza fu una brusca frenata sulla corsia d'emergenza. La cintura di sicurezza si tese dolorosamente contro gli ematomi sul petto di Ellen.

«Il tuo ganzo c'ha l'amante?» volle sapere Holger. Vedendo che Ellen non rispondeva, ma si alzava con grande sofferenza dall'angusto sedile, aggiunse: «Chi se ne frega, non mi riguarda. Buona fortuna, eh. E grazie per il grano».

Poi partì con una sgommata e poco dopo il proiettile giallo canarino scomparve in una scia di assordante musica techno. Ellen si massaggiò le tempie che le pulsavano e accolse il rumore del traffico quasi come un benefico silenzio.

Mark si era fermato nel parcheggio dei visitatori. Senza farsi vedere, Ellen lo guardò scendere dall'auto. Quando si accorse di chi gli stava andando incontro, venne assalita da un brivido freddo.

Il tipo sembrava avere un debole per le felpe nere con il cappuccio. Al posto di quella di Batman ora ne indossava una con la scritta bianca NEW ZEALAND ALL BLACKS.

Per la prima volta Ellen poteva vederlo in faccia. Da lontano non riusciva a distinguerlo chiaramente – accidenti, doveva rassegnarsi, aveva proprio bisogno di un paio di occhiali o di lenti a contatto – ma ciò che vide non le fece subito un'impressione minacciosa. Al contrario, tutto sommato il tizio le sembrava una persona simpatica. Un lupo travestito da agnello.

Portava sottobraccio qualcosa che poteva sembrare una ventiquattrore, ma che Ellen riconobbe quando lo porse a Mark.

Il *suo* portatile!

Non aveva dubbi: anche se non ci vedeva più perfettamente, *quello* era il suo portatile. I due adesivi sul coperchio erano inconfondibili: uno smiley e un cartello triangolare con la scritta PRINCIPIANTE, come quelli che si vedevano sulle auto di chi aveva appena preso la patente. Un tipico scherzo di Chris.

Mark annuì, ripose il portatile nell'auto e poi si avviò verso la clinica assieme al tizio con la felpa. Ellen li seguì a distanza di sicurezza.

Che cosa avevano in mente?

I due uomini erano troppo intenti a conversare per accorgersi di Ellen. Quello vestito di nero agitava le braccia come se stesse dirigendo un'orchestra sinfonica. Sì, aveva proprio un bel temperamento, come confermava anche la sua schiena dolorante.

Ellen si fermò di scatto, come paralizzata. Aveva udito qualcosa a poca distanza. Un rumore che aveva fatto scattare in lei un'associazione.

Di colpo seppe dove si trovava la donna senza nome.

La rete di gallerie sotterranee della Waldklinik era nata dalla paura.

Durante la crisi cubana del 1962, quando il mondo era stato sull'orlo di una terza guerra mondiale, il timore dell'atomica aveva portato alla costruzione di numerosi rifugi in tutta la Germania. La rete di gallerie della Waldklinik era uno di quelli.

Nel caso si fosse verificata la catastrofe, i tunnel avrebbero potuto ospitare più di quattrocento persone. Pesanti porte d'acciaio si sarebbero chiuse e i numerosi boccaporti che spuntavano un po' dappertutto sul terreno del parco sarebbero stati sigillati ermeticamente.

Quando, un anno dopo, era subentrata la distensione, che il politico Egon Bahr aveva definito «un cambiamento attraverso l'avvicinamento», i tunnel vennero destinati ad altro uso, per esempio per ospitare il magazzino della clinica. Quattro trenini elettrici trasportavano vettovaglie, biancheria e altri generi di necessità tra i vari edifici e il magazzino.

Ciascuno di questi treni era corredato da uno o due rimorchi metallici. Questi convogli elettrici erano più economici e funzionali dei due camion con il pianale mobile usati fino ad allora. Inoltre erano meno appariscenti, e non servivano solo per il trasporto di beni. Di tanto in tanto venivano utilizzati per portare i pazienti defunti all'obitorio della clinica, oppure i casi più gravi in altri reparti o per le sedute di trattamento, evitando lo scompiglio che avrebbero creato passando per il parco. Grazie ai tunnel le loro grida raggiungevano il parco solo quando passavano sotto uno dei pozzetti di aerazione.

Ellen si trovava proprio accanto a uno di questi condotti e aveva riconosciuto il tintinnio metallico che aveva udito durante la telefonata con l'Uomo Nero e la donna senza nome.

Ellen fissava la parte terminale del pozzetto che spuntava dal terreno tra due cespugli. Era simile a una cuccia per cani d'acciaio con le sbarre.

La donna rapita doveva trovarsi là sotto. Ma dove? Le gallerie formavano un vero e proprio labirinto, cosa del tutto naturale vista l'estensione della clinica, ma il continuo passaggio di merci creava troppa confusione per consentire di nascondere qualcuno senza farsi notare. Almeno non per diversi giorni di seguito.

Ellen provò a riflettere se ci fosse un'altra possibilità. Il suo sguardo si posò su uno spiazzo verde al centro del quale era collocata una scultura circondata da qualche panchina. Raffigurava una persona con le braccia spalancate intorno alla quale si raccoglievano alcuni bambini. Il monumento ricordava le centinaia di migliaia di vittime, adulti e bambini, del nazismo. Proprio in quella clinica seicento persone erano state sterilizzate o uccise tramite iniezione letale.

L'edificio in cui si erano compiute tali atrocità era stato raso al suolo da tempo, ma la cantina esisteva ancora. Smantellarla sarebbe costato troppo. Inoltre esisteva ancora una galleria d'accesso sbarrata semplicemente da due cavalletti e il cartello ATTENZIONE – PERICOLO CROLLO! VIETATO L'ACCESSO!

Un nascondiglio ideale.

A poca distanza da lei, Mark e il suo complice si stavano dirigendo verso la palazzina degli alloggi. Ben presto avrebbero scoperto che Ellen non era nel suo appartamento. Di sicuro avrebbero continuato a cercarla. Magari nel parcheggio sotterraneo in centro, dove era rimasta la sua auto.

Meglio così. Ellen calcolava di avere tempo a sufficienza per verificare la propria ipotesi.

Se la donna era tenuta prigioniera nello scantinato, avrebbe potuto avvisare la polizia.

Animata da un misto di esaltazione, sollievo e un lieve senso di trionfo, Ellen alzò il coperchio del pozzetto di aerazione.

In quel momento qualcuno l'afferrò per una spalla.

Ventotto

La strada che conduce a ciò che in genere si definisce pazzia non è così lunga. A volte è sufficiente un piccolo problema di comunicazione tra qualche cellula cerebrale.

Florian Jehl aveva subito il primo attacco schizofrenico all'età di diciassette anni. Era diventato inquieto, aggressivo, ed era ossessionato dall'idea che i genitori volessero avvelenarlo. Glielo avevano rivelato le voci che sentiva nella testa, dapprima sporadicamente, poi in maniera sempre più insistente.

In un primo tempo i sintomi erano stati debellati con una terapia farmacologica e Florian era tornato lucido. Poi però gli attacchi si erano ripetuti, finché gli era stata diagnosticata una schizofrenia cronica.

Per lui era cominciato così il classico percorso psichiatrico: ricovero, nuova terapia farmacologica, miglioramento, dimissioni, peggioramento, ricovero... un circolo infernale.

In un primo tempo Florian non si fidava delle voci. Aveva scoperto che provenivano dalle lumache di peluche sistemate sul ripiano accanto al suo letto. Poi si era reso conto che le lumache erano dalla sua parte. Lo avvisavano sempre del pericolo rappresentato dai suoi genitori – soprattutto quando la madre pretendeva che mangiasse qualcosa dove sicuramente aveva disciolto il veleno ricevuto da quelli dei servizi segreti per mettere a tacere il figlio. Così Florian aveva cominciato a fare amicizia con le sue nuove alleate.

A partire da quel momento il suo stato mentale era stato segnalato dalla presenza o no di una delle sue amiche chiocciole assieme a lui.

La lumaca che teneva in braccio quando si piazzò davanti a Ellen aveva la chiocciola marrone, un collo di stoffa beige e un muso sorridente dai grandi occhi.

Anche Florian aveva gli occhi spalancati. Quando l'aveva toccata, Ellen aveva reagito come se fosse stata colpita da una scarica elettrica. Aveva fatto un balzo indietro, gridando e rischiando di cadere.

«Ci-ciao, Florian, mi hai spaventata.»

«Salve, dottoressa Roth. Mi spiace, non volevo. È proprio lei? A volte faccio fatica a capirlo.»

«Non importa. E per rispondere alla tua domanda: sì, sono proprio io.»

Florian osservò interessato la grata che la dottoressa teneva tra le mani. Era stato facile staccarla, le era bastato piegare le sottili cerniere di alluminio.

«Che cosa sta facendo?»

Ellen appoggiò la grata accanto al pozzetto aperto.

«Io... ecco, devo solo controllare una cosa. Tu non devi tornare al tuo reparto?»

Florian si oscurò in volto. «No, ora non posso. E non ho tempo nemmeno per lei. Prima devo fare un discorso serio con questa qua» mostrò la lumaca, «perché continua a dire un sacco di scemenze e poi io finisco nei guai.»

Ellen cercò di nascondere il proprio nervosismo. Non aveva tempo di stare a sentire Florian. Ma non sarebbe servito a niente mandarlo via. L'avrebbe reso solo più curioso. Faceva parte della cosiddetta schiera dei pazienti fissi della Waldklinik ed Ellen lo conosceva abbastanza bene da sapere che era un tipo molto curioso.

«Bene, allora non voglio trattenerti oltre. Però ti consiglierei di trovare un posto tranquillo per fare la tua chiacchierata. Che ne diresti del giardino davanti al bar dei pazienti?»

«Sì, ottima idea. Parlare serve sempre.»

«Allora, buona fortuna» gli augurò sorridendo.

«Anche a lei, dottoressa.» Ricambiò il sorriso e si allontanò con la sua lumaca. «È proprio una persona in gamba» lo sentì spiegare alla sua compagna di peluche. «Però adesso smettila di chiamarmi stupido!»

Ellen attese che si fosse allontanato, poi, accertatasi che non arrivasse nessuno, si calò nel pozzetto.

La scala scendeva all'incirca di quattro metri in profondità. Una volta toccato il fondo, Ellen si guardò intorno e si bloccò agghiacciata. Un ricordo la colpì come un lampo.

Era già stata in quelle gallerie. Aveva partecipato a una visita guidata della clinica poco dopo la sua assunzione. Erano passati quattro anni e, a parte il ricordo del tunnel laterale che conduceva allo scantinato sotto il monumento commemorativo, aveva del tutto dimenticato che aspetto avessero le gallerie. Ma di colpo ricordò il suo sogno. Riconobbe i lunghi corridoi, i neon protetti dalle grate, il vasto ambiente da cui tutto era iniziato e che in realtà era una piazzola di manovra per il trenino dei rifornimenti.

Si aspettava quasi di vedere comparire accanto a sé il professor Bormann mentre le spiegava che quello era il prologo di un altro incubo.

Un altro incubo con un cane nero – *un lupo, il lupo cattivo!* – che le dava la caccia.

Idiozie, si disse. *Questo è reale e non ho certo tempo per paure infondate.*

Ciononostante si sentì meglio quando, mentre si dirigeva verso il tunnel in disuso sotto l'edificio del reparto di chirurgia, passò davanti a un carrello pronto per la spedizione carico di disinfettanti, guanti di plastica e bisturi monouso. Ne sfilò uno dall'astuccio protettivo di plastica e lo lasciò scivolare con cautela nella tasca della giacca.

Semplice precauzione.

Poi ne prese altri due.

Tre è il numero perfetto.

Poco dopo raggiunse il corridoio che conduceva allo scantinato sotto il monumento. A mano a mano che avanzava la luce diminuiva e l'aria si faceva più umida e invasa da un odore acre di muffa, polvere e disinfettante, probabilmente lisoformio.

Ellen rimpiangeva di non avere con sé il camice. Nel taschino superiore teneva una piccola torcia che le avrebbe facilitato la ricerca dell'interruttore della luce. La corrente non doveva essere stata tolta, perché le insegne luminose che indicavano le uscite di sicurezza erano ancora accese.

Il corridoio era chiuso da una porta di ferro con la vernice screpolata in più punti e macchie di ruggine simili a ferite nere e purulente. Ellen tastò la superficie fredda e trovò la maniglia. Dapprima non riuscì a muoverla per la ruggine che la bloccava. Poi, con un cigolio, cedette.

L'accesso allo scantinato dove in passato si somministravano le terapie si socchiuse gemendo, abbastanza per farla passare. Ellen esitò. Che cosa la aspettava dietro quella porta?

Fece appello a tutto il suo coraggio per vincere l'impulso alla fuga. Contrariamente ai pazienti che un tempo venivano condotti lì, Ellen poteva sempre tornare indietro. E se fosse stata una trappola?

Pensò a Mark e al suo strano complice con la felpa nera, che in quel momento dovevano trovarsi da qualche parte all'interno della clinica. E se insieme a loro ci fosse stato un terzo complice in agguato lì sotto?

Scappa. Scappa! Sei ancora in tempo!

Aveva il fiato corto e affannoso, in parte a causa dell'odore penetrante di lisoformio, ma soprattutto per la paura. Tuttavia proseguì. Non sarebbe scappata, non ora che era così vicina al traguardo. Il momento era troppo delicato.

Aveva tutti i muscoli tesi quando si infilò oltre la fessura nella porta.

Lo scantinato la accolse vuoto e desolato. In un angolo Ellen riconobbe la sagoma di una sedia. Tastò la parete alla ricerca dell'interruttore e lo trovò. In un primo momento non accadde nulla, poi udì un ronzio sul soffitto e due dei sei neon si accesero. Solo uno funzionava normalmente. L'altro cominciò a lampeggiare irregolarmente, gettando ombre stroboscopiche nell'ambiente.

La stanza, un tempo la sala d'aspetto per la terapia, aveva quattro porte. Una di esse, sulla quale si leggevano ancora le lettere SCA E, era priva di maniglia e la serratura era bloccata.

La donna dev'essere dietro una di queste porte, pensò Ellen, che tuttavia non riuscì a proferire neppure un flebile: *C'è nessuno?*

L'odore di muffa era insopportabile. A questo si aggiungeva la micidiale emicrania, che era peggiorata appena era scesa nelle gallerie. Quando l'avrebbero lasciata in pace quei dolori lancinanti?

Ora, però, così vicina alla meta, non voleva arrendersi

di fronte ai dolori o alla paura che le incutevano quelle stanze sotterranee.

Se la donna si trovava veramente lì ed Ellen fosse riuscita a liberarla, tutto sarebbe finito per il meglio. Questo scenario le diede coraggio.

Sì, forse fra poco tutto sarà finito.

Ellen scelse la porta più vicina a quella che un tempo dava accesso alle scale.

Fu assalita da una zaffata di legno marcio e cloro. Quando accese la luce, si ritrovò in una stanza piastrellata. Le mattonelle un tempo dovevano essere state bianche, ora erano grigie e impolverate. Lungo le fughe proliferava una muffa nerastra e in un angolo era cresciuta una colonia di funghi marroni a stelo lungo. Dal foro di scolo al centro del locale proveniva uno squittio di topi.

Ellen si guardò intorno alla ricerca di indizi, di una qualsiasi traccia che indicasse la presenza recente di qualcuno.

Sulla parete di fronte a lei vide numerosi tubi di gomma porosi appesi a un sostegno di ferro arrugginito. Sulla mensola soprastante c'erano diversi beccucci metallici. Ugelli. Accanto ai tubi erano collocate in fila quattro vasche da bagno simili a sarcofagi. Ognuna era coperta da una pesante asse di legno che si poteva fissare con morsetti di metallo. Nella parte anteriore dei coperchi si trovavano aperture ovali sufficientemente grandi per il viso di un adulto o la testa di un bambino.

Idroterapia dal profondo Medioevo, pensò Ellen. *Acqua gelata contro i disturbi mentali. Coprire, lasciar gridare, aspettare.*

Si girò disgustata. La donna non era lì. Ellen tornò nella sala d'attesa. Il fruscio dei suoi passi era accompagnato dal lieve *tic tic* del neon difettoso. Con le mani sudate Ellen aprì la porta successiva – e strabuzzò gli occhi.

La lampada da tavolo operatorio inondò Ellen d'un chiarore quasi ultraterreno. La luce abbagliante penetrò attraverso le palpebre chiuse nel suo cervello tormentato dai dolori. Ellen fissò accecata un tavolo metallico al centro della stanza, dietro al quale si trovavano delle apparecchiature elettriche antiquate.

Sotto il tavolo c'erano due secchi, accanto un armadietto ingombro di utensili di vario genere. Le cinghie di cuoio che pendevano da entrambi i lati del tavolo non lasciavano dubbi sull'utilizzo a cui un tempo era destinato il locale.

Ellen udì un lamento che la fece sussultare. Proveniva dall'angolo sinistro della stanza. Si avvicinò alla fonte del rumore dietro l'armadietto. Sugli scaffali coperti di polvere c'erano ancora le boccette il cui contenuto era evaporato da decenni, flaconi e scatole con le etichette ormai illeggibili.

Poi Ellen individuò la donna senza nome, che alzò gli occhi verso di lei e si premette contro la parete.

Se non si fosse trovata in uno dei luoghi più raccapriccianti che avesse mai visto, Ellen avrebbe lanciato un'esclamazione di trionfo. Aveva trovato la donna. Finalmente!

Non c'era neppure un istante da perdere. Ellen non aveva idea di dove si trovassero Mark e l'Uomo Nero. Molto probabilmente la stavano cercando a casa sua o nel parco, ma forse stavano già venendo lì.

Ellen si avvicinò cauta alla donna e rimase sbigottita dal suo aspetto. Era agghiacciante. La paziente stava rincantucciata tra l'armadietto e la parete con gli occhi sgranati. La faccia era bluastra e gonfia, la bocca incrostata di sangue. I capelli erano spettinati e sporchi, e in molti punti erano stati strappati con violenza. Il cuoio capelluto era ricoperto da una specie di forfora bianca.

La donna senza nome, stremata e tremante, alzò le mani legate. Ellen vide che erano piene di ferite infette.

Santo cielo, che cosa ti hanno fatto questi porci?

«Non aver paura» bisbigliò. «Ora che ti ho trovata, andrà tutto bene.»

Si avvicinò lentamente a quella creatura spaurita, che un tempo doveva essere stata una bella donna. Evitando qualsiasi movimento brusco, si inginocchiò accanto a lei. Faticava a respirare. Il puzzo di sudore, adrenalina ed escrementi che proveniva dalla donna era insopportabile.

Ellen afferrò delicatamente le braccia smagrite che erano legate con un cavo elettrico all'altezza dei polsi.

«Adesso taglio il cavo, okay?»

La donna le rivolse un sorriso. Ma nella sua espressione non c'era riconoscenza, non c'era gioia: i suoi occhi erano quelli di una pazza.

Ha perso il senno quand'è sprofondata all'inferno.

Ellen infilò la mano tremante nella tasca della giacca e tirò fuori il bisturi. Alla vista della lama, la donna squittì e si portò le mani legate davanti al viso.

«Non aver paura» la tranquillizzò Ellen. «Voglio usarlo solo per slegarti le mani.»

Sfiorò dolcemente il braccio della donna e lo tirò verso di sé. Poi avvicinò il bisturi al cavo. La donna alzò gli occhi al cielo e pronunciò suoni bizzarri. Parole smozzicate che Ellen non riuscì a capire.

«Calma, stai calma. Voglio soltanto...»

Di nuovo quella specie di singhiozzo, ma stavolta più forte. Ellen capì tre parole.

«Dietro. Di. Te!»

La mano con il fazzoletto si posò improvvisa sul suo viso, ed Ellen non ebbe neppure il tempo di trattenere il fiato. In preda alla paura, inspirò profondamente e incamerò una notevole quantità di etere.

Andò a sbattere con la nuca contro una gamba. L'aggressore era così forte che per un istante temette che le rompesse il naso.

L'etere fece effetto rapidamente. Il polso di Ellen accelerò. Lei cercò di liberarsi dalla presa. La sensazione di panico fu ampliata dall'effetto dell'anestetico, e le diede uno slancio incredibile. Spostò la testa di lato, si liberò dal fazzoletto e riuscì a ferire l'aggressore con il bisturi.

Lui la lasciò andare all'istante. Ellen udì il grido soffocato dell'uomo, come se avesse il volto coperto.

L'impeto della lotta la spinse in avanti facendole sbattere la testa contro l'armadietto accanto alla donna. La sua mano affondò in qualcosa di viscido. Riuscì a sollevarsi, ma non sapeva se fosse in piedi sulle gambe oppure fluttuasse nell'aria.

Tutto all'improvviso era diventato leggero, come in assenza di gravità. La stanza intorno a lei parve perdere ogni forma. I contorni degli oggetti svanirono, fondendosi fra loro. I colori di colpo diventarono abbaglianti e irreali.

Vide di fronte a sé una figura nera che dapprima si allargò, poi tornò sottile come se fosse sotto la superficie increspata dell'acqua. La figura si teneva la spalla e si spingeva verso di lei attraverso un mare di stelle danzanti.

Di colpo le stelle mutarono forma, diventarono foglie che una lieve brezza soffiava dagli alberi. Danzavano nell'aria e poi si posavano sul terreno nel bosco.

Ventinove

La ragazzina era seduta su una pietra coperta di muschio e le sorrideva. Il suo abito estivo a fiori era luminoso come le foglie intorno. All'improvviso non sembrava più così fuori moda. Al contrario, Ellen avrebbe voluto che anche il suo vestito fosse così colorato. Invece indossava solo un abito turchese, ruvido e fastidioso sulla pelle sudata. E stava sudando molto, nonostante l'aria fresca del bosco.

«Non te la senti» disse la ragazzina.

«Invece sì, posso farcela.»

«No, non ce la farai. E sai perché?»

«Perché?»

La ragazzina le puntò il dito contro. «Perché sei troppo fifona. Sei sempre stata una gran fifona.»

Le sue parole risuonarono nella testa di Ellen.

Sei una fifona. Una fifona. Una fifona. Una fifona!

Un ronzio simile a uno sciame di api.

Ellen spalancò gli occhi. Una luce abbagliante l'accecò. Sembrava provenire da cinque soli appesi in cerchio proprio sopra di lei.

No, non sono soli, sono luci. Una lampada. La lampada di un tavolo operatorio!

Di colpo si rese conto di dove si trovava e di che cosa era accaduto. L'intontimento e la sensazione appiccicosa nella bocca erano effetti dell'etere. Il mal di testa era diventato insopportabile. La testa sembrava scoppiarle.

A mano a mano che Ellen riprendeva coscienza, il malessere peggiorava.

Se devo vomitare, non posso rimanere sdraiata, pensò cercando di sollevarsi.

Ma non poteva né vomitare né muoversi. Aveva le braccia e le gambe bloccate sul tavolo. Un'altra cinghia premuta sulla cassa toracica la immobilizzava.

Sono prigioniera! Oh, mio Dio, sono sua prigioniera!

Sollevò il capo per quanto le era possibile. A meno di un metro da lei, su uno sgabello girevole, era seduto un uomo a torso nudo. Portava un passamontagna che lasciava scoperti solo gli occhi e la bocca. Un *balaklava*, aveva letto Ellen da qualche parte. La felpa nera era gettata sul tavolo metallico accanto alle gambe nude di Ellen.

In un primo momento non parve far caso a lei. Era troppo occupato a ricucirsi la ferita da taglio sulla spalla sinistra. Sembrava dotato di un perfetto autocontrollo. La mano che teneva l'ago non indugiò neppure un istante quando lo infilò nella pelle ai bordi della ferita e tirò il filo. Procedeva in modo tutt'altro che professionale. Era un vero e proprio rammendo, come se dovesse cucire insieme alla meno peggio due pezzi di cuoio.

Poi si accorse che Ellen aveva ripreso i sensi. La guardò brevemente ed Ellen vide che aveva la fronte madida di sudore.

Se non altro soffri anche tu, brutto stronzo! pensò, poi la sua parte razionale e distaccata le parlò freddamente: *Vedi i suoi occhi? Le sue sopracciglia? Guardalo bene. Non è Mark, e non è neppure Chris.*

Tuttavia era troppo terrorizzata per sentirsi sollevata da quella constatazione. A cosa le serviva saperlo, ormai?

Chiunque fosse, era nelle sue mani. Quel pazzo ora avrebbe potuto fare di lei quello che credeva. Ellen non riusciva a muoversi, tanto meno a difendersi. Le cinghie la bloccavano implacabili.

Lo sgomento e il panico si trasformarono in una rabbia impotente.

«Liberami!»

L'uomo inclinò brevemente il capo e la guardò come se fosse un insetto finito nella trappola di un entomologo. Poi tornò a ricucirsi la ferita.

Ellen reclinò la testa sulla fredda superficie metallica. Indossava solo la biancheria e aveva molto freddo. A ogni battito del cuore le tempie le pulsavano come se fossero trafitte da migliaia di spilli.

Quando tornò a sollevare il capo, vide la donna senza nome ancora rannicchiata a terra accanto all'armadietto. Aveva la bocca impiastricciata di sangue fresco, e ora Ellen capì da cosa erano causate le ferite sul dorso delle mani. Si mordeva ossessivamente la pelle sottile.

Quando lavorava al reparto 9, Ellen aveva spesso incontrato pazienti – soprattutto donne – autolesionisti. Le era capitato diverse volte di dover curare gravi ferite di persone dall'autostima distrutta o che si ritenevano responsabili di gravi circostanze. C'era chi posava i palmi delle mani sulle piastre arroventate dei fornelli per punirsi di un aborto. Donne che si castigavano strofinandosi le guance con la carta vetrata, pensando che il tradimento del marito fosse dovuto al loro aspetto fisico.

Altre si facevano del male per non perdere il contatto con la realtà, combattevano contro le allucinazioni infilzandosi aghi nelle cosce oppure tagliuzzandosi le braccia con una lametta. Il dolore è una delle poche sensazioni chiaramente concrete. Chi prova dolore fisico si trova nel mondo reale, qui e ora.

Ellen non sapeva se la donna fosse consapevole dei propri gesti, o se si mordesse le mani per un riflesso istintivo. Tuttavia era propensa a pensare che si trattasse del secondo caso. La convinceva soprattutto il ritornello che canticchiava in continuazione: *Chi ha paura dell'Uomo Nero?*

L'uomo si alzò di scatto, posò l'ago, riprese la felpa e se la infilò. Poi si avvicinò a Ellen. La afferrò per le tempie e la costrinse a posare il capo sul metallo. Poi glielo bloccò con una cinghia di cuoio.

Ellen non poteva opporsi. Completamente bloccata, si sforzò di muovere gli occhi per vedere che cosa avesse in mente. Ovviamente, *sapeva* bene che cosa sarebbe successo, ma la ragione si opponeva strenuamente a quella prospettiva.

«Per favore, no!» lo implorò quando lui le tornò accanto.

I suoi gesti erano completamente rilassati, quasi distaccati. Pur non aprendo bocca – neppure quando lei lo implorava – sembrava che i suoi movimenti tranquilli dicessero: *Invece sì, ti tocca.*

Quando le si avvicinò con in mano il morso, lei serrò istintivamente i denti e le labbra; avrebbe voluto girare la testa di lato, ma, nonostante i suoi sforzi, la cinghia la teneva immobilizzata.

Lui le premette un pezzo di gomma puzzolente contro le labbra, poi con l'altra mano le afferrò il viso e con una forza terribile le strinse i muscoli masticatori. Il dolore fu così intenso che Ellen aprì la bocca automaticamente. Quando lui le infilò il morso di gomma tra i denti fu assalita da un conato di vomito. Per un terribile istante temette di dover vomitare e poi soffocare, ma respirò a fondo con il naso fino a vedere chiazze bianche davanti agli occhi.

No! Stai iperventilando!

Lui le strinse sul viso una seconda cinghia che la costringeva a tenere il mento sollevato verso l'alto. Una ridda di pensieri si affollò nella sua mente.

No, non lo farà. Non lo farà sul serio. Vuole solo farmi paura. Vuole solo spaventarmi.

Ma quando le spalmò il gel sulle tempie comprese che faceva sul serio. A pochi centimetri dalla sua testa il ronzio aumentò d'intensità; Ellen ormai sapeva che non era causato da uno sciame di api, ma da un trasformatore.

Sentì il freddo degli elettrodi che le venivano collocati sulle tempie. Era una sensazione che doveva aver raggelato il sangue a chissà quante migliaia di pazienti depressi e schizofrenici prima di lei.

Quella terapia era stata ideata da due psichiatri italiani che, poco prima dello scoppio della seconda guerra mondiale, avevano osservato come i maiali venissero storditi da una scarica elettrica prima della macellazione. I medici si erano dunque chiesti se la terapia elettroconvulsivante non potesse portare qualche beneficio ai malati psichici. Convinti di aver scoperto un trattamento efficace, sperimentarono il metodo prima sui cani, poi su un detenuto. Un detenuto mentalmente *sano*.

Purtroppo non avevano tenuto conto di una differenza decisiva tra animali ed esseri umani: contrariamente a un animale, una persona sa ciò che lo aspetta quando gli vengono fissati degli elettrodi alle tempie. Una persona è perfettamente consapevole di ciò che sta per accadere, e la paura che prova è indescrivibile.

Ellen era paralizzata da questo inaudito terrore. Se

l'Uomo Nero le avesse tolto gli elettrodi, avrebbe fatto qualsiasi cosa. Qualsiasi cosa, perché si era pure resa conto che il suo aguzzino non le avrebbe somministrato né analgesici né anestetici, come invece avrebbe fatto un medico moderno.

L'Uomo Nero controllò un'ultima volta gli elettrodi sulle sue tempie, poi si spostò alle spalle di Ellen e abbassò la leva.

Uno schiocco raccapricciante accompagnato dall'odore acre della corrente.

Nell'istante in cui la scarica elettrica la investì, per la durata di un paio di secondi, fu come se nella testa le fosse esplosa una supernova.

Si sentì come dilaniata in due parti: l'una che ardeva nel mare di fiamme di un universo infuocato, e l'altra, fisica, che cercava di irrigidirsi, mentre lo stimolo elettrico al cervello faceva contrarre tutti i muscoli.

Solo il cervello era sottoposto agli impulsi. Se la scarica fosse stata applicata al corpo, l'esito sarebbe stato letale.

Fu un viaggio all'inferno. Ellen non provava dolore, ma le esplosioni che si susseguivano nella sua testa erano peggiori di qualsiasi sofferenza fisica.

Quando il tormento cessò, provò un senso di gelo e di vuoto. Sentiva i muscoli contrarsi e fremere, sentì le cinghie allentarsi e poi qualcuno che la sollevava dal tavolo e la trasportava da qualche parte, ma senza riuscire a comprendere il senso di quanto stava accadendo.

Solo un pensiero lucido si affacciò brevemente alla sua mente, per il resto del tutto svuotata: *Ora mi ucciderà*.

Trenta

Il vuoto nella sua testa non era tenebra. Era più simile all'azzurro tenue di una superficie perfettamente liscia, come un lago ghiacciato. E su quel vuoto aleggiava una sorta di rintocco, come se qualcuno a grande distanza stesse pizzicando la corda di un'arpa.

Fu la sensazione di freddo a risvegliare la razionalità di Ellen. Mentre lentamente metteva a fuoco l'ambiente in cui si trovava, si accorse che il freddo non era solo la conseguenza delle sue terminazioni nervose iperstimolate.

Il freddo era reale.

Umido.

Era...

Acqua!

Ellen si trovava in una delle quattro vasche nella sala per l'idroterapia. Sentiva un puzzo insopportabile. Sgomenta, si rese conto che proveniva da lei stessa. Durante l'elettroshock aveva perso il controllo di tutti i muscoli, compreso lo sfintere.

Ma la cosa peggiore era che la vasca si stava riempiendo d'acqua gelata, ed Ellen non aveva ancora riacquistato il controllo della muscolatura, non abbastanza per sottrarsi a quella condizione. Dibattendosi impotente, cercava di afferrarsi al bordo della vasca, ma le braccia si rifiutavano di muoversi nella direzione giusta. Quando toccò il bordo con la mano, le dita ancora intorpidite non riuscirono ad afferrarlo. Scalciando in maniera scomposta riuscì se non altro a sollevare il busto dall'acqua. L'agghiacciante prospettiva di annegare nell'acqua gelata le diede una forza inaudita. Spinse la pianta dei piedi contro il fondo della vasca, fece forza sulle gambe ancora tremanti aiutandosi anche con le mani, nonostante queste si ostinassero a non ubbidirle, e si sollevò di qualche centimetro dall'acqua, che continuava a salire implacabile.

Quando il pesante coperchio di legno venne posato sopra la vasca si ritrovò immersa nell'oscurità.

Ellen gridò e colpì il coperchio. Qualcuno dall'altra parte aveva fatto scattare le quattro cerniere.

Il freddo le permise di ritrovare più in fretta il controllo dei muscoli e del sistema nervoso, ma al tempo stesso sentiva che le membra erano sempre più intorpidite per via della temperatura dell'acqua. Se non fosse uscita subito da lì, ben presto sarebbe stata colta da una paralisi. Si spinse verso l'alto e infilò il volto nell'apertura del coperchio. Vide l'Uomo Nero in piedi sulla soglia della stanza.

«Ti prego, fammi uscire da qui» lo implorò oltre il gorgoglio dell'acqua che continuava a riempire la vasca.

L'uomo con la maschera scrollò il capo al rallentatore.

«Pensaci» disse con voce ovattata. Poi si richiuse la porta alle spalle.

Ellen si mise a gridare, a strepitare, finì sott'acqua e prese a pugni il coperchio, che tuttavia non cedette di un millimetro. Riaffiorò, premette il viso ansimando nell'apertura, gridò di nuovo.

La porta rimase chiusa, la stanza vuota e buia. Nessuno poteva sentirla o aiutarla.

L'acqua aveva ormai raggiunto il livello del coperchio. Ellen era costretta a prendere fiato per qualche secondo e poi immergersi di nuovo nell'acqua gelata perché defluisse dall'apertura.

Il freddo le intorpidiva sempre di più i muscoli. Ogni minimo movimento le costava un'enorme fatica.

Tra poco capirai che cosa riesci a fare meglio: trattenere il fiato o sollevarti fino all'apertura.

L'adrenalina le permise di resistere ancora un po', infilando il naso e la bocca nell'apertura per respirare e gridare.

A un certo punto smise di strillare, limitandosi a prendere aria e cercando di controllare il respiro con il pensiero. Non ce la faceva più. Le forze la stavano abbandonando, mentre in lei emergeva un distacco sempre più profondo.

Alla fine non riemerse più.

Tenebra. Silenzio.

Clap!

Un bruciore alla guancia. Qualcuno la chiamava per nome.

Clap!

Un altro schiaffo.

Era sdraiata sulle mattonelle bagnate. La biancheria leggera le aderiva alla pelle. Faceva molto freddo.

La prima cosa che vide fu il coperchio di legno accanto alla vasca. Poi Mark chino su di lei. Alle sue spalle c'era l'Uomo Nero. Si era tolto il passamontagna.

Con un balzo si sollevò e colpì Mark al volto. Nonostante fosse ancora anchilosata, riuscì a rifugiarsi in un angolo della stanza accanto alla caldaia.

«Sparite!»

I due uomini la guardarono meravigliati. Fuggire era

impossibile. Mark e l'Uomo Nero le impedivano l'accesso alla porta.

«Ellen, santo cielo, che cos'è successo?»

Mark si portò una mano sulla guancia arrossata.

«Non fare tanto il finto tonto, sai benissimo che cosa mi ha fatto!» urlò indicando l'Uomo Nero, il quale alzò le mani in un gesto di resa. La sua espressione perplessa sembrava autentica.

«Io? Che cosa avremmo fatto?»

Mark gli lanciò un'occhiata per farlo tacere. Poi guardò la collega con un'espressione che Ellen conosceva fin troppo bene. Era il modo in cui anche lei aveva guardato così tante volte gli individui potenzialmente imprevedibili.

«Ellen, raccontami che cos'è successo.»

Quell'atteggiamento di falsa preoccupazione era quasi ridicolo, ipocrita. Oddio, dopo tutto quello che era successo non riusciva a distinguere tra ciò che era reale e ciò che non lo era.

«Perché mi fate questo? Perché mi torturate e cercate di farmi impazzire? *Perché?*»

«Ellen, quel tizio è stato qui? È stato *lui* a farti questo?»

«Chiedilo a lui. È accanto a te.»

Di nuovo quell'espressione sbigottita. «Lui?»

«Smettila di prendermi in giro, Mark! Almeno avrebbe potuto cambiarsi la felpa, se volevate farmi credere che non è stato lui.»

«Qualcuno potrebbe spiegarmi per favore che cosa sta succedendo?» chiese l'uomo con la felpa nera.

«Ellen, lui è Volker Nowak.» Mark indicò l'Uomo Nero. «È un mio amico. Lui...»

«Digli di spogliarsi» lo aggredì Ellen. «Spogliatevi entrambi! Voglio vedere le vostre spalle.»

L'Uomo Nero, il cui nome secondo Mark era Volker, lanciò un'occhiata perplessa prima a Ellen poi all'amico, come se stesse assistendo a una partita a tennis. «È uno scherzo, vero?»

«Ti sembra che io abbia voglia di scherzare?»

«D'accordo.» Mark si sbottonò la camicia.

Volker si passò una mano tra i capelli, confuso. «Cazzo, che storia sarebbe questa?»

«Volker, tieni la bocca chiusa, okay?» gli sibilò Mark.

«E va bene. Guarda però che non sono un granché come spettacolo.» Si sfilò la felpa nera con la scritta NEW ZEALAND ALL BLACKS e poi la maglietta che indossava sotto.

Anche Mark, che sotto la camicia non portava niente, rimase a torso nudo. Le mostrò prima una spalla poi l'altra, e l'amico seguì il suo esempio. Né Mark né Volker avevano una ferita recente sulla spalla.

Trentuno

Mai aveva sorseggiato una scodella di brodo istantaneo bollente così buono. Solitamente Ellen evitava esaltatori di sapore e aromi artificiali, ma in quel momento erano i benvenuti. L'importante era assumere liquidi e sali.

Ancora infreddolita e tremante, era seduta con le ginocchia raccolte al petto sul divano di Mark. Portava una delle sue tute da jogging, di qualche taglia troppo grande, ma comoda, e si era avvolta in una coperta di lana bianca e nera.

Si scaldava le mani intorno alla tazza di brodo e lo beveva a piccoli sorsi, mentre Mark le riferiva quanto accaduto.

«A essere precisi devi la vita al nostro amico delle lumache. Se Florian non mi avesse raccontato dove ti aveva incontrato, probabilmente ti staremmo ancora cercando. Siamo corsi fino al pozzo di aerazione e ci siamo messi a cercare nel tunnel. Lì Volker ha sentito le tue grida e allora mi sono tornate in mente le vecchie sale di trattamento. Accidenti, Ellen, c'è mancato davvero poco.»

«A chi lo dici» sospirò lei con un groppo in gola. Se Mark e il suo amico fossero arrivati un paio di minuti più tardi, sarebbe finita molto male. «Avete trovato il tizio e la donna?»

Mark scrollò il capo. «La sala dell'elettroshock era

vuota. Solo sul tavolo... sì, ecco, ho capito che cos'era successo.»

Ellen si sentì avvampare. Non ne aveva motivo, certo, perché chiunque, sottoposto a elettroshock, avrebbe perso il controllo delle proprie funzioni corporali, ma ciononostante se ne vergognava.

«Maledizione» imprecò. «È fuggito e io sono punto e daccapo.»

«*Noi*» la corresse Mark. «Purché, naturalmente, accetti il nostro aiuto e ti convinca che non sono io l'Uomo Nero.»

«Nemmeno io, se è per questo» aggiunse Volker Nowak, versandosi due cucchiaini di zucchero nel caffè. «Oppure è necessario che mi spogli tutte le volte per dimostrarlo?»

Ellen alzò gli occhi al cielo, poi guardò Mark. «Che cosa c'entra lui con questa storia?»

«Se con *lui* ti riferisci a me, ti informo che ho scoperto la password del tuo portatile.»

«Che cos'hai fatto?»

«Sono stato io a chiederglielo» si affrettò a chiarire Mark. «Mi spiace aver violato la tua privacy, ma tu dormivi e non volevo svegliarti. Mentre tornavo in clinica ho ripensato alla tua osservazione secondo cui la donna poteva essere la chiave per individuare il colpevole. Allora mi sono ricordato delle tue cartelle cliniche, sempre così accurate. La mia supposizione si è rivelata esatta; hai compilato una descrizione molto dettagliata, che rimane l'unica testimonianza sull'identità della donna.» Fece un profondo respiro. «Allora ho pensato di far preparare un identikit sulla base della tua descrizione. Volker non è soltanto un bravo giornalista e un hacker, ma anche un esperto nella ricerca di persone scomparse.»

Volker le rivolse un sorriso ammiccante facendole una specie di inchino scherzoso.

E ha pure una lieve tendenza narcisistica, pensò Ellen, ma tenne per sé questa diagnosi.

«So di aver violato la privacy sui dati sensibili, ma, per la miseria, l'ho fatto per una buona causa. A proposito, dovresti abituarti a utilizzare una password alfanumerica. Per scoprire 'Sigmund' ho impiegato giusto mezzo minuto. È un'offesa per qualsiasi hacker con un po' di amor proprio.»

Ellen sospirò. «D'accordo, la prossima volta farò in modo di non deludere voi hacker. Se non altro hai trovato qualcosa di utile?»

Con espressione trionfante, Volker aprì lo zaino accanto alla poltrona e posò sul tavolo una foto di grande formato.

«Voilà!»

Ellen la prese e la osservò. Come qualsiasi identikit, anche quel ritratto aveva qualcosa di innaturale, ma una certa somiglianza con la donna senza nome era innegabile. L'inquietudine che trapelava dal suo viso bastava per confermarlo.

«Niente male» disse sforzandosi di mantenere un tono di voce distaccato. Non poteva lasciarsi guidare dalla compassione; ora doveva sfoderare tutta la propria capacità di osservazione professionale. «La faccia però era più gonfia, gli occhi un po' più grandi e la bocca più sottile. Gli zigomi un po' più sporgenti e...»

«Aspetta un momento!» Volker frugò ancora nello zaino e tirò fuori un portatile. «Datemi dieci minuti e una presa telefonica e correggerò l'immagine. Hai una linea ADSL, vero, dottore?»

Volker modificò l'immagine in base alle indicazioni di Ellen, allargò leggermente le guance della sconosciuta, riempì il volto e cambiò la posizione degli occhi. Ellen gli dava istruzioni precise, sforzandosi di vincere il terrore che si insinuò nuovamente in lei quando dovette raccontare quello che era accaduto nel sotterraneo.

Mentre descriveva a Volker il volto della donna, cercava di cancellare tutto ciò che si trovava intorno a lei – la lampada operatoria, il tavolo d'acciaio, le cinghie, il trasformatore. Dovette fare appello a tutte le sue forze per non pensare a quanto era accaduto poco dopo il suo incontro con la sconosciuta; ma lo sforzo di concentrazione le servì per mantenere il giusto distacco e mettere ordine tra le emozioni confuse.

«È lei» dichiarò alla fine. «Immaginando di eliminare le ferite e gli ematomi sul viso, dovrebbe avere quest'aspetto.»

«Sembra abusare di alcolici da diverso tempo» osservò Mark. «La porosità dei tessuti connettivi, i capillari sul dorso del naso e la colorazione giallastra della pelle che hai descritto sono segni molto chiari.»

«Lo penso anch'io» confermò Ellen. «L'aspetto trasandato e l'abbigliamento logoro secondo me indicano la provenienza da un ambiente sociale disagiato. Molto probabilmente è disoccupata, forse addirittura senza fissa dimora. Questo non faciliterà certo le ricerche.»

Mark guardava il ritratto con aria assorta. «Potremmo distribuire il suo identikit ai servizi sociali. Forse qualcuno potrebbe riconoscerla.»

«Possiamo provarci, ma non abbiamo molto tempo. Il termine che mi ha imposto quel pazzo è domani a mezzogiorno. Dopodiché la ucciderà.»

«Allora bisogna rivolgersi alla polizia.»

«Puoi scordartelo. Ne ho avuto abbastanza di poliziotti ultimamente. Finché non avremo un nome, ma solo la supposizione che *uno* psicopatico ha intenzione di uccidere *una* donna, loro non muoveranno il culo. Me lo hanno fatto capire abbastanza chiaramente.»

«E tu, invece? Scusa il paragone, ma sei un ematoma ambulante. Se mostrassi loro i segni che ti sono rimasti dopo l'incontro con quel folle, dovranno pur...»

«Mark, fermati, prova a pensarci! In teoria avrei potuto causarmi queste lesioni da sola.» L'immagine della donna senza nome si affacciò alla sua mente. Il dorso delle mani vicino alla bocca, i denti insanguinati che affondavano nella pelle lacerata e la dilaniavano. Ellen fu scossa da un brivido. «Non sarebbe il primo caso del genere.»

Lui la guardò costernato. «Non dirai sul serio, vero?»

«Certo che no, ma non ho nessuna voglia di passare ancora una volta per la psichiatra fuori di testa.» Questo pensiero la fece trasalire. «Ma c'è di più. Mettiamo che d'un tratto la polizia mi creda e dia inizio alle ricerche della donna scomparsa. Se il tizio venisse a saperlo, secondo te che cosa farebbe?»

«Merda, non ci avevo pensato. In effetti sarebbe un rischio troppo grosso. La proposta di Volker è meno pericolosa.»

«Quale sarebbe?»

«La troveremo battendo altre strade.» Volker indicò il suo computer. «Il vostro problema è che state cercando una donna di cui conoscete soltanto l'aspetto esteriore. Bene, forse è effettivamente una senzatetto alcolizzata, ma questo non vi è di grande aiuto. Soprattutto se avete fretta di trovarla. In base a quanto ci ha detto Ellen, dovrebbe trattarsi con ogni probabilità di una cittadina tedesca, giusto?»

«Esatto» confermò Ellen, «almeno così credo. Parlava con un marcato accento della Foresta Nera.»

«Bene, che cosa possiede ogni bravo cittadino federale?»

«Non tenerci sulle spine.» Mark tamburellava nervoso con le dita sul tavolo. «Spiegale quello che hai detto a me.»

«D'accordo. Ogni cittadino ligio alle leggi è in possesso di diversi documenti d'identità. Passaporto, patente, carta d'identità, e così via. Questi documenti vengono prodotti da un ufficio centrale, la tipografia federale. Il nome e l'indirizzo di ogni cittadino vengono stampati su un tesserino di plastica che rappresenta un documento ufficiale. Vale a dire che questi dati vengono elaborati elettronicamente.»

Ellen inarcò le sopracciglia. «E tu sai come arrivare a questi dati?»

«Il problema è che la legge sulla privacy vieta che i dati personali inviati alla tipografia federale vengano custoditi in un unico archivio» osservò Volker serio, prima che un sorriso gli illuminasse il viso. «Questa regola tuttavia non vale per gli uffici locali dell'anagrafe che inviano i dati all'ufficio centrale e dopo il rilascio dei documenti ne tornano in possesso.»

«Hai forse intenzione di infiltrarti nell'archivio di ogni anagrafe della Germania? Se mi permetti, non ha senso. Anche se dovessi riuscirci, come farai a trovare questa donna solo sulla base del suo identikit?»

Volker finì di bere il caffè e si riempì di nuovo la tazza. «Per quanto riguarda la tua prima domanda, non è poi così difficile come sembra. Noi tedeschi siamo praticamente ossessionati dalle norme. Questo vale anche per i software e i sistemi di trasferimento dati. Basta nuotare controcorrente nel flusso dei dati che va verso la tipografia federale e... voilà» schioccò le dita, «ci si ritrova nel server degli uffici locali. Per quanto riguarda invece la foto, datemi un paio di minuti e ve lo dimostrerò.»

Quando poco dopo Mark tornò dalla cucina porgendo a Ellen un'altra tazza di brodo, Volker alzò lo sguardo soddisfatto dal computer.

«Eureka.» Alzò le braccia in aria. Nei minuti precedenti aveva pigiato i tasti come un forsennato. Fece schioccare le dita anchilosate e aggiunse: «*Ladies and gentlemen*, come disse Hannibal Lecter: quando vuole, sergente».

Ellen e Mark si misero dietro di lui e guardarono lo schermo.

«È sempre utile avere amici on line ventiquattr'ore al giorno. Soprattutto in un'epoca in cui le informazioni possono viaggiare ad altissima velocità.» Volker indicò una serie di numeri che si muoveva sullo sfondo scuro dello schermo. «Quello che stiamo per fare, ovviamente, è tutt'altro che legale. Ma non dovete temere, farò partire la mia richiesta da un server in Malesia che a sua volta è collegato con...»

«Fa' tutto quello che ritieni necessario» lo interruppe Mark. «Vedi solo di evitare che nel giro di dieci minuti qualche organizzazione con una sigla a tre lettere venga a bussare alla porta.»

«Logico.» Volker digitò un comando e comparve la scritta: FACE-EXPLORER 3.01 STARTED.

Si aprì un programma con una schermata divisa in due. A sinistra compariva l'identikit, a destra una rapida sequenza di cifre e lettere all'interno di una finestra intitolata SEEKING PROCESS.

«Uau» esclamò Mark avvicinandosi ancora di più allo schermo.

«Già, la nuova versione è davvero una scheggia» commentò Volker.

A Ellen sembravano due bambini. Due ragazzini che avevano scoperto il giocattolo più bello del mondo.

«Di che programma si tratta?» si informò.

«Serve per confrontare le immagini. Paragona la forma del viso della donna che cerchiamo con le foto conservate nelle banche dati, cercando corrispondenze della geometria facciale. Ed è così astuto da tralasciare quei punti che potrebbero indurre in errore un osservatore umano. Per esempio occhiali, acconciatura, segni tipici della vecchiaia o, cosa che nel nostro caso non ci riguarda, barba. Se funziona, dovremmo scoprire entro breve chi è la nostra donna misteriosa e qual è il suo ultimo indirizzo registrato.»

«Questo programma funziona davvero?»

Volker le rivolse un'occhiata indulgente. «In caso contrario gli americani potrebbero archiviare i loro controlli d'identità tramite dati biometrici, almeno per quanto riguarda il riconoscimento facciale. In origine il programma venne utilizzato in via sperimentale per confrontare le linee del viso con la foto sul passaporto. Inizialmente la percentuale d'errore era piuttosto alta, ma oggi il sistema è abbastanza collaudato e affidabile.»

«Perché hai detto in origine? Ora a cosa serve questo programma?»

Volker si schiarì la gola. «Ecco, un mio amico lo ha un po' modificato.»

«A che scopo?»

«Ehm... okay.» Volker scambiò un'occhiata fugace con Mark, poi tornò a fissare il monitor senza guardare Ellen. «Ecco, è andata così: qualcuno ha informato un mio amico che la sua ragazza arrotondava lo stipendio posando senza veli per non so quale sito. Allora ha inserito la foto del suo passaporto nel programma e ha controllato in rete.»

«E l'ha trovata?»

Volker si schiarì nuovamente la gola. «Mettiamola così: c'è voluto parecchio, ma adesso ha di nuovo molto tempo per fare l'hacker.»

Mentre Volker era occupato con il suo programma, Ellen andò nella cucina di Mark a prepararsi una terza tazza di brodo con il dado di pollo.

Poi si appoggiò al bancone della cucina e guardò fuori dalla finestra oltre il bordo della tazza. Mark l'aveva seguita e la fissava preoccupato.

«Come ti senti?»

Ellen sospirò sfinita. «Come una donna che è stata picchiata due volte, ha subito un elettroshock e ha rischiato di annegare nell'acqua gelata. A questo si aggiungono l'emicrania, un pizzico di autocommiserazione e la sensazione di aver fallito su tutta la linea. Per il resto sono a posto.»

«Ti ricordi cosa ti avevo detto quando siamo andati a mangiare in quel ristorante giapponese?»

«Sul fatto che mi sarei fatta coinvolgere troppo, intendi?»

«Sì.»

Ellen posò la tazza sul bancone che la separava da Mark. «Secondo te che cosa dovrei fare? Gettare la spugna? Lasciare la donna al suo destino e sperare che quel tizio mi dimentichi?»

«Naturalmente no. Ma dovresti smettere di lottare da sola. Secondo me quel tizio – chiunque sia – sa esattamente dove far leva per ridurti a pezzi. Per questo è importante che tu ti fidi di me.»

Ellen tornò a fissare fuori dalla finestra. Non ce la faceva a guardarlo negli occhi. «Mi sento così... così strana, Mark. Per me è tutto molto difficile da affrontare.» Si strinse le braccia al petto e avvertì il tremito che la scuoteva. «Finora sono sempre riuscita a fare tutto con le mie forze, ma ora è diverso. Hai ragione tu, senza il tuo aiuto e di quel tuo amico pazzo non potrei farcela.»

«Non devi preoccuparti per Volker. Sembra un tipo originale, ma è a posto. E, per quanto mi riguarda, vorrei che sapessi che puoi sempre contare su di me.»

Qualcosa le solleticò una guancia ed Ellen si accorse che era una lacrima. «È proprio per questo che mi vergogno, Mark. Mi sono comportata come un'isterica.»

Fece un cenno verso il giardino. «Mi ero nascosta da te là fuori tra i cespugli, perché pensavo che fossi tu quel pazzo. Adesso mi sembra tanto un maledetto attacco di paranoia.»

«Ne avevi tutte le ragioni.»

Lei fece una risata senza gioia. «Eccome. Proprio come avevo tutte le ragioni di sospettare di Chris. Proprio di Chris!»

«Adesso non farla tanto tragica. Possiamo interpretarla come una specie di rabbia inconscia per il fatto che non era qui quando avevi bisogno di lui.»

«E se così non fosse? E se avessi già cominciato a perdere la ragione?»

Mark scrollò la testa deciso. «Certe cose non accadono così rapidamente, e lo sai anche tu. Esistono determinati segni premonitori, e in te non ne ho ancora notato neppure uno. Quanto meno nessuno che mi abbia indotto a pensare che non sei più normale.»

Oltre la finestra due passeri bisticciavano per le poche briciole sparse accanto a una sdraio. Ellen li guardò brevemente, prima di esprimere ciò che la tormentava da quando era sparita la donna senza nome e che solo lei aveva visto. «Durante il tirocinio ho collaborato con una dottoressa che lavorava in ambito psichiatrico da quasi vent'anni. Un giorno volevo andare in ufficio da lei per portarle qualcosa che mi aveva chiesto. Dei documenti, credo. Trovai la porta chiusa dall'interno. Dapprima pensai che fosse uscita per qualche istante, magari per un caso d'emergenza, poi però sentii che era all'interno.»

«Che cosa faceva?»

«Piangeva. Piangeva e basta. Due inservienti sfondarono la porta e la trovammo accucciata in un angolo. Non reagiva e continuava a piangere. In seguito seppi solo che era stata ricoverata a sua volta, e che da allora non ha più parlato.»

«Che cosa vorresti dire con questo?»

«Neppure nel suo caso c'erano stati segnali premonitori, Mark. Esattamente come è accaduto al mio predecessore al reparto 9.»

Mark afferrò distrattamente la saliera – sembrava non riuscisse a stare fermo con le mani – poi la rimise al suo posto. «Il dottor Kreutner soffriva di depressione.»

«Ah, già, e perché nessuno se n'era mai accorto? Chiunque mi abbia parlato di Kreutner non aveva mai rilevato niente di strano in lui. Aveva passato tutta la giornata in reparto, parlando con i pazienti e il personale ausiliario, a casa aveva tagliato il prato e chiacchierato con il vicino. È così, vero? Tu l'hai conosciuto.»

«Sì, è vero, ma...»

«Nessuno ha mai notato alcun sintomo. E poi, un paio d'ore più tardi, dopo aver messo in ordine la casa ed essersi fatto la doccia, si è sdraiato sul letto con indosso l'accappatoio e si è sparato in testa. Mi spieghi dove erano i tuoi sintomi?»

Mark scrollò le spalle con un sospiro. «E va bene, lo riconosco, non ce ne sono stati. Almeno nessun sintomo evidente. Ma è stata un'eccezione. Non è sempre possibile capire perché qualcuno si comporta in un certo modo o in maniera anormale. Ma nella maggior parte dei casi ci sono sintomi premonitori, e questo dovrebbe saperlo anche la mia collega, no?»

Ovviamente aveva ragione lui, eppure Ellen era tormentata dai dubbi. Era davvero brutto trovarsi nella condizione di non potersi fidare più neppure di se stessi.

«E poi nel tuo caso io non mi preoccuperei» aggiunse Mark. «Se mai riuscissi a riordinare il tuo appartamento, saresti troppo stanca per pensare al suicidio.»

Per qualche istante tra loro regnò il silenzio, poi Ellen si voltò verso Mark. Lui fece finta di aver guardato verso il giardino, ma lei aveva avvertito il suo sguardo su di sé.

«Tu hai sempre una risposta pronta per tutto, vero?»

Mark si morse il labbro inferiore e annuì. Gli angoli della bocca furono scossi da un fremito e anche Ellen faticò a restare seria di fronte alla sua battuta. Alla vista dell'espressione maliziosa nei suoi occhi, lei non riuscì più a trattenere una risata. Le esplose da dentro e Mark la imitò di gusto.

Ridere le fece bene. Era una sensazione liberatoria di cui aveva estremo bisogno. Dal salotto la voce di Volker chiese se si fosse perso qualcosa, ma non ci badarono. Continuarono a ridere fino ad avere le lacrime agli occhi. Ellen aveva rovesciato quasi mezza tazza di brodo.

«Oh, Mark, razza di stupido. Io ti apro il mio cuore e tu ti prendi gioco di me.»

«Non lo farei mai. Solo che non volevo più vedere quella ruga tra le tue sopracciglia.»

Ellen sorrise lusingata. «Grazie.»

«Ti senti meglio?»

«Sì.»

«Bene.»

«Mark?»

«Che cosa c'è?»

«Sono molto contenta che tu e Volker abbiate deciso di aiutarmi. Da sola non ce la farei. L'esperienza di prima, l'elettroshock... è stata la cosa peggiore che abbia mai provato.»

«Ti capisco» disse Mark sottovoce.

«Lo sapevi che Ernest Hemingway si faceva curare la depressione con l'elettroshock?»

Lui fece cenno di sì. «L'ho sentito dire.»

«Poi diceva di non essere più in grado di concentrarsi sulla scrittura. C'è chi dice anche che fu quello il vero motivo del suo suicidio.»

«Una ragione in più per tenerti d'occhio.»

Queste parole furono pronunciate solo in parte per scherzo, come Ellen capì dallo sguardo di Mark. Era seriamente preoccupato, forse quanto lei stessa.

«Secondo te quel farabutto metterà in atto le sue minacce?»

«Non finché staremo insieme. Insieme lo troveremo.»

Ellen sospirò. «Se avessi almeno una vaga idea di chi potrebbe essere. In realtà dovrei conoscerlo. Potrebbe essere praticamente chiunque nella sfera dei miei conoscenti più intimi. Sa dove vado a correre, dove abito, conosce il mio numero di cellulare e sapeva quanto volevo bene a Sigmund. Soprattutto sa quanto sia dannoso per me perdere il controllo. Per questo mi ha torturata. Chissà che gioia deve aver provato quando me la sono fatta addosso come una bambina piccola.»

Mark si accese una sigaretta e socchiuse la finestra della cucina. Soffiò il fumo dalla fessura, poi tornò a guardare Ellen.

«Non è detto che sia una persona del tuo ambiente. Potrebbe benissimo averti individuata per un motivo di cui siamo all'oscuro. Potrebbe averti osservata per diverso tempo, e poi, quando la paziente si è rivolta a te, ha colto l'occasione per cominciare il suo gioco.»

«Ma perché proprio io? Che cosa lo lega a me?»

«Forse qualche tuo ex paziente?»

«Non credo. È vero che sono una frana a ricordare i nomi, ma le facce non le dimentico mai. Avrei riconosciuto i suoi occhi dietro il passamontagna.»

«Stai pensando a qualche collega?»

«Non saprei.» Ellen alzò le spalle in un gesto perplesso. «Non proprio. Ma non ho mai avuto amici nel senso classico del termine.»

Lui le diede un colpetto scherzoso al fianco. «Ti sbagli. Hai me.»

Ellen lo ringraziò abbozzando un sorriso. «Hai capito benissimo a che cosa mi riferisco. Per certi versi è spaventoso, no? Mi sono sempre concentrata solo sul lavoro. Ho avuto parecchie amicizie quando ero al collegio, ma non ho più mantenuto i contatti con loro da quando sono andata all'università. È come se poi fossi diventata alquanto superficiale.»

Mark andò al lavandino, spense la cicca sotto il getto d'acqua e la buttò nella spazzatura.

«Magari sei diventata una *workaholic*, ma superficiale non direi proprio.»

Lei sogghignò. «Hai qualcosa all'angolo della bocca.»

«Ah, sì?»

«Già, una goccia di melassa.»

«Bingo!»

Volker schioccò le dita.

Ellen e Mark si lasciarono cadere sul divano accanto a lui e fissarono ansiosi lo schermo.

«Il programma ha trovato una corrispondenza» spiegò Volker. «Proviamo a vedere.»

Cliccò su SHOW e nella finestra accanto all'identikit comparve una foto.

«Ma... non è possibile» esclamò Mark.

Anche Volker era allibito.

«Ehi, non prendertela con me! Filewalker mi ha assicurato che il suo software è attendibile.»

Ellen lo guardò scrollando il capo e Volker si rannicchiò sul divano come se volesse sparire.

«Davvero? Forse dovrebbe telefonare alla sua ex e magari chiederle scusa.»

Trentadue

«E adesso?»

Ellen osservava la foto di una bambina sui dieci anni dai lunghi capelli scuri e gli occhi vivaci. Occhi che non avevano niente a che fare con quelli della paziente senza nome.

Per qualche motivo la bambina le risultava familiare, ma non riusciva a collocarla con precisione.

Perché assomiglia alla foto sul tesserino d'identità di migliaia di altre bambine.

Una tipica foto tessera, scattata su uno sfondo azzurro da un fotografo senza troppa sensibilità artistica e che chiedeva ai piccoli clienti di sorridere dicendo *cheese*.

«Non riesco proprio a spiegarmelo» si scusò Volker. «Finora questo software ha funzionato sempre alla perfezione, sia nel caso della ex di Filewalker sia... ma lasciamo perdere. Voglio dire che il programma segue accuratamente la geometria facciale senza tener conto dell'età della persona. Se ha selezionato questa foto, evidentemente c'è un motivo. Forse si tratta della figlia di questa donna, alla quale assomiglia come una goccia d'acqua, oppure...» Lesse i dati che accompagnavano la foto e proseguì: «Oppure si tratta proprio della stessa donna. In una foto infantile. Guardate la data. Sì, dev'essere una sua foto da bambina. Ellen, quanti anni hai detto che poteva avere la donna?»

«Una trentina.»

«Infatti corrisponde.» Volker indicò una serie di dati. «Lara Baumann, nata il 26 novembre 1979 a Freudenstadt. È nella Foresta Nera, giusto?»

«Quando si dice le coincidenze» si meravigliò Ellen.

«Quali coincidenze? L'hai detto tu stessa che parlava con un accento della Foresta Nera. Quindi significa che il programma non ha sbagliato.»

«Non mi riferivo a questo. Siamo di fronte a una prima coincidenza che potrebbe collegarmi a questa donna.»

I due uomini la guardarono con aria interrogativa.

«È solo un'idea.» Ellen scrollò le spalle. «Anch'io sono nata lo stesso giorno e nello stesso luogo.»

«Ma certo!» Mark si diede una manata sulla fronte. «Ecco perché questa data mi risultava così familiare. Scusa, Ellen, ma non ricordo mai i compleanni.»

Ellen indicò la foto di Lara Baumann. «Ci sono altre informazioni? Una carta d'identità, una patente?»

«Ora che ho un nome non sarà difficile raccogliere altri dati su di lei.» Volker le rivolse un sorriso smagliante. «E potrò procedere per vie legali, cosa che per certi versi è un peccato. Comunque ci vorrà un po' di tempo.»

Ellen scrollò il capo divertita. Questo Volker era un furbastro e cominciava a piacerle, anche se non era entusiasta delle sue inclinazioni narcisistiche. Ma probabilmente, in quello stato di grande sollievo, avrebbe trovato simpatico chiunque l'avesse aiutata.

Finalmente un raggio di luce all'orizzonte.

Finalmente avevano un nome.

Per lei era ora di pensare un po' a se stessa.

«Ci sono problemi se uso il tuo bagno mentre il nostro

esperto di computer è al lavoro?» chiese a Mark. «Vorrei togliermi di dosso il puzzo dello scantinato.»

«Nessun problema. Aspetta.»

Mark andò in camera da letto e tornò con degli asciugamani puliti. Il suo fu un gesto di commovente premura. *Come una chioccia*, pensò Ellen trattenendo un sorriso.

«Probabilmente l'asciugatrice ha già finito il suo ciclo. Ti metto le tue cose davanti alla porta del bagno. E prima che tu abbia finito penserò a procurarmi qualcosa di commestibile.»

«Per me con acciughe e olive» mormorò Volker mentre batteva sulla tastiera. «Ma va bene anche al tonno.»

«D'accordo» disse Ellen. «E pizza sia.»

Trentatré

Alla vista della vasca da bagno, la fronte di Ellen si imperlò di sudore. Rabbrividì. Ma non dipendeva dal freddo. Il bagno di Mark non era molto grande e il termosifone assicurava un piacevole tepore.

Ellen tremava mentre sistemava gli asciugamani e la biancheria pulita sulla tavoletta della tazza, e non riusciva a smettere.

Non importava quanto si sforzasse di ripetersi che non aveva nessun motivo di preoccuparsi. Che era al sicuro.

Nella sua biografia l'attrice Janet Leigh raccontava come, dopo aver girato la scena di *Psycho* in cui veniva pugnalata nella doccia, per anni non era più riuscita a farsi una doccia e aveva preferito la vasca. Il libro era stato pubblicato all'incirca tre decenni dopo l'uscita del film e quella dichiarazione non poteva avere uno scopo pubblicitario.

Se era possibile che qualcuno riportasse un simile trauma solo per aver interpretato quella scena, era più che comprensibile che chi poche ore prima aveva rischiato di annegare in una vasca per l'idroterapia venisse assalita dai brividi alla vista di una semplice vasca da bagno.

Anche se si trovava in un'accogliente stanza da bagno con il poster di una spiaggia con le palme sopra la vasca.

Anche se non c'era nulla che somigliasse neppure lontanamente a un pesante coperchio di legno con le cerniere di metallo e un'apertura per il viso.

Ellen continuò a ripetterselo per affrontare la sensazione di panico che minacciava di toglierle il respiro. Non voleva permettere al trauma ancora così vicino di provocarle danni permanenti.

Così si concentrò su ciò che aveva davanti: *Questa è una vasca da bagno. Questo è il bagno di Mark. Questo è il suo bagnoschiuma, il suo asciugamano... quella è la porta chiusa a chiave.*

Nessuno può farmi niente qui dentro. Nemmeno l'Uomo Nero.

Tuttavia rimase con le orecchie tese mentre faceva scorrere l'acqua.

Solitudine.

Un altro tratto di sentiero la conduce nel bosco in una notte fredda. Da qualche parte le giunge il richiamo di una civetta. L'eco del suo grido la impaurisce.

Sente lo schiocco dei rami che si spezzano sotto i suoi piedi nudi, intravede sassolini sparsi qua e là, ma non si accorge né del legno né delle pietre o degli aghi di pino che le pungono la pianta dei piedi.

Dov'è Bormann? Non dovrebbe spiegarmi che si tratta di un altro sogno?

Vuole chiamarlo, ma non ce la fa. Tutto ciò che riesce a proferire è un suono attutito e quando si porta le mani al viso si accorge raccapricciata di non avere la bocca. Dove di solito ci sono le labbra, c'è solo pelle liscia e tesa sotto la quale riesce a tastare i denti e la lingua.

Un sogno, è solo un sogno! si ammonisce, ma il terrore rimane.

Si guarda intorno impaurita. Perché è qui, perché proprio in questo bosco freddo e buio?

Una falce di luna splende sopra di lei nel cielo limpido punteggiato di stelle. La sua luce argentea illumina fiocamente una radura. Sullo sfondo del cielo buio i contorni di una casa e di alcuni fienili si confondono con le sagome scure degli abeti.

Da lontano vede l'uomo con la fiaccola. Nell'altra mano stringe convulsamente ciò che resta di una corda. Alla luce del fuoco si riconosce il grigio sporco delle pietre con cui fu costruita la fattoria molti decenni prima.

L'uomo guarda verso di lei mentre Ellen gli si avvicina. Ha la faccia impiastricciata di fuliggine, vecchia e rugosa e contorta in una smorfia agghiacciante. Lei vede la sua disperazione, la sua impotenza e la rabbia che l'impotenza accendono in lui.

Alle sue spalle piccoli pugni percuotono il vetro della finestra. Sono troppo deboli per romperlo. Il volto di un bambino spunta dietro la finestra. Lei lo sente piangere, vede che anche l'uomo con la fiaccola piange. Le sue lacrime lasciano strie bianche sulla pelle annerita.

«La verità non è sempre quella che sembra» dice l'uomo con la fiaccola, e poi dietro la finestra si levano delle fiamme.

Il bambino strilla, e insieme alla sua si sente un'altra voce infantile. Alla luce tremolante del fuoco Ellen vede l'ombra allungata di una donna impiccata che si proietta sulla parete della stanza. Per un istante la testa di una bambina spunta alla finestra. Ha i capelli in fiamme, come lo stoppino di una candela umana. Urla di dolore, si colpisce la testa con le mani e poi scompare.

Lei vorrebbe soccorrere i bambini, vorrebbe fare qualcosa, ma qualcuno la trattiene. La bambina con il vestito a fiori è comparsa all'improvviso accanto a lei, e la tiene per le braccia.

«Ciò che è già successo non può più essere cambiato» dice la bambina con espressione triste. «Per quanto lo desideri.»

L'uomo con la fiaccola le si avvicina.

«Ecco che cosa succede quando si perde la ragione» singhiozza. «Non dipende dalla nostra volontà, succede e basta.»

Lei guarda il braccio che stringe la fiaccola, vede i graffi insanguinati sulla carne. La moglie ha cercato di difendersi contro la morte. La propria e quella dei suoi figli.

La stretta della bambina è incredibilmente forte. La stringe come una morsa d'acciaio.

Senza riuscire a muoversi, assiste impotente mentre l'uomo le avvicina la fiaccola al corpo. Le fiamme si protendono verso di lei, finché comincia ad ardere.

Ora si trova in una crepitante nube di fuoco, aspetta il dolore, non può muoversi, non può gridare con la bocca sigillata. Non...

«Ellen!»

«Non opporti!» le grida l'uomo attraverso le fiamme. «Altrimenti il lupo nero verrà a prenderti!» Solleva la fiaccola e...

«Ellen!»

Si sollevò di scatto, vide l'acqua, fu invasa dal panico, poi si rese conto di essere nella vasca a casa di Mark.

Calma, è stato solo un sogno.

Si aggrappò al bordo della vasca respirando a fondo. Poi si tastò il viso, come se avesse ancora la bocca sigillata. Per accertarsi del contrario, si morse un dito, sentì il sapore dell'acqua saponata e scoppiò in un risolino nervoso. Che sogno assurdo.

Altri colpi alla porta. Ellen trasalì con tanta violenza che l'acqua fuoriuscì dal bordo della vasca.

«Ellen? Tutto a posto?»

Era Mark.

Appoggiò la testa all'indietro, fece un altro profondo respiro. «Sì, tutto a posto. Mi ero appisolata.»

«Sbrigati, la pizza si fredda. E poi abbiamo trovato qualcosa d'interessante.»

Trentaquattro

Solo quando si mise seduta a mangiare Ellen si rese conto di quanto fosse affamata. Accidenti, si sarebbe mangiata un cavallo. D'accordo, magari non proprio un cavallo, ma sicuramente tutte le prelibatezze previste dal menu di A Dong – Running Sushi. A quel punto sicuramente la signora Li non avrebbe più appeso il cartello prezzo fisso – mangia a volontà.

Con sguardo divertito Mark la osservò divorare a tempo di record la sua pizza, e gliene offrì un pezzo della propria. Sebbene di norma non andasse pazza per il salame, non disse di no.

Ora era sazia, e aveva potuto indossare i propri indumenti al posto della tuta di Mark. Si sentiva molto meglio.

Mentre gustavano il dessert – ciambelle al cioccolato e caffè –Volker mostrò loro il risultato delle sue ricerche.

«Sembra un episodio di *X-Files*. È accaduto tutto nell'agosto del 1989 in un bosco nei pressi di Alpirsbach, nella Foresta Nera. Ecco, leggi.»

Porse a Ellen la copia stampata di un articolo di giornale. La foto accanto al titolo mostrava una bambina che rideva. Nonostante l'immagine fosse sgranata, la vivacità che la bambina trasmetteva fece trasalire Ellen.

Per un istante ebbe la grottesca impressione che quella bambina sorridente fosse lì davanti a lei, in carne e ossa.

Lasciò cadere il foglio, come se si fosse scottata. Un'improvvisa fitta di dolore le attraversò la testa, come se un lungo ago incandescente le trapassasse il cervello. Subito dopo fu assalita da una terribile nausea.

Si alzò di scatto e si accorse che la stanza le girava intorno. I colori erano diventati accecanti. Strinse gli occhi, temendo di non riuscire ad arrivare al bagno e di vomitare lì sul tappeto del salotto.

E poi, con altrettanta rapidità come erano arrivati, il dolore, il mancamento e la nausea l'abbandonarono.

«Ellen?» Mark la guardò preoccupato. «Che cosa ti succede?»

Ellen inspirò profondamente dal naso. «È tutto a posto adesso. La mia maledetta emicrania.»

Si massaggiò le tempie. Anche il dolore alla testa era scomparso di colpo. Tornò a sedersi con un sospiro sul divano e prese l'immagine dal tavolino. Le mani le tremavano leggermente.

La foto era stata scattata davanti a una giostra. Sullo sfondo, un po' sfuocati, si distinguevano dei bambini sui cavalli, sui camion dei pompieri e un ragazzino su una gigantesca rana di plastica.

Che strano, è come se avessi già... visto questa giostra?

Sì, ma è impossibile.

All'improvviso fu assalita dalla convinzione – non una semplice sensazione, ma una ferma consapevolezza – che alla bambina fosse accaduto qualcosa di terribile. Era la medesima intuizione che aveva avuto durante il suo primo incontro con la donna senza nome. Era come essere in un déjà vu, ma di qualcun altro.

Mise da parte il piatto con le ciambelle. La sola vista dei dolci le dava la nausea, anche se fino a un istante prima era così affamata. Poi cominciò a leggere.

SCOMPARE SENZA TRACCIA UNA BAMBINA DI NOVE ANNI

annunciava il titolo accanto alla foto.

Sotto c'era scritto:

LE RICERCHE PROSEGUONO

dal nostro corrispondente Arno Maifeld.

Alpirsbach. Un gioco innocente si è trasformato in tragedia. Da ieri pomeriggio la polizia di Freudenstadt, coadiuvata da numerosi volontari di Loßburg, Alpirsbach e Betzweiler, è alla ricerca di Lara Baumann, nove anni.

La bambina è scomparsa senza lasciare traccia mentre giocava tra i ruderi della fattoria Sallinger in compagnia della cugina Nicole. La piccola Lara stava esplorando le rovine nella radura al margine orientale del centro abitato, e intorno alle 15.45 si è introdotta in una cantina. La porta dev'essersi richiusa inavvertitamente alle sue spalle. Non riuscendo più ad aprirla con le proprie forze, Nicole, rimasta fuori, è tornata in paese a cercare aiuto. Quando il padre è arrivato sul luogo all'incirca mezz'ora dopo, ha trovato la cantina vuota. Da allora sono scattate le febbrili ricerche della bambina scomparsa.

Il commissario capo Gustav Breuninger, incaricato della direzione delle indagini, ha dichiarato che finora non sono state rilevate tracce significative. Si presume che Lara sia riuscita a uscire dalla cantina e si aggiri per il bosco sotto shock.

Breuninger tuttavia non esclude che sia stato commesso un atto delittuoso, dal momento che nella cantina sono state rilevate tracce di sangue. Ancora non si sa se si tratti del sangue della bambina o di qualche animale ri-

masto intrappolato lì dentro. Il responsabile ha assicurato che le ricerche proseguiranno con ogni mezzo possibile per riportare a casa la piccola Lara sana e salva.

Gli agenti e i volontari lavorano senza sosta. Il raggio delle ricerche è stato allargato a partire dai ruderi della fattoria. Tuttavia finora non ci è giunta alcuna notizia positiva.

Nell'ultimo paragrafo dell'articolo il cronista invitava la popolazione a partecipare alle ricerche e indicava il numero telefonico della polizia di Freudenstadt a cui rivolgersi per eventuali segnalazioni.

«L'hanno poi ritrovata?» Ellen posò l'articolo sul tavolino. Aveva un sapore amaro in bocca. Le tracce di sangue di cui parlava l'articolo sembravano confermare il suo presentimento.

«È proprio questa la cosa più assurda» disse Volker a bocca piena, indicando il computer con la ciambella mordicchiata che teneva in mano. «Ho controllato le edizioni successive del giornale. A parte questo articolo non è più stato scritto niente sull'argomento. Nemmeno una parola. Per diciannove anni. Qualunque cosa sia accaduta alla piccola, è passata sotto silenzio. Non si parla né di un ritrovamento né di una tragedia. Neppure un annuncio mortuario. Lara Baumann sembra letteralmente svanita dalla faccia della Terra, né se ne è più parlato.»

«È pazzesco» mormorò Ellen.

«Puoi ben dirlo» confermò Volker. «Voglio dire, se io fossi stato questo Arno Maifeld, non mi sarei lasciato sfuggire uno scoop del genere. Qualunque fosse stato l'esito della vicenda, se ne poteva cavare fuori una bella pubblicità. Lo so, suona cinico, ma il giornalismo è anche questo.»

«C'è da chiedersi come mai questo reporter abbia

scritto solo un articolo sull'argomento» osservò Mark. «Ma questo forse possiamo scoprirlo. Hai il numero di telefono della redazione?»

Volker diede un'occhiata all'orologio. «Le sei e mezzo. Se quei ragazzi sono diligenti come quelli dei giornali con i quali collaboro, dovremmo trovare ancora qualcuno.»

Mark ebbe fortuna con il secondo numero indicato sull'intestazione. Mise il telefono in viva voce mentre aspettava che gli passassero una certa signora Katrin Fäustle.

Era la caporedattrice del *Schwarzwälder Neuesten Nachrichten*, il giornale che diciannove anni prima aveva dato la notizia della scomparsa di Lara Baumann.

A giudicare dalla voce, doveva avere più o meno quarant'anni. La signora Fäustle sembrava nervosa. Intorno a lei si udiva un brusio di voci.

«Lara Baumann, ha detto? Aspetti un attimo.» Rumore di tasti in sottofondo, e poi: «Mi dispiace, non trovo niente».

«Non è possibile» ribatté Mark. «Nell'archivio del vostro sito c'era...»

«Che cosa vorrebbe sapere?» lo interruppe lei spazientita.

«Vorrei sapere che cosa ne è stato della bambina.»

Un sospiro risuonò dal piccolo microfono. «Mi stia a sentire, sono passati... quanti anni?... venti, e io non mi ricordo di quella vicenda né ho trovato alcun articolo al riguardo.»

«Ma io ho qui...»

«Signor Behrendt, se le dico che non c'è *nessun* articolo, deve credermi» ribatté la signora Fäustle. Ora la sua voce sembrava quella di una donna più anziana. «Le garantisco che sono in questo posto abbastanza a lungo da poterglielo assicurare. Perché le interessa tanto questa storia?»

Mark ignorò la domanda, e chiese invece informazioni sul cronista che aveva scritto l'articolo, Arno Maifeld.

«Purtroppo devo deluderla anche in questo caso» rispose la Fäustle, anche se il suo rincrescimento suonava tutt'altro che autentico. «Arno Maifeld è morto quattro anni fa. Lei fuma?»

«S-sì, perché?»

«Anche Arno Maifeld era un fumatore. Più di due pacchetti al giorno. Le consiglio di smettere. Almeno questa telefonata sarà servita a qualcosa.»

Augurò a Mark una «buona giornata», che suonava piuttosto come «non si permetta più di telefonarmi!», e riagganciò.

Mark guardò costernato il telefono da cui ora proveniva il segnale di libero. «Non aveva mica tutte le rotelle a posto.»

«E non è finita.» Volker girò il portatile in modo che Mark ed Ellen potessero vedere lo schermo. «Ho appena cercato di ricollegarmi all'archivio on line del giornale.»

Sotto la testata a lettere gotiche, un breve messaggio informava gli utenti che l'articolo era *momentaneamente non disponibile per motivi tecnici.*

«Momentaneamente» disse Volker rivolto allo schermo. «Motivi tecnici. C'è sotto qualcosa, amici.»

Mark indicò la pagina. «Non è una coincidenza, vero?»

«I casi sono due, o siamo tutti e tre paranoici» disse Ellen, «oppure lì c'è qualcuno con uno scheletro piuttosto ingombrante nell'armadio.»

«Data la situazione forse si potrebbe parlare più precisamente di un cadavere in cantina» osservò Mark prendendo un pacchetto di Camel dallo scaffale. «Scusate, ma ne ho proprio bisogno.»

Ellen aprì la portafinestra della terrazza, poi rivolse un cenno a Volker. «Tu sei bravo con questa roba, vero?»

Lui ammiccò compiaciuto. «Certo.»

«Allora non abbiamo ancora finito.» Indicò Mark che fumava. «E prima di fare la fine di quel giornalista grazie al mio collega potresti trovarmi un altro numero di telefono.»

Dalla telefonata al commissariato di polizia di Freudenstadt Ellen venne a sapere che il commissario capo Breuninger era andato in pensione da diversi anni. Nel quarto d'ora successivo provarono ripetutamente a mettersi in contatto con lui attraverso il suo numero privato, ma era sempre occupato. Ellen insistette e, proprio mentre Mark tornava dopo aver spento la sigaretta, finalmente il telefono suonava libero.

«Breuninger» rispose una voce maschile bassa e stanca.

«Con chi parlo?» domandò Ellen.

«Gustav Breuninger.»

«Mi scusi, ho sbagliato numero.»

E riagganciò.

Mark la guardò confuso. «E questo che significa? Perché non hai parlato con lui?»

«Come psichiatra dovresti saperlo molto bene. Al telefono è facile mentire, oppure riagganciare. Quando invece si ha di fronte qualcuno in carne e ossa, risulta più difficile.»

«Vuoi andare a trovarlo?»

«Hai un'idea migliore? Se quel pazzo manterrà la parola, e temo che lo farà, ci resta solo fino a domani a mezzogiorno per trovare la donna. Lara Baumann è l'unico indizio concreto che abbiamo. Non c'è bisogno che mi accompagni. Io ci andrò comunque.»

«Certo che ti accompagno» disse Mark accondiscendente. «È sempre stato il mio sogno fare una gita di piacere con te. E dunque, via, verso il regno degli orologi a cucù.»

«Questa storia puzza più di un pesce andato a male» dichiarò Volker sulla porta di casa. «Mi piacerebbe venire con voi, ma se non consegno l'articolo entro le nove...»

«Non importa» disse Mark. «Senza il tuo aiuto probabilmente a quest'ora non saremmo da nessuna parte.»

«State attenti, mi raccomando.»

«Lo faremo» gli assicurò Ellen. «Ti ringrazio davvero tantissimo.»

Lui le rivolse un cenno ammiccante e le porse il proprio biglietto da visita. «Nel caso tu abbia ancora bisogno di qualcuno per le tue ricerche.» Poi aggiunse sottovoce: «O se ti venisse voglia di guardarmi ancora una volta la spalla».

«Naturale. Penserò a te per le mie festicciole con le amiche.»

«Uau!» esclamò Volker schioccando la lingua.

Non appena se ne fu andato, Mark si infilò il giubbotto e prese le chiavi dell'auto.

«Aspetta un momento» lo trattenne Ellen. «C'è ancora qualcosa di cui vorrei parlarti.»

«Ah, sì? Di che cosa si tratta?»

Per lei non fu facile prendere l'album fotografico dallo scaffale del salotto. Ma doveva sapere.

Schiarendosi la gola, gli porse l'album. «L'ho trovato qui a casa tua. Di solito non frugo tra la roba altrui, ma del resto c'era sopra il mio nome. E dopo aver guardato il contenuto credo che il tema *indiscrezione* dovrebbe risultare imbarazzante per qualcun altro.»

Mark era imbarazzatissimo. Ellen non aveva mai visto nessuno arrossire così violentemente.

«Io... mhm... ecco, vedi...»

Lei gli mostrò la foto in cui era ritratta assieme a lui e a Chris. La foto in cui il viso di Chris era stato grattato fino a risultare irriconoscibile.

«Ti ascolto.»

«Ellen, io... io...» Mark deglutì e chinò il capo, mortificato. «Non so come spiegartelo senza che sembri assurdo. Io...» si schiarì la gola, gettò un'occhiata furtiva alla foto, poi tornò a fissarsi la punta delle scarpe.

Ellen intuì che stava combattendo con se stesso. Ma lei non aveva nessuna intenzione di cedere. Mark la stava spiando già da parecchio tempo, come dimostravano le foto. «Perché lo hai fatto, Mark? Riesci a immaginare che cosa ho provato guardando queste foto?»

«Hai ragione...» Lui annuì, senza tuttavia riuscire a guardarla in faccia. «Ellen, tu sei una persona speciale, e da quando ti ho conosciuta non c'è stata più nessun'altra per me. Tu non te ne sarai accorta, ma mi sono innamorato di te fin dal primo istante che ti ho vista. So di sembrare uno studente sdolcinato, ma dico sul serio.» Fece un profondo respiro e indicò la foto. «Questo... ecco, è successo dopo che ho saputo che saresti andata a vivere con Chris. Ci ho sofferto molto e...»

«Shhh!» disse Ellen posandogli un dito sulle labbra.

Sollevò il viso verso il suo, tolse il dito e lo baciò. Quando Mark cercò di abbracciarla, lei gli sfuggì e scrollò il capo.

«Questo era per la tua sincerità e il tuo aiuto» gli disse guardandolo negli occhi. «Ma sarà l'ultimo.»

Trentacinque

Durante il viaggio Ellen e Mark parlarono poco. Mark guidava con lo stereo acceso ed Ellen si addormentò sulle morbide note di Angelo Badalamenti.

Arrivarono a Freudenstadt alle nove di sera, senza intoppi, a parte qualche coda per i cantieri autostradali. Imboccarono la superstrada per Loßburg e raggiunsero Alpirsbach.

Era già buio quando trovarono due camere singole alla pensione Al cavallino bianco. Dopo aver chiesto indicazioni per la Blumenstrasse, partirono senza indugio.

La casetta con la tipica intelaiatura di legno e il tetto spiovente era circondata da un giardino ben curato circondato da una staccionata color legno. Alla luce dei lampioni si vedevano una rosa rampicante e diverse aiuole. Fiori, verdure e insalate crescevano in file ordinate, sorvegliate da una schiera di nanetti. La grassa lumaca che scivolava su una delle lampade a energia solare accanto alla terrazza sembrava un'intrusa.

Sotto il campanello campeggiava una targhetta di ottone lucido: BREUNINGER.

Ellen suonò e subito dopo una figura indistinta comparve dietro la porta a vetri. Una donna bionda e carina aprì loro. Era troppo giovane per essere la moglie di Breuninger. *Forse è la figlia*, pensò Ellen.

«Sì?»

«La signora Breuninger?»

«No, no, sono solo l'infermiera.» Indicò verso una Panda rossa parcheggiata di fronte con la scritta SERVIZI SOCIALI sulla fiancata. «Mi chiamo Uschi Kreutzer. La signora Breuninger è già a letto.»

«Ci scusi per l'ora» disse Mark, «ma volevamo parlare con il signor Breuninger. Anche lui è già...»

«Il signor Breuninger è ancora alzato» lo interruppe lei. «Scusate, ma sono un po' di fretta perché devo ancora fare l'iniezione alla signora Breuninger. Se aspettate qui ve lo chiamo.»

Se ne andò a passo svelto.

«Ti sei accorto di come ti guardava?» lo stuzzicò Ellen. «Con lei avresti qualche possibilità, e ha decisamente più sex-appeal di me.»

Mark arrossì violentemente. «Non ti dirò più niente. Hai capito? Mai più.»

Prima che Ellen potesse rispondere, un uomo si avvicinò alla porta.

Il suo aspetto corrispondeva quasi esattamente all'immagine che si era fatta Ellen sentendo la voce di Breuninger al telefono. La capigliatura ancora folta, che un tempo doveva essere stata nera, ora era grigia. Gli occhi erano stanchi sopra le borse e i calzoni, dai quali spuntava un ventre prominente, erano sorretti da un paio di bretelle antiquate con un disegno a ciliegie. Il commissario in pensione indossava un paio di pantofole di feltro consumate.

«Che cosa desiderate?»

«Sono la dottoressa Ellen Roth e questo è il mio collega Mark Behrendt. So che è tardi, ma volevamo parlare con lei del caso Lara Baumann.»

Lui sospirò. «Sentite, sono stanco e ho bisogno di dormire. Tornate domani.»

«Ci piacerebbe poterlo fare» rispose Ellen avanzando fulminea di un passo per bloccare la porta, «ma temo che sarebbe troppo tardi. Secondo le nostre informazioni la signora Baumann è in pericolo e dobbiamo assolutamente raccogliere maggiori informazioni sul caso...»

«Non esiste nessun caso» la interruppe Breuninger. Ellen fu colpita da una zaffata del suo respiro dolciastro. *Acetone*, riconobbe. *Quasi sicuramente diabete mellito.*

Mark tirò fuori dalla tasca la pagina stampata con l'articolo di giornale e la mostrò a Breuninger. «A nostro parere le cose stanno diversamente, signor commissario capo. All'epoca non era forse lei a dirigere le indagini?»

Breuninger fece un gesto spazientito. «Lasciatemi in pace con questa vecchia storia. Ho giurato di non parlarne più, e ho intenzione di rispettare la parola data.»

«Perché, signor Breuninger?» lo incalzò Ellen testarda. Fece uno sforzo per non mettersi a urlare. «Perché lo ha giurato?»

«Signorina, se ne vada e lasci perdere cose che non la riguardano.»

In quel momento Uschi Kreutzer comparve sulla porta.

«Per oggi ho finito» annunciò a Breuninger, quindi scoccò una lunga occhiata a Mark.

Questa volta Mark reagì, ma non come lei probabilmente si era aspettata. «Il nome Lara Baumann le dice qualcosa?»

«Lei è della polizia?»

«No, sono psichiatra.»

«Oh, be', non importa. Mi faccia vedere.» Prese il foglio dalla mano di Mark e lesse l'articolo aggrottando la fronte.

«No, non conosco la vicenda» fu la sua risposta. «Del resto sarebbe impossibile, dato che è avvenuta nel 1989 e io abito qui dal 1997. Ci sono venuta per amore, e adesso mi è rimasto solo l'appartamento. Prego, dottore.» Battendo le ciglia con consumata civetteria, restituì il foglio, poi si rivolse nuovamente a Breuninger. «Allora io vado. Si ricordi che domattina vengo per le otto per portare sua moglie in dialisi. Buonanotte a tutti.»

Breuninger borbottò qualcosa di incomprensibile, poi tornò a guardare Ellen e Mark.

«Adesso farete bene a togliervi dai piedi anche voi, altrimenti vi denuncio per disturbo della quiete.»

«Ci dica soltanto perché non vuole raccontarci niente di Lara Baumann, e ce ne andremo» ribatté Ellen.

«Le assicuro che non le farebbe piacere saperlo. Non bisogna parlare del male quando se n'è andato. Altrimenti torna.» Con queste parole rientrò in casa e si richiuse la porta alle spalle.

«Che tipo stravagante» disse Ellen a Mark, ma quando si girò per cercarlo lo vide appoggiato alla portiera della Panda che parlava con Uschi Kreutzer. Poco dopo fece ritorno da lei e l'auto dell'infermiera si allontanò.

«La storia mi puzza.»

«Non ti ha dato il suo numero di telefono?»

«Non dire sciocchezze.»

«Scusa. Che cosa ti puzza?»

«Le ho chiesto notizie della moglie di Breuninger e, tieniti forte: quasi vent'anni fa ha rischiato di morire per grave insufficienza renale. All'ultimo minuto hanno trovato un donatore. Un vero e proprio miracolo, come si dice. Purtroppo è stata sfortunata. Adesso anche questo rene si è ammalato e la signora Breuninger è troppo anziana per sottoporsi a un altro trapianto.»

Ellen lo guardò assorta. «Vuoi dire che...»

«Sospetto che qualcuno abbia pagato una bella somma a Breuninger perché tenesse la bocca chiusa. Sai bene che con i soldi e i contatti giusti è possibile accelerare i tempi per un trapianto.

«Molto probabilmente anche il cronista defunto e la redattrice sono stati corrotti. Secondo te con chi ha parlato tanto a lungo al telefono il nostro caro ex commissario capo prima che lo chiamassi tu? Molto probabilmente Breuninger e la simpatica redattrice di questo giornaletto di provincia si sono messi d'accordo su come farci tacere.»

«Ma chi può avere interesse a insabbiare un caso di diciannove anni fa? Credi che sia stata assassinata e che siamo finiti in mezzo a questa storia seguendo una falsa pista?»

«No.» Mark scrollò il capo. «Penso che il programma di Volker abbia funzionato molto bene, così come sono sicuro che la donna che tu hai visto sia veramente Lara Baumann. Sta succedendo qualcosa, ma non credo che riusciremo a scoprirlo prima di domattina. A quanto pare da queste parti vanno tutti a letto molto presto.»

Ellen fu costretta a dargli ragione, anche se non aveva nessuna intenzione di perdere altro tempo prezioso.

Tornarono alla pensione. Prima di raggiungere ciascuno la propria stanza, Ellen domandò: «Perché sei tanto sicuro che quel programma informatico di Volker funzioni così bene?»

Per la terza volta nel corso della serata Mark arrossì come un peperone.

«D'accordo» disse rassegnato con un colpetto di tosse. «La ragazza di Tobias Schubert, sai, l'amico di Volker che si fa chiamare Filewalker, ehm... quella delle foto nude su Internet, ecco... è mia sorella.»

Trentasei

Probabilmente era per l'agitazione, o forse per il fatto che Ellen aveva dormito durante il viaggio, ma quella notte non riuscì a chiudere occhio.

Continuò ad aggirarsi inquieta per almeno mezz'ora nella sua camera. La foto di Lara Baumann e la sensazione che le fosse accaduto qualcosa di brutto non le davano pace. Che cosa sapeva l'ex commissario di polizia, e perché si ostinava a non volerne parlare?

La sua dichiarazione che il male poteva tornare semplicemente parlandone sembrava la citazione di un pessimo romanzo dell'orrore. Tuttavia era sembrato fermamente convinto di ciò che diceva. Lo si capiva dalla sua espressione impaurita, che non era riuscito a mascherare neppure dietro i modi bruschi. Ma che cosa voleva coprire? Che cosa era accaduto tanti anni prima?

Ellen si sdraiò sul letto e accese il televisore per distrarsi. Doveva assolutamente riposare e dormire qualche ora. Mezz'ora dopo, però, era ancora perfettamente sveglia e irrequieta. Inoltre aveva capito perché non guardava praticamente mai la televisione. C'erano degli ottimi motivi, come tette enormi che si agitavano sullo schermo a tempo di musica, pantere munite di frusta che invitavano perentoriamente gli spettatori a chiamare un numero a pagamento o, in alternativa, casalinghe e casalinghi dal sorriso ebete che spiegavano al pubblico perché il sapone di Marsiglia Superclean era in grado di togliere qualsiasi macchia.

Il tutto era inframmezzato da spezzoni di un film di Hitchcock in cui Gregory Peck interpretava il ruolo di uno psichiatra caduto vittima, in maniera alquanto banale, delle teorie freudiane.

Era troppo. Ellen spense il televisore, gettò il telecomando sul letto e decise di fare una doccia.

Indugiò a lungo sotto il piacevole getto d'acqua calda. Ma Lara Baumann non voleva lasciarla in pace. Il volto della bambina che rideva davanti alla giostra...

Devi proteggermi da lui, quando verrà a prendermi!

Quando alle sette e mezzo Ellen s'incontrò con Mark per la colazione, si sentiva a pezzi. Nelle prime ore del mattino era stata assalita nuovamente dall'emicrania, che si era insinuata lenta e subdola e ora rimbombava nella sua testa come una tigre impazzita. A questo si aggiungevano le macchioline bianche che le danzavano ai margini del campo visivo. Erano le prime avvisaglie di un'aura emicranica che nel giro di un paio d'ore le avrebbe fatto desiderare di trovarsi in un letto fresco in una camera buia e silenziosa.

«Benvenuta nel club» fu il saluto di Mark, che l'aspettava al tavolo della colazione con una tazza di caffè. «Hai proprio l'aria di stare male come me.»

«Ti ringrazio davvero di cuore. Anche tu non hai dormito?»

«Non ho chiuso occhio. Continuavo a pensare a che cosa può essere accaduto a quella bambina. Ieri sera poi ho telefonato a una gentile operatrice del servizio informazioni. L'unica Lara Baumann che è riuscita a trovare abita a Wuppertal, ha ottantatré anni, e non era troppo contenta che qualcuno l'avesse svegliata alle tre di notte. Però...» Mark si spostò più vicino a lei. Sapeva di caffè e sigaretta ed era chiaro che si era dimenticato l'occorrente per farsi la barba.

«Stamattina» bisbigliò «ho parlato un po' con il personale dell'albergo. Ho chiesto di Lara Baumann a tutti quelli che ho incontrato.»

«E...?»

«Niente. Le due cameriere al piano sono troppo giovani per sapere qualcosa. Ma ho un sospetto a proposito della proprietaria della pensione. Ha dichiarato di non aver mai sentito quel nome, ma mentre lo diceva mostrava i tipici segni non verbali di chi sta mentendo. Sai, lo sguardo rivolto in basso a destra, la lingua passata sulle labbra, la mimica esagerata, e così via. Quando ho provato a incalzarla, se n'è andata.»

«Accidenti, sembra di essere in un film di Dracula» sospirò Ellen massaggiandosi le tempie. «Gli abitanti del villaggio negano l'esistenza del castello che sorge proprio alle loro spalle e dove si nasconde qualcosa di spaventoso.»

Non Dracula, ma un mostro. Un mostro irsuto con...

«Suvvia, non ha importanza.» Ellen fece un gesto vago e si versò il caffè.

Mark la guardò irritato. «Come, scusa?»

«La storia del mostro, intendo. Oggi non sono dell'umore giusto per scherzare.»

«Non ho parlato di nessun mostro.»

«Oh!» esclamò Ellen. «Allora... devo essermelo immaginato. Ho un mal di testa atroce.»

Prese il piatto di Mark con gli avanzi di un panino al prosciutto e lo posò sul tavolo vicino. L'emicrania rendeva ancora più sensibile il suo olfatto, e il solo pensiero del cibo le faceva venire la nausea.

«Se vuoi ho degli antidolorifici in macchina. Roba forte.» Mark ammiccò.

Lei sorseggiò il caffè scrollando il capo. «Piuttosto dimmi come procediamo. Io non so più da che parte sbattere la testa.»

«Mancano ancora quattro ore e mezzo alle dodici» disse Mark indicando l'orologio. «Abbiamo tempo per dare un'occhiata in giro e tormentare tutti gli abitanti più anziani di questa pittoresca località finché qualcuno di loro si deciderà a dirci qualcosa di Lara Baumann. Magari in questo modo riusciremo a scoprire anche qualcosa sulle sue attuali condizioni e l'identità del pazzo.»

«Tuttavia non avremo tempo sufficiente per rintracciarla» obiettò Ellen. «Secondo me Lara e quel tipo si trovano da qualche parte nella zona di Fahlenberg.»

Ellen ebbe come la sensazione che l'Uomo Nero le bisbigliasse all'orecchio. *Allora, chi sono? Ti lascio tre giorni di tempo per scoprirlo... dovrai dirmelo a mezzogiorno. Altrimenti, il lupo cattivo verrà a prenderti. Allora ucciderò entrambe, te e quella disgraziata.*

Si premette i palmi delle mani sulle tempie, strizzandosi il cranio come una spugna per far uscire quella voce dalla sua testa.

«Ehi» disse Mark toccandola preoccupato su una spalla. «Stai così male?»

Ellen riuscì ad annuire e si sottrasse alla sua mano. In quel momento era ipersensibile, come se fosse priva di qualsiasi filtro sensoriale. Colori, suoni, odori e contatti la colpivano con intensità esagerata. *È quello che si deve provare sotto gli effetti di una droga che amplifica le percezioni*, pensò.

Ellen in the Sky with Diamonds, disse una voce sarcastica dentro di lei, e subito dopo si fece sentire anche quella della lottatrice. *Controllati*, la esortò. *Resisti. Presto sarà tutto finito, in un modo o nell'altro.*

In un modo o nell'altro, questo era sicuro. Se non fossero riusciti a trovare in tempo Lara Baumann o almeno qualche indizio su di lei, l'Uomo Nero avrebbe messo in atto la propria minaccia e l'avrebbe uccisa. Ellen non aveva dubbi in proposito. Così come era certa che poi le avrebbe dato la caccia. Gli psicopatici restano ossessivamente fedeli al proprio disegno, per quanto irrazionale possa essere.

Fece un altro respiro profondo e ne trasse un lieve giovamento – per quanto minimo – per contrastare la pressione e il battito alla testa.

«Dev'essere colpa dell'elettroshock» sospirò. «Era da tanto che non soffrivo più di emicranie simili. Anzi, non credo di averne mai avuta una così forte.»

«Ce la fai a resistere almeno per un po'?» domandò Mark. «Appena sapremo che cosa ne è stato di Lara Baumann, potremo chiamare la polizia di Fahlenberg. Allora saranno loro a occuparsi del caso. E finché rimarrai con me questo psicopatico non potrà farti niente. Ora però non possiamo perdere altro tempo prezioso.»

«Ce la faccio» disse Ellen, pur non essendone del tutto sicura. Ma la lottatrice insisteva. *Pensa alla promessa che hai fatto!* «Allora, come procediamo?»

«Tanto per cominciare potremmo passare alla parrocchia» propose Mark. «Lì c'è il registro delle nascite. E se il parroco ha una certa età di sicuro saprà qualcosa. E non potrebbe mentirci, perché altrimenti commetterebbe un peccato, giusto?»

Un peccato, un peccato, un peccato...

Ellen si premette nuovamente le mani sulla testa. Che cosa le stava succedendo? Sentiva forse delle voci? Era possibile, non era un sintomo legato necessariamente alla schizofrenia. Lo stress, le conseguenze delle sevizie e l'emicrania potevano scatenare un fenomeno del genere. Certo non sarebbe potuto capitare in un momento peggiore.

«Ottima idea» concordò. «Allora partiamo dal parroco.»

«Sei sicura di farcela? Mi sembri... ecco, non del tutto a posto.»

«Penso che alla fine dovrò accettare la tua offerta degli antidolorifici» sospirò Ellen. «Ora però andiamo, il tempo passa.»

Trovarono la parrocchia chiusa. Il parroco si era recato a un'importante riunione di famiglia e non sarebbe tornato prima della fine della settimana, spiegò loro una simpatica signora anziana.

Tutta la sua gentilezza scomparve quando Mark nominò Lara Baumann. La donna si fece il segno della croce e si allontanò spingendosi sul suo girello, come se il diavolo in persona la stesse inseguendo.

«Ma guarda, alla fine si è trasformata in un vampiro» esclamò Mark, lasciandosi andare a uno sfogo di disperato sarcasmo.

Ellen, rimasta rannicchiata in macchina dopo aver mandato giù la terza compressa di antidolorifico, lo guardò con aria interrogativa. «E adesso?»

«Prima di tutto dobbiamo trovare un benzinaio. Altrimenti non arriveremo proprio da nessuna parte.»

Mentre Mark faceva il pieno, Ellen rimase seduta perfettamente immobile per non peggiorare il mal di testa. Nonostante i farmaci, ormai era diventato un *assolo di percussioni per dieci mazze da fabbro su tenero tessuto cerebrale.*

Lo sguardo le cadde sul chiosco che ospitava la cassa dell'officina. Ellen trovava quel chiosco stranamente familiare e allo stesso tempo inquietante. Liquidò quella sensazione come una conseguenza delle proprie percezioni distorte dal dolore alle tempie e distolse lo sguardo. Alzò gli occhi verso l'insegna ARAL, poi li abbassò su Mark, quindi fissò di nuovo l'insegna.

Che strano.

C'era qualcosa che non andava. Era come se le lettere bianche non fossero fissate sullo sfondo di plastica azzurro, ma fluttuassero libere nell'aria. Più a lungo le guardava più aumentava l'impressione che si muovessero.

Tutta colpa di questa maledetta emicrania. Mi ha proprio steso. Non riesco più a pensare. Io...

Ora la scritta era cambiata da ARAL a RAAL.

Sciocchezze. Sono...

Già, sciocchina, che cosa sei? domandò una voce femminile nella sua testa, una voce che non aveva mai sentito. Sembrava molto giovane.

Oddio, che cosa mi sta succedendo?

Ora l'insegna della stazione di servizio si era trasformata in ARLA. Fu colta da un crampo allo stomaco e le macchioline bianche alla periferia del suo campo visivo si mutarono in chiazze iridescenti simili alle ali di una zanzara alla luce del sole.

Sì, proprio come piccole zanzare luccicanti.

Ronza, ronza, ronza, zanzarina, ronza in giro, canticchiò

la voce nella sua testa. *Allora, sciocchina, sei fifona oppure no?*

Poi Ellen si rese conto di ciò che l'aveva irritata in quell'insegna. Le lettere erano tornate al loro posto, ma ARAL al contrario diventava LARA.

Ellen si sentì mancare. Spalancò la portiera, scese precipitosamente dall'auto, cercò un bagno, non lo trovò e vomitò accanto al chiosco. Le girava tutto intorno, come se all'improvviso l'avessero infilata in una centrifuga.

Mark la raggiunse di corsa e la afferrò appena prima che cadesse in avanti. Ellen vomitò con violenza la tazza di caffelatte con quattro zollette di zucchero e tre compresse di antidolorifico.

Roba buona, sciocchina.

Ellen si sentiva scoppiare la testa, mentre una sequenza di crampi le stringeva il ventre impedendole quasi di respirare. Poi, finalmente, la crisi passò.

Quando i crampi si calmarono, Ellen si risollevò e respirò a pieni polmoni. Si sentiva bruciare la gola e l'esofago e attraverso le lacrime tutto intorno a lei sembrava irreale. Come se si trovasse in un sogno.

Per questo non si stupì eccessivamente quando al posto di Mark vide l'immagine sfocata del professor Bormann. L'anziano professore si era portato un dito alle labbra, come se le dicesse di restare zitta. Poi la sua immagine si sgranò e, mentre Ellen si asciugava le lacrime, riconobbe di nuovo Mark, che la teneva protettivamente per le spalle.

Ellen vide una donna correre fuori dal chiosco. La seguiva un uomo anziano con le stampelle, che si fermò accanto al cartello TALBACHS AUTOSERVICE.

«Oddio» esclamò la donna nascondendosi il volto tra le mani. Doveva avere la stessa età di Ellen e Mark. Portava i capelli biondi legati in una coda di cavallo e con indosso una tuta da lavoro aveva un'aria mascolina. «Devo chiamare un'ambulanza?»

«No, no.» La voce di Mark accanto al suo orecchio era insopportabilmente alta, come se stesse parlando con un megafono. «Sono un medico.»

«Ah, capisco.»

Quella donna... quel volto...

Ellen si lasciò sfuggire un gemito. Un dolore sordo si diffuse nel suo petto. Sembrava che qualcosa in lei si fosse rotto. Come lava fredda che si squarcia per la pressione di una nuova eruzione.

La donna con la tuta blu li guardò aggrottando la fronte, poi sorrise. «Devo farvi gli auguri?»

«Oh, no.» Di nuovo la voce amplificata di Mark. Ellen si sentì sospingere con decisione verso l'auto. «Non è incinta. Mi spiace di avervi causato dei problemi.»

«Si figuri.» La donna andò loro incontro. La sua voce era distorta, sembrava un'eco. «L'importante è che sua moglie non abbia niente di grave. Quando ero incinta mi capitava di sentirmi male nei posti più assurdi...»

Tacque all'improvviso, come fulminata. Anche Ellen la fissò. Ora vedeva chiaramente il suo viso. Era a meno di dieci passi da lei con quella tuta macchiata d'olio.

Io ti conosco, sembrava dire il suo sguardo. *Sì, io ti conosco!*

«No» esclamò Ellen. Le cose intorno a lei si accesero di colori abbaglianti. La donna con la tuta, l'uomo con le stampelle... come figure di un sogno spaventoso che erano riuscite a raggiungerla nella realtà.

Oppure quella non era affatto la realtà? Forse quelle figure e la mano di Mark che le stringeva la spalla erano solo immaginarie?

Un'ombra si avvicinò strisciando per terra dal parcheggio accanto alla cassa e diventò sempre più grande. Dapprima sembrava appartenere a un'enorme cane nero, poi assunse la forma di un vecchio furgone Volkswagen arrugginito.

«No, no, per favore, no!» *Lo stesso furgone che mi ha seguita. Il furgone dove si siede chi ha subito qualcosa di spaventosamente brutto!*

«Ehi, Ellen, che cosa ti succede?» La voce sembrava quella di Mark, ma le mani sulla sua spalla... *Quelle mani!*

«Si può sapere che cosa sta succedendo, accidenti?» di nuovo Mark. Oppure lui non era veramente lì?

E quella donna, come la fissava!

Io ti conosco!

Le mani le strinsero le spalle ancora più forte. Ellen lanciò un grido. Spinse entrambi i gomiti all'indietro. Le mani la lasciarono all'istante. Girò su se stessa e vide Mark che tossiva piegato in avanti reggendosi il petto.

«Ellen... che cosa ti succede?»

Accanto a lei c'era Bormann.

Non perda altro tempo, mia cara, la esortò alzando l'indice. *Faccia quello che è necessario. Ora!*

Ellen si mise a correre, gettò a terra la donna davanti a lei e balzò a bordo della Volvo nera.

Devo andarmene da qui!

Chiuse la portiera, accese il motore e partì facendo stridere le gomme e urtando con il parafango il paletto di plastica all'ingresso della stazione di servizio.

Ellen accelerò e imboccò la strada. Oltre il rombo del motore distinse un singhiozzo. La bambina bionda con il vestito estivo a fiori fuori moda era seduta accanto a lei.

«Non farlo» piangeva. «Per favore! Ti credo anche così, ti credo che non sei una fifona.»

«No» rispose Ellen, per niente sorpresa di trovare la bambina lì accanto a lei. Le cose succedevano e basta. Era questa la semplice verità. Forse l'unica verità.

«Mi crederai soltanto quando l'avrò fatto. Sai, credo di aver capito che cos'è successo. Non ho capito ancora tutto, ma molte cose sì.»

«Non capisci niente» gridò la bambina. «Morirai se lo farai! Morirai! Non esisterai più!»

«Devo correre questo rischio.» Ellen schiacciò a fondo il pedale dell'acceleratore e rischiò di sbandare in curva.

La bambina si reggeva convulsamente alla maniglia della portiera e piangeva.

«Lui mi aspetta. Alla casa diroccata, vero?»

Ma, ancor prima che la bambina le rispondesse, aveva già imboccato la vecchia strada nel bosco.

SECONDA PARTE

Il mostro

And the devil in a black dress watches over.
My guardian angel walks away.

THE SISTERS OF MERCY, *Temple of Love*

Trentasette

«Presto» esclamò Mark rivolto alla donna della stazione di servizio. «Mi aiuti, dobbiamo seguirla!»

La donna annuì, si riscosse dalla propria paralisi e corse verso un furgoncino Volkswagen arancione tutto ammaccato che sul retro recava la scritta TALBACHS AUTOSERVICE.

«Venga, salga!»

«Su questo catorcio?»

«Ehi, lei!» esclamò con voce arrochita l'uomo con le stampelle. Era sempre in piedi accanto alla cassa e indicava il veicolo. «Così offende un onesto prodotto tedesco.»

Mark alzò gli occhi al cielo e saltò sul sedile del passeggero, mentre la donna accendeva il motore.

«Non si preoccupi» disse. «Il vecchio macinino di papà non è così malridotto come sembra.»

«Se lo dice lei.»

«L'altra macchina ce l'ha mio marito. Se preferisce andare a piedi...»

«No, no, non intendevo dire questo.»

«Lo so. A proposito, sono Nicole Keppler.»

«Mark Behrendt.»

La frizione grattò quando Nicole ingranò la marcia. Poi accelerò di colpo e Mark venne schiacciato contro il sedile, mentre una cintura di sicurezza antidiluviana rischiava di soffocarlo.

«Credo sia andata da quella parte» gridò Mark oltre il fragore del motore.

«So dove sta andando.»

«Lo sa?»

Lei assentì. «È passato un bel po' di tempo, ma credo di conoscerla abbastanza bene da saperlo.»

Mark stava per farle una domanda, quando suonò il cellulare. Lo tirò fuori precipitosamente dalla tasca.

«Ellen?»

«Sono Volker.»

La sua voce era quasi incomprensibile per la cattiva ricezione e il frastuono del vecchio motore Volkswagen. Mark si premette la mano sull'altro orecchio.

«È successo qualcosa, Mark? Dimmi, dove sei finito?»

«Te lo spiego più tardi.»

«Come vuoi. Mark, ho scoperto qualcosa. Qualcosa di davvero pazzesco. Prima ci siamo dimenticati una cosa fondamentale.»

«Che cosa?»

«Avremmo dovuto passare la foto di Lara bambina nel programma di riconoscimento facciale. Adesso ho altri quattro file che...»

«Quali file?» gridò Mark nel telefono, pur intuendo già la risposta. Ancora non se lo sapeva spiegare, ma non rimase per niente sorpreso quando Volker spiegò: «Non mi crederai, ma sono foto di Ellen. Ellen è Lara Baumann!»

«Ellen è Lara?»

«All'inizio non ci credevo neanch'io, ma il sistema continuava a indicarmi la stessa foto.»

«Ellen è il secondo nome di Lara» intervenne Nicole. «Perché, che cosa le è successo?»

«Ma allora perché si fa chiamare Roth?» domandò Mark, che ricevette due risposte contemporanee.

«Era il cognome di sua madre» disse Nicole. Volker spiegò al telefono: «Annemarie Baumann ha divorziato dal marito nell'autunno del 1989 e ha ripreso il suo nome da ragazza. Dev'essere stata lei a trasformare il Lara in Ellen Roth».

Il segnale era sempre più debole a mano a mano che Nicole si addentrava nel bosco. Volker disse ancora qualcosa, ma Mark udì solo brandelli di parole incomprensibili. La comunicazione s'interruppe.

Il furgoncino procedeva a scossoni su una vecchia strada piena di buche tra gli alberi. Mark era confuso. Aveva davanti le tessere di un puzzle, un puzzle di cui conosceva il disegno finale, ma che non sapeva come comporre. L'immagine mostrava una bambina che rideva in piedi davanti a una giostra.

«Mi vuole spiegare una buona volta che cos'è successo a Lara? Che cosa c'entra l'altro nome?» domandò Nicole.

«Lei non sapeva di essere Lara. Ma ora non ha importanza. Quello che conta è ciò che farà adesso. Ora che lo sa.»

«Secondo lei potrebbe farsi del male?»

«Peggio. Ne sono sicuro!»

Trentotto

Per un appassionato cercatore di funghi come Wolfram Masurke, conoscere i posti migliori era un capitale da custodire gelosamente. Certo non avrebbe fatto nessuna differenza se avesse rivelato ai suoi amici del bar che gli esemplari più belli si trovavano in mezzo ai resti del Sallinger Hof.

Forse lo sapevano tutti già da un pezzo. Ma nessuno si spingeva fin lì, e così quella riserva straordinaria, sulla quale si diceva aleggiasse una maledizione, era a completa disposizione di Wolfram Masurke, arrivato in paese diciotto anni prima dalla Germania dell'Est e per questo soprannominato «Ossi».

Masurke, ex ufficiale dell'esercito fino alla caduta del muro, campava di un'esigua pensione che arrotondava con le sue conoscenze di micologia. I ristoranti della zona apprezzavano molto i suoi piopparelli, finferli, boleti e porcini, con i quali guadagnava una piccola fortuna.

Quel giorno era stato davvero fortunato, si disse esaminando il contenuto del cestino. Nella radura accanto alla botola coperta di vegetazione che conduceva in quella che un tempo era la cantina della fattoria aveva trovato una colonia di champignon selvatici di ottima qualità che aveva avvolto in un panno imbevuto di acqua minerale.

Il cuoco del Rose, Xaver Link, li avrebbe senza dubbio

apprezzati. Il cestino ormai pieno e il brontolio dello stomaco – già si pregustava una cena succulenta a base di pancetta affumicata, cetrioli sott'aceto e pane cotto a legna – lo convinsero che per quel giorno poteva bastare.

Proprio mentre si avviava verso il sentiero, un rumore di ferraglia squarciò il silenzio del bosco.

Brusio di voci.

Che male.

Devo svegliarmi, svegliarmi, svegliarmi...

Dove sono? Chi sono?

Sei una fifona, sei una fifona.

Ellen, lei è stata la mia allieva migliore...

Io sono quella che sono.

Bene. Eccoci!

Ellen guardò il cuscino bianco e si chiese chi l'avesse gettata in quel letto così strano. Solo a poco a poco si rese conto che non era un cuscino, bensì l'airbag della Volvo. Con la mano cercò la maniglia della portiera, la tirò, ma era bloccata.

Fece leva appoggiandosi con tutto il suo peso, ripetutamente. Alla fine la portiera si mosse e si aprì con un cigolio simile alla voce di un bambino spaventato a morte.

Nooooo!

Scese faticosamente dall'auto, dapprima carponi, poi alzandosi in piedi. La Volvo era finita in un fosso a lato della strada nel bosco, le ruote posteriori inutilmente sollevate dal terreno.

Ellen barcollò di lato, si appoggiò alla macchina e si guardò intorno. Dov'era? Che cosa ci faceva lì?

Lascia perdere! Se andrai là, morirai! le spiegò una voce terrorizzata che non apparteneva a nessuna creatura reale. *Poi non esisterai più.*

Un'altra voce disse: *Va', e troverai la pace*, mentre una terza reagì con un arrogante *no, no, no!*

Ellen però non era più in condizione di ascoltare nessuna di queste voci. Agiva in preda a una specie di istinto, che la spingeva a fare un passo dopo l'altro. Pian piano smise di tremare e sentì diffondersi dentro di lei una bizzarra sensazione di pace. Le voci nella sua testa intanto continuavano a tuonare, a brontolare e a schiamazzare, ma lei proseguì imperterrita.

Passo dopo passo.

Poi vide la radura. Senza rendersene conto, intuiva che quella era la sua destinazione. E vide il pericolo.

L'Uomo Nero era a pochi metri da lei. La stava aspettando.

La ragazza che stava andando incontro a Wolfram Masurke era conciata piuttosto male. Un rivolo di sangue le colava dalla tempia sinistra, i capelli scuri corti erano arruffati e l'andatura era barcollante. I jeans erano infangati e incrostati di sassolini simili a denti strappati all'altezza delle ginocchia.

Alle sue spalle Masurke riconobbe la Volvo, infilata come un'incredibile scultura nera nel fosso accanto alla strada. L'auto era distrutta, e sembrava un miracolo che la donna fosse scampata all'incidente con ferite tanto lievi.

«Per la miseria!» esclamò l'anziano cercatore di funghi, e stava per correrle incontro, ma qualcosa glielo impedì. Era lo sguardo della donna. Distaccato e vuoto, come se avesse momentaneamente messo da parte la ragione.

Masurke riconobbe all'istante quello sguardo. Erano passati tantissimi anni, e ormai era il ricordo di un'altra vita, ma la scena era così vivida davanti a lui, come se tutto fosse successo solo pochi minuti prima. Vide il giovane soldato di cui non ricordava più il nome, ma di cui non aveva mai dimenticato l'espressione. Lo vide, il fucile ancora carico, fissare i corpi senza vita nella zona proibita, a pochi metri dal miraggio dell'Occidente. Quel giovane soldato aveva la stessa espressione della donna scesa dalla Volvo.

Lei gli stava andando incontro.

«Le serve aiuto?» domandò Masurke, rendendosi subito conto dell'assurdità della domanda. Perché se lì nel bosco c'era qualcuno che aveva bisogno d'aiuto di sicuro era quella donna.

Lei balbettò parole incomprensibili e infilò la mano nella tasca del giubbotto.

Era lì davanti a lei e sapeva di aver fatto quel viaggio solo per colpa sua. Nero, la testa nascosta dietro la maschera da lupo cattivo, con gli occhi lampeggianti e le fauci spalancate. Il cane nel tunnel era stato solo una delle sue personificazioni. Ora vedeva il suo vero io. Disgustoso e fetido.

Aveva un cestino al braccio e lei vide che cosa conteneva sotto il panno a scacchi rossi e bianchi. Mani infantili. Piccole mani bianche. Raccolte durante la sua scorribanda nel bosco delle fiabe, dove il lupo cattivo divora la bambina.

«Vieni, sciocchina, vieni» le disse maligno. «Voglio farti ridere.»

«Verrò, così alla fine ti convincerai che non sono una fifona» bisbigliò lei. «Ora sono cresciuta, sai.»

Infilò la mano in tasca mentre continuava ad avanzare verso di lui. Con le dita tastò i due bisturi che aveva ancora da quando era stata nel tunnel della clinica. Afferrò uno dei manici di plastica e fece scorrere via la protezione dalla lama con il pollice.

«Sì, brava, vieni» sibilò l'Uomo Nero. «Così va bene.»

Masurke si sentiva sempre più inquieto. Chiunque fosse la donna, non aveva tutte le lucine accese, come si diceva dalle sue parti. Ormai era troppo tardi per scappare. E comunque era troppo vecchio per mettersi a correre nel bosco.

Mai contraddire i pazzi, gli venne in mente. Nient'altro. Così decise di assumere un approccio tranquillo e amichevole.

«Piano, da brava.» Con movimenti lenti posò a terra il cestino dei funghi. Meglio avere entrambe le mani libere. «Ho l'auto poco lontana, e posso...»

Non riuscì a concludere la frase, perché lei ricominciò a blaterare, fissandolo allucinata. Gli parve di capire che stesse dicendo che qualcuno l'aveva lasciata sola e che ora questo qualcuno era tornato da lei.

«... non ha importanza quanto ci vorrà.»

Si fermò a meno di un metro da lui. Aveva il viso imperlato di sudore.

«Venga, signorina» disse Masurke con il tono più disponibile e pacato che riuscì a trovare nonostante l'agitazione, «la porto da un medico. È ferita.»

Le toccò cauto il braccio sinistro, che le pendeva lungo il fianco come se non le appartenesse. «Venga, non voglio farle...»

Lei estrasse di scatto l'altra mano dalla tasca e lo colpì. Masurke fece in tempo a vedere il lampo della lama, ma non reagì abbastanza in fretta. Nonostante le passeggiate quotidiane nel bosco, aveva settantasei anni e non più venti. La lama gli affondò nell'addome, poco sopra la cintura.

Avvertì un bruciore intenso, come se il metallo fosse stato incandescente.

Lanciò un grido e la lasciò, cercando di allontanarla da sé. Ma venne colpito altre due volte, più in alto.

Stramazzò a terra gemendo, mentre altri fendenti lo colpivano come una pioggia di lame di rasoio.

Trentanove

I sassi urtavano sul fondo del vecchio Volkswagen, che procedeva rumorosamente sulla strada dissestata barcollando come un ubriaco. Mark si reggeva convulsamente al sedile del passeggero.

«Dopo quello che è successo tanti anni fa, non avevo più avuto notizie di Lara» raccontò Nicole mentre guidava con lo sguardo concentrato sulla strada, cercando di evitare il più possibile le buche. «Prima non l'avevo quasi riconosciuta. Da bambina aveva i capelli lunghi, non se li voleva mai far tagliare. E non era così magra. Ma gli occhi, gli occhi sono rimasti gli stessi.»

«Che cosa accadde tanti anni fa?»

Nicole lanciò un'occhiata fugace a Mark. «Lei crede ai luoghi malvagi?»

«Non sono particolarmente religioso, se è questo che intende.»

Lei scoppiò in una risata amara. «Neppure io. Tuttavia credo al male e sono convinta che certi luoghi siano maledetti. Come questi ruderi. Ma la cosa peggiore è che è tutta colpa mia. Guardi! Vede?»

Indicò le tracce di pneumatici a zigzag sulla strada. Poi Mark vide la Volvo.

«Siamo arrivati troppo tardi!»

Quaranta

I dolori non erano neppure lontanamente paragonabili al terrore che provava Wolfram Masurke. Quella pazza aveva continuato a infierire su di lui, ma era chiaro che non si rendeva conto di ciò che faceva.

Se davvero avesse voluto ucciderlo e avesse avuto anche solo un briciolo di lucidità, si sarebbe accorta che quasi tutti i suoi colpi laceravano solo la robusta giacca di pelle. Proprio quel mattino si era chiesto se non avesse fatto meglio a mettere il gilet di lana. Ma poiché le previsioni del tempo non escludevano rovesci isolati aveva optato per il giubbotto di pelle. Una decisione che gli aveva salvato la vita.

Masurke era riverso su un fianco, con gli occhi chiusi, fingendosi morto, nella speranza che la donna non gli prendesse di mira la testa per un nuovo attacco. Di sicuro non era un bravo attore, ma sembrava avesse convinto la sua assalitrice di non essere più nel novero dei vivi. Non era stato facile.

Le ferite al petto e all'addome gli bruciavano in maniera infernale e faticava a trattenere l'impulso di contorcersi e contrarre la bocca. Di scappare e andare il più in fretta possibile dal dottor Huber, in paese, non se ne parlava proprio.

La sentì sollevarsi ansimando. Avvertì ancora quello

sguardo allucinato fisso su di sé, e non osò respirare. La camicia sotto la giacca era sempre più umida e appiccicosa.

Tutto ciò che poteva fare era restare immobile e sperare che la donna si decidesse a lasciarlo in pace.

Eccolo lì, immobile davanti a lei. Aveva ucciso il mostro. Lo aveva affrontato e gli aveva dimostrato di non essere una vigliacca. Ma da qualche parte dentro di lei sapeva che l'Uomo Nero non poteva essere ucciso. Se fosse stato così facile, tanti anni prima avrebbe...

Che cosa avrei fatto?

Che cosa avrei fatto tanti anni fa?

Non riusciva a ricordare. In quel punto della sua memoria si apriva un vuoto abissale nelle cui profondità non distingueva niente. Solo l'ululato del lupo cattivo risuonava come un'eco infinita, intrappolata là dentro.

«Sei stata brava» sentì dire da una voce familiare. Alzò lo sguardo e vide Chris in piedi accanto a un gruppetto di cespugli.

«Grazie» rispose con un sorriso.

Anche Chris le sorrise.

Ellen scavalcò l'Uomo Nero e andò verso di lui.

Chris teneva in mano un libro. Lo riconobbe subito. Era il libro di fiabe con l'illustrazione di Cappuccetto Rosso e del lupo cattivo su cui lei stessa tanti anni prima aveva tracciato il simbolo per scacciare il male con un pastello a cera rosso.

Ora le tornò in mente che il libro si trovava in fondo a un vecchio scatolone. Lo aveva scoperto sistemando le sue cose, l'aveva guardato dopo tanto tempo senza riuscire a ricordare cosa l'aspettava a pagina ottantadue e...

Ma perché era finito dall'antiquario, e come mai ora ce l'aveva Chris?

«Credevo fossi in Australia con Axel.»

«Infatti» rispose lui. «Ma avevo promesso di esserti sempre vicino, quando avevi bisogno di me. Lo hai già dimenticato?»

«Certo che no.» Gli sorrise lieta e si passò una mano tra i capelli, impacciata. «È solo che... non ti aspettavo.»

Chris le porse il libro. «L'ho venduto a un antiquario. Nella nostra nuova casa non c'è posto per cose che ti fanno paura.»

«Grazie, sei stato davvero carino.»

«Vieni, con i soldi che ci ho ricavato ci compreremo una bottiglia di buon vino e ce la spasseremo. Trasformiamo i ricordi brutti in ricordi belli.»

«Purtroppo ora non è possibile» disse Ellen mesta. «C'è ancora una cosa che devo fare.»

Si guardò le mani. Il sangue sulla lama del bisturi scintillava al sole. Poi accadde qualcosa di bizzarro.

Il bisturi cominciò a trasformarsi. Si allungò, la lama diventò sottile e rotonda e anche il manico cambiò forma e colore. Alla fine Ellen si ritrovò in mano un cacciavite col manico di plastica rosso acceso. Dalla punta gocce di sangue cadevano sul terreno.

Chris le rivolse un cenno d'assenso. «Sì, è una buona idea.»

«Non so se ce la farò.»

«Certo che ci riuscirai.»

Con un sospiro Ellen si lasciò cadere in ginocchio. Poi si tirò su la manica della giacca e si guardò il braccio.

«È giusto» disse Chris. «Devi percepire te stessa. Solo allora saprai che sei reale.»

«Dici sul serio?»

«Fidati di me. Il dolore è...»

«...l'unica sensazione autentica.»

Lei annuì e si conficcò il cacciavite nell'avambraccio. Avvertì una fitta bruciante di dolore, il fremito dei tendini lacerati e vide le proprie dita distendersi inerti.

Poi sgorgò il sangue. Caldo, chiaro e umido. Era terribilmente doloroso rigirare la punta di metallo nella propria carne, ma era pure una sensazione incredibilmente bella. Una sensazione chiara e cristallina.

«Sì» le confermò Chris. «Taglia più a fondo. Fai uscire tutto. Senti, senti te stessa.»

«Fa male» bisbigliò lei, «ma è anche molto bello. Mi sento libera.»

Estrasse la punta dal braccio e ve la conficcò nuovamente.

«Mi sento libera» ripeté. «Finalmente.»

Colpì di nuovo.

E ancora.

E ancora.

«Da quella parte!»

«Santissimo iddio!»

Mark accelerò l'andatura distanziando Nicole. Si precipitò sul vecchio raggomitolato a terra accanto a un cestino rovesciato pieno di funghi. Aveva già perso molto sangue. La camicia in origine azzurra era zuppa di sangue sul davanti, come se qualcuno gli avesse versato sopra un secchio di tempera rossa.

Nicole raggiunse i due uomini.

«La pazza» ansimò l'uomo indicando verso i ruderi. «Là dietro!»

Mentre Nicole restava accanto al vecchio, Mark si diresse dalla parte che l'anziano gli aveva indicato. Subito dopo vide Ellen.

Era inginocchiata di fronte a una scala coperta di vegetazione e si reggeva con un braccio posato per terra, mentre con il bisturi nell'altra mano continuava a ferirsi.

Quando Mark l'afferrò e le strappò il bisturi, lei non oppose resistenza. Lui la strinse a sé e le accarezzò la testa senza riuscire a trattenere le lacrime.

«Ellen, mio Dio, Ellen, perché? Perché?»

Ma lei rimase passiva come una bambola tra le sue braccia.

Quarantuno

Mark uscì all'aperto e gustò il piacevole calore dei raggi del sole sul viso. L'aria pervasa dal profumo dei boschi poco distanti vibrava di un assordante cinguettio.

Dietro suo consiglio, Nicole era rimasta ad aspettarlo su una panchina nel parco di fronte all'ospedale di Freudenstadt. Era sempre pallidissima, ma sembrava cominciasse a stare meglio. Durante il tragitto fino all'ospedale si era seduta di fianco al cercatore di funghi svenuto sul sedile posteriore del vecchio furgone tenendo Ellen tra le braccia. Era molto pallida e Mark era in ansia anche per lei. Ma nel frattempo il sole e l'aria fresca avevano avuto il loro effetto e Nicole sembrava aver superato lo shock iniziale.

Non appena lo vide balzò in piedi e gli corse incontro.

«Come sta? Che cosa dice il medico?»

Mark si frugò nelle tasche e riuscì a trovare una sigaretta. Fece scattare l'accendino e tirò una lunga boccata prima di rispondere.

«Le ferite da taglio al braccio sono profonde. Si è recisa un tendine e un muscolo, e molto probabilmente non riprenderà l'uso della mano. Ma la perdita di sangue non è stata così ingente come sembrava in un primo momento. Sono più preoccupato per il suo stato psichico. È completamente rinchiusa in se stessa e non reagisce a nessuno stimolo.»

«E Masurke?»

«Ha perso molto sangue, è stata necessaria una trasfusione. Ma è robusto e ce la farà.»

Mark si sedette su una panchina e fece un altro tiro di sigaretta. Ora che l'agitazione era passata, sentì le lacrime salirgli agli occhi.

«Solo pochi giorni fa eravamo seduti nell'ufficio di Ellen e lei mi raccontava di quanta paura avesse avuto. Poco prima uno dei suoi pazienti era quasi riuscito a togliersi la vita ed Ellen lo aveva impedito all'ultimo istante. Adesso...» Dovette deglutire prima di riuscire ad andare avanti. «Adesso sono io che mi sento così, dopo aver impedito a *lei* di compiere il peggio.»

Nicole gli si sedette accanto e gli sfiorò una spalla. Rimasero in silenzio per un po' e Mark cercò di ritrovare l'autocontrollo. Era ancora sotto shock.

Dopo un po' Nicole disse: «È davvero pazzesco. Io la conoscevo solo come Lara. Annemarie pensava davvero che, cambiandole il nome, le avrebbe fatto dimenticare i brutti ricordi?»

«Qualunque cosa pensasse sua madre, ha soltanto peggiorato le cose» disse Mark spegnendo la sigaretta. «Penso che sia stato questo a scatenare il disturbo di Ellen... o, meglio, di *Lara*.» Scrollò il capo. «Ci vorrà ancora parecchio tempo prima che mi abitui a questo nome.»

«Che cos'ha Lara con precisione?» chiese Nicole.

«Finora è solo un'ipotesi, ma sono abbastanza convinto di essere nel giusto. La definizione scientifica è *fuga dissociativa*, una specie di fuga d'identità. A seguito di un episodio traumatico, l'individuo si rifugia in un'altra identità. Abbandona totalmente l'ambiente personale in cui è vissuto. Si crea un'altra personalità e si convince fermamente di essere questa persona. Il disturbo non ha assolutamente niente a che fare con una classica rimozione, in cui si cancella consapevolmente un ricordo traumatico. Questa è piuttosto una specie di funzione protettiva inconscia, sulla quale l'individuo non ha alcun controllo. In genere queste persone sono del tutto normali da un punto di vista psicopatologico, e gli altri credono che siano davvero quelli che fingono di essere.»

«Ma com'è possibile ingannare tutti quelli che ci stanno intorno?»

Mark fece una risata stanca. «Purtroppo è possibile. Io sono l'esempio migliore, così come il suo compagno. Stanno insieme da diverso tempo, e anche Chris è uno psichiatra. Non si è mai accorto di niente. Tuttavia, e per questo preferisco parlare di un'ipotesi, finora non avevo mai sentito di una fuga mantenuta per così tanto tempo. Ellen... Lara deve aver assunto la nuova personalità molti anni fa, quanto basta per non ricordare più la sua vera identità. È come se avesse rimosso il suo io autentico da se stessa e dagli altri.»

«Ed è stata tutta colpa mia.» Nicole prese le sigarette di Mark, afferrò con mani tremanti l'accendino e dopo qualche tentativo riuscì ad accenderla. Soffiò fuori il fumo tossendo.

«È la seconda che fumo in vita mia.» Si asciugò le lacrime. «La prima fu nel bosco assieme a Lara. Avevo più o meno dodici anni. Da quella volta non ho più voluto provare.»

Mark la fissò con sguardo penetrante e le rivolse la domanda che non gli dava pace. «Nicole, che cosa accadde allora?»

Lei inspirò a fondo, tossì e spense la sigaretta. «Quando... quando accadde, il padre di Lara fece in modo che la cosa non diventasse di dominio pubblico. Ricopriva non so che alta carica all'università e si preoccupava del proprio prestigio. Era abbastanza ricco da potersi comprare il silenzio di alcune persone, ma comunque non sarebbe stato necessario.»

«Perché no?»

«Lei non è cresciuto in un paese, vero?»

«No, ho sempre vissuto in città.»

«Lo immaginavo. Qui da noi tutti sanno tutto di tutti, ma si fa finta che i problemi non ci siano. Non si vuole sapere niente di spiacevole. Si preferisce tacere fino a dimenticare. È sempre stato così. Non per niente, là alla casa diroccata hanno tracciato i pentacoli.»

«Ma così non si può comunque cancellare quello che è successo.»

Lei scrollò il capo. «È vero, ma provi a dirlo a loro. No, a loro interessa conservare il loro mondo perfetto. A qualunque costo. Nessuno vuole sapere più niente di quanto è successo alla fattoria. Né di quel pazzo che appiccò il fuoco uccidendo la sua famiglia, né di quanto è capitato a Lara.»

«A quale pazzo si riferisce?»

«Si chiamava Alfred Sallinger» raccontò Nicole. «La fattoria era sua. A quanto ne so era uno dei tanti convinti che il passaggio della cometa di Halley nel 1910 avrebbe causato la fine del mondo. Mio nonno mi raccontava che Sallinger non faceva altro che bere e trascurare la fattoria e la casa. Quando la cometa passò senza conseguenze, Sallinger e la sua famiglia dovettero affrontare un tracollo economico. Pare che Sallinger fosse impazzito per la disperazione. Uccise la moglie, chiuse i figli in casa e appiccò il fuoco alla fattoria. Lui stesso perse la vita nell'incendio. Da allora si dice che gli spiriti senza pace della famiglia Sallinger vaghino ancora in quel luogo. Inoltre si sostiene che chiunque si avvicini troppo ai ruderi impazzisca a causa della maledizione che grava su quel pezzetto di terra.» Sorrise. Era un sorriso amaro. «A quanto sembra non si tratta semplicemente di una superstizione. Per tutti questi anni mi sono chiesta che cosa ne fosse stato di Lara. Non potevo più chiederlo alla madre, aveva chiuso Lara in non so quale collegio e pochi anni dopo era morta.»

«E il padre?»

«Non voleva parlare con me. Poco tempo dopo sposò una professoressa e si trasferì in Inghilterra. A Oxford, credo. Non ho idea di dove si trovi adesso. Ma sa qual è la cosa davvero pazzesca?»

«Mi dica.»

«Proprio pochi giorni fa ero a Fahlenberg. Dovevo ritirare dei pezzi di ricambio. Non so perché, ma mi è venuta in mente Lara. Forse abita qui, ho pensato, ho perfino consultato l'elenco telefonico. Non potevo certo sapere che adesso si faceva chiamare Ellen Roth.»

«Nicole» Mark si sporse verso di lei, «posso immaginare che per lei sia molto difficile parlarne, ma mi deve raccontare che cosa accadde tanti anni fa. Solo così posso sperare di aiutare Lara. Che cosa le capitò?»

Nicole deglutì. Aveva le lacrime agli occhi. «Ha ragione, Mark, è maledettamente difficile. Ma credo che sia il momento di tirare fuori tutto. È stato incredibilmente difficile raccogliere tutti i frammenti dietro questo muro di silenzio. Ho impiegato anni, ma alla fine ci sono riuscita. Io... oddio, sì, glielo racconterò. Così che alla fine tutti possiamo trovare la pace.»

Cominciò a parlare e il suo racconto fece raggelare a Mark il sangue nelle vene.

Quarantadue

Estate 1989

Il bosco era sempre stato il rifugio preferito di Harald Baumann. Qui poteva fare ciò che voleva. Qui era libero.

A volte parlava con gli alberi, raccontava loro le cose che lo tenevano occupato e di cui non poteva parlare con la madre o il fratello maggiore. Ovviamente gli alberi non gli rispondevano, ma lo stavano ad ascoltare pazienti.

Lo ascoltavano quando raccontava della sua giornata all'officina. Di quello che doveva fare lì, ma soprattutto degli altri che lavoravano lì con lui e che non volevano essere suoi amici.

Molti di loro erano sulla sedia a rotelle e non volevano giocare a basket con lui, visto che per uno grande e grosso come Harald era facilissimo mandare la palla a canestro. Gli altri sembravano troppo stupidi per poter comprendere lui e i suoi discorsi. Spesso ridevano senza motivo, anche se ciò che raccontava loro era molto serio.

Ovviamente all'officina c'erano i cosiddetti «responsabili», ai quali ci si poteva rivolgere. Ma in genere non si interessavano veramente a lui. Forse perché lo consideravano tonto come gli altri, oppure perché non avevano tempo da dedicargli.

E c'era anche una psicologa davvero carina, la dottoressa Petrowski. Aveva trent'anni, solo dieci più di Harald. Con lei parlava volentieri.

Ma la dottoressa Petrowski era molto, molto più astuta di lui e a volte gli diceva cose che Harald non capiva. Allora lui si vergognava e preferiva tacere. Di solito si limitava ad annuire nel tentativo di sembrare furbo come lei.

Gli sarebbe piaciuto parlare con la dottoressa Petrowski delle nuove sensazioni che negli ultimi tempi provava tanto spesso, ma non si fidava. Sua madre le aveva definite *porcherie* e lo aveva sgridato, minacciando di tagliargli *quel coso là sotto* se si fosse fatto vedere ancora una volta da lei in quelle condizioni. Lui in realtà voleva semplicemente sapere come mai a volte gli diventava tanto grosso e perché gli prudeva così tanto da doverselo strofinare in continuazione.

La mamma aveva detto che lui era *la maledizione della sua vecchiaia* e che non riusciva a capire come mai il Signore l'avesse punita così duramente due volte di seguito. E per di più a breve distanza.

Con la seconda volta si riferiva alla morte del marito. Un mattino Josef Baumann si era alzato da tavola dopo aver fatto colazione, era riuscito a dire solo: «Ora vado dal...» e poi era stramazzato a terra, morto stecchito. Harald non ricordava l'episodio. Ma non perché avesse danni al cervello o, come diceva sempre suo fratello Karl, fosse mentalmente *sottodotato*, bensì perché aveva solo un anno quando il padre si era alzato ed era andato per sempre da quel misterioso «dal...»

Per Harald era stato difficile crescere senza un padre, anche se il fratello maggiore, il professor Karl Baumann, *benedizione della gioventù*, che aveva ventitré anni più di Harald, era stato quasi come un padre per lui.

Ma Harald si era accorto molto presto che il fratello si

vergognava di lui. A suo modo di vedere Harald era la pecora nera della famiglia, e non solo perché gli piaceva vestirsi di nero.

Già, la morte del padre era stata un duro colpo per Harald, ma ancora peggiore lo era stata per la madre. Dopo un figlio come quello, l'improvvisa solitudine era la seconda punizione che il Signore le aveva mandato. Forse perché non era stata abbastanza buona.

Harald al contrario voleva essere sempre buono, in modo che il Signore non lo punisse. Per questo non parlava con la dottoressa Petrowski del suo *coso là sotto*, ma preferiva raccontarlo agli alberi, mostrando loro come fare per farlo tornare piccolo.

Solo una volta si era confidato con qualcuno, ma a sua discolpa di fronte al Signore poteva dire di non essere stato lui ad affrontare per primo l'argomento. Era stato il suo collega Manfred. Lui chiamava il suo *coso là sotto* sempre *verga*. A Harald quella definizione non piaceva.

«Devi infilare la tua verga tra le gambe di una ragazza» gli aveva spiegato Manfred mostrandogli una foto che teneva nell'armadietto dove si vedeva molto bene come andava messo tra le gambe di una ragazza. «Alcune c'hanno i peli là sotto, ma io preferisco quelle senza. Così vedi meglio dove lo infili. Alle ragazze piace. Loro si divertono, ed è bello per tutti e due.»

Dopo quella conversazione, Harald aveva approfondito il tema. Di nascosto, s'intende. Alcuni lo chiamavano *fottere*, altri *scopare* o *chiavare*. Lui personalmente preferiva *fare all'amore*. Se piaceva a tutti e due, allora si rideva, e quando si rideva ci si voleva bene.

Da parte sua aveva deciso che avrebbe *fatto all'amore* soltanto con una ragazza a cui voleva bene. Qualche giorno prima lo aveva raccontato agli alberi, ed era stato contento quando loro si erano detti d'accordo facendo frusciare le foglie e gli aghi nel vento.

In quella calda giornata d'agosto, mentre camminava nella piacevole frescura del bosco, Harald era molto triste.

In realtà avrebbe dovuto essere allegro, aveva tre settimane di ferie e non doveva andare all'officina, dove gli toccava respirare il puzzo d'olio delle fresatrici e delle saldatrici – a volte Manfred le chiamava *merda*trici – per bucare le lastre d'acciaio. Ma quel pomeriggio non riusciva a essere contento per le vacanze.

Il motivo della sua tristezza era la conversazione che aveva sentito tra sua madre e Karl. Suo fratello era venuto a trovarli per qualche giorno con la moglie Annemarie e la figlia Lara.

Harald era seduto sul divano in salotto a sfogliare un fumetto – di Batman, sempre vestito di nero come lui e così forte, anche se lui non sempre capiva tutto quello che c'era scritto nei fumetti – mentre Karl e sua madre parlavano in cucina.

Harald non avrebbe voluto origliare. Preferiva volare con la fantasia sopra Gotham City per porre fine alle sinistre malefatte di Ra's al Ghul o del diabolico Joker, ma a un certo punto aveva sentito pronunciare il suo nome e aveva drizzato le orecchie. Non perché fosse curioso – la curiosità era un peccato – ma per istinto, come un cane drizza le orecchie quando qualcuno lo chiama a voce alta.

«Non posso prendere Harald con me» aveva detto Karl. «Tra due mesi presenterò la mia candidatura per l'incarico di decano. Sono stato segnalato dal consiglio di facoltà, e ho ottime chance di farcela. Se dovesse spargersi la voce che ho un... ecco, hai capito, un fratello così, potrei avere dei problemi. Potrebbero pensare che i miei impegni familiari mi impediscono di ricoprire l'incarico con la dovuta serietà. E poi non starei tranquillo pensando di dover accollare ad Annemarie tutto il lavoro con lui.»

Harald aveva subito capito che Karl, dicendo *ecco, hai capito*, in realtà intendeva *mentecatto*, *idiota* o *scemo del villaggio*. A volte i ragazzi in paese lo chiamavano così.

Dalle parole del fratello aveva capito anche che Karl si vergognava di lui, anche se non riusciva a capire bene che cosa volesse dire con *prenderlo con sé*.

Forse avrebbe dovuto trasferirsi da Karl? Sarebbe stato molto bello – a parte il fratello – perché era molto affezionato ad Annemarie e Lara. Erano una vera famiglia. Se fosse andato a vivere con loro, avrebbe fatto parte di questa famiglia. Sì, ne faceva già parte, ma sarebbe stato un po' diverso.

Viceversa, si era reso conto che per farlo avrebbe dovuto lasciare la mamma.

Non posso abbandonare la mamma, aveva pensato. *Lei ha bisogno di me.*

«Ti capisco, certo» aveva risposto la madre. Sembrava sfinita. Negli ultimi tempi era sempre stanca e svogliata, come se bucasse lastre d'acciaio per tutto il giorno. «Ma non riesco più a gestirlo. Sono troppo vecchia. Non ce la faccio più. Tuo padre e io avremmo dovuto stare più attenti. Ma chi avrebbe potuto immaginare che a quarantacinque anni...» Aveva sospirato e poi aveva aggiunto: «Se non lo prenderai con te, dovrò lasciarlo definitivamente in istituto».

In istituto? Definitivamente? Oh, no, per favore no! aveva pensato Harald, ma non aveva osato dirlo a voce alta. I grandi si arrabbiavano quando qualcuno li ascoltava di nascosto. Quando accadeva, lo chiudevano a chiave in una stanza e, se doveva andare al bagno, doveva dare dei colpi sulla porta e sperare di non farsela nei pantaloni prima che arrivasse la mamma.

«Non deve restare in questo istituto, se non si trova bene» aveva detto Karl. «Ho ottimi contatti con il direttore di un istituto di Amburgo. Gode di ottima fama. Potrei accollarmi i costi.»

Harald non aveva aspettato la risposta di sua madre. Forse era più sciocco degli altri, ma poteva immaginare benissimo quale sarebbe stata. Non solo, sapeva con certezza come avrebbe risposto.

Per questo aveva lasciato cadere il giornaletto ed era scappato via. Aveva pianto per tutto il tragitto fino al bosco, in preda alla disperazione, pensando a quanto era cattivo il mondo.

La mamma e Karl volevano mandarlo ad Amburgo. Proprio ad Amburgo! Così lontano. Sì, lì c'erano il mare e tanti pesci, ma nessun bosco dove giocare; nessun albero che ti stava ad ascoltare quando avevi qualche preoccupazione; non c'era la mamma che ti cucinava un buon pranzetto quando tornavi da lei nel fine settimana. Ad Amburgo non c'era nessuno che gli volesse bene e a cui lui volesse bene.

E in quel momento ciò di cui aveva bisogno era qualcuno a cui voler bene. Così Harald rimase per un po' nel suo posto preferito vicino alla radura con i tronchi coperti di muschio, che assomigliavano così tanto alle poltrone verdi nel salotto della nonna morta.

Piangendo aveva abbracciato il suo albero preferito, un abete frondoso dal tronco ritorto che chissà perché gli ricordava la forma arrotondata della mamma e che, come lui, era diverso da tutti gli altri. Ne aspirò l'aroma di resina, avvertì contro di sé la corteccia ruvida e a poco a poco la sua presenza lo calmò.

Shhh, non devi essere triste, sembravano bisbigliare gli aghi. *Niente è così brutto come sembra all'inizio. Shhh. Andrà tutto bene. Shhh.*

Harald si tranquillizzò e rimase ad ascoltare il silenzio. Finché udì una risata lontana.

«Benissimo» disse Nicole ansimando dopo aver giocato – e naturalmente vinto – ad acchiappino, e si lasciò cadere su un sasso. «Eccoci qua.»

Altrettanto trafelata e sudata, Lara si mise a sedere accanto all'amica su un tronco d'albero e si guardò intorno meravigliata.

Lara indossava un abito estivo di stoffa turchese simile al velluto, ma molto più leggero. Il muschio le faceva il solletico sulle gambe nude. Quel vestito non le piaceva molto e ne avrebbe preferito uno come quello di Nicole, a fiori e colorato.

Se l'avesse chiesto alla mamma, di sicuro glielo avrebbe comprato. Sua mamma le concedeva sempre tutto quello che voleva. Era fantastico.

Il gioco aveva messo fame a tutt'e due. Nicole offrì a Lara una tavoletta di cioccolato, scartò la propria e gettò la stagnola per terra. Lara la imitò, pur sentendosi in colpa. Sua madre le aveva ripetuto moltissime volte che la natura andava rispettata, ma Lara voleva essere in tutto e per tutto simile alla sua migliore amica.

Rimasero sedute qualche minuto a masticare e a riposarsi dopo la corsa a perdifiato nel bosco.

Le bambine avevano giocato prima sul prato e poi, a mano a mano che faceva più caldo, in riva al torrente.

Ma neppure nell'acqua erano riuscite a rinfrescarsi.

Poi erano scappate quando un nugolo di zanzare le aveva assalite.

Così si erano rifugiate nel bosco, dove Nicole le aveva accennato al *posto stregato*. Lara, curiosa com'era, non le aveva dato tregua finché Nicole non ce l'aveva portata.

La radura aveva un che di inquietante. Non era solo per i ruderi della vecchia fattoria di cui le aveva raccontato Nicole. Secondo Lara, anche la luce che filtrava a chiazze tra le fronde degli alberi sul terreno coperto di muschio era piuttosto spettrale.

C'era uno strano silenzio. Persino il cinguettio degli uccelli in quel punto del bosco sembrava più distante che altrove. Come se neppure gli uccelli osassero spingersi fin lì.

In effetti mette un po' paura, pensò Lara, cercando però di non darlo a vedere.

Nicole sembrava del tutto indifferente alla strana atmosfera e al silenzio di quel luogo. Non c'era da meravigliarsene, visto che aveva già dodici anni. Quando si diventava così grandi non si aveva più paura di niente. A Lara però mancavano ancora due anni e tre mesi per arrivarci. Un tempo davvero infinito.

«Vuoi davvero che ti racconti tutto?» domandò Nicole in tono sinceramente preoccupato.

Lo dice solo per farmi incuriosire ancora di più, pensò Lara. *Nicole sa raccontare davvero bene le storie di paura. Sa come renderle emozionanti.*

«Certo.» Lara si sforzò di darsi un tono disinvolto. «Non sono più una bambina piccola.»

«Va bene, come vuoi, ma non dire che non ti avevo avvertita. È una storia davvero paurosa.» Nicole si sporse in avanti, appoggiò i gomiti sulle ginocchia ossute e assunse un'aria cospiratoria. «Vedi quei segni sulle pietre laggiù?»

Lara guardò nella direzione indicata da Nicole e annuì. «Certo che li vedo. Sono stelle?»

«No, sciocchina, sono pentacoli. Li disegnano nei luoghi dove abitano gli spiriti cattivi, per fare in modo che non possano scappare.»

All'improvviso Lara notò che non faceva più così caldo come prima. Si strofinò le braccia nude. Le era venuta la pelle d'oca. «Qui ce n'è qualcuno? Di spirito, intendo.»

«Chiaro che sì. Tutti gli anni, nelle notti di maggio, si vede Sallinger il matto aggirarsi con la sua fiaccola. Chiama la moglie e i suoi figli, un maschietto e una femminuccia.»

La temperatura sembrava essersi abbassata ancora di più. Faceva quasi freddo, nonostante i raggi del sole che filtravano nella radura.

«Perché li chiama?» domandò Lara, pur non essendo del tutto convinta di volerlo sapere. *Ma ormai...*

«Perché anche loro vagano qui senza pace. Sai, è stato Sallinger a ucciderli. Tutti e tre. Proprio laggiù.» Nicole indicò uno spiazzo erboso intorno al quale erano ancora riconoscibili i resti delle fondamenta di una casa. «Ha impiccato la moglie al lampadario della cucina, e poi... allora, devo andare avanti?»

Questa volta Lara riuscì solo ad assentire. Se avesse aperto bocca, Nicole si sarebbe accorta che le battevano i denti.

Nicole parve soddisfatta da quel breve cenno d'assenso. Era di nuovo nel suo elemento, e il suo sguardo lampeggiava come l'anno prima intorno al falò del campeggio della parrocchia. Come allora, abbassò un poco la voce, fissando Lara negli occhi, come se mentre parlava stesse decidendo se fosse il caso di divorarla o no.

«Poi ha rinchiuso il bambino e la bambina assieme alla

madre morta. Ha preso una fiaccola ed è andato nel fienile. Prima ha appiccato il fuoco al fienile, e poi alla casa. Dicono che sia rimasto a guardare i suoi bambini che battevano i pugni sul vetro della finestra e piangevano e poi prendevano fuoco. Alla fine si è avvicinato la fiaccola ai vestiti e si è dato fuoco. Mio nonno e i suoi amici lo hanno trovato quassù. Doveva essere uno spettacolo raccapricciante. Il nonno ha detto che somigliava a un arrosto della domenica bruciacchiato, solo che non aveva lo stesso profumino. E poi...»

In silenzio, Harald si avvicinò lentamente al punto da dove gli sembrava provenissero quelle risate. Quando scorse le due bambine, si inginocchiò su una piccola sporgenza e rimase a osservare Lara e Nicole, intente a raccontarsi qualcosa di molto importante, dato che Nicole parlava sottovoce e Lara aveva un'espressione molto seria.

Sua nipote e l'amica non si erano accorte di Harald, e lui non voleva disturbarle. Se erano andate nel bosco a parlare, era perché si trattava di cose che gli altri non dovevano sentire. Chi meglio di lui poteva saperlo?

Qualcosa in lui gli disse che sarebbe stato meglio andarsene. Non si spiavano le persone di nascosto, era una cosa che non si faceva. La curiosità era un peccato che il Signore puniva.

D'altra parte gli piaceva stare lì a osservarle, e comunque non riusciva a sentire niente, perché Nicole parlava troppo piano. Non stava origliando, quindi se fosse rimasto lì non avrebbe commesso nessun peccato.

Si sistemò comodamente sul muschio fresco e morbido che ricopriva il terreno. Con la felpa nera di Batman, i jeans e le scarpe da tennis nere si confondeva con le tante ombre del bosco. Proprio come l'uomo pipistrello dei fumetti.

Era bello essere solo un'ombra. Nessuno le prendeva in giro, anche se erano sciocche. Nessuno le avrebbe mandate in un istituto. Venivano ignorate, e a volte era meglio così.

Osservava le due bambine chiacchierare tra loro. Erano sedute l'una di fronte all'altra, Lara su un tronco che un tempo doveva essere stato un abete e Nicole su una delle pietre della fattoria dei Sallinger. Portavano entrambe abiti estivi. Quello di Nicole era molto colorato, ma preferiva quello turchese di Lara. Il turchese stava molto bene con i suoi lunghi capelli quasi neri e con la sua carnagione. Il colore della sua pelle gli ricordava le caramelle. Sì, Lara era una bambina molto, molto carina e lui le voleva tanto bene. Adesso se ne rendeva conto chiaramente.

«...il nonno una volta mi ha raccontato che aspetto aveva il contadino morto. Ha detto che aveva le braccia piegate come...»

«Smettila» esclamò Lara balzando in piedi. «È solo una tua invenzione. Non è successo niente di tutto questo, vero?»

«È tutto vero» protestò Nicole. «È andata proprio così. Mio nonno non dice bugie. E poi ti avevo avvertito che era una storia molto brutta.»

«Ma nessun padre uccide i suoi figli. E nemmeno sua moglie.»

«Sallinger sì.» Nicole fece un gesto eloquente girandosi l'indice accanto alla tempia. «Era pazzo. Pazzo come un topo di fogna, dice sempre il nonno. L'ha fatto sul serio. Ma avrei fatto meglio a non raccontarti niente. Adesso ti è venuta una gran fifa, giusto?»

«Non è vero» negò Lara, anche se Nicole aveva ragione. Certo che aveva paura, e non poca, ma se lo avesse ammesso Nicole l'avrebbe derisa o, ancora peggio, non avrebbe più voluto giocare con lei. Nicole si sarebbe trovata un'altra amica del cuore più grande e meno fifona di Lara. «Io non ho paura. Volevo solo dire che non bisogna parlare male dei morti. La mia mamma lo dice sempre. E nemmeno lei è una fifona.»

«Di lei ci credo, ma di te no» disse Nicole con un sorriso.

«Non è vero!» Lara batté il piede per terra offesa.

«Invece sì. Tremi come una foglia, faccia da fifona. Sei una fifona, sei una fifona, sei una fifona» canticchiò Nicole tutta felice, vedendo Lara sempre più arrabbiata.

«Non è vero! Non sono una fifona! E tu sei una stupida!»

«Allora dimostramelo» la sfidò Nicole piazzandosi davanti a lei. «Dimostrami di non essere una fifona, dimostrami che non hai la tremarella.»

«Come vuoi tu.»

«Benissimo.» Nicole la fissò nuovamente con quel suo sguardo che sembrava dire adesso-ti-mangio-in-un-boccone. «Se farai quello che ti dico, non ti darò più della fifona.»

Lara annuì energicamente. Non perché avesse voglia di partecipare, ma perché i denti avevano ricominciato a batterle. Sembrava di essere in inverno, ma lei si rendeva perfettamente conto che il freddo non proveniva dal bosco, ma da dentro di lei.

È come aver ingoiato un congelatore con il coperchio aperto.

Sapeva bene di essere troppo delicata per ingoiare un congelatore intero, capitava solo nei cartoni animati, ma la sensazione era la stessa. Era come se stesse per vomitare – *rigurgitare*, avrebbe detto Nicole, *rigurgitare come un piccione* – lasciando cadere una montagna di cubetti di ghiaccio lì nel bosco. Si sentiva malissimo. *Maledetto cioccolato!*

Nonostante tutto, seguì Nicole. Era decisa a dimostrarle che non era una fifona. Che non aveva la tremarella. Proprio no!

Nicole la portò vicino a un gruppo di cespugli. La fitta vegetazione nascondeva alcuni gradini. In fondo alla scala c'era una porta di quercia molto pesante, con spessi cardini arrugginiti, che portava in una specie di sotterraneo.

«Una volta quella era la ghiacciaia» disse Nicole abbandonando per un istante il tono cospiratorio, come se stesse semplicemente spiegando qualcosa. *Una volta quella era la ghiacciaia*, proprio come avrebbe potuto dire: *Da quella parte c'erano le stalle e qui la casa.* «Quando ancora non c'erano i frigoriferi, lì dentro si conservava il ghiaccio dall'inverno fino all'estate. Se entrerai là sotto, sarai davvero coraggiosa. Io non ci sono mai andata.»

Lara guardò a occhi sgranati l'amica del cuore con lo sgargiante abitino a fiori. «Davvero non ci sei mai entrata?»

Nicole incrociò le dita e se le appoggiò al seno che, diversamente da quello di Lara, cominciava a essere visibile. «Davvero, lo giuro.»

Per un istante Lara tentennò, combattuta tra due opposte emozioni. L'orgoglio la spingeva a fare qualcosa che neppure Nicole, più grande di lei, aveva ancora osato, ma era inchiodata dalla paura di quello che poteva aspettarla dietro la porta.

Alla fine vinse l'orgoglio. Era la sua occasione per guadagnarsi una bella dose di stima da parte di Nicole.

«E va bene» disse. «Ci vado.»

«Sul serio?»

«Sì.»

All'improvviso Nicole parve pentita della sfida che aveva lanciato. O almeno fu questa l'impressione che Lara ebbe guardandola negli occhi. «Ehi, stavo solo scherzando. Là sotto è buio pesto. Io non ci sono mai entrata, ma ho già sbirciato oltre la porta. È buio e freddo, e puzza.»

«Non sono una fifona» mentì Lara. Senza darlo a vedere, scese con decisione i gradini graffiandosi il polpaccio sinistro con le spine di un ramo.

«Ahi!»

«Lara, lascia stare! Non devi andarci. Lo so che non sei una fifona.»

Ma Lara continuò a scendere verso la porta. Stai a vedere che adesso Nicole diceva così ma, se avesse rinunciato, l'avrebbe presa in giro, *lo sapevo che non ce l'avresti fatta!*

Inoltre, in lei era scattata un'altra sensazione: la curiosità. Una porta dietro la quale forse si nascondeva qualcosa era una tentazione troppo grande. Il fatto che se la stesse quasi facendo sotto per la paura non contava più nulla.

Lara tirò con forza la pesante porta, aprendola di pochi centimetri. Il legno aveva una consistenza disgustosa. Sembrava carta vetrata su cui era stato versato un liquido appiccicoso. Fece due profondi respiri, come aveva fatto in piscina quando si era tuffata per la prima volta dal trampolino da cinque metri, e si immerse nell'oscurità.

Nicole le aveva detto la verità. Là sotto c'era un odore terribile. Peggio che nella cantina della nonna, quando una bottiglia cadeva sul pavimento di mattoni e si rompeva. Faceva davvero molto freddo, e c'era un buio pesto. La luce che filtrava dalla fessura della porta rischiarava una striscia di pavimento di terra battuta e una parete di pietra. Non si vedeva nient'altro.

«Torna su» le disse Nicole, che si era appoggiata alla porta e sbirciava dalla fessura, bloccando quasi completamente la luce.

«Sì. Qua sotto fa davvero spaven...»

All'improvviso i cardini cedettero sotto il peso di Nicole. Nicole non era affatto grassa – al contrario, aveva saputo che i compagni di classe la chiamavano spilungona, così aveva cominciato a rimpinzarsi di cioccolato di nascosto –, ma si era appoggiata con troppa forza contro la porta, per vedere meglio Lara e soprattutto l'interno della ghiacciaia. La porta si richiuse con uno schianto, il chiavistello scattò e Lara si ritrovò nella completa oscurità.

«Ehi, apri!» La voce di Lara aveva un'eco bizzarra.

Sembra quella di un fantasma che ripete tutto quello che dico.

«Non ci riesco!» sentì l'amica esclamare da fuori.

Lara sentì dei colpi attutiti sul legno e poi lo sbuffo di Nicole. «Non riesco a spostare questo maledetto catenaccio. È bloccato!»

Lara fu assalita dal panico per la prima volta nella sua vita. Era molto peggio di tutti i cinque in matematica che aveva portato a casa – in realtà ne aveva preso uno solo –, peggio che essersi dimenticata di fare i compiti o di quando si spaventava al passaggio di un jet supersonico sopra il giardino della scuola e si bagnava le mutandine. Peggio di qualunque cosa avesse mai provato.

Si mise a gridare e prese a pugni la porta. Era terrorizzata dal buio, e aveva la sensazione che qualcosa stesse per aggredirla. Temeva che non sarebbe più uscita da quella tenebra, che sarebbe rimasta sola e sarebbe morta di fame e di sete.

«Fammi uscire! Fammi uscire! Per favore, per favore, per favore, per favore!»

Ma non c'era niente da fare. La porta restava saldamente chiusa. Lara batteva da dentro, Nicole da fuori. Spingevano contro il legno, lo tiravano, ma i loro sforzi erano vani. Era come se due formiche cercassero di rovesciare il vecchio capanno accanto al campo di frumento.

«Vado a cercare aiuto!» gridò Nicole da fuori.

Lara credette di impazzire. Se Nicole si fosse allontanata – per chiedere aiuto o chissà cosa – sarebbe rimasta completamente sola. Sola in uno scantinato buio in mezzo al bosco, per di più in un posto maledetto, dove la gente tanti anni prima aveva dipinto stelle sulle pietre per scacciare gli spiriti cattivi di un pazzo e dei suoi familiari morti ammazzati.

Non sono stelle, sono pentacoli, sciocchina, le bisbigliò una voce inquietante. Lara non capiva se provenisse dalla propria testa o da qualcuno alle sue spalle. Qualcuno o qualcosa, con lunghi capelli arruffati, occhi di fuoco e artigli affilati.

Sìììì, artigli mooolto affiiiilati!

«No! Ti prego, no! Non lasciarmi sola!»

Ma dall'altra parte non le giunse più nessuna risposta.

«Noooooo!»

Lara continuò a gridare e ad agitarsi, a prendere a pugni la porta di legno che non voleva cedere e a chiamare Nicole.

Ma Nicole non c'era più.

In un primo momento Harald pensò che si trattasse solo di un gioco. Magari nascondino, solo un po' diverso.

Guardò Nicole che attraversava di corsa la radura e scompariva nel bosco. Continuando a correre così sarebbe arrivata in paese. Avrebbe incontrato la strada e subito dopo la stazione di servizio ARAL con l'autofficina del padre della bambina.

Udì le grida di Lara, che risuonavano stranamente attutite, come se provenissero da qualche parte sottoterra. Era davvero brava, si disse. Era molto convincente. Forse non stavano giocando a nascondino, forse era una cosa tipo *Supergirl salva la bambina dalla prigione*, pensò Harald.

Sì, poteva essere. Del resto Nicole era bionda proprio come la Supergirl dei fumetti. Il vestitino a fiori non era molto adatto al gioco: avrebbe dovuto indossare un costume blu e rosso con la cintura gialla e gli stivali rossi. Inoltre Nicole non aveva neanche il mantello. Tuttavia non era sempre necessario avere il costume adatto, bastava la fantasia. Così Harald rimase ad aspettare impaziente l'evolversi della scena.

Lara continuava a chiamare aiuto e ora sembrava facesse davvero sul serio. Ma Supergirl non tornava. Forse aveva incontrato la Kryptonite nera, l'arma peggiore del pianeta Crypton contro i supereroi?

Oppure... non era affatto un gioco?

Harald decise che era meglio andare a controllare. Chi se ne importava se le due ragazzine si sarebbero arrabbiate con lui per avergli rovinato il gioco? Sempre meglio che doversi rimproverare se fosse successo qualcosa e lui, stupido com'era, non fosse riuscito a capirlo in tempo.

L'uomo pipistrello si alzò dal terreno, scese il breve pendio fino alla radura con i ruderi, superò le pietre su cui erano state tracciate le stelle a cinque punte ormai sbiadite e corse verso il luogo da cui provenivano le grida di Lara.

La felpa pesante lo faceva sudare, ma non gli importava. Anche Batman sudava, sebbene la mamma gli ripetesse sempre che prima o poi gli sarebbe venuta una sincope se continuava a portare quegli indumenti puzzolenti. Però la madre di Batman era morta da tempo, prima che Bruce Wayne si vestisse in quel modo. Ma adesso non aveva importanza, perché si era accorto della pesante porta della cantina.

Dentro sentiva Lara che piangeva. Capì subito che non si trattava di un gioco. Non si piange mai per gioco.

Nicole, quella stupida, perché era scappata?

Scese i gradini fino alla porta, afferrò il catenaccio e tirò.

Passi. Lara sentì dei passi all'esterno. Sentì qualcuno scendere i gradini coperti di muschio, fino alla porta. Nonostante il panico, nonostante il timore di ciò che era in agguato alle sue spalle con la chioma arruffata e i lunghi artigli, si rese subito conto che non erano i passi di Nicole. Chi stava scendendo le scale era molto più alto e pesante di Nicole.

Smise di singhiozzare e rimase in assoluto silenzio. La sua mente lavorava alacremente, cosa per niente facile in quell'oscurità maleodorante. Soprattutto quando qualcosa dentro di lei cercava di convincerla che un mostro stava per assalirla.

I passi intanto avevano raggiunto la porta e si erano fermati. Lara aveva il cuore in gola. Sentiva il sudore appiccicarsi su tutto il corpo. Era scossa dai brividi e le sembrava di soffocare. Aveva il fiato corto, e si sentiva la testa pesante. Notò dei piccoli insetti luminosi danzare nell'oscurità, di cui prima non si era accorta.

Sono lucciole, le disse qualcosa nella sua testa.

Non sono lucciole, sibilò il mostro alle sue spalle. *È la paura, tesoro. Hai una gran paura.*

Qualcuno vicinissimo a lei si mise ad ansimare convulsamente.

Sono io!

Qualcuno da fuori scrollò il chiavistello. Lara udì gli sbuffi di una voce maschile.

C'è un uomo, fuori dalla porta c'è un uomo!

Non poteva essere Nicole. Per arrivare in paese ci voleva parecchio tempo, e anche se fossero tornati in macchina ci avrebbero messo un bel po'.

Oppure era intrappolata al buio là sotto da così tanto da non accorgersi di come fosse volato il tempo?

Un altro gemito, poi un tonfo e uno schianto. La porta si spalancò con un cigolio arrugginito.

La luce inondò la ghiacciaia. Lara rimase accecata, poi distinse i contorni di un gigante. Era completamente nero, come l'Uomo Nero delle fiabe, dal quale bisognava scappare in fretta. Ma Lara non poteva scappare. L'unica via di fuga era bloccata da quel gigantesco Uomo Nero.

Rimase immobile, gridando di paura. Poi il gigante l'assalì.

Lavorare tutto il giorno, cinque giorni su sette, facendo scorrere le lastre d'acciaio su un nastro e bucandole sempre esattamente nel punto indicato, con gli anni si diventa davvero forti. La porta della cantina era bloccata, ma Harald riuscì ad aprirla senza troppa fatica.

Ovviamente era troppo pesante per Lara. Ma come mai si era infilata là dentro? Che cosa cercava in quella cantina ammuffita?

Adesso si era messa a gridare ancora più forte. Non diceva «aiuto» o «fammi uscire», ma urla così penetranti da fargli male alle orecchie.

Harald corse da lei e le mise una mano sulla bocca.

«Ehi, sono io» le disse piano, ma Lara non voleva calmarsi.

Di sicuro doveva essere molto spaventata, tutta sola in quella cantina. Era importante non dirle niente di sbagliato, Harald lo aveva imparato dagli altri che stavano in istituto con lui. Quando si mettevano a gridare e a strepitare così forte, bisognava abbracciarli, tenerli stretti e parlare loro con calma. O, ancora meglio, cantare una ninna nanna.

Lui strinse a sé Lara, le premette la testa contro il petto e le canticchiò la ninna nanna che usava sempre la sua mamma – *fai la nanna, bel bambino* – accarezzandole dolcemente la schiena.

Lara non smetteva di divincolarsi, ma non gridava più, bensì ansimava contro la felpa di Batman.

«Brava, così» disse lui piano, continuando a cantare.

Ma tutti i suoi sforzi sembravano inutili, perché Lara si mise a singhiozzare. Harald sentì una macchia umida allargarsi sulla sua felpa e avvertì anche qualcos'altro: gli piaceva la sensazione della schiena liscia di Lara e del suo sederino rotondo sotto il vestito.

Gli tornarono in mente le parole di Manfred.

A loro piace.

Forse era ciò di cui Lara aveva bisogno in quel momento: qualcosa che le piacesse. Quando ci si diverte, si ride e ci si dimentica delle cose brutte – anche dell'istituto dove suo fratello e la mamma volevano rinchiuderlo. E poi voleva bene a Lara.

«Guarda» le bisbigliò. Si accorse che la bambina stava tremando. «Ti faccio vedere una cosa.»

L'Uomo Nero le disse qualcosa che lei non riuscì a capire. Tanto per cominciare parlava troppo piano, e poi le teneva un braccio premuto contro l'orecchio. Inoltre lei era troppo occupata a respirare attraverso la felpa puzzolente di sudore e di cibo contro la quale lui le premeva il capo con forza terribile.

La paura si agitava nella sua testa come un animale selvaggio. Non riusciva a pensare lucidamente. Cercò di liberarsi, di difendersi, ma l'Uomo Nero la teneva ferma come una morsa mentre con l'altra mano, che nella mente di Lara si era trasformata in una zampa pelosa con gli artigli affilati, le lacerava il vestito. Con un solo gesto le strappò le mutandine con i panda ballerini sul davanti. Poi la spinse a faccia in giù sul pavimento di terra battuta polverosa. Quando gridò Lara sentì il sapore della polvere, e poi... davanti a lei esplose una miriade di stelle, mentre aveva la sensazione di trovarsi in una vasca piena di acqua bollente.

Il suo grido di dolore le riecheggiò nelle orecchie rimbalzando dagli angusti muri della ghiacciaia. Stavolta ebbe la certezza che non si trattava di un fantasma che imitava la sua voce. Stavolta capì subito di essere lei a gridare.

Scalciando e dimenandosi, Lara alla fine riuscì a liberarsi. Cercò di trascinarsi carponi lontano dal mostro, mentre ansimava come una locomotiva a vapore che risale una montagna. Ma subito venne acchiappata di nuovo da una zampata, stavolta alla nuca.

«Nooooo!» strillò, dibattendosi. Le sue mani colpirono la faccia dell'Uomo Nero, poi sentì il suo «uf» sorpreso nella penombra. Quindi fu scaraventata in aria, per un istante, e con la testa colpì qualcosa di incredibilmente duro. Accompagnato da un rumore simile a quello di una noce di cocco che si spacca, nella sua testa si accese uno sciame di lucciole che danzavano impazzite davanti ai suoi occhi.

Devo mandarle via, pensò debolmente.

Ma subito dopo le lucciole scomparvero e Lara piombò in un nero profondo e senza fine.

Harald fece un passo indietro e lasciò cadere il corpo inerte di Lara sul pavimento della ghiacciaia.

Che cos'era successo? Per lui era stato così bello, così diverso da quando si strofinava *il suo coso là sotto*, finché usciva quella roba bianca e tutto tornava normale.

Con Lara era stata una sensazione fantastica, non aveva potuto fare altro. Aveva la testa completamente vuota, non c'erano più preoccupazioni né stupidi pensieri, soltanto il nulla.

A lei però non era piaciuto. Non si era divertita. Lara non lo aveva voluto, come la donna sul poster nell'armadietto di Manfred che in un fumetto diceva: *Lo voglio!*

Forse Manfred lo aveva preso in giro, come faceva a volte con il responsabile, quando diceva *merda*trice invece di *salda*trice e fingeva che fosse solo un errore di pronuncia? Harald non voleva crederci, perché a volte Manfred diceva anche cose furbe e non si vergognava nemmeno della dottoressa Petrowski. Al contrario di Harald, Manfred aveva raccontato alla psicologa del suo *coso là sotto* e le aveva persino mostrato che cosa ci faceva. Almeno così gli aveva detto.

Forse ho sbagliato qualcosa, per questo a Lara non è piaciuto, si disse.

E se poi Lara, una volta risvegliatasi, fosse corsa a casa a raccontare ogni cosa? Lo avrebbero deriso tutti, anche se non sapeva bene chi fossero questi *tutti*. Karl, forse, e Annemarie, e sua madre, sicuramente anche Manfred e i responsabili dell'officina. Tutti avrebbero riso di lui, perché era troppo stupido persino per infilare *il coso là sotto* nel modo giusto per far divertire una ragazza.

Ma guardatelo, avrebbero detto additandolo, *vuole essere come Batman, ma è troppo stupido per fare all'amore. La poverina ha battuto così forte la testa e ha perso così tanto sangue da lasciare una macchia sul muro. Per forza che non si è divertita.*

Harald sentì salirgli le lacrime agli occhi. Aveva fallito. Anche stavolta. Si chinò su Lara, le accarezzò la testa e le scostò delicatamente i capelli insanguinati dalla ferita. Bisognava metterci subito un cerotto, lo sapeva da Matthias, che lavorava con lui all'officina e quasi sempre doveva portare un buffo elmetto tondo. Se non ce l'aveva capitava che prendesse il muro a testate, gridando, e poi gli mettevano un grosso cerotto bianco sulla fronte e l'elmetto.

Harald sapeva dove trovare un cerotto così. Non a casa della mamma – no, lì lo avrebbero preso in giro – ma in un posto migliore, non lontano da lì, dove poteva mettere il cerotto a Lara e parlare con lei quando si sarebbe svegliata. Le avrebbe spiegato che aveva voluto fare quella cosa perché lei si divertisse e non si sentisse più triste perché era rimasta sola nella cantina buia.

Glielo avrebbe fatto vedere ancora una volta e poi l'avrebbe fatto per bene e avrebbe smesso solo quando lei si fosse messa a ridere di cuore. Aveva una risata così bella. E poi sarebbero tornati a casa e Lara avrebbe raccontato com'era stato carino Harald con lei.

Allora nessuno lo avrebbe preso in giro.

Allora sarebbe stato un eroe.

Proprio come Batman.

La prima cosa di cui Lara si rese conto quando riprese i sensi furono gli insetti bianchi e luminosi che aveva cercato di scacciare. Erano spariti, ma continuava a sentire il loro ronzio. Le faceva molto male la testa, e sentiva un bruciore terribile tra le gambe.

Si rialzò, si appoggiò ai gomiti e si rese conto di non essere più nella ghiacciaia.

Conosceva bene quel luogo. Era il vecchio capanno accanto al campo di frumento ai margini del bosco. Lei e Nicole c'erano andate spesso a giocare, soprattutto durante le ultime vacanze estive, quando aveva piovuto tanto.

Lì si potevano scoprire un sacco di cose fantastiche. Una volta avevano trovato addirittura dei gattini appena nati che la mamma aveva sistemato in un nido di paglia come pulcini. Lara aveva detto a Nicole che da grande avrebbe voluto avere un gattino così. Gli avrebbe permesso anche di dormire nel suo letto.

Ma adesso quel posto era inquietante, e nemmeno i raggi del sole che entravano dalle fessure delle pareti di lamiera illuminando i granelli di polvere riuscivano a renderlo più allegro.

Com'era finita là dentro? Prima era...

La cantina!

L'Uomo Nero!

Nel momento stesso in cui le tornò in mente quello che era accaduto, si accorse dell'Uomo Nero. Stava frugando in una cassetta di legno appoggiata alla parete. Aveva la faccia nascosta dietro il coperchio, su cui era dipinta una croce rossa sbiadita. La stessa che a casa sua stava sull'armadietto del pronto soccorso in bagno. Lara ricordò che l'estate prima Nicole aveva tirato fuori dalla cassetta un rotolo di benda ammuffita e che poi avevano giocato alla mummia. Per sbaglio avevano rovesciato una boccetta con un liquido rosso acceso e dall'odore penetrante che era finito su una scatola di cerotti e un altro rotolo di bende.

«Merda!» imprecò l'Uomo Nero, e poi di nuovo «Merda!» Poi abbassò il coperchio e si voltò verso di lei.

Lara lo riconobbe all'istante.

Lo zio Harald! Lo zio Harald è l'Uomo Nero!

All'improvviso comprese come mai suo padre non volesse bene al fratello. Fino a quel momento aveva sempre pensato che il padre non sopportasse Harald perché era stupido, ma adesso conosceva la verità: *zio Harald è l'Uomo Nero cattivo, e papà lo sapeva.*

«I cerotti sono tutti rotti» disse lo zio Harald. «Non posso appiccicartene nessuno sulla testa.»

Senza perdere di vista lo zio, Lara strisciò all'indietro sul pavimento impolverato, lasciando una sottile scia di sangue.

Quando si alzò, tremava da capo a piedi. Aveva le gambe molli, come un puledro appena nato.

«Ti fa ancora male?»

Lara tacque. Si morse il labbro. Il sudore rendeva ancora più forte il bruciore in mezzo alle gambe. Dentro il capanno il caldo era soffocante.

Lo zio Harald le andò vicino. «Sei arrabbiata con me?»

Lara fece un altro passo indietro e andò a sbattere contro uno scaffale, facendo tintinnare qualcosa.

«Ho sbagliato. Ma possiamo riprovarci e vedrai che non sbaglierò più. Così ti divertirai anche tu e non sarai più arrabbiata con me. Sì?»

Lara non aveva idea di che cosa stesse dicendo lo zio. Lo vedeva solo avvicinarsi sempre di più, lentamente, passo dopo passo, e ne era follemente terrorizzata.

Mi farà ancora del male. Mi farà ancora del male. Mi farà ancora...

Lui si fermò a un paio di metri da lei. Lara sentiva il suo odore. Puzzava da schifo. Come un lupo cattivo.

«Io ti voglio bene» le disse.

Devo andarmene via, via, via!

Ma dove? Esattamente come prima nella ghiacciaia, lui le bloccava il passaggio. Alle sue spalle c'erano solo lo scaffale e la parete. Non aveva possibilità di fuga.

«Guarda un po'.» Lo zio Harald sorrise. «È tornato grosso.»

Si indicò i jeans neri e cominciò a slacciarsi il bottone.

Lara approfittò di quel momento di distrazione. Si lanciò in avanti verso di lui. Le sarebbe bastato superarlo, arrivare alla porta socchiusa, poi prendere il sentiero nei campi fino al bosco, attraversare il bosco sulla strada sterrata fino al paese e lì sarebbe stata al sicuro. Era...

...arrivata alla sua altezza, quando lui alzò il braccio e l'afferrò. Con un solo gesto la scaraventò di nuovo verso lo scaffale. Lara sbatté con violenza il petto contro il legno e rimase senza fiato. Non poteva gridare, e anche se l'avesse fatto nessuno nei dintorni l'avrebbe potuta sentire. Per questo lei e Nicole andavano sempre lì a giocare: tranne nel periodo della mietitura, potevano fare quello che volevano senza correre il pericolo di incontrare i grandi.

Si sentì sollevare di nuovo il vestito da dietro e fu in quel momento che riconobbe il contenuto sullo scaffale davanti a lei.

Attrezzi da lavoro!

Si staccò dalla mensola a cui si teneva aggrappata, andò a sbatterci di nuovo e riuscì ad afferrare una pesante pialla. Avvertì qualcosa di duro che le premeva contro il sedere e si voltò di scatto colpendo alla cieca con la pialla.

Fece centro. Harald lanciò un grido e la lasciò immediatamente.

Lara vide lo zio in piedi davanti a lei con i pantaloni abbassati, che si teneva la spalla e la fissava confuso.

«Ma... perché?» balbettò guardando la pialla a terra accanto a lui.

Lara preferì non cercare di sfuggirgli una seconda volta. Lui l'avrebbe riacciuffata e le avrebbe fatto di nuovo del male. Si girò affannosamente verso lo scaffale. Stavolta afferrò un cacciavite. Era arrugginito, ma il manico di plastica rossa trasparente sembrava nuovo. Lei lo agitò davanti a sé per proteggersi.

«Piccola Lara, non voglio farti niente. Voglio solo divertirmi con te. Guarda.»

Si afferrò il membro turgido e glielo mostrò, facendo un passo verso di lei e lasciando una larga scia sul pavimento impolverato con i jeans neri abbassati.

Fu un passo di troppo.

Lara, ormai fuori di sé, agì senza sapere esattamente cosa faceva. Allungò la mano che brandiva il cacciavite e colpì.

Se Harald Baumann non si fosse abbassato per mostrarle il membro con cui, almeno secondo Manfred, le ragazze adoravano spassarsela, molto probabilmente il cacciavite lo avrebbe colpito alla spalla o, peggio, sul collo, all'altezza della carotide.

Invece trafisse l'occhio destro. Lara non voleva farlo, era successo e basta. E la paura le aveva dato una forza insospettata.

Harald Baumann lanciò un grido quando la punta metallica e affilata trafisse il tessuto gelatinoso del globo oculare. Il suo urlo si spense improvvisamente quando il cacciavite, dopo aver perforato il sottile osso dell'orbita, gli affondò nel cervello. Harald fece un giro su se stesso, gemendo, poi stramazzò come un sacco sul pavimento. Il pene eretto, simile a un grosso verme posato sul suo addome, si afflosciò.

Lara non teneva più in mano il cacciavite, ma continuava a tenere le braccia protese davanti a sé. Non si rendeva conto di ciò che aveva appena fatto. Era in uno stato che difficilmente si sarebbe potuto definire *cosciente*. Era pallida, il respiro era corto e affannoso e sudava copiosamente.

Ai suoi piedi si dimenava Harald Baumann, suo zio, l'Uomo Nero.

Che strana sensazione. Harald non provava un vero e proprio dolore, no, piuttosto gli sembrava che il proprio corpo svanisse a poco a poco.

Era come se una parte di lui – forse ciò che il prete durante l'ora di religione definiva anima – stesse salendo lentamente verso l'alto, mentre il suo corpo rimaneva sdraiato sul pavimento del capanno.

Con l'occhio ancora buono vedeva i granelli di polvere danzare intorno a lui come stelle, allegre e luminose. Accanto al suo naso c'era il manico di plastica rossa trasparente del cacciavite. La lama di luce che filtrava dalla fessura nella parete lo faceva brillare come una pietra preziosa.

È bellissimo, pensò. *Anche se fa male girare l'occhio da quella parte, questa pietra preziosa è bellissima.*

Poi Harald tornò a guardare verso l'alto. Il soffitto con il tetto di lamiera sembrava essersi abbassato lievemente, mentre il pavimento si stava allontanando. Ma la cosa più bella era il volto di Lara sopra di lui. Era di una bellezza indescrivibile, malgrado la sua immagine fosse sempre più indistinta.

Avrebbe giurato che Lara gli stava sorridendo. Sì, stava ridendo.

Sì, pensò felice. *Alla fine si è divertita. Adesso mi vuole di nuovo bene.*

Avrebbe voluto dirglielo, che anche lui le voleva tanto bene, ma non ci riuscì. Subito dopo intorno a lui calò l'oscurità.

Più nero del mantello di Batman, fu il suo ultimo pensiero.

Niente di ciò che Lara faceva aveva senso. Era in piedi davanti allo zio, che sembrava riposarsi sdraiato sul pavimento impolverato. Il viso era rilassato, le mani abbandonate lungo i fianchi. Sembrava avesse scoperto qualcosa sul soffitto del capanno.

A un certo punto l'occhio si spostò verso destra, e il manico del cacciavite nell'orbita destra si mosse, producendo uno schiocco disgustoso.

Forse fu quel rumore. Forse fu quello schiocco a scioglierla dalla paralisi. Si rese conto che il mostro, l'Uomo Nero, il lupo cattivo delle fiabe, era finalmente morto.

Una risata sinistra scoppiò dentro di lei. Si avvicinò al corpo di Harald Baumann, gridando a squarciagola e ringhiando come un animale impazzito, lo prese a calci, ci danzò intorno saltellando in preda alla follia.

Su e giù. Su e giù. Su e giù. Alla fine si lasciò cadere in ginocchio, sfinita.

Tremando guardò il volto dello zio, quel povero mentecatto, fissò il manico di plastica, simile a un occhio sporgente rosso acceso, come nei cartoni animati.

Per una frazione di secondo si rese conto di aver ucciso un uomo, prima che il sipario nero del trauma calasse di nuovo sulla sua mente.

Ciò che accadde in seguito non fu mai chiarito. Neppure Lara ricordava, e forse fu meglio così. La sua mente si spense il tempo necessario per rimuovere l'accaduto e rifugiarsi in una nuova identità.

Nessuno assistette alla sua trasformazione. Scacciate dalla memoria quelle esperienze, Lara diventò un'altra ragazza, che da allora la madre chiamò con il suo secondo nome, Ellen.

Gli unici testimoni silenziosi furono il campo di frumento accanto al capanno, che diciannove anni più tardi Ellen avrebbe rivisto in sogno, e la strada di campagna su cui un'ultima pozzanghera resisteva al sole estivo, cosparsa di bolle simili a occhi curiosi.

Il mattino successivo, poco dopo l'alba, Herman Talbach e due abitanti del paese ritrovarono la ragazzina. Lara si era nascosta nella cavità di un tronco nodoso, raggomitolata come un riccio. Fissò gli uomini con occhi impauriti, stringendosi al petto un pezzo di legno coperto di muschio, quasi fosse una bambola.

Quarantatré

Nicole si piegò su se stessa singhiozzando. Mark le posò un braccio sulle spalle e le lasciò il tempo di sfogare tutte le emozioni trattenute che aveva custodito dentro di sé per tanti anni.

«Preferisce restare un po' da sola?» le chiese quando si fu calmata.

Nicole si soffiò il naso e scrollò il capo. «No, ora va meglio.» Lo guardò con gli occhi arrossati e gli sorrise. «Grazie.»

«Di che cosa?»

«Di avermi dato finalmente la possibilità di sfogarmi.»

Mark fece un cenno d'assenso e prese una sigaretta, poi ci ripensò. «A Ellen non piace che io fumi, lo sapeva?»

«Forse perché suo padre era un fumatore incallito.»

«Può darsi. Ogni avversione ha la sua causa. Stavo pensando proprio a questo.»

«Si riferisce alle cose che non piacciono a Lara?»

«No, alla causa, al fattore scatenante di questo crollo» disse Mark massaggiandosi il mento pensieroso. «A quello che nel gergo specialistico chiamiamo *trigger*. Fino a pochi giorni fa l'identità di Ellen reggeva perfettamente, poi è crollata. Di colpo. Mi chiedo per quale motivo. In un trauma di questo genere, i meccanismi di difesa autoplastica creano solitamente un bastione sostanzialmente inespugnabile dal punto di vista terapeutico. La corazza caratteriale funge in pratica da cerbero che respinge ogni ricordo, al fine di preservare dal collasso la parte più fragile della personalità. Senza intervento terapeutico è impossibile riattivare gradualmente i ricordi rimossi. Nel suo caso, invece, il muro difensivo si è sgretolato all'improvviso. È questo che non riesco a capire. Come mai d'un tratto è stata assalita dalle allucinazioni?»

«Forse ce lo rivelerà lei non appena tornerà a parlare.»

Mark scrollò il capo. «Non credo. Chi torna alla realtà dopo una fuga non ricorda più niente di ciò che ha fatto in quella fase. Non importa quanto sia durata tale condizione. È una specie di autodifesa mentale.»

Nicole lo guardò spaventata. «Questo significa che Lara, se tornasse in sé, si ritroverebbe nelle condizioni di una bambina di nove anni, giusto?»

Mark inclinò il capo da una parte all'altra. «Teoricamente sì, ma non posso affermarlo con assoluta certezza. Come ho detto, finora non mi era mai capitato un caso come questo, in cui la fuga è durata così a lungo. È possibile che nel corso della terapia sia possibile recuperare una parte dei ricordi e della consapevolezza di Ellen. Ma all'inizio... ecco, penso che all'inizio tornerà a essere la bambina che era al momento della rimozione.»

«Oddio» esclamò Nicole premendosi una mano sulla bocca. Gli occhi le si riempirono di lacrime.

«Per questo è importante affidarla a un bravo medico» aggiunse Mark. «Alla Waldklinik abbiamo un esperto estremamente qualificato che potrebbe occuparsi di lei. Ne ho già parlato con il medico che l'ha presa in cura. Non appena sarà in condizioni di viaggiare, verrà trasferita a Fahlenberg.»

«Nella stessa clinica dove ha lavorato come medico?»

Mark capì dove voleva arrivare, ma continuava a reputare la propria decisione come l'unica giusta. «Tanto per cominciare, non verrà curata nello stesso reparto dove lavorava. Inoltre, può sembrare sconcertante solo perché si tratta di una clinica psichiatrica. Se fosse un chirurgo e dovesse sottoporsi a un intervento, quasi certamente preferirebbe farsi operare da un professionista che gode di ottima fama nel suo campo, non crede anche lei?»

Nicole non sembrava del tutto convinta. Ma dopo un attimo di riflessione rispose: «È lei che deve decidere. È lei l'esperto e deve sapere che cosa è meglio».

«Mi creda, è la cosa migliore per Ellen» le garantì Mark. Per rafforzare la propria affermazione aggiunse: «Farò tutto il possibile affinché venga curata e vengano scoperte le ragioni del suo improvviso tracollo».

Con aria assorta Nicole osservò due merli che bisticciavano su un ramo, poi si girò verso Mark e disse: «Secondo lei che cosa potrebbe essere successo?»

Mark fece un gesto perplesso. «Non ne ho idea, ma temo che la verità sia ancora in buona parte nascosta.»

«Intende dire che è accaduto qualcos'altro che ha scatenato tutto questo?»

Mark guardò Nicole e annuì lentamente. Si accorse di tremare. «Qualcosa di così grave da spezzare un blocco psicologico che durava da quasi vent'anni.»

Quarantaquattro

Mark trascorse quella notte in albergo, dopo aver cortesemente declinato l'offerta di Nicole di alloggiare nella camera degli ospiti a casa sua. Per fortuna la donna aveva capito.

Aveva bisogno di tranquillità e distacco per rielaborare i fatti della giornata appena trascorsa. Passare la notte a casa dei Keppler avrebbe significato parlare a lungo della donna che fino a poche ora prima era ancora Ellen Roth, e che ora era Lara Baumann.

Mark rimase tutta la notte seduto sul bordo del letto, sgranocchiando distrattamente i salatini del minibar, alzando di tanto in tanto lo sguardo al soffitto. Proprio sopra di lui c'era la camera dove Ellen aveva passato la notte precedente, quando ancora era Ellen.

Rifletté a lungo su quello che le era successo diciannove anni prima in quella cantina, e sulle terribili conseguenze di quell'esperienza. Come gli era già capitato occupandosi di pazienti traumatizzate, sapeva che era possibile *provare* a immaginare, ma che spesso la realtà poteva essere assai peggiore. Al punto da creare un'identità-rifugio come quella di Ellen Roth.

Ma che cosa aveva risvegliato in lei il ricordo di Lara? Questo interrogativo non gli dava tregua.

Quando andò a trovare Lara in ospedale il mattino dopo, Nicole era già lì. Il medico aveva autorizzato il trasferimento alla Waldklinik e nel tardo pomeriggio Lara fu caricata su un'ambulanza e trasportata a Fahlenberg. Mark e Nicole la seguirono con l'auto di lei. Il marito di Nicole aveva portato la Volvo di Mark dallo sfasciacarrozze.

Giunti alla Waldklinik, il professor Fleischer fece ricoverare Lara in una camera singola del reparto privato perché si ambientasse.

Mark e Nicole rimasero ancora un po' di tempo con lei. Sebbene Lara non reagisse alle loro parole e continuasse a fissare il vuoto, non smisero di parlarle, nella speranza che almeno una parte di lei fosse cosciente e ricevesse un po' di conforto dalla loro presenza.

Quando uscirono dalla stanza, Nicole chiese a Mark di raccontarle altri particolari su Ellen e sui fatti dei giorni precedenti. La donna non si capacitava di quanto era successo, così Mark decise di condurla nei luoghi dove era stata Ellen, dove sarebbe stato più facile spiegare ciò che sembrava incredibile.

Mentre si dirigevano verso i sotterranei della clinica, Mark le raccontò che cos'era successo a Lara negli ultimi giorni, dalla paziente immaginaria fino all'incontro con l'Uomo Nero dal quale credeva di essere stata torturata.

Durante il racconto Mark cercò per quanto possibile di evitare di pronunciare i nomi di Lara o Ellen. La donna di cui era stato perdutamente innamorato negli ultimi quattro anni non era mai esistita, e questo era un trauma ancora troppo doloroso da affrontare.

Nicole lo ascoltò attentamente mentre attraversavano il parco. Al termine del racconto, lei rimase in silenzio.

Mark capì che la donna stava cercando di dare un senso alla follia della vicenda. *Impossibile*, pensò lui, che persino come psichiatra non riusciva a cogliere la complessità di un'allucinazione tanto incredibile.

Scesero in silenzio nelle gallerie sotterranee. Questa volta Mark scelse il normale accesso da uno degli edifici. Seguirono il tunnel fino alla diramazione che conduceva ai vecchi locali in disuso.

Nella piccola anticamera furono accolti dall'odore di muffa e detersivo. La luce intermittente dei neon illuminava una sedia rotta. Sul pavimento della vecchia sala per l'idroterapia erano ancora visibili le chiazze d'acqua di quando Ellen era stata salvata. In un angolo c'era il coperchio con la chiusura a scatto. Mark si chiese che cosa sarebbe successo se le cerniere non si fossero chiuse quando Ellen aveva messo il coperchio dall'interno. Si sarebbe resa conto che in realtà nessuno la stava torturando? Forse, ma è probabile che tale consapevolezza non sarebbe durata abbastanza a lungo.

«Che posto inquietante» disse Nicole con un brivido.

«In un certo senso, è proprio questo il motivo che l'ha spinta qua sotto» replicò Mark. «Come una bambina piccola che scende in cantina per affrontare il mostro.»

«Mark, una bambina piccola non farebbe mai una cosa del genere.»

«È probabile, ma forse la parte adulta in lei le aveva promesso che solo così avrebbe ritrovato la serenità. Non dimentichiamo che era una psichiatra molto brava.»

«Significa che Lara è venuta in un posto che le faceva paura per affrontare i ricordi che la terrorizzavano ancora di più?»

«Una specie di terapia espositiva.» Mark alzò le spalle. «Come ho detto, è solo una possibile spiegazione del suo comportamento.»

Entrarono nella sala con il tavolo d'acciaio e l'apparecchio per l'elettroshock. Nicole si portò una mano alla bocca, raccapricciata.

«Oddio, cos'è questo odore?»

«Lei... Ellen, cioè Lara, lei ha...» Mark non riuscì a terminare la frase. «È l'effetto collaterale di un elettroshock praticato in maniera non appropriata.»

Senza degnare d'uno sguardo la superficie metallica del tavolo ancora coperta di escrementi e urina, Mark si avvicinò all'apparecchio. Gli elettrodi pendevano simili a giganteschi vermi senza vita. Esaminò meglio l'apparecchiatura. Sulla manopola che regolava l'intensità della corrente erano visibili alcune impronte lasciate da dita sudate.

Azionò l'interruttore, ma non si udì nulla. L'apparecchio non era collegato alla corrente.

«Come sospettavo. Anche l'elettroshock è stato un'allucinazione.»

«Però lei ha ugualmente...» Nicole non terminò la frase, ma indietreggiò verso l'anticamera.

Mark si avvicinò a uno sgabello girevole e si lasciò cadere con un sospiro. «Era convinta che lui la stesse torturando con l'elettricità. In realtà la sofferenza era causata dalla prospettiva di doversi confrontare con la realtà. Tutto in lei si rifiutava di ricordare l'abuso subito dallo zio e il suo omicidio.»

«Quello che continuo a non capire è la donna, la paziente senza nome. Chi era?»

«Lara. Era come se la immaginava Ellen, se lei non l'avesse protetta. Disperata, fisicamente ferita, trascurata e completamente pazza. Per questo voleva proteggerla. Per questo ha protetto se stessa e ha negato il proprio io autentico.»

Nicole teneva le mani affondate nelle tasche dei calzoni, e con quell'aria da maschiaccio sembrava un ragazzo strafottente un po' troppo cresciuto. «E lei credeva sul serio che fosse una delle sue pazienti?»

«Già, per quanto sembri incredibile» confermò Mark. Si chiuse la zip del giubbotto, senza tuttavia riuscire a proteggersi dal freddo che emanava dalla stanza. «A un certo punto, per qualche motivo, Ellen dev'essersi resa conto della personalità di Lara in lei. Ma poiché la sua allucinazione le impediva di riconoscere la verità è emersa la paziente senza nome: una creatura indifesa in fuga dal suo aguzzino. Una persona di cui la forte dottoressa doveva prendersi cura. Siccome Ellen era assolutamente convinta di non poter essere Lara, si è inventata la paziente senza nome. Per lei era così reale da essere convinta di averla davvero incontrata. Dovrebbe vedere la cartella clinica che ha compilato sulla sua seconda personalità.»

«Però si è messa a cercarla» osservò Nicole. Anche lei era scossa dai brividi. «Quindi, in un certo senso, è come se avesse voluto cercare il suo vero io?»

«Infatti» confermò Mark. «Ed è proprio questo che mi dà da pensare. Se per diciannove anni è riuscita a nascondere Lara a se stessa, perché di colpo ha iniziato a cercarla? Qualcosa deve aver interferito con l'allucinazione, e mi piacerebbe tanto sapere cosa.»

Per qualche minuto regnò un silenzio inquietante. Dalla stanza accanto giungeva un leggero stillicidio. Poi Nicole chiese: «Possiamo andarcene?»

«Sì, certo. In ogni caso credo che la risposta si trovi da un'altra parte.»

Era già buio quando Mark accompagnò Nicole alla sua macchina nel parcheggio dei visitatori.

«Se vuole, può passare la notte qui» le propose. «Posso offrirle il mio divano, oppure una camera in una pensione, come preferisce.»

Nicole declinò l'invito. «No, grazie. È gentile da parte sua, ma non credo di poter fare molto per Lara. A casa hanno bisogno di me. Mio marito e i miei figli saranno in pensiero. Ma verrò a trovare Lara tutte le volte che potrò.»

Prima di chiudere la portiera dell'auto, guardò un'ultima volta Mark.

«Che cosa farà adesso?»

«Cercherò la risposta, il fattore che ha provocato il crollo di Lara.»

Nicole posò la nuca al poggiatesta e abbassò le palpebre. Mark si accorse che stava cercando di trattenere le lacrime. Quando riaprì gli occhi, erano arrossati, ma aveva vinto la battaglia. «È stata tutta colpa mia, vero?»

Mark scrollò il capo. «Entrambe vi siete trovate nel posto sbagliato al momento sbagliato. Lei non ha alcuna responsabilità.»

«Per lei è facile dirlo. Se non avessi...» non terminò la frase, ma fece un profondo sospiro. «Se non altro è venuto fuori tutto. Non mi sento sollevata, ma penso che prima o poi mi passerà.»

Senza aspettare che Mark dicesse qualcosa, richiuse la portiera.

Mark la seguì con lo sguardo e la vide uscire dal parcheggio e imboccare la superstrada, dove si mescolò al traffico della sera.

Quella notte non riuscì a dormire.

Quarantacinque

Il sole del pomeriggio che entrava dalla finestra della camera dava un aspetto ultraterreno alla figura solitaria sdraiata sul letto.

Per certi versi è come se non appartenesse a questo mondo, pensò Mark richiudendosi piano la porta alle spalle. Come indicava la targhetta accanto alla porta, la donna che un tempo aveva imparato a conoscere e ad amare come Ellen Roth si chiamava Lara Baumann. Quel nome continuava a essergli estraneo, proprio come la donna in pigiama distesa sul letto.

Non era più avvolta dal profumo *Eternity* di Calvin Klein che a lui piaceva tanto, ma dall'odore di un detergente che veniva usato due volte a settimana sui pazienti non autosufficienti. I capelli scuri tagliati corti, che Ellen di solito arruffava in modo sbarazzino con un po' di gel, erano ordinatamente pettinati.

Ma la cosa più triste era l'espressione vacua dei suoi occhi. Lo sguardo era distaccato, come se fosse presente solo con il corpo, mentre il suo spirito dimorava altrove.

Forse era proprio così. Mark avrebbe voluto scoprire che genere di luogo era. Così come gli sarebbe piaciuto capire che cosa aveva scatenato il crollo dell'identità di Ellen Roth.

Ma non sarebbe riuscito a saperlo da questa donna.

Della personalità precedente non era rimasta che un'ombra. Ellen aveva abbandonato questo corpo, e si trovava in un posto dove non c'erano violenza né rimozione. Mark lo sperava ardentemente.

E dopo lo sforzo psichico necessario per mantenere la rimozione probabilmente non sarebbe tornata così in fretta. Ammesso che tornasse.

Com'è fragile la personalità umana, pensò Mark mentre si sedeva accanto al letto e le prendeva la mano inerte. *Fragile come il cristallo.* Bastava una malattia – ripensò a sua nonna, che il Parkinson aveva ridotto a un corpo senza vita – o a volte un ricordo per infrangere ciò che rendeva speciale ogni individuo, lasciando solo un involucro vuoto.

Ma l'involucro che un tempo aveva ospitato Ellen era davvero vuoto? Oppure c'era ancora qualcosa dietro quegli occhi fissi sul nulla?

Le accarezzò teneramente la testa, senza cogliere alcuna reazione.

«Che cos'è successo, Ellen?» chiese sottovoce, più a se stesso che a lei. Ellen non si mosse.

Rimasero così, per più di un'ora, a guardare fuori dalla finestra.

E così fecero giorno dopo giorno.

Quarantasei

Nel tardo pomeriggio qualcuno bussò alla stanza dei medici del reparto 9. L'infermiera Marion infilò dentro la testa.

«Mi scusi, dottore, so che ha quasi finito il turno, ma c'è una persona che vorrebbe parlarle.»

Mark alzò gli occhi dai documenti che stava esaminando. «Di chi si tratta?» Girò brevemente la testa da una parte all'altra, con una specie di schiocco sordo, poi si massaggiò i muscoli del collo contratti.

«Un certo signor Pohl. Ha chiesto del dottor Lorch.»

«Pohl? Mai sentito.»

«Dice che è importante.»

«D'accordo, gli dica che lo raggiungo subito.»

Mark soffocò uno sbadiglio. Da quando Ellen era stata ricoverata, in pratica non aveva chiuso occhio. Troppi pensieri gli si agitavano in testa, soprattutto di notte, quando tutto intorno a lui era tranquillo.

Durante il giorno aveva fin troppo da fare. Oltre alla cura dei suoi pazienti si era assunto anche la gestione del reparto 9. Il lavoro lo aiutava ad affrontare il turbinio di emozioni che si agitavano in lui, ma a poco a poco lo stava logorando. Non avrebbe retto ancora per molto.

In ogni caso avrebbe dovuto tenere duro ancora per un po'. Nel giro di tre giorni Chris sarebbe rientrato, ma

Mark era sicuro che non sarebbe tornato subito al lavoro. Non dopo aver appreso la verità su Ellen. Chris non sapeva ancora cos'era accaduto. Per lui sarebbe stato uno shock. Ogni tentativo di raggiungerlo per informarlo in modo meno brusco era sempre fallito.

Mark si stiracchiò, bevve un ultimo sorso di caffè ormai freddo e uscì in corridoio.

All'ingresso lo aspettava un uomo che Mark giudicò intorno alla trentina.

Abbronzato, portava una camicia casual, jeans di marca e costose scarpe sportive. Non sembrava un paziente di Chris. Più probabilmente era passato a prenderlo per fare una passeggiata o per andare in un centro abbronzatura.

«Signor Pohl?» Mark protese la mano. «Sono Mark Behrendt. Il mio collega Lorch questa settimana è in ferie. Può dire a me?»

«Buongiorno.» Pohl gli strinse la mano con la forza di una morsa. «Mi spiace essere piombato qui così. Avrei potuto telefonare, ma ho pensato che fosse meglio venire di persona.»

«Qual è il problema?»

«È da ieri che cerco di mettermi in contatto con Christoph. A casa non c'è e il suo cellulare è spento.»

«Chris si trova su un'isola australiana dove i cellulari non prendono» spiegò Mark massaggiandosi la mano stritolata. «Comunque dovrebbe tornare al più tardi per il fine settimana.»

Pohl lo guardò meravigliato. «Chris è in Australia?»

«Sì, da tre settimane. A quanto ne so ha accompagnato un amico. Un certo Axel. Purtroppo non so altro.»

A quelle parole Pohl rimase visibilmente sbigottito. «Come dice? Ma... non è possibile.»

«Perché no?»

«Sono io Axel.»

Mark lo guardò stralunato. Stanchezza e tensione lo abbandonarono all'istante. «Cosa? Può ripetere, per favore?»

«Io sono Axel Pohl. Sono tornato ieri in Germania, ma Chris non è venuto con me. Gliel'avevo chiesto, ma lui...»

«Non riesco a capire» lo interruppe Mark. «Chris non è in Australia?»

«Quanto meno non era assieme a me» dichiarò Pohl, per poi aggiungere in tono allarmato: «Signor Behrendt, che cosa sta succedendo? Non riesco a mettermi in contatto con Chris e poco fa sono venuto a sapere che è successo qualcosa a Ellen. La sua portinaia parla parecchio, ma non ho capito bene quello che mi ha raccontato.»

«Ecco... non è così facile da spiegare» disse Mark massaggiandosi le tempie mentre tentava di elaborare quella novità inaspettata. «E adesso è ancora più difficile. Se Chris non era in viaggio con lei, allora dove si è cacciato?»

«Aveva detto che sarebbe venuto con me a Hinchinbrook?»

«È quello che ha fatto credere a Ellen. Lo ha accompagnato lei in aeroporto. Ma perché le avrebbe mentito?»

«Ecco» replicò Pohl titubante, toccandosi il mento. «Forse una ragione c'è.»

Mark sentì il cuore accelerare. «Quale sarebbe?»

«Prima della mia partenza, Chris mi era sembrato un po' strano. Non so perché, non voleva parlarmene, ma ho avuto l'impressione che c'entrasse Ellen.»

«Le ha forse accennato qualcosa in tal senso?»

«Non apertamente. Quando gli ho chiesto se sarebbe venuto con me, mi ha risposto soltanto che doveva occuparsi di una faccenda privata e non poteva accompagnarmi. Poi ha cambiato discorso, come se si fosse pentito di aver anche solo accennato alla cosa. Io... io non ho insistito, ma mi è sembrato molto strano. Non era da lui. Credo che anche lei lo conosca bene. E quindi sa che Chris non è una persona che nasconda dei segreti.»

Mark aggrottò la fronte. Possibile che si fosse sbagliato e che la sua teoria sulle allucinazioni di Ellen fosse errata? Forse Chris aveva un ruolo del tutto diverso in quella faccenda. Ma quale?

«Secondo lei a cosa si riferiva? Aveva litigato con Ellen?»

Axel Pohl lo guardò dubbioso. «Non saprei. È stata solo una sensazione, l'ultima volta che li ho visti insieme. C'era qualcosa nell'aria, si capiva. Come una nube oscura.»

Mark pensò subito all'Uomo Nero. Che cosa aveva detto di lui Ellen? *Potrebbe essere praticamente chiunque del mio ambiente. Sa dove vado a correre, dove abito, conosce il mio numero di cellulare e sapeva quanto volessi bene a Sigmund.*

Venne assalito da un brivido. «Oggi è passato anche da casa di Chris?»

Pohl scrollò il capo. «No, pensavo avesse spostato le ferie e che fosse qui in clinica. La prego, signor Behrendt, io e Chris ci conosciamo dai tempi del servizio militare. Se fosse accaduto qualcosa a lui o a Ellen, deve dirmelo.»

«Sino a un attimo fa ero convinto che fosse in viaggio con lei. C'è qualcosa che non va» osservò Mark grattandosi la nuca.

«La portinaia» esordì Pohl impacciato. «Parlava quasi come se... Ellen è morta?»

«No» rispose Mark. «Almeno non fisicamente. Ecco, come le ho detto è piuttosto complicato.»

«Chris è in qualche modo coinvolto?»

Mark ebbe un brivido. «Temo di sì. Ma non so dirle niente di più preciso. La cosa migliore è che sia lui a spiegarci tutto. Che cosa ne dice, se affrontassimo insieme Chris per scoprire la verità? Andando da lui le racconterò che cos'è successo. Almeno, ciò che credevo di sapere finora.»

Axel Pohl rimase un attimo in silenzio guardandosi la punta delle scarpe con la fronte aggrottata. Poi annuì. «D'accordo, andiamo.»

Mark tornò in ufficio a prendere la giacca. Mentre afferrava le chiavi dal tavolo, rovesciò la tazza con quel che restava del caffè freddo. Il liquido nero si sparse sul piano della scrivania e sul pavimento. Per una frazione di secondo Mark ricordò la descrizione del sangue di Sigmund che gli aveva fatto Ellen. E un'altra frase.

Ero già arrivata al punto di sospettare di Chris.

Quarantasette

Gli ultimi raggi di sole si aggrappavano alla casa dei Lorch come le dita di un naufrago, poi lasciarono la presa e si fusero con l'oscurità.

Axel Pohl parcheggiò sull'altro lato della strada e fece un profondo respiro. Alla luce dei lampioni sembrava aver perduto ogni traccia di abbronzatura.

«È una pazzia» fu la prima cosa che disse dopo aver ascoltato il racconto di Mark. «Una totale pazzia. Ho sempre pensato che certe cose succedessero solo nei film. E adesso Ellen non si ricorda più niente?»

«In questo momento è del tutto apatica» rispose Mark. «So che può sembrare incredibile.»

«E secondo lei Chris potrebbe essere il fattore scatenante di tutto ciò?» domandò Axel Pohl guardando Mark con intensità. «Secondo lei ha sottoposto Ellen a qualche giochetto psicologico dopo essersi accorto che qualcosa in lei non andava?»

«Non saprei. Ma dev'esserci un motivo che lo ha spinto a mentirle.»

«È decisamente bizzarro» commentò Pohl grattandosi la testa. «Non mi sembra un comportamento in linea con il Chris Lorch che conosco io. Lui non è il tipo da agire di nascosto, e non ha mai sopportato le bugie. *Affronta il problema, guardalo in faccia e non nasconderti*, lo dice sempre. Mi ha aiutato molte volte. Soprattutto quando è finita la storia tra me e Sabine. Non riesco proprio a credere che Chris si sia trasformato in uno psicopatico per curare Ellen con uno shock... no, non ci credo.»

«Finché non sapremo che cos'è accaduto, non dovremmo scartare nessuna ipotesi» obiettò Mark. «Forse lui ha cercato di metterla di fronte al suo incubo peggiore – e poi le cose gli sono sfuggite di mano. O forse è andata diversamente. In ogni caso deve aver avuto un buon motivo per farle credere di essere in Australia con lei.»

Axel Pohl dondolò la testa perplesso, poi si slacciò la cintura di sicurezza. «Vediamo se è in casa.»

Scesero dall'auto e si diressero verso la casa, l'ultima all'estremità occidentale del piccolo villaggio di Ulfingen. Da oltre un secolo questo autentico capolavoro dell'architettura sveva godeva della vista sui resti della fortezza di Maegdeberg. Dopo averla ereditata dal padre, Chris aveva apportato modifiche decisive sia agli interni sia alla facciata. Mark ricordava i lunghi discorsi su nuovi pannelli isolanti, scambiatori d'acqua, pannelli solari e altri sistemi innovativi che Chris aveva descritto ai colleghi in mensa. Tuttavia, nonostante l'opera di ammodernamento, l'edificio non aveva perduto neppure un briciolo del suo fascino tradizionale. Solo le celle fotovoltaiche sul tetto sembravano fuori posto.

Appena entrati in giardino, Mark avvertì una tensione. Per qualche ragione inspiegabile, la vista delle finestre buie fece risuonare un campanello d'allarme nella sua testa. Aveva l'impressione che qualcuno li stesse osservando.

Suonarono tre volte, ma non rispose nessuno. In casa tutto rimase buio.

«Chi cercate?»

I due uomini si voltarono di scatto e videro un anziano signore fermo sul cancelletto del giardino con il suo bassotto. La pelata, l'addome prominente e la barba bianca lo facevano somigliare a un Babbo Natale che avesse dimenticato a casa il berretto rosso.

«Il signor Lorch.»

«Non c'è. Durante la settimana non viene mai qui. Chi siete?»

«Amici» rispose Axel Pohl, mentre Mark diceva contemporaneamente, «colleghi.»

«Allora, amici o colleghi?»

Mark sospirò. «Io sono un collega, e il signor Pohl è un caro amico del dottor Lorch. E lei mi sembra un vicino molto attento e vigile. Di sicuro saprà dirci quand'è stata l'ultima volta che ha visto il signor Lorch.»

«È passato parecchio tempo, almeno tre settimane» rispose il Babbo Natale senza cappello. «Penso che siano andati in vacanza, ma a me non dice mai niente nessuno. Però a tutti fa piacere che qualcuno tenga d'occhio la casa. Ronde di sorveglianza, capite.»

Indicò fiero il suo bassotto, come se tenesse al guinzaglio un dobermann.

Mark e Axel si scambiarono una breve occhiata, poi lo ringraziarono dell'aiuto e risalirono in macchina.

«Qui c'è qualcosa che non va» osservò Mark. «Anche lei ha questa sensazione?»

Axel Pohl assentì. «Per quale motivo Chris avrebbe dovuto lasciarmi credere di doversi occupare di Ellen per poi sparire dalla faccia della Terra per settimane? La cosa mi puzza.»

«Che cosa facciamo adesso?» domandò Mark.

«Secondo me stiamo pensando la stessa cosa» rispose Axel Pohl indicando brevemente il marciapiede opposto.

Il vecchio con il bassotto non se n'era andato e li guardava sospettoso. «Facciamo un giro, poi cerchiamo di entrare in casa dal retro. Se guarda nel cassetto del cruscotto dovrebbe trovare una torcia. Eventualmente ne ho un'altra nel bagagliaio.»

Si fermarono in una stradina laterale e raggiunsero a piedi il retro della casa, facendo bene attenzione a non imbattersi in qualche altro zelante membro delle ronde.

Mark vide la serra di cui Ellen gli aveva parlato con tanto entusiasmo. La superò e raggiunse la porta della terrazza, che si affacciava su uno spiazzo in cotto.

«Ci sarà l'allarme?» bisbigliò Mark.

Pohl scrollò il capo. «No.»

«Come fa a esserne tanto sicuro?»

«Ho un negozio di elettricità. Se Chris avesse voluto installare un allarme, l'avrebbe acquistato da me.» Pohl sorrise nervoso. Nonostante l'atteggiamento baldanzoso mostrato fino a un istante prima, improvvisamente sembrava aver perso tutto il suo coraggio. «Se devo essere proprio sincero, non sono tanto convinto di quello che stiamo facendo.»

«Per me è lo stesso» gli confermò Mark. «Ma non saprei in che altro modo potremmo scoprire che fine ha fatto Chris. Forse in casa troveremo qualche indizio utile.»

«Di certo non sarà contento se dovesse scoprirci.»

«In quel caso, almeno, avremo delle risposte.»

«Anche questo è vero.» Axel Pohl sospirò. «D'accordo e, siccome stiamo per commettere un crimine, penso sarebbe meglio darci del tu.»

«Per me va bene, Axel.»

Mark esaminò la porta a vetri, ma vide che non era possibile aprirla dall'esterno. Rivolse un breve cenno ad

Axel, poi infranse con il gomito uno dei riquadri di vetro. Il tintinnio fu più forte di quanto si aspettasse. I due rimasero ad aspettare una qualche reazione. Ma tutto intorno a loro rimase silenzioso. Con ogni probabilità Babbo Natale e Fido in quel momento stavano facendo la stessa cosa che la maggior parte degli altri abitanti del villaggio faceva a quell'ora: si erano messi seduti comodi sul divano davanti alla tv.

Mark infilò il braccio con cautela attraverso il buco della porta e l'aprì. Scavalcarono i frammenti di vetro e attraversarono la serra, che in quel momento somigliava piuttosto al laboratorio di un imbianchino o di un tappezziere, e raggiunsero il salotto. Alla luce delle torce elettriche la stanza sembrava molto grande e spettrale. Dappertutto c'era odore di pittura fresca.

«Chris?»

Mark trasalì sentendo l'eco della propria voce.

«Chris, sei qui?»

Silenzio.

«C'era da aspettarselo» commentò Axel scrollando le spalle.

Mark si avvicinò al tavolino accanto al divano e si bloccò. Sopra un mucchio di giornali vecchi e cataloghi pubblicitari c'era il dépliant di un'agenzia di viaggi aperto. In copertina Mark lesse:

VIAGGI INDIVIDUALI LOWCOST
AUSTRALIA, NUOVA ZELANDA, ISOLE COOK

Mark lo rigirò ed esaminò la pagina aperta. C'era la foto di una spiaggia da sogno, in primo piano un'enorme conchiglia sulla sabbia bianca. Sotto c'era la scritta:

Con mani tremanti Mark rimise a posto il dépliant.

«Che cos'è?» domandò Axel dirigendo il fascio di luce sulla scritta. Fischiò piano tra i denti ed esclamò: «Allora era vero!»

«Si sono seduti qui sul divano» bisbigliò Mark mentre la scena gli scorreva nitida davanti agli occhi. Chris ed Ellen, abbracciati stretti, mentre sognavano una *vacanza in paradiso*. Accanto agli opuscoli c'erano una bottiglia vuota di merlot e due bicchieri. Taciti testimoni che confermavano la sua ipotesi.

«Hanno bevuto del vino parlando di quest'isola australiana» proseguì Mark, rivolto più a se stesso che ad Axel. «Ma Chris non c'è mai andato. Ora voglio scoprire una volta per tutte perché ha detto il contrario.»

Si diressero titubanti in cucina. La finestra accanto al tavolo da pranzo si affacciava su un giardinetto dove tre aiuole incolte aspettavano ancora che qualcuno si occupasse di loro.

«Ehi» mormorò Axel. «Lo senti anche tu?»

«Sì, è un odore dolciastro e penetrante.»

Trattenendo il respiro, Mark girò il fascio di luce verso il bancone della cucina, dove illuminò diversi piatti e tazze usati e udì un ronzio di mosche.

Seguì quel rumore e la torcia rivelò i fornelli sopra la lavastoviglie. La luce si fermò tremolante su un tegame il cui contenuto era coperto da uno strato di muffa biancoverdastra.

Mark emise un sospiro disgustato e nel contempo sollevato. Fece un passo indietro. «Puah! Una volta dovevano essere dei tortellini.»

Axel guardò la pentola da sopra la sua spalla. «Direi piuttosto ravioli.»

«Come fai a saperlo?»

«Chris ne va matto.»

Mark diede un'ultima occhiata al contenuto della pentola. «A quanto pare è da parecchio che non cucina più qui.» Si scrollò e tornò in salotto e da lì in corridoio.

«Proviamo a guardare di sopra» propose Axel.

Al piano superiore c'erano le camere da letto e altre due stanze che, stando all'arredamento, potevano essere identificate come i rispettivi studi di Ellen e Christoph. *Alla dottoressa Ellen Roth non servirà più uno studio*, pensò Mark.

Accanto c'era il bagno.

Eternity.

Bastò il pensiero del profumo di Ellen per accelerare il battito cardiaco di Mark. Per un attimo si sentì vicino, vicinissimo a lei. Allo stesso tempo fu invaso dal senso di colpa per essersi introdotto furtivamente in quella casa, dove lui era un estraneo. Lì non c'era niente da cercare, eppure...

Anch'io comincio a rimuovere, si rimproverò. *Preferisco fingere di aggirarmi in questa casa come un guardone, quando invece so benissimo che la nostra presenza qui è dovuta a tutt'altro motivo.*

C'è qualcosa che non va qui dentro.

È successo qualcosa.

Me lo sento.

Comincio a rimuovere perché ho paura di scoprirlo.

Axel aveva dato un'occhiata alla camera da letto. Poi era tornato da Mark. «Hai scoperto qualcosa?»

«No, nessuna traccia di Chris. Niente che possa indicare la sua presenza recente in questa casa.»

«Neppure io ho scoperto niente» confermò Axel. «Però ho trovato la prova che Chris non è partito. Il suo trolley è ancora nell'armadio in camera da letto.»

«E allora? Avrebbe potuto benissimo prendere un'altra valigia.»

«Non il buon vecchio Chris. Con quel trolley ha già girato mezzo mondo. Bali, Hong Kong, Irlanda, Italia, quella vecchia valigia ormai sta insieme grazie agli adesivi che la ricoprono. Sicuramente l'avrebbe usata per andare in Australia. Era impossibile convincerlo a portarsi uno zaino, dammi retta.»

Mark sospirò. «D'accordo, allora molto probabilmente non è partito. Ma che cosa significa? Hanno litigato? Se l'è data a gambe?»

«Per me è la spiegazione più plausibile» replicò Axel. «Sicuramente più plausibile di una pantomima con l'Uomo Nero.»

Axel tornò verso le scale, e Mark lo seguì controvoglia.

«E adesso? Abbiamo cercato in tutte le stanze.»

«Non proprio.» Axel aprì una botola in fondo alle scale. «Non credo che troveremo niente là sotto, ma sarà meglio dare lo stesso un'occhiata.»

Dalla cantina proveniva un aroma di vino acidulo, accompagnato da un altro odore intenso che Mark non riusciva a definire con precisione. Era un misto di alcol ad alta gradazione, legno marcio e frutta andata a male.

«La luce non funziona» dichiarò Axel dopo aver fatto qualche tentativo. «Vado a controllare l'interruttore generale. È proprio accanto al guardaroba.»

Mentre Axel si allontanava, Mark cominciò a scendere con cautela i gradini di pietra. A quanto pareva Chris ed Ellen non avevano ancora cominciato i lavori di ristrutturazione in cantina. Alla luce della torcia riconobbe alcuni barattoli di pittura sul bordo della scala. Uno si era rovesciato e il suo contenuto era sparso sugli scalini.

Il liquido evaporato sulla pietra somigliava in maniera spaventosa a sangue secco.

MORDENTE LEGNO lesse Mark sull'etichetta. Ecco da dove proveniva quell'odore penetrante.

Un gradino più in basso c'era una scala d'alluminio appoggiata alla parete e più sotto ancora una cassetta degli attrezzi. Sopra la cassetta era posato un trapano.

In fondo alla scala regnava un'oscurità totale, in cui la fioca luce della torcia penetrava a stento.

Mark illuminò due scatoloni davanti a sé. Su uno stava scritto a pennarello nero: LIBRI DI CHRIS; sull'altro, con una calligrafia infantile che ricordava vagamente quella di Ellen, c'erano le parole: COSE VARIE, con uno smiley disegnato accanto.

Anche la faccina sorridente sembrava realizzata da una mano infantile. Faceva la linguaccia, aveva le orecchie a sventola e tre capelli che gli spuntavano in cima alla testa come altrettante antenne.

Lo scatolone COSE VARIE era decisamente più vecchio di quelli da trasloco che Mark aveva visto nelle stanze al piano superiore. Era aperto.

Mark vide che conteneva bambole, animali di peluche e un certo numero di polverosi libri per bambini, quasi tutti di Enid Blyton. C'erano diversi volumi della Banda dei Cinque e altri ancora. Notò pure due libri illustrati, uno sui cavalli, l'altro sui gatti.

Libri da bambine, pensò. *Tipici libri da bambine degli anni Settanta e Ottanta. Come quelli che avrebbe potuto leggere una bambina di nome Lara.*

A Mark tornò in mente il libro di fiabe con l'immagine

di Cappuccetto Rosso che fuggiva impaurita dal lupo cattivo. E il pentacolo che Lara aveva disegnato sull'illustrazione con un pastello a cera rosso per scacciare il male.

Qualche giorno prima si era ricordato di ciò che Ellen gli aveva raccontato su quel libro dopo che lui l'aveva recuperata dalla toilette del parcheggio. Mark era stato dall'antiquario e aveva ricomprato il libro – Eschenberg si era dimostrato così disponibile da non chiedergli più dei dieci euro che aveva dato a Chris per acquistarlo.

L'acquisto era stato una specie di gesto disperato, come se in quel libro potesse nascondersi la risposta su Lara. Da allora Mark aveva osservato ripetutamente l'illustrazione, l'aveva esaminata per ore, nella speranza di scoprirvi un appiglio per capire quanto era accaduto, qualcosa che andasse al di là del simbolismo della fiaba.

Ellen aveva creduto che il libro fosse un messaggio dell'Uomo Nero. Doveva averlo trovato tra gli oggetti conservati nello scatolone COSE VARIE. Mark lo esaminò assorto.

Che cos'è scattato dentro di te quando hai trovato il libro in questo vecchio scatolone? Ti sei spaventata? Sì, certo. Ma avevi rimosso troppo radicalmente il passato dentro di te per riuscire a ricordare chi fosse la Cappuccetto Rosso del disegno.

E così anche il lupo cattivo si è trasformato nel cane nero di un sogno.

È andata così, giusto?

Chris doveva aver capito che il libro aveva suscitato emozioni fortissime in Ellen. Mark cercò di immaginare quale fosse stata la reazione esteriore di Ellen, e improvvisamente trasalì.

Ma certo! Perché non ci ho pensato prima? Ora so persino quando è successo! Ricordò il pallore e l'agitazione di

Ellen quando l'aveva incontrata alla mensa della Waldklinik e aveva cercato di scherzare con lei. Era successo quattro settimane prima, un lunedì. Esattamente sette giorni prima che Chris partisse per il suo presunto viaggio in Australia. Mark all'epoca aveva pensato che Ellen fosse stanca per il troppo lavoro e che avesse passato il fine settimana a mettere in ordine la casa con Chris, ma ora riteneva di aver individuato il vero motivo di quell'irritabilità. Quel fine settimana Ellen doveva aver scoperto il libro e da allora non aveva più avuto pace. Molto probabilmente il suo meccanismo di rimozione era riuscito a proteggere la personalità di Ellen, ma nel profondo aveva iniziato a sgretolarsi.

Ecco cosa aveva voluto dire Chris quando aveva informato Axel di avere una faccenda da sistemare. Chris si era accorto dello stato emotivo di Ellen e aveva sicuramente cercato di scoprirne la causa. Quella stessa settimana aveva venduto il libro ad Alexander Eschenberg. L'antiquario gliel'aveva confermato quando Mark glielo aveva chiesto.

Chris avrebbe potuto benissimo gettarlo nella spazzatura, ma Mark intuiva il motivo per cui aveva agito diversamente. La spiegazione gliel'aveva fornita un'osservazione dell'antiquario. Eschenberg si era ricordato di ciò che gli aveva detto Chris: con il ricavato della vendita voleva trasformare un brutto ricordo in uno bello. Eschenberg l'aveva trovata un'affermazione piuttosto misteriosa, ma non le aveva dato importanza. Ci aveva ripensato quando aveva visto l'espressione sconvolta della giovane donna poco prima che si precipitasse fuori dal suo negozio.

Mark valutò quello che in psichiatria si definiva «contratto» tra terapeuta e paziente. Chris era comunque uno psichiatra. Forse aveva promesso a Ellen di eliminare dalla sua vita il libro che le metteva tanta paura e di sostituirlo con qualcosa di piacevole. Forse aveva creduto di offrirle una sicurezza sufficiente con quell'atto simbolico, mettendola in condizione di parlare dei motivi della sua paura.

Al posto suo avrei fatto anch'io la stessa cosa, pensò Mark. *Avrei venduto il libro e con i soldi avrei trasformato un brutto ricordo in uno bello. Magari con un regalo, oppure una cenetta romantica. Qualcosa che Ellen avrebbe apprezzato. Poi avrei cercato di sviscerare assieme a lei i motivi della sua paura.*

Mark era sgomento.

Davvero lui e Chris erano così simili? Ellen avrebbe potuto innamorarsi di lui, se non ci fosse stato Chris?

Mark si sentì percorrere da un brivido e scacciò quell'interrogativo. Ora era molto più importante scoprire cos'era accaduto dopo. Qualcosa doveva essere andato storto e Chris era scomparso. Ma perché, e dove?

Mark riprese le proprie ricerche, e in quel momento sentì Axel raggiungerlo dalle scale.

«Gli interruttori sono a posto. Dev'essere un problema nell'impianto. Però intanto ho trovato qualcosa nel guardaroba. Guarda.»

Axel illuminò l'oggetto che teneva in mano e Mark trasalì. Era un passamontagna da sci nero, come quello che, stando al racconto di Ellen, indossava l'Uomo Nero nel sotterraneo della clinica.

Ma non era stata proprio Ellen a dichiarare con certezza quasi assoluta che l'uomo dietro la maschera non era Chris?

«Forse Chris lo mette quando va a correre» commentò Axel. «L'aria d'inverno qui è gelida.»

Mark annuì assorto. «È possibile.»

«Continui a credere alla teoria del gioco psicologico?»

«Non ne sono del tutto sicuro. Ma a quanto pare nemmeno tu la ritieni più così assurda. Altrimenti non mi avresti mostrato questo passamontagna.»

Axel scrollò le spalle. «Ormai non so più che cosa credere neppure io. Qua sotto hai scoperto qualcos'altro?»

«Soltanto uno scatolone con i vecchi libri di Ellen.» Aveva appena finito di parlare, quando colpì qualcosa di rigido. Sentì uno scricchiolio sotto la scarpa. Mark si voltò e indirizzò il fascio della pila sul pavimento.

«Che cos'è?» chiese Axel raggiungendolo.

«Schegge di vetro. Devono essere di una bottiglia di vino.»

Axel alzò la torcia verso lo scaffale dei vini. Le bottiglie più a destra erano state liberate dalle polverose ragnatele. Quando spostò il fascio luminoso, Mark si sentì raggelare il sangue nelle vene.

«Oh, cazzo!» ansimò Axel.

Era Chris. Stava appoggiato al muro accanto allo scaffale come un ubriaco, a meno di tre passi da Mark. Alla luce della torcia i suoi capelli biondi tagliati corti sembravano quasi bianchi, come se dal loro ultimo incontro fosse invecchiato di colpo. Se non fosse stato per il processo di decomposizione, si sarebbe potuto pensare che si fosse addormentato in piedi.

Mark fissò paralizzato il volto gonfio del morto. Gli occhi un tempo azzurri erano coperti da un velo lattiginoso. La bocca era aperta, come se stesse gridando in silenzio, e sotto la pelle deturpata dalla putrefazione si allargava un reticolo di venuzze bluastre.

In vita Chris era sempre stato molto attento al proprio aspetto esteriore, ma la morte lo aveva trasformato in una grottesca parodia di se stesso. La camicia su misura, che metteva in risalto il fisico muscoloso, era tirata sulla cassa toracica rigonfia, minacciando di strapparsi da un momento all'altro. Anche i jeans firmati erano tesi come due enormi salsicce e intrisi del liquido di putrefazione penetrato nel tessuto. Chris era ancora in piedi solo perché uno dei grossi ganci sporgenti dal muro era conficcato nella nuca.

Mark vomitò. La stanza cominciò a girare intorno a lui. Udì Axel risalire precipitosamente le scale alle sue spalle e vomitare sui gradini.

Mark provò l'impulso di fuggire, ma non riusciva a distogliere gli occhi da Chris. Era stato ingiusto con lui, lo aveva ritenuto un bugiardo. Invece, anche il suo presunto viaggio non era stato altro che un'allucinazione.

Mark si rese conto di aver dato fiducia a Ellen solo perché voleva crederle. Al contrario, la realtà era lì, sotto i suoi occhi.

Se il suo alter ego Ellen fosse crollato, per Lara sarebbe finita. Per questo aveva ucciso Chris.

Pur non essendo un patologo, Mark era convinto che avrebbe trovato due ematomi sul petto di Chris, grandi come le mani di Lara. In un improvviso impeto di follia, lei lo aveva spinto all'indietro contro il gancio.

Ma perché lo aveva fatto? Era accaduto in maniera inconsulta? Forse avevano...

Mark si lasciò sfuggire un grido soffocato quando intuì la risposta. Si voltò e puntò la torcia verso il soffitto. Alla fine trovò ciò che cercava. Una lampadina appesa a un filo elettrico. La svitò dal portalampada e la esaminò alla luce della torcia.

Vide il filamento rotto.

Una serie di immagini si affacciò alla sua mente. La

lampadina. Lo scatolone. La bottiglia di vino e i due bicchieri sul tavolino in salotto. La bottiglia rotta sul pavimento. Lo scaffale. Il cadavere di Chris.

Chris aveva comprato una bottiglia di vino con i soldi del libro e aveva preso un dépliant da un'agenzia di viaggi. Si erano seduti sul divano sognando ciò che avrebbero fatto una volta terminati i lavori di ristrutturazione della casa. Avevano riso e bevuto ed erano scesi insieme in cantina a prendere un'altra bottiglia.

Qui sotto ti sentivi a disagio, vero, Ellen? Continuavi a pensare all'immagine di Cappuccetto Rosso che avevi scoperto pochi giorni prima, ma il ricordo era nascosto troppo in profondità. Era lì in agguato, e aspettava.

Avete tolto le ragnatele dallo scaffale, avete preso la bottiglia e poi è successo. È successo qualcosa di assolutamente inaspettato. La lampadina si è fulminata. Siete rimasti al buio. Tu *ti sei trovata al buio. In una cantina, come quella volta nel bosco. E qualcuno ti ha toccata. Colta dal panico, non ti sei resa conto che era Chris.*

Eri terrorizzata, forse lui voleva rassicurarti. Di certo hai gridato, come tanti anni prima nella ghiacciaia della fattoria dei Sallinger. E poi hai spinto via l'Uomo Nero. Questa volta eri abbastanza forte, perché eri adulta.

E quando ti sei resa conto di ciò che avevi fatto sei tornata a essere Ellen. Ellen, la donna forte. Ellen, la lottatrice, per la quale è inconcepibile perdere il controllo.

«È stata lei?» domandò Axel. Era accovacciato di lato sulla scala, mentre il suo vomito colava dai gradini. «È stata Ellen a ucciderlo?»

«No» ansimò Mark. «È stata Lara. Poi è tornata a essere Ellen, ma a ucciderlo è stata Lara. Solo che questa volta non ha avuto la forza sufficiente per rimuovere il male.» La sua voce risuonava attutita e cupa nell'oscurità dello scantinato. «Nei sotterranei della sua ragione, dove Ellen teneva nascosta la storia di Lara, non c'era posto per altro dolore.»

Mark si abbandonò su se stesso scivolando sul pavimento impolverato. Singhiozzando, si nascose il volto tra le mani, mentre con gli occhi della mente rivedeva il volto di Ellen.

Ora lo sai, sembrava che gli dicesse. *Ora lo sai, ed è giusto così.*

Mark si strinse le ginocchia con le braccia, senza smettere di piangere. La torcia scivolò accanto alla punta delle sue scarpe, illuminando la lampadina fulminata. *Questa fottuta lampadina* – la goccia che aveva fatto traboccare il vaso.

Che incidente macabro e assurdo. Mark avrebbe voluto quasi mettersi a ridere. Aveva trovato il fattore scatenante. Il *trigger*. Un minuscolo filamento di wolframio che si era spezzato nel momento sbagliato e nel luogo sbagliato.

Un attimo dopo udì dei colpi e dei passi a pianterreno.

«Ci mancava solo questa» sospirò Axel, mentre qualcuno gridava: «Da questa parte! Sono là sotto! Restate fermi, polizia!»

Quarantotto

Era quasi l'alba quando Mark e Axel uscirono dal commissariato di polizia. Erano stati interrogati per quasi tutta la notte dal commissario capo Kronenberg a proposito degli avvenimenti a casa Lorch. Sulle prime Kronenberg li aveva considerati dei sospetti, ma ben presto Mark gli aveva chiarito le vere circostanze che avevano condotto alla morte di Chris.

Il poliziotto lo aveva ascoltato con stupore, gli aveva rivolto numerose domande e al termine del colloquio con Mark e Axel i tre uomini sembravano provare le stesse emozioni: stanchezza, costernazione e profonda tristezza.

Una volta fuori, Mark si appoggiò a un lampione e respirò l'aria fresca del mattino. Axel lo guardò con gli occhi arrossati, come quelli di un chirurgo alla fine di un doppio turno.

«Non posso fare a meno di ripeterlo, è la storia più pazzesca che abbia mai sentito.»

Mark si massaggiò le tempie. Non si era mai sentito così esausto, eppure era troppo sconvolto per pensare di dormire. Si frugò nelle tasche alla ricerca delle sigarette, mentre Axel gli porgeva un pacchetto di Marlboro. Mark ne prese una. Axel la accese, ne prese una per sé e guardò il cielo.

Da ovest si avvicinava una schiera di nuvole a pecorelle

che la luce dell'alba tingeva di una sfumatura violetta quasi surreale.

Surreale, pensò Mark. *Sì, è la definizione migliore. Tutto ora sembra surreale. Ma, in fondo, chi può dire che cosa è vero e che cosa non lo è?*

Anche Axel sembrava stesse pensando la stessa cosa. Glielo si leggeva nello sguardo quando chiese: «È possibile che torni a condurre una vita normale?»

«Una possibilità esiste sempre. È solo questione di tempo. Quando imparerà che lei è Lara e non Ellen, potremo aiutarla. Allora potremo parlare di un nuovo inizio.»

«Tu però non ne sei del tutto sicuro, giusto?»

Mark gettò la sigaretta a terra e la schiacciò con la punta della scarpa, più energicamente del necessario. «È ciò che mi vado chiedendo da quando ho scoperto la sua storia. Ovviamente non posso avere certezze. Nel peggiore dei casi vivrà per sempre in stato confusionale. Non è del tutto escluso, vista la durata della sua fuga dissociativa. Può darsi benissimo che abbia dimenticato troppo a lungo il suo vero io e quindi non sia più in grado di ritrovarlo. Spero ardentemente che non sia così, ma non posso escluderlo.»

Axel annuì pensieroso. «E tu? Che cosa farai adesso?»

Mark scrollò le spalle con lo sguardo chino sul mozzicone schiacciato. «Non ne ho idea. Prima di tutto penso di aver bisogno di una pausa da tutta questa storia. Qualche tempo fa mi hanno offerto un posto in un'altra clinica. Credo che mi informerò se è ancora disponibile.»

«Perché non vuoi restare qui e occuparti di lei? Sarebbe nelle mani migliori.»

«Oh, no.» Mark scrollò il capo deciso. «Sarei il terapeuta peggiore per lei. Non per via del mio orgoglio ferito, per essermi fatto ingannare dal suo disturbo, ma perché prima o poi cercherei di fare in modo che Lara torni a essere Ellen. O quanto meno una persona in cui io possa vedere Ellen. Anche se cercassi di evitarlo, cercherei comunque di recuperare qualcosa di unico, magari inconsciamente. E così priverei Lara della sua unica possibilità. Sono troppo coinvolto, per così dire.» Fece un sospiro profondo. «No, credo di aver già fatto tutto quanto era nelle mie possibilità. Riesci a capirlo?»

Axel gli rivolse un'occhiata penetrante. «Eri segretamente innamorato di lei, vero?»

Il sole intanto era spuntato all'orizzonte, trasformando il violetto irreale nella limpida luce del giorno.

Mark si infilò le mani nelle tasche dei pantaloni e fece qualche passo senza voltarsi verso Axel. Raggiunto l'angolo del marciapiede, si fermò a guardare il traffico del mattino. La città si preparava a una nuova giornata tra i colpi di clacson e il rombo dei motori.

In quel momento Mark avvertì un senso di pace profonda. Improvvisamente comprese che non aveva nessuna importanza se qualcosa era irrimediabilmente giunto alla fine. Ciò che gli avrebbe portato il nuovo giorno non aveva importanza, perché gli era rimasto qualcosa. Qualcosa che nessuno poteva sottrargli. Un piccolo ricordo che da quel giorno avrebbe custodito come un tesoro. Le labbra di Ellen sulle sue.

«Non ce ne sarà mai un altro» gli aveva detto lei e adesso, dato che Ellen non esisteva più, quelle parole diventavano definitive.

Malgrado tutto, non si era mai sentito così vicino a lei come in quell'istante.

Epilogo

Ora di pranzo nel reparto privato della Waldklinik.

L'infermiera Elisabeth apre il carrello metallico giunto poco prima con il montacarichi dalle gallerie di approvvigionamento. Il profumo del cibo la avvolge. Un'occhiata sotto il coperchio di uno dei piatti le rivela che si tratta di polpette e patate lesse. Nella scodella accanto, un budino giallo con una decorazione di lamponi. Vaniglia o mandorla, immagina Elisabeth.

Preleva dal carrello un vassoio con il cibo e le posate. Quando si gira, si trova davanti la sua collega Marion del reparto 9. Tiene in mano un mazzo di fiori.

«Ciao, Marion» dice Elisabeth. «Che cosa ci fai qui?»

«Vorrei andare a trovare la signorina Roth» risponde Marion, poi si blocca e si corregge, «volevo dire la signorina Baumann.»

«È gentile da parte tua. A parte la sua amica, e da quando il dottor Behrendt ha dato le dimissioni, non riceve visite. Stavo per portarle il pranzo.»

«Posso farlo io al posto tuo» si offre Marion.

«Volentieri. Ma dovrai imboccarla. È ancora completamente apatica.»

«Non importa.» Marion sorride con un cenno del capo, mentre Elisabeth si offre di trovare un vaso per i fiori.

Marion entra nella camera di Lara Baumann in fondo al corridoio con in mano il vassoio. Ha un attimo di esitazione. È la prima volta che si incontrano.

Marion non riconosce la donna seduta immobile al tavolo sotto la finestra. Era molto affezionata alla dottoressa e nelle settimane precedenti ha pregato molto per lei. Ora che è lì davanti a lei, le sembra di avere di fronte un'estranea.

«Buongiorno» dice Marion, ma la donna alla finestra non sembra rendersi conto della sua presenza.

Marion le si avvicina cauta, posa il vassoio sul tavolo, prende una sedia e si accomoda accanto a lei. Lo sguardo è assente, ma Marion ha la sensazione che dietro quegli occhi si muova qualcosa, come se la donna stesse rimettendo ordine nella sua mente.

«Le ho portato il pranzo» dice Marion a bassa voce. «Avrà sicuramente fame. Dall'ultima volta che ci siamo viste è molto dimagrita.»

Con la forchetta stacca un pezzo di patata e ci soffia sopra. Poi avvicina lentamente il boccone alle labbra della donna che un tempo credeva di conoscere così bene e di cui ora è rimasta solo un'ombra silenziosa.

«Forza, da brava, deve mangiare qualcosa.» Marion le accarezza affettuosamente i capelli ispidi. «Altrimenti non tornerà più in forze.»

La donna non si muove. Marion le sfiora le labbra con la patata.

«Pensavo che le piacessero le patate, Ellen?»

E allora, di colpo, la donna si gira e fissa Marion. L'infermiera, con gioia, si rende conto che la vede davvero, che non le sta soltanto guardando attraverso. Qualcosa in quello sguardo ricorda a Marion una bambina timida che si sveglia dopo un lungo sonno.

La donna mormora qualcosa.

«Come dice? Non ho capito.»

Marion avvicina l'orecchio alla bocca della donna. Ora riesce a capire quello che sta sussurrando.

«Lara. Mi chiamo Lara.»

Avvertenza e ringraziamenti

I personaggi e gli avvenimenti di questo libro sono inventati. Qualunque analogia con persone in vita o decedute è del tutto casuale e non intenzionale. L'unica eccezione sono quattro personaggi che ho dedicato ad altrettanti cari amici. Non rivelerò di chi si tratta, ma i quattro interessati si riconosceranno senza dubbio.

La Waldklinik non esiste. Esiste tuttavia una clinica che è simile nella disposizione degli ambienti.

Neppure la città di Fahlenberg e il paese di Ulfingen esistono sulle carte geografiche della Germania. Alla luce della tematica scabrosa affrontata dal romanzo, ho ritenuto fosse più opportuno così.

Al contrario, la località di Alpirsbach esiste, ma in questo caso mi sono concesso qualche licenza che gli abitanti del luogo avranno facilmente riconosciuto.

La leggenda della fattoria dei Sallinger si basa su un fatto realmente accaduto. Per tutelare le vittime i fatti sono stati modificati, così come nomi e località.

Ringrazio tutti coloro che hanno permesso a questo romanzo di diventare un libro. Prima di tutto il mio amico Andreas Eschbach, al quale devo più di quanto sia possibile esprimere in poche parole.

Un grazie particolare ai miei agenti Roman Hocke e

Uwe Neumahr, per il loro incrollabile impegno nel trovare la giusta collocazione per i miei romanzi, e al mio editor Markus Maegele, per il suo lavoro, la fantastica collaborazione e la fiducia che mi ha riconosciuto fin dal primo giorno.

Ringrazio Angela Kuepper per le sue utili osservazioni e i numerosi spunti di riflessione. Da lei ho imparato che per rendere efficace una storia è necessario fare dei sacrifici per lei. Scrivere è un lavoro faticoso, ma anche la professione più bella del mondo.

Di grande aiuto nelle mie ricerche sono stati la dottoressa Rana Kalkan, la signora Ost, dell'ufficio passaporti della mia città natale, «Mr X» con le sue informazioni sugli hacker, e Rainer Sowa per la puntuale descrizione dei processi di decomposizione. La responsabilità di eventuali imprecisioni è solo mia.

Inoltre vorrei ringraziare i miei lettori-cavia Marianne Eschbach, Ursula Poznanski, Kerstin Jakob, Rainer Wekwerth e Thomas Thiemeyer. È fantastico avere amici come voi!

Per concludere, un grande ringraziamento a Mo Hayder. Soprattutto per ciò che mi ha regalato in una piovosa serata d'aprile a Londra.

Tutta la mia riconoscenza va a mia moglie Anita. Di sicuro non ce l'avrei fatta senza la sua pazienza, la sua comprensione e la sua incrollabile fede in me.

Wulf Dorn
Ottobre 2008

Wulf Dorn
Il superstite

Prima del silenzio. Una notte d'inverno, la strada ghiacciata, neve tutt'intorno, un'auto sbanda, si schianta contro un albero, il guidatore è gravemente ferito. Aveva appuntamento con lo sconosciuto che poche ore prima aveva rapito suo figlio Sven, mentre era fuori casa con il fratello maggiore. Adesso tutto è inutile: l'uomo sa che sta per morire. E sa che anche suo figlio morirà.
Dopo il silenzio. Da ventitré anni lo psichiatra Jan Forstner vive con l'angoscia della scomparsa del fratellino. Tutto ciò che gli resta è un registratore che aveva portato con sé la notte in cui erano usciti insieme e dove sono incise le ultime parole di Sven: «Quando torniamo a casa?» E poi il silenzio.
E gli incubi che da quella notte non hanno smesso di tormentarlo.
La notte in cui il padre è morto in un incidente d'auto.
La vita di Jan si riassume tutta in quella notte: ha studiato psichiatria come suo padre, si è specializzato in criminologia e ora è tornato al punto di partenza: alla Waldklinik, la clinica dove lavorava il padre e dove adesso lavorerà anche lui.
Vorrebbe ricominciare a vivere, lasciarsi alle spalle l'incubo, ma quando una paziente della clinica si suicida, Jan si trova coinvolto in un'indagine che svelerà un segreto atroce rimasto sepolto per ventitré anni...